清代三家《詩》學新論

張錦少 著

中西書局

本書獲香港中文大學文學院Publication Subvention Fund

資助出版，謹致謝忱。

三家詩拾遺卷之一　　　　會稽范家相

范陽盧文弨增校

文字異考

孔穎達曰毛詩文字異者勸以數百盡不獨說
經之家言人人殊矣王厚齋詩考集傳子史及
說文爾雅所引與毛詩字句殊別者并入三家
詩說中雖極該博頗無倫次因重為蒐輯補所
未備別為一卷列之于首其如于之與於維之
與惟戢之與射古字本通者弗録

國風

關雎在河之州　說文　君子好仇　爾雅　參差荇菜　說文

一　范家相《三家詩拾遺》抄本（一）

樛差說文展轉反則章句楚詞

苢葦菖蕈 是艾是濩漢孟子釋文濩作鑊俗彼金罍說文金罍爾雅郭注作

卷耳我馬痕隤大說文旭頹雅我馬虺隤彼俎矣說文硯文繹云何旰矣注爾雅

樛木桐木釋文韓詩苢蒿蕁之章楚句蔡之文說帶之文縈之詩韓

螽斯詵詵兮說文其葉溱溱通典

桃大桃之枖枖一作媟說文

黾置施于中馗詩韓

茉苢茉芑薄言襭之孟子釋

漢廣橋木文釋不可休思詩韓 江之漾矣傳義別焭矣說
也長

班固春秋之後周道寢衰聘問歌詠不行于列國學士之詩逸在布衣國以止蓋自大野獲麟至于秦人失鹿數百年之詩不登于太史之掌錄其遺文斷句而見于子史百家之引述者皆秀民學士之逸詩而非必盡孔子之所刪者也其詞亦頗異于三百夫文以代降詩亦隨之葦孟諷時自為漢體詞榮惜別頓異風人是故詩亦變為騷~變為賦而體製遂分四言化為五言五言轉為歌行而排体以制作是皆詩之支流餘裔而亦時尚風氣之使然不可強齊也戰國與春秋以上之詩亦猶是欲故雖有服古之士

希心蒐访補亡之什偶合樂章要之風味自有
涉深質文六表厚薄不難尋咀而見焉片語隻
詞總無關于經義殘編壽簡昔有事于搜尋聊
與學士者共之云尔時相再識
乾隆己卯長至前五日相再識

詩攷卷第一

浚儀王應麟輯集
范陽盧文弨增校

韓詩

燕韓嬰作内外傳數萬言頗與齊魯間殊然歸一
也漢藝文志韓故三十六卷内傳四卷外傳六卷
說四十一卷十八卷文紹崇齊魯韓三家詩經二隋經籍志韓詩
二十一卷薛氏章句父子以章句著名後漢薛漢世習韓詩韓詩翼
要十卷漢侯苞撰梁有韓詩譜二卷唐藝文志韓
詩卜商序韓嬰注二十二卷又外傳十卷隋志韓詩存無

南

其地在南郡南陽之間

其序經之深者然

其解經之

傳者非

十篇絕異

耳非子夏所作

崇文總目韓嬰之書至唐猶在今存外傳

舉傳之說時見於他書與毛異說

韓嬰可據以說詩為章句與毛異者謂韓詩

本嬰公曰嬰外說詩韓詩

文辭清婉有之雖非韓詩

武　地作　經地　先秦　詩云

韓經注一卅四以敘詩詩云棠水

周氏此召南昔有南下今殷武其篇其地作慧水經注引詩周書權君弗能

氏南其故國非而言南國也二南臣力棠韓嬰敘以據詩云

名南也二氏南其故國非即周南召詩人言雖改雎鳴貞潔慎四

制則二南用國有分為二南國也詩人言雖改君退朝入于私宮

此益本朱筆眉二格照君退朝入于私宮

南相求隱蔽于無人之處故人上堂退反宴處體安

關雎相求隱蔽于無人之處故人上堂退反宴處體安

以聲御見有度應門擊柝鼓人上堂退反宴處體安

后妃御見有度應門擊柝鼓人上堂退反宴處體安

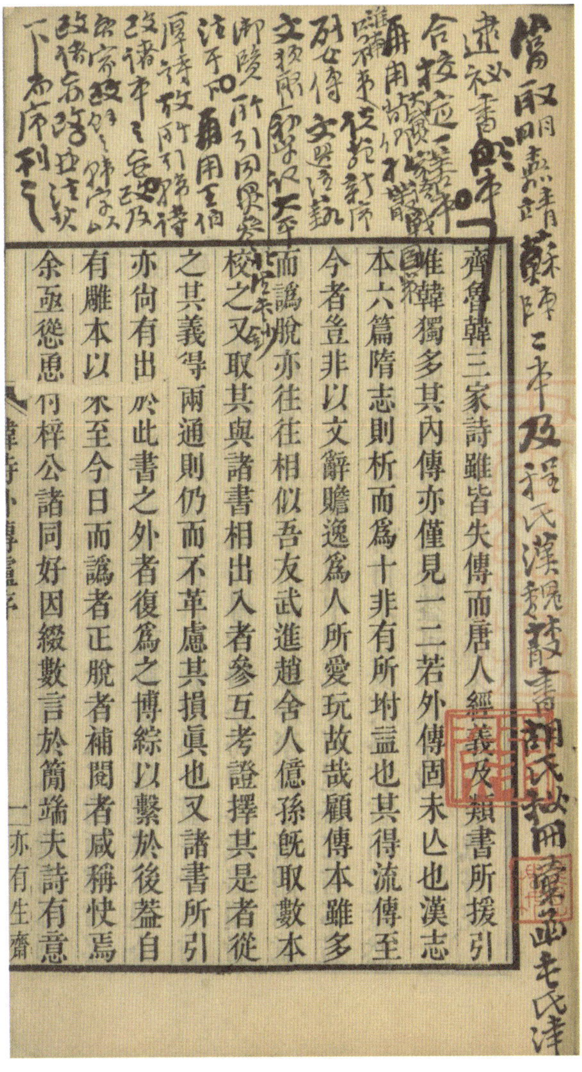
齊魯韓三家詩雖皆失傳而唐人經義及類書所援引
惟韓獨多其內傳亦僅見一二若外傳固未亾也漢志
本六篇隋志則析而爲十非有所坿益也其得流傳至
今者豈非以文辭贍逸爲人所愛玩故哉顧傳本雖多
而譌脫亦往往相似吾友武進趙舍人億孫旣取數本
校之又取其與諸書相出入者參互考證擇其是者從
之其義得兩通則仍而不革慮其損眞也又諸書所引
亦尙有出於此書之外者復爲之博綜以繫於後葢自
有雕本以來至今日而譌者正脫者補閱者咸稱快焉
余亟慫恿付梓公諸同好因綴數言於簡端夫詩有意

韓詩外傳序　一　亦有生齋

七　趙懷玉校正亦有生齋《韓詩外傳》龔橙校本（一）

韓詩外傳卷第一

漢　燕人韓嬰著

曾子仕於莒得粟三秉方是之時曾子重其祿而輕其
身親沒之後齊迎以相楚迎以令尹晉迎以上卿方
是之時曾子重其身而輕其祿懷其寶而迷其國者
不可與語仁窘其身而約其親者不可與語孝任重
道遠者不擇地而息家貧親老者不擇官而仕故君
子橋褐趨時〔橋本或作轎古通用今　從毛本通津草堂本當務為急傳云〕
不逢時而仕任事而敦其處為之使而不入其謀貧
馬故也詩曰夙夜在公實命不同

韓詩外傳卷一

八　趙懷玉校正亦有生齋《韓詩外傳》龔橙校本（二）

韓詩遺說卷上　春秋序正義曰毛公韓

為詩傳莫不經傳異處

周南國雎第一　　武進臧氏述

周南關雎第一　韓詩國風

其地在南郡南陽之間 韓嬰叙詩 水經注州

關雎關關雎鳩在河之洲 此二南總序

詩人言雎鳩貞絜慎匹以聲相求必于洲之敝隱 河之

無人之處故人君退朝入于私宮后妃御見去留

有虔應門擊柝鼓人上堂退反宴處體安志明今

九　臧庸《韓詩遺說》抄本（一）

時大人內傾于色賢人見其萌故詠關雎說淑女

正容儀以刺時也廿八下業漢書明帝紀應門失

守關雎刺世李賢注春秋說題辭曰人主不正應

門失守故歌關雎以感之宋均注曰應門聽政之

處也言不以政事為務則有宜滿之心關雎樂而

不淫思得賢人與之共化修身正家者也案此

說顗能發明薛君義可證韓詩原不以關雎為襄

世作但衰詠此詩

詩以諷今之不然目

窈窕淑女君子好逑

窈窕貞專貌淑女奉順坤德成其紀綱文選注廿

八薛君章句　一又五十

韓詩小雅

鹿鳴之什第十六

四牡 周道威夷 釋文 文選注十又十八又廿又廿
誤惟卷十八引作倭夷 釋文同皆是順
毛文輒改有薛君章句可證
威夷險也 廿 薛君 文選注十又
皇皇者華 華華 征夫外傳七 業文外傳作
常棣 華華 征夫 提提當是妄改
賀瀕邊豆 飲酒之餾 注六 文選
能者飲不能者已謂之餾同
之酳上

十一　臧庸《韓詩遺說》抄本（三）

韓詩訂訛一卷　　　武進臧氏

暄壇其陰　董氏曰韓詩作壇其陰章句曰天陰塵
也詩考
案說文土部云壇天陰塵也詩曰壇壇其陰從壇
土聲許氏自言詩主毛氏則所引非韓詩且天陰
塵也兩字是解壇字之義非韓詩章句直齋書錄
解題云廣川詩故四十卷董逌撰其說兼取三家
不專毛鄭謂魯詩但見取於諸書其言莫究齊詩

十二　臧庸《韓詩遺說》抄本（四）

尚存可据韓詩雖匕缺猶可参考遍藏書志有齊
詩六卷今館閣無之逎自言隋唐亦已匕次矣不
知今所傳何所從來或疑後世依託爲之然則安
得便以爲齊詩尚存也紊陳振孫所駁甚是呂東
萊讀詩紀所載董氏說卽斯人也其言齊詩四囤
是皇爲是匡爲下囤駿厄爲駿馴又言石經及催
靈恩集注江左古本皆依託僞撰欺誤來學詩考

韓詩之陋矣

收之陋矣

十三　臧庸《韓詩遺說》抄本（五）

燕燕　詩芳云衛定姜歸其媍送之而作李逸仲云

定姜歸其婦見補傳

案盧紹弓師曰困學紀聞云鄭康成先通韓詩故

注二禮與箋詩異如先君之思以畜寡人爲定姜

之詩王氏既知此則不當引後人之雜說至補傳

所云本列女傳一定姜送婦作之語而改云歸其

婦殊不明白皆可刪鋪堂案鄭注坊記云此衛夫

此是魯詩毛詩爲莊姜則此注本

魯詩說王氏意以爲韓詩亦誤

周道倭遲 詩考云周道都夷見漢書地理志顏師

古曰言便易乘馬行於此道

案高祖玉林先生曰毛詩作倭遲倭者委曲遲者

遠也故毛傳曰倭遲歷遠之意韓詩作威夷威可

畏也夷傷也故薛君曰威夷險也漢書地理志都

夷下引詩周道都夷是以都夷為地名倭威都三

字音近而字不同義更殊別李善文選注十又二

十又廿一又五十六引韓詩皆作威夷惟十八注

案爾雅疏成於宋人此言不見所本且邢昺本是

約擬之辭尤不當采

以上十二條訂王伯厚詩考之譌　近吳太人

韓詩亦多有譌　余蕭客著

全訂正無多

不及

韓詩訂譌一卷

此庸舊輯存嘉慶己巳三月晚喜得善

本校牛駕部於杭州撫署寄鈔此冊寄予

都中余假歸里門為校正都事畢

竣于瀋寓寫以該之余為西陵勘牒時

十九日用中記於涔州岳圍

十六　臧庸《韓詩遺說》抄本（八）

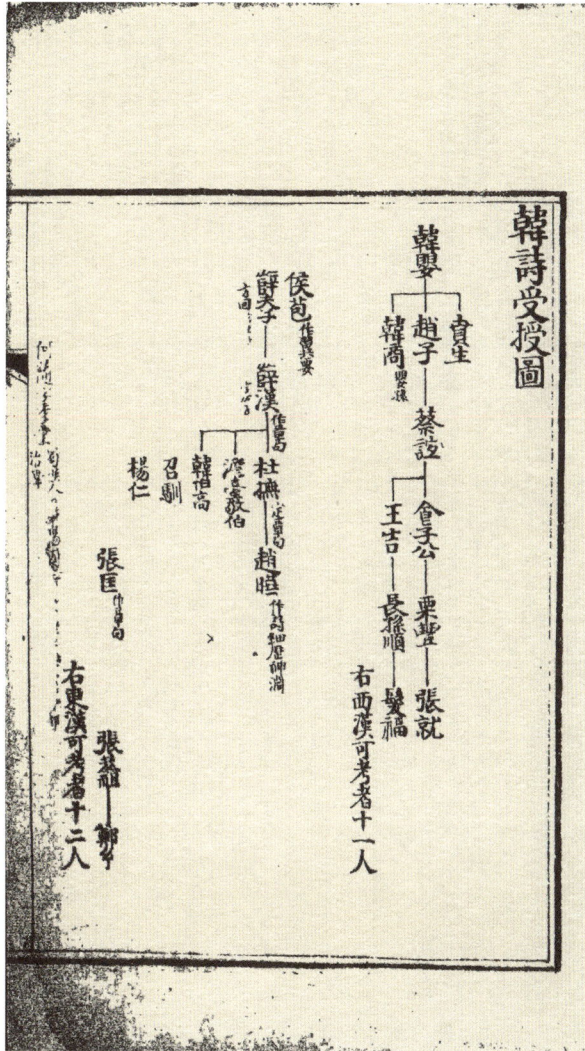

韓詩受授圖

右西漢可考著十一人

右東漢可考著十二人

十七　嚴可均輯編《韓詩》稿本（一）

韓詩卷之一

詩跋二十五毛氏字與三家異者凡二處

歸安嚴萬里叔卿輯編

韓詩國風章句

薛氏

周南關雎故內傳說第一

地柱南郡南陽之間

時也

關雎五章章四句

異義附

十八　嚴可均輯編《韓詩》稿本（二）

韓詩卷之二十二終

義異

字異

那五篇十六章百五十四句

十九　嚴可均輯編《韓詩》稿本（三）

韓詩內傳幷薛君章句考卷之一

上虞錢　玟漢村撰
姪孫　世叙槃堂編
會稽章慶辰稼堂校

關雎　刺時也說韓詩序
詩人言雎鳩貞潔慎匹以

聲猶求　馮衍傳注有必隱蔽徐蔽隱
於河之洲六字隱蔽徐蔽隱
子無人之處故

人君動静二字
馮衍傳注有
退朝入於私宮后如作馮衍傳注御見
如后

馮衍傳注有有度應門擊柝鼓人上堂退反宴處體安
古留二字
馮衍傳注無應今時大人作今人君

志明門至此一段
馮衍傳注今人君

人作馮衍傳注見其萌故詠關雎說淑女正容儀注止此

鶴鴒
余

筆談

車牽表簡齋詩話十五引韓嬰曰宣王中興士得行親
迎之禮其友賀之而作是詩不知何据上方註云昌
黎城南詩也
本草菜凡物孳生謂之瞿義出韓詩外傳俟考
字典人部偶引韓詩言不失時以偶為牉合也俟考
嘉定汪鈦初名景龍字絅青貢生有齊魯韓三家詩義
證見湖海詩傳小傳
高郵茱綿初字首端拔貢官清河教諭有内傳徵

韓詩既亡之後搜掇殘剩者自宋王伯厚始顧詩攷
一書兼及齊魯於韓且有漏遺　國朝范薇洲家相
曾經拾遺學識諷隨動筆輒訛吾無取焉餘姚邵二
雲晉涵有韓詩內傳考金溪王仁圃謨有韓詩拾遺
韓學於是有專門矣洪推存亮吉稱邵學士所著足
正伯厚之失而補其遺余觀其稿蓋未成之書也拾
遺雖未經見然遺書鈔中所刻內傳尚多星漏茲編
仍諸家之舊註依毛詩篇次彙而錄之釐為四卷凡
學韓者另編附錄間採近世說韓之言疏於各條顏

二十二　錢玫《〈韓詩內傳〉并〈薛君章句〉考》抄本（三）

曰韓詩内傳并薛君章句考雖收蒐臻廣漏略佝所
不免所採眾説亦未必持平而體例燦陳引證明悉
較郎王二家所著未知優劣果何如也道光元年春
王正月錢玫識

邵陽魏源譔

正小雅文王詩發微上

問曰子論四始據服虔韓詩說以正小雅菁菁者莪以前
皆文武詩而無成王又正雅皆周公述文武之德不獨魚
麗以下始爲周公而陳啟源則力斥集傳以文王之三作
于周公之說且據譜疏謂正小雅不言諡多作于未稱王
以前大雅棫樸靈臺下武三詩不言諡皇矣并不稱王或
生時及未稱王所作與韓詩說鑿枘不入然則毛詩果以
正雅作於何人何世乎曰此其大例已具于四始篇今更

（天頭手批）周公正樂舊爲文意未必即周公自出詩不望……周公……歷以六文章以其曰則周公論季文武在大道周公有已

二十四 魏源《詩古微》龔橙校本（一）

詩序集義一卷

周南

關雎刺時也·序 韓詩 思得賢女以配君子 君子非文王之謂·

其當殷之末世周之盛德耶當文與紂之時耶毛序曰關

雎后妃之德風之始也風諷也上以風化下下以諷刺

主文而譎諫言之者無罪聞之者足以戒故曰風序毛周之

正風商之變風也·毛詩三家詩並以求賢妃配君子諷刺

說詳二周公主陝以東其地近紂故風人思得賢妃以配

南咎問

邵陽魏源撰

輯

不必盡應

而後可為公侯之好仇·大雅與文王作人之化·至于魚躍

鳶飛以明造端夫婦而察乎天地然則冤罝為關雎之所

致不其然乎漢廣汝墳以下皆男女風化之詩反不言后

妃毛序本無義例斷不可以此為樂章之區別召南羔羊

序而言鵲巢之功致正與關雎冤罝同一義例騶虞為鵲

巢之應其義亦同毛傳后妃說樂君子之德無不和諧齊

詩亦稱后夫人之德故知樂章之義以后妃貫二南不嫌

其遺文王而人未察者三矣

二南樂章篇次相應長

關雎之三勸果之三可言相當十一篇勿相配應之注未安

二十六　魏源《詩古微》龔橙校本（三）

輯齊三家詩古詮者、始於南宋金華王應麟

伯厚氏至明何楷元子、詩經世本古詮多剏

獲擴人冒膽至　本朝桐城徐璈詩經廣

詁片言必搜略大詳備顧皆國而不斷無以

發風雅頌之大詮賦比興之微言天誘翻愙衷

沈潛研究十載於茲定奧幽深靡不洞啟悱

洞闢芳翼若相、神其來告聖人復起不易

吾言凡得書二十圖□卷將來由毛詩並

學宮又不喪斯文道盐隆魏啟云倚覺以

俟達人

大清二百載經學昌明之感豐五年臣魏源

二十七　《詩古微》龔橙校本魏源識語（四）

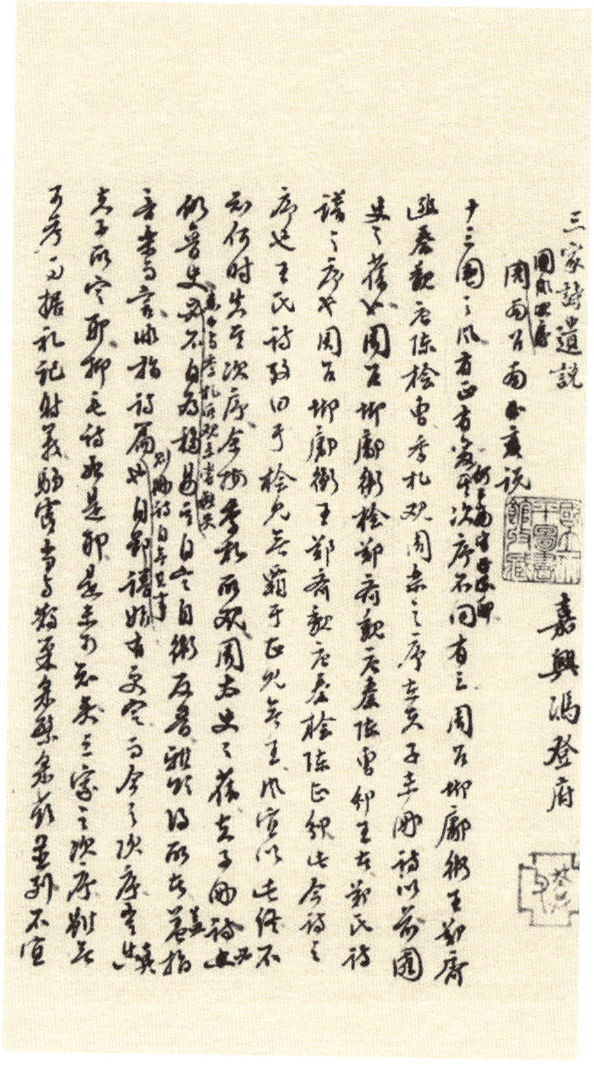

三家詩遺說

嘉興馮登府

二十八　馮登府《三家詩遺說》稿本（一）

三家詩遺說卷三　　　　　嘉興馮登府

鄭

女曰雞鳴　易林豐之民云雞鳴同興思配無家執佩持魚
其使致之此本三家勝毛說鍐氏澄之曰此女之不欲士仕
有偕隱終焉之志

蹇裳　呂覽求人篇晉人欲攻鄭令叔嚮聘視其有人與
無人于屋為此詩云叔嚮歸曰鄭有人焉不可攻也此又
三家前遺說

東門之墠　序刺亂也男女不待禮而相奔者也韓詩靖善
也吉東門采樹之下有善人可與成為家室見蓺文御覽九
十七御覽百

三十　馮登府《三家詩遺說》抄本（一）

八十引庠章句靖善也白帖九十作有静家室此本三家說

滕毛序戎与善遣兒余

于裕 此詩与風雨同音皆朋友之詩也文遄江海祿體詩

注劉良曰子於刺風俗輕薄而朋友之不相往來魏書高允

曰道斁陵遟學業荒廢于於之嘆復見于今蓋學業廢石姚

逢多城闕婚鹿無道蟄往來之樂此自本三家嗣音韓詩

作詁音哥此曾不哥問此文見釋來于白鹿洞賦廣子裕之清

問用韓詩也序此為刺學校廢蓋本左傳鄭人毀鄉校而得

會之何氏楷立以為子產作

出其東門此与束門之墬疑出一人彼則思善人以成至

家此則有女而非思存詩人于淫亂之時以禮義自防如此

三十一 馮登府《三家詩遺說》抄本（二）

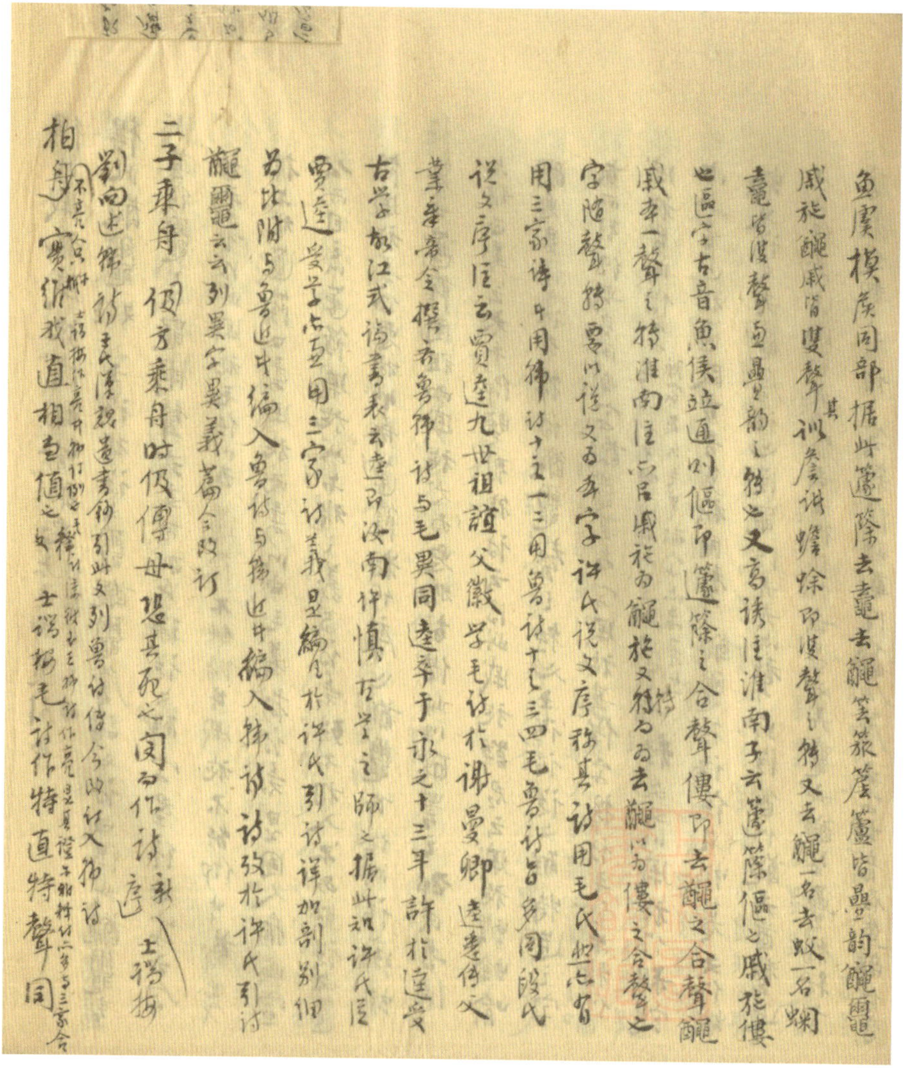

魚麗 模虞同部據此籧篨去黿去䶂笑旅籧蘆皆疊韻䶂黿
戚施䶂戚皆雙聲其訓詹諸蟾蜍即雙聲之轉又去䶂一名去蚊一名蜩
黿皆雙聲亦疊韻之轉也又高誘注淮南子云籧篨偃之戚施僂
也偃字古音魚偃並通則偃即籧篨之合聲僂即去䶂之合聲䶂
戚本一聲之轉淮南注以戚施為䶂施又轉為去䶂以為僂之合聲之
字隨聲轉要以說文為本字許氏說文序稱其詩用毛氏然亦皆
用三家詩今用韓詩十之一二用魯詩十之三四毛魯詩皆多同段氏
說文序注云賈逵九世祖誼父徽學毛詩於謝曼卿逵悉傳父
業章帝令撰齊魯韓詩與毛異同逵卒于永元十三年許於逵受
古學故江式論書表云逵即汝南許慎古學之師也據此知許氏從
賈逵受學亦並用三家詩義是編凡於許氏引詩詳加剖別但
所據附與魯近者編入魯詩與韓近者編入韓詩故於許氏引詩
䶂黿云云列異字異義篇今改訂
二子乘舟 伋方乘舟時伋傅母恐其死之閔而作詩 新序 士禑按
劉向述魯詩……列魯詩……今改入魯詩
柏舟 實維我直相與值之 士禑按毛詩作特直特聲同

三十二　朱士端《齊魯韓三家詩釋》稿本（一）

錢氏大昕聲類云詩竇作我特拜訪作直卻特姓首之書道之

佳直或為特檀亨行等植于普國住植或为特賢忠虔賦

特王子慶忌為佳特於直之士詩謂毛傳云特匹之上節儀卹匹

此節不齐又卹匹之佳卹詩相高借の正毛詩盖以鼓借特字用之

耳〔朱批小字〕

惜詩說 中鳥中夜詩相滋辭之言之 王詩抱稺文話訪方下省相

字詩欹睠〔朱批小字〕

不可揚之揚狗道之 又釋

君子偕老 妻之偕之件之 美覣又釋　王詩抱此佛詩進主章妻蝇特二宇为長言之故

曰妻之偕之 王詩抱此佛詩致編到異宜昊美萬今改行

作禪比六佛衍之詩致編到異宜昊美萬今改行

今語如雪女說　王詩抱毛詩作聯眞代参升揚詩之眞今同聲後文作今

本說詩王氏經義述圍云大雅瞻印萬人之云上邦國殄瘁後文作今

盡之瘁病也石瞧先生曰殄瘁皆病之周官稇人夏小殄草而茇

夷之鄭注曰殄病之鲁傳曰鏞名器藏寶財固民之殄之病是待是殄

三十三　朱士端《齊魯韓三家詩釋》稿本（二）

目　錄

前　言
回顧與反思

第一節　關鍵詞

本書是關於"清代三家《詩》學"的研究。在開展本書各章的討論前，我們首先需要釐清幾個關鍵詞的概念。"清代三家《詩》學"，照字面解釋，就是有清一代關於三家《詩》的研究，但此一指涉的内容，嚴格來說，是由三個不同層次的關鍵詞所組成，其一是"三家《詩》"，其二是"三家《詩》學"，其三是"清代三家《詩》學"。

1.1　三家《詩》

秦始皇焚《詩》、《書》，坑術士，於是儒家六藝之學闕。漢興，承秦火之弊，典籍蕩然。至惠帝始除挾書之律，經籍稍出，於時言《詩》有魯、齊、韓三家，《漢書·藝文志》云：

> 漢興，魯申公爲《詩》訓故，而齊轅固、燕韓生皆爲之傳。或取《春秋》，采雜說，咸非其本義。與不得已，魯最爲近之。三家皆列於學官。又有毛公之學，自謂子夏所傳，而河間獻王好之，未得立。①

三家所傳三百篇文本以當時通行的隸書寫成，故又稱爲"今文經"。從概念上來講，"三家《詩》"就是魯、齊、韓三家所傳、所習的三百篇今文文本的統稱。三家之中，魯人申培公治《魯詩》，授《詩》於高祖、

---

① 班固《漢書》，中華書局，2002 年，第 1708 頁。

呂后之時，①時代最早，文帝時爲博士；齊人轅固生治《齊詩》，景帝時爲博士；燕人韓嬰治《韓詩》，文帝時爲博士，景帝時擔任常山王太傅。而屬"古文經"的《毛詩》，"自謂子夏所傳"，但《史記》不著一辭，《漢書·儒林傳》始記"平帝時，又立《左氏春秋》、《毛詩》、逸《禮》、古文《尚書》，所以罔羅遺失，兼而存之，是在其中矣"，②故後人以爲較三家《詩》晚出。

1.2　三家《詩》學

據《漢書》所述，申培、轅固、韓嬰三人就三百篇的詞義、句意、詩旨加以訓釋、解說、推闡，各自爲《傳》，教授弟子。《漢書·楚元王傳》云："文帝時，聞申公爲《詩》最精，以爲博士。元王好《詩》，諸子皆讀《詩》，申公始爲《詩》傳，號《魯詩》。"③顏師古（581—645）注曰："凡言傳者，謂爲之解說，若今《詩毛氏傳》也。"④又《漢書·儒林傳》云："轅固，齊人也。以治《詩》孝景時爲博士。……諸齊以《詩》顯貴，皆固之弟子也。昌邑太傅夏侯始昌最明，自有傳。"⑤轅固生的《詩傳》當成書於景帝初年。《漢書·儒林傳》記《韓詩》則云："韓嬰，燕人也。孝文時爲博士，景帝時至常山太傅。嬰推詩人之意，而作《內外傳》數萬言，其語頗與齊、魯間殊，然歸一也。"⑥準此，"三家《詩》學"指的是對三家所傳今文文本的研究，包括詞義訓釋、句意解說，詩旨推闡等。據《漢志》所載，《魯詩》學有《魯說》二十八卷一種；《齊詩》學有《齊后氏故》二十卷、《齊孫氏故》二十七卷、《齊后氏傳》二十八卷、《齊雜記》十八卷四種；《韓詩》學有《韓故》三十六

---

① 《史記·儒林列傳》云："申公者，魯人也。高祖過魯，申公以弟子從師入見高祖于魯南宮。呂太后時，申公游學長安，與劉郢同師。"司馬遷《史記》，中華書局，1959 年，第 3120—3121 頁。

② 班固《漢書》，第 3621 頁。

③ 班固《漢書》，第 1922 頁。

④ 班固《漢書》，第 1922 頁。

⑤ 班固《漢書》，第 3612 頁。

⑥ 班固《漢書》，第 3613 頁。

卷、《韓內傳》四卷、《韓外傳》六卷、《韓說》四十一卷四種。①

1.3　清代三家《詩》學

三家在西漢先後列於學官，祿利之下，弟子自遠方受業者動輒千人，其中《魯詩》傳授最廣，有張、唐、褚氏之學，又有韋氏、許氏之學，皆家世其業，守其師法。《齊詩》有翼奉、匡衡、伏理之學。《韓詩》則有王吉、食子公、長孫順之學。由於官學與政治息息相關，兩漢"三家《詩》學"呈現了明顯"通經致用"的特徵，是故《漢志》謂三家所傳"咸非其本義"。此一《詩》學特徵發展到西漢後期，就如同其他今文經學一樣脫離文本，"務碎義逃難，便辭巧說，破壞形體"，結果"安其所習，毀所不見，終以自蔽"。②東漢之世，《毛詩》學逐漸盛行，而三家《詩》學則逐漸衰微。《隋書·經籍志》云：

> 漢初又有趙人毛萇善《詩》，自云子夏所傳，作《詁訓傳》，是爲"毛詩古學"，而未得立。後漢有九江謝曼卿，善《毛詩》，又爲之訓。東海衛敬仲，受學於曼卿。先儒相承，謂之《毛詩序》，子夏所創，毛公及敬仲又加潤益。鄭眾、賈逵、馬融，並作《毛詩傳》，鄭玄作《毛詩箋》。《齊詩》，魏代已亡；《魯詩》亡於西晉；《韓詩》雖存，無傳之者。唯《毛詩》鄭《箋》，至今獨立。③

鄭玄（127—200）繼承了衛、鄭、賈、馬諸家研究《毛詩》的成果，又擇取三家《詩》學於箋釋之中，爲《毛詩》作《箋》，於是以《鄭箋》爲核心的《毛詩》學大行於世。三家《詩》學雖然仍保有官學的地位，但此消彼長之下逐漸衰微且以亡佚告終。據《隋志》，《齊詩》亡於魏代，《魯詩》亡於西晉。唐高宗永徽四年（653）頒孔穎達（574—648）《毛詩正義》，並以之爲明經取士的標準。由於《正義》嚴守"疏不破注"的原則，所以《毛傳》、《鄭箋》成爲釋《詩》的唯一標準，而學者也不敢輕議毛、鄭之失，於是"《毛詩》古學"

---

① 班固《漢書》，第 1707—1708 頁。
② 班固《漢書》，第 1723 頁。
③ 魏徵等《隋書》，中華書局，1973 年，第 918 頁。

獨尊,三家《詩》學中最後一脈的《韓詩》亦因此没有多少發展空間。《四庫全書總目提要》指出:"宋修《太平御覽》,多引《韓詩》。《崇文總目》亦著錄,劉安世、晁說之尚時時述其遺說,而南渡儒者,不復論及。知亡於政和、建炎間也。"①《太平御覽》編成於北宋太宗太平興國八年(983),政和(1111—1118)爲北宋徽宗年號,建炎(1127—1130)爲南宋高宗年號,據《提要》的考證,《韓詩》亡於北宋末年、南宋初年之間。②

　　從學術發展的脈絡來看,《鄭箋》以後三家《詩》學逐漸式微,魏晉以後只存《韓詩》,《正義》以後《韓詩》亦無人問津,兩宋之交《韓詩》亡佚是三家《詩》學正式結束的標誌。至此,兩漢魯、齊、韓三家經師傳習的《詩》文本以及構築的《詩》學詮釋體系在《毛詩》定於一尊的《詩經》學中落幕退場。在這近千年的漫長歷程之中,三家《詩》學最終連最主要的文本亦不復存在。幸而這個衰落的過程歷時曠久,三家《詩》部分文本與《詩》說,就因爲見引於其他古書之中而得以保存下來。例如唐高宗顯慶三年(658)成書的李善(630—690)《文選注》即見存大量《韓詩》佚文遺說。因此,從兩宋之交到清亡爲止這近八百年間,三家《詩》學由衰而盛,從僅存《韓詩外傳》一種,到清末湖南長沙學者王先謙(1842—1918)仿《正義》體例,撰就《詩三家義集疏》,三家《詩》經、注、疏俱備,可以與經、傳、箋、疏完好無缺的《毛詩》學相比肩。其間對於三家《詩》佚文遺說的輯佚以及歸屬理論的研究,成爲清代三家《詩》學有别於兩漢且自成一格的特徵與

---

① 紀昀總纂《四庫全書總目提要》,河北人民出版社,2000 年,第 457 頁。
② 近人馬昕在《四庫提要》基礎上,進一步考證《韓詩薛君章句》當在南宋初至孝宗淳熙這六十二年之間亡佚,證據之一是兩宋之交學者李樗《毛詩詳解》釋《柏舟》詩旨時曾引《韓詩》云"衛宣姜自誓所作"。然據馬文所引方大琮《毛詩詳解序》云"乾(道)淳(熙)前此編行世久矣"以及所引黄震《黄氏日鈔》云"南渡後,李迁仲集諸家,爲之辯而去取之",則《毛詩詳解》在南宋初年早已成書,而且是李樗集解之作。那麽此一孤證到底是李氏親睹《章句》原書,抑或錄自别家實不可疑。馬文另一個證據是林光朝(1114—1178)《艾軒文集》卷六《與趙著作子直》中"今齊、韓之《詩》,字與義多不同"一語。嚴格來說此非直接證據,且如以此推論的話,則《齊詩》在南宋初年亦未亡佚。詳見馬昕《〈韓詩薛君章句〉成書、流傳及亡佚考》,《中國典籍與文化》2012 年第 2 期,第74—75 頁。準此,關於《韓詩》亡佚時間本書一仍舊說。

體系。準此，"清代三家《詩》學"指的是清人對於三家《詩》佚文遺說輯佚方法的發明與實踐，對兩漢三家《詩》學者家派的研判與輯佚材料的歸屬，以及在輯佚與歸屬工作基礎上，對三家所傳今文文本，包括詞義訓釋、句意解說、詩旨推闡在內的研究。

第二節　二十一世紀初清代三家《詩》學的研究

關於清代三家《詩》學的年限，通行的說法大抵以乾隆二十五年（1760）范家相（1715—1769）①的《三家詩拾遺》成書始，至 1916 年②王先謙的《詩三家義集疏》問世爲止，前後綿歷近一百六十年之久。③《詩三家義集疏》出版後，鄭振鐸（1898—1958）在 1923 年 3 月《小說月報》上發表的《關於詩經研究的重要書籍介紹》已經對其有所介紹。④ 不過在民國學者中，胡樸安（1879—1947）是首個"按學術之分，而求其有統系之學"，把《詩經》學"視爲"於學術上有獨立之價值"的學者。⑤ 胡氏所著《詩經學》一書在 1928 年出版，篇幅不大卻有系統地講述了與《詩經》研究有關的概念、歷史與成果，其中"清代三家《詩》學"的部分置於"清代《詩經》

---

① 案：范家相生卒年據陳鴻森《清代學術史叢考》，《大陸雜誌》第 87 卷第 3 期，1993 年，第 8 頁。

② 案：學者一般據《詩三家義集疏》家刻本牌記"乙卯虛受堂刊"一語而稱《集疏》在 1915 年刊行。考歲次乙卯正月初一爲新曆 1915 年 2 月 14 日，乙卯除夕爲 1916 年 2 月 2 日。筆者嘗據王先謙《葵園自訂年譜》、繆荃孫《藝風老人日記》、《藝風堂友朋書札》（顧廷龍校閱），考證出《集疏》在 1915 年 8 月已經擺印，但由於匠工積遲，直到 11 月下旬仍未刻就。翌年春，即 1916 年《集疏》二十八卷始刻竣面世。詳參張錦少《王先謙〈詩三家義集疏〉成書考》，《中國經學》第 8 輯，廣西師範大學出版社，2011 年，第 200—201 頁。

③ 案：據筆者搜集所得，光緒三年（1877）進士浙江黃岩人楊晨（1845—1922）的《詩攷補訂》在 1936 年刊刻，收入《崇雅堂叢書》之中，若以此爲限則清代三家《詩》學更是長達近一百八十年。詳見本書第二章。

④ 鄭氏稱："此書爲最近出現的很重要的著作，集諸家對於三家詩遺說所搜獲的結果，依次排列於'詩'文之下，並加以疏釋。"詳見鄭振鐸《關於詩經研究的重要書籍介紹》，《小說月報》第 14 卷第 3 號，1923 年，1979 年日本東豐書店據原書影印本，總第 22371 頁。

⑤ 胡樸安《詩經學》，商務印書館，1930 年，第 2—3 頁。

學”下。① 書末所列一百一十四種《詩經》研究書目中,屬清代三家《詩》學
著作的共十四種。② 正如胡氏所言,“所列書目,漏略之處,在所不免”,③例
如《詩三家義集疏》即未收錄,臧庸(1767—1811)《韓詩遺說》又誤植爲焦循
(1763—1820)所作等。但大醇小疵,絲毫無損其始創之功。

　　《詩經學》出版至今將近一個世紀,百年之間,《詩經》學研究論著可
謂汗牛充棟,頗具規模。據寇淑慧 2001 年編纂出版的《二十世紀詩經研
究文獻目錄》,④1901—2000 年間《詩經》研究論著共五千七百六十九篇
(種),與清代《詩經》學相關的有一百九十二篇(種),當中直接與清代三
家《詩》學相關的論著只有十二篇(種),包括兩種點校⑤和九篇論文,數
量極少。筆者再據寇氏與香港學者馬輝洪 2012 年合編的《中國香港、臺
灣地區詩經研究文獻目錄》,⑥增補了七篇(種)臺灣學者的論著,⑦合共

---

① 胡樸安《詩經學》,第 105—106 頁。
② 據《詩經學》著錄,包括魏源《詩古微》十六卷,丁晏《王氏詩攷補注補遺》四卷,陳喬樅
　《三家詩遺說攷》四十九卷,范家相《三家詩拾遺》十卷,阮元《三家詩補遺》一卷,焦循
　(筆者案:當爲臧庸)《韓詩遺說》一卷,《訂僞(筆者案:當爲“訂譌”)》一卷,宋綿初《韓
　詩内傳徵》四卷《敘錄》二卷,连鶴壽《齊詩翼氏學》四卷,陳喬樅《齊詩翼氏學疏證》二
　卷,馮登府《三家詩異文疏證》二卷,陳喬樅《四家詩異文攷》五卷,江瀚《詩經四家異文
　攷補》一卷,張慎儀《詩經異文補釋》十六卷,李富孫《詩經異文釋》十六卷。見胡樸安
　《詩經學》,第 161—165 頁。
③ 胡樸安《詩經學》,第 158 頁。
④ 寇淑慧編《二十世紀詩經研究文獻目錄》,學苑出版社,2001 年。案:《目錄》著錄内地
　和香港正式出版的論著。
⑤ 分別是吳格點校的《詩三家義集疏》與何慎怡點校的《詩古微》,點校者書前皆有點校
　說明,述評二書的體例及價值。
⑥ 馬輝洪、寇淑慧編《中國香港、臺灣地區詩經研究文獻目錄》,學苑出版社,2012 年。案:
　《目錄》著錄論著的年份由 1950 至 2010 年,筆者增補的是《目錄》中 2000 年以前的論著。
⑦ 包括趙制陽《皮錫瑞詩經通論評介》,《中華文化復興月刊》第 14 卷第 10、11 期,1981
　年,合共 12 頁;趙制陽《魏源詩古微評介》,《孔孟學報》第 49 期,1985 年,第 67—98
　頁;江乾益《陳壽祺父子三家詩遺說研究》,臺灣師範大學碩士論文,1985 年;陳鴻森
　《〈韓詩遺說〉補遺》,《大陸雜誌》第 85 卷第 4 期,1992 年,第 1—19 頁;林美蘭《魏源
　〈詩古微〉研究》,東吳大學碩士論文,1993 年;胡靜君《皮錫瑞〈詩經通論〉研究》,逢甲
　大學碩士論文,1996 年;賀廣如《魏源的治經方法》,《乾嘉學者的治經方法》,“中研院”中
　國文哲研究所籌備處,2000 年,第 731—786 頁。

也不過十九篇（種）。關於這個現象，筆者認爲主要原因是近百年的《詩經》研究論著中，相當大的一部分是對《詩經》文本的研究，包括清代在内的歷代《詩經》學成果多融匯在論著之中而没有獨立成篇，而作爲主流《毛詩》學以外的三家《詩》學就更顯冷清。不過，十九篇（種）專論清代三家《詩》學的論著中，絶大部分是在八十年代以後發表出版，①且集中在魏源（1794—1857）《詩古微》與王先謙《詩三家義集疏》二書上，這反映了二十世紀秒學者已經有從經典著作入手關注清代三家《詩》學的趨勢。夏傳才曾以寇淑慧的《目録》爲基礎，去重補漏，將二十世紀中國《詩經》研究分爲三期：1901—1949 年、1950—1966 年、1979—2000年，並統計出這三個時期的論著數量分别是：九百八十五篇（種）、五百三十七篇（種）、四千七百零一篇（種）。② 結合上述清代三家《詩》學研究的趨勢，1979 年以後應當是中國《詩經》研究急速發展的時期。以此推論，方興未艾的清代三家《詩》學研究在二十一世紀的走向顯然是令人期待的。

　　筆者以 2001 年爲下限，繼續披涉以清代三家《詩》學爲研究對象的論著，迄今共得專著十種，期刊論文一百零九篇，學位論文二十五篇（詳見引用及主要參考文獻），合共一百四十四篇（種）。這近一百五十篇的論著只是筆者知見所及，但僅此而言，二十一世紀初的論著數量比例上已經是上個世紀整整一百年的將近八倍，增幅驚人，這也反映了清代三家《詩》學漸爲《詩經》學界所注目。總括而言，2001 年後出版而當中有談及清代三家《詩》學的十種專著多爲《詩經》學史著作，③而"清代三家

---

① 只有柳詒徵的《盧抱經增校附諸家校補詩考跋》發表在 1936 年《國學圖書館年刊》上。

② 見夏傳才《二十世紀詩經學》，學苑出版社，2005 年，第 188—189 頁。案：夏書稱論著總數爲 6221 篇（種），惟筆者細考書中表格所列細目的總和，發現各類單行本的總和當爲 388 篇（種），而非表格所列的 386 篇（種），是以論著總數當爲 6223 篇（種）。夏書原以"目"爲計量單位，爲了統一起見，本章一律稱"篇（種）"。

③ 如戴維《詩經研究史》，湖南教育出版社，2001 年；洪湛侯《詩經學史》，中華書局，2002年；張啟成《詩經研究史論稿》，貴州人民出版社，2003 年；趙茂林《兩漢三家詩研究》，巴蜀書社，2006 年；何海燕《清代〈詩經〉學研究》，人民出版社，2011 年；寧宇《清代詩經學》，吉林大學出版社，2015 年等。

《詩》學"往往只是其中的一個章節,或略述研究歷史,或集中討論幾部名著。房瑞麗 2018 年出版的《清代三家〈詩〉文獻研究》是首部以清代三家《詩》學爲題的專書。房氏從輯佚、大義闡釋、融合研究三個方面探討清代三家《詩》學的實績,所據仍然以馮登府(1783—1841)、陳壽祺(1771—1834)陳喬樅(1809—1869)父子、魏源、王先謙等名家的名著爲主。此書資料豐富,論說詳明,是近年難得的清代三家《詩》學研究專書,書末附作者輯錄的八十五種清人三家《詩》學專著,雖與筆者知見略有不同,且偶有資料誤記,①但仍不失其參考價值。

　　期刊與學位論文部分,按其内容重點大致可分爲五類:(一) 清代三家《詩》學史研究,(二) 清代三家《詩》輯佚研究,(三) 清人三家《詩》歸屬理論研究,(四) 出土材料與清代三家《詩》學研究,以及(五) 清代三家《詩》學學者專題研究。前三類的論著基本上針對"輯佚"與"歸屬"這兩個清代三家《詩》學的核心問題而精益求精,後兩類的論著則頗能說明當前學界的研究焦點與方向,也是筆者近年最爲關注的課題。

　　第四類"出土材料與清代三家《詩》學研究"是近年新興的研究方向,論著只有七篇(種)卻饒具啟示意義。葛立斌《二十世紀〈詩經〉出土文獻述評》統計了二十世紀《詩經》出土文獻共有 13 種,②此外尚有 2001 年以

①　如馬昕在 2014 年已考辨出范家相《三家詩拾遺》成書於乾隆二十五年,房書著錄則仍謂"版本有清乾隆十九年會稽范氏刊本";又郭慶藩《詩異文考證》稿本現藏湖南圖書館,原書有八卷,房氏著錄爲一卷等。以上分別見房瑞麗《清代三家〈詩〉文獻研究》,中國社會科學出版社,2018 年,第 306、324 頁。

②　13 種出土文獻包括:(1) 敦煌卷子《詩經》寫本、(2) 吐魯番《毛詩》殘卷、(3) 甘肅武威漢簡《儀禮》所論《詩經》、(4) 漢魏洛陽故城太學遺址出土的漢石經殘石、(5) 山東臨沂銀雀山漢墓出土《晏子春秋》引詩、(6) 河北定縣漢墓竹簡《論語》所論《詩經》、(7) 漢馬王堆帛書《五行》中引詩、(8) 安徽阜陽竹簡《詩經》、(9) 河北平山縣出土"平山三器"銘文引《詩》、(10) 漢魯詩鏡、(11) 郭店 1 號楚墓《郭店》楚簡、(12) 江蘇連雲港尹灣漢簡《神烏賦》所引《詩》、(13) 上海博物館藏戰國竹簡《孔子詩論》,詳參葛立斌《二十世紀〈詩經〉出土文獻述評》,《湖北師範學院學報(哲學社會科學版)》2008 年第 28 卷第 2 期,第 80—85 頁。

後陸續公布的上博簡、清華簡、安大簡及海昏簡等材料,引起學者有關出土材料與清代三家《詩》學的討論。季旭昇通過《孔子詩論》及熹平石經的資料肯定石經所載《魯詩·都人士》没有首章,推論《齊詩》與《韓詩》亦然,從而否定了陳喬樅"三家《詩》應有首章"說。① 虞萬里則以石經《魯詩》殘字和郭店、上博楚簡《緇衣》引《詩》文字檢視《三家詩遺說攷》、《詩三家義集疏》中的魯、齊異同。② 范麗梅的博士論文《簡帛文獻與〈詩經〉書寫文本之研究》第五章"先秦兩漢《詩經》諸文本之定位"論及清代四家《詩》異文研究之缺失,包括"同一詩派出現多個異文"、"同一文本出現多個異文"、"同一文字見於多家詩派"及"同一文字見於多個文本"等問題。③ 白軍鵬提出將出土資料與三家《詩》的文字進行比對,以異文多寡來判斷學派的歸屬。白氏指出由於漢儒並不絶對"守家法",因此清人以此判定學派的方法並非完全可靠:"三家詩異文整理,陳壽祺、陳喬樅父子的成就最大,而王先謙則最後作了總結,其方法是首先確定漢人的學派屬性,然後將其著作中引詩之處提出。事實上,對於學者學派的判定,有時只是出於推測。"④于浩也有相類近的看法,他以海昏簡《詩》的整理者以熹平石經的《魯詩》篇次判定海昏簡《詩》屬於《魯詩》,但海昏簡與熹平石經的用字並不相同爲例,指出單以異文判定學派歸屬的方法並不可靠。⑤ 這些論著充分利用了清人未及見的新材料,爲修正清人三家《詩》異文研究以及由此發展出來的歸屬理論提供了有益的探究與嘗試,肯定是今後三家《詩》學研究的一個新方向。值得注意的是,2002 年柯馬丁

① 季旭昇《從〈孔子詩論〉與〈熹平石經〉談〈小雅·都人士〉首章的版本問題》,《詩經研究叢刊》2006 年第 11 輯,第 1—16 頁。
② 虞萬里《從熹平殘石和竹簡〈緇衣〉看清人四家〈詩〉研究》,《中國經學》第 6 輯,廣西師範大學出版社,2010 年,第 53—92 頁;又載氏著《榆枋齋學林》,華東師範大學出版社,2012 年,第 109—154 頁。
③ 范麗梅《簡帛文獻與〈詩經〉書寫文本之研究》,臺灣大學博士論文,2008 年。
④ 白軍鵬《百年來以出土文獻研究〈詩經〉之分野及評述》,《中國史研究動態》2012 年第 1 期,第 7 頁。
⑤ 于浩《海昏簡〈詩〉與西漢早期魯詩傳授》,《南昌大學學報(人文社會科學版)》2021 年第 5 期,第 114—122 頁。

(Martin Kern)因應出土《詩》材料,提出以寫本產生(manuscript production)與文本複製(textual reproduction)兩個概念,考察在早期口耳相傳過程中《詩》文本的流傳與接受。① 其後夏含夷(Edward L. Shaughnessy)對此有不同的看法,他認爲《詩》不晚於戰國已經以文字而非口頭的形式傳播,並以《都人士》錯簡爲例,證明《都人士》是文本複製的結果。② 西方漢學家此一討論對三家《詩》文本的來源與書寫的探究頗具參照借鑒的意義。③

第五類"清代三家《詩》學學者專題研究"是各類清代三家《詩》學研究中論著數量最多的,且都以論文的形式發表,其中單篇論文六十八篇,學位論文十七篇,合共八十五篇,佔整體論著近六成,可見學者仍然習慣以人物作爲中心開展研究。此外,如果我們以論著作者所屬地域進一步考察的話,就會發現臺灣和香港雖然都有相關的論著,但仍以大陸的數量佔多數。以發表時間的先後來看,臺灣學者賀廣如在 2003、2004 兩年間先後發表了《馮登府的三家〈詩〉輯佚學》、《論王先謙〈詩三家義集疏〉之定位》、《范家相〈三家詩拾遺〉及其相關問題》三篇專論,是其上個世紀九十年代關於魏源三家《詩》學研究的延續。④ 賀文研精鉤深,論證詳明,修舊見新,爲其後清代三家詩《學》研究起到了很大的啟導作用。房瑞麗則是迄今論著最多的學者,在 2008—2018 年間共發表了十多篇論文,並結集爲《清代三家〈詩〉文獻研究》,是新世紀初一個標誌性的文獻整理成果。近年馬昕對個別著述版本、史料的考證,與吕冠南對個別清

---

① Martin Kern,"Methodological Reflections on the Analysis of Textual Variants and the modes of Manuscript Production in Early China," in *Journal of East Asian Archaeology*, 4, 1 - 4(2002), pp. 143 - 181. 該文由李芳、楊治宜中譯,收入陳致編《當代西方漢學研究集萃:上古史卷》,上海古籍出版社,2012 年,第 349—385 頁。

② Edward L. Shaughnessy,"Unearthed Documents and the Question of the Oral Versus Written Nature of the *Classic of Poetry*," in *Harvard Journal of Asiatic Studies*, 75, 2(2015), pp. 331 - 375.

③ 關於此一討論,可以參考張萬民《〈詩經〉早期書寫與口頭傳播——近期歐美漢學界的論爭及其背景》,《北京大學學報(哲學社會科學版)》2017 年第 6 期,第 80—93 頁。

④ 參見賀廣如《魏默深思想探究》,臺灣大學文學院,1999 年。

人輯佚、詮釋方法的反思，都爲當前的研究提供了紮實的基礎與有益的探索。

　　八十五篇以人物爲中心的論著，涉及共十位的清代三家《詩》學者。茲以表列形式顯示具體的數據：

	清代學者姓名	研究焦點	期刊論文	學位論文	總數
1	范家相	綜論	0	1	6
		《三家詩拾遺》	5①	0	
2	阮　元	綜論	1②	0	1
3	臧　庸	《韓詩遺說》	1③	0	2
		《詩攷》補輯	1④	0	
4	陳壽祺、陳喬樅	綜論	2⑤	0	8
		《三家詩遺說攷》	3⑥	3⑦	

---

① 如賀廣如《范家相〈三家詩拾遺〉及其相關問題》，《漢學研究》第 22 卷第 1 期，2004 年，第 219—251 頁；房瑞麗《范家相〈三家詩拾遺〉考論》，《古籍整理研究學刊》2014 年第 1 期，第 58—63 頁；王櫻瑾《范家相〈三家詩拾遺〉的輯佚學成就》，《黑河學院學報》2021 年第 9 期，第 146—147、159 頁等。

② 劉偉《清代阮元的三家〈詩〉研究》，《河北經貿大學學報（綜合版）》2016 年第 1 期，第 22—26 頁。

③ 馬昕《臧庸〈韓詩遺說〉的成書、刊刻與訂補》，《版本目錄學研究》第 7 輯，北京大學出版社，2016 年，第 181—190 頁。

④ 李寒光《臧庸〈詩攷〉三種鈔本考述》，《版本目錄學研究》第 7 輯，第 331—341 頁。

⑤ 周豔《清儒陳壽祺、陳喬樅父子研究現狀概說》，《古籍研究》總第 57—58 卷，安徽大學出版社，2012 年，第 33—41 頁；方鵬《陳壽祺陳喬樅〈詩〉學研究綜述》，《湖北科技學院學報》2014 年第 6 期，第 87—88 頁。

⑥ 房瑞麗《陳壽祺、陳喬樅父子〈三家詩遺說考〉考論》，《廣西社會科學》2008 年第 5 期，第 147—150 頁；張早霞、俞豔庭《論〈三家詩遺說考〉的體例及内容》，《西北成人教育學院學報》2017 年第 6 期，第 94—99 頁等。

⑦ 張早霞《陳壽祺、陳喬樅〈魯詩遺說考〉研究》，濟南大學碩士論文，2016 年；董樂超《陳喬樅〈齊詩〉學研究》，濟南大學碩士論文，2017 年等。

續　表

	清代學者姓名	研究焦點	期刊論文	學位論文	總數
5	陳喬樅	《齊詩翼氏疏證》	1①	0	1
6	徐璈	《詩經廣詁》	1②	0	1
7	馮登府	綜論	4③	0	6
		《三家詩遺說》	1④	0	
		《三家詩異文疏證》	0	1⑤	
8	朱士端	《齊魯韓三家詩釋》	4⑥	0	4
9	魏　源	綜論	5⑦	0	26
		《詩古微》	17⑧	4⑨	

---

① 胡建軍《陳喬樅〈齊詩翼氏學疏證〉整理考辨》,《焦作大學學報》2014 年第 2 期,第
31—33 頁。

② 許結《徐璈〈詩經廣詁〉考論》,《安徽大學學報(哲學社會科學版)》2014 年第 4 期,第
61—71 頁。

③ 賀廣如《馮登府的三家〈詩〉輯佚學》,《中國文哲研究集刊》第 23 期,2003 年,第
305—336 頁;馬昕《論馮登府的三家〈詩〉學》,《國學》2015 年第 2 集,第 447—467
頁等。

④ 房瑞麗《〈三家詩遺說〉考述兼及舉誤》,《商丘師範學院學報》2011 年第 4 期,第 30—
34 頁。

⑤ 吳被提《〈三家詩異文疏證〉整理與研究》,浙江師範大學碩士論文,2018 年。

⑥ 如虞萬里《上海圖書館藏稿本〈齊魯韓三家詩釋〉初探》,《中國典籍與文化》2011 年第
4 期,第 60—71 頁;倪晉波《朱士端〈齊魯韓三家詩釋〉的定本與定位》,《古典文獻研
究》第 24 輯上,鳳凰出版社,2021 年,第 153—166 頁等。

⑦ 如江素卿《論魏源治〈詩〉之特色》,《清代學術論叢》2002 年第 3 輯,第 211—230 頁;李
傳書《魏源今文〈詩〉學評述》,《長沙理工大學學報(社會科學版)》2004 年第 4 期,第
108—110 頁;黃開國、李知恕、唐曉勇《魏源對西漢四家詩的評說》,《四川大學學報
(哲學社會科學版)》2014 年第 2 期,第 39—48 頁等。

⑧ 如張啟成《論魏源的〈詩古微〉》,《貴州文史叢刊》2006 年第 2 期,第 26—31 頁;周彩
雲、劉精盛《魏源〈詩古微〉研究現狀述評》,《理論界》2013 年第 2 期,第 158—160
頁等。

⑨ 如關福炎《魏源〈詩古微〉研究》,福建師範大學碩士論文,2008 年;代夢瀟《魏源〈詩古
微〉四始說研究》,四川師範大學碩士論文,2017 年等。

續　表

	清代學者姓名	研究焦點	期刊論文	學位論文	總數
10	王先謙	綜論	4①	0	27
		《詩三家義集疏》	16②	7③	

此外,有兩篇期刊論文與一篇學位論文屬於比較研究。④

　　根據上表,我們大致可以歸納出二十一世紀初以人物爲中心的清代三家《詩》學研究的幾個主要特點:第一,研究集中在少數幾位爲人熟知的清代學者上,其中魏源、王先謙二人更是齊驅並駕,一路領前,延續了上個世紀末以來的研究趨勢。第二,研究以專論特定的著作爲主,其中范家相的《三家詩拾遺》、陳氏父子的《三家詩遺說攷》、魏源的《詩古微》、王先謙的《詩三家義集疏》四種名著尤爲突出。第三,少數學者注意到清人三家《詩》學著作的稿抄本,但絕大部分研究仍以刊刻行世的著述爲主。第四,比較研究的視角較爲薄弱,而且經今古文對立的觀念明顯。

---

① 如陳致《商略古今,折衷漢宋:論王先謙的今文〈詩〉學》,《湖南大學學報(社會科學版)》2006 年第 1 期,第 31—43 頁;李慧琳《王先謙的〈詩經〉學思想及形成原因》,《語文教學通訊》2013 年第 6 期,第 83—85 頁等。

② 如賀廣如《論王先謙〈詩三家義集疏〉之定位》,《人文學報》第 28 期,2003 年,第 87—124 頁;吕冠南《王先謙〈詩三家義集疏〉的三重困境》,《北京社會科學》2016 年第 6 期,第 63—74 頁;張錦少《論王先謙對〈詩三家義集疏〉的定位》,《經學文獻研究集刊》第 25 輯,上海書店出版社,2021 年,第 264—291 頁等。

③ 如張錦少《王先謙〈詩三家義集疏〉研究》,香港中文大學博士論文,2007 年;程瑩《王先謙〈詩三家義集疏〉研究》,安徽師範大學碩士論文,2007 年;吕冠南《王先謙〈詩三家義集疏〉研究》,山東大學碩士論文,2015 年等。

④ 趙茂林《王先謙與陳喬樅三家〈詩〉研究比較》,《廣西社會科學》2004 年第 4 期,第 123—128 頁;李霖《論陳喬樅與王先謙三家詩學之體系》,《儒家典籍與思想研究》第 2 輯,北京大學出版社,2010 年,第 95—113 頁;文婷《〈詩三家義集疏〉的主要輯佚成就及與〈三家詩補遺〉的對比研究》,南京師範大學碩士論文,2012 年。

第三節　研究緣起

通過以上簡單的文獻回顧，筆者發現新近二十年清代三家《詩》學研究論著數量明顯增多的同時，論著的內容卻有呈單一重複的傾向。相同的課題分別有不同的學者在研究，論題與內容亦大同小異。例如2007—2015年共有五篇學位論文的篇題都是"《詩三家義集疏》研究"，分別在於作者"王先謙"之有無。換言之，差不多每一年就有一篇全面研究《集疏》的博碩論文。2008—2019年研究《詩古微》的學位論文共有四篇，篇題略有變化，但始終在"魏源"、"《詩古微》"、"研究"這三個關鍵詞之中斟酌損益。如果我們換個角度，以論著的作者來看的話，會發現同一個作者有時候在不同期刊發表的論文，題目稍變而內容卻大同小異，這在輯佚方法的研究上尤爲明顯。大量重複的主題，一方面固然代表相關研究漸次深入，另一方面也可能意味著相關的觀點容易流於陳陳相因，甚至自我複述。

例如在以梁啓超（1873—1929）爲代表的晚清今文學家構建的近代中國學術史書寫脈絡與框架中，魏源以突破古文藩籬的立場得到今文學者的青睞，其《詩古微》更被奉爲與清末今文學復興一脈相承的今文《詩經》學濫觴之作。時至今日，魏源《詩古微》仍舊以專言今文三家微言大義，與古文《毛詩》考據學對立的姿態出現在絕大部分的論著之中。學者對《詩古微》裏俯拾皆是以清人標準的考證文字，廣徵博引，考辨詩旨、申發詩義的例子，乃至於對魏氏在咸豐五年（1855），也就是魏氏離世前的兩年，在龔橙（1817—？）批校本《詩古微》上所寫的"竊冀將來庶與《毛詩》並學宮"的企望，都沒有充分的注意，更遑論對梁啓超以晚清今文學的視角，誇大《詩古微》批評《毛詩》的立場，並以此作爲清學分裂標誌的觀點提出質疑。

又例如研究王先謙《詩三家義集疏》的論著，無一例外都以"集大成"爲其定位，並緊扣王氏爲陳氏父子繼承者的角色，卻忽略了《集疏》與《遺說攷》在體例上截然不同的特點，前者以《詩》篇爲綱，後者以三家爲綱。

形式的不同往往是創造意義的方式,王先謙在佚文遺説上全盤繼承《遺説攷》的同時,卻有意在編排材料的形式上分道揚鑣,顯然有其深意。更爲重要的是,在"集大成"此一標籤下,王先謙幾乎成爲了一個材料編纂者,王氏個人的意見更因爲其近九百條的案語散見全書、整理不易而未受學者重視。

有清近三百年的歷史中,三家《詩》學綿延了超過一半的時間。目前多爲學者所關注的幾位清人及其著述,顯然不可能是清代三家《詩》學的全部。在少數名家名著經典化的過程中,名不經傳,甚至未能刊刻出版的稿本、抄本、校本往往湮没無聞。這一方面固然是因爲不少清人的三家《詩》著述已經亡佚,有幸存世的也多藏於各地圖書館的善本書庫之中,借閲不易。另一方面是我們習慣於在既有的學術史框架下,對見諸學術史的所謂經典進行研究,而學術史的書寫又借助這些研究來歸納綜述,結果經典以外的人物、著述往往被掩蔽。

三家《詩》成學始於西漢,東漢時期已有衰敗之迹,至兩宋之交以《韓詩》亡佚而告終。清人全面搜討三家佚文遺説,並由此而構建其三家《詩》學體系。在此一體系的構建過程中,如何將佚文遺説歸屬,成爲了清代三家《詩》學中的一大方法學問題,其結論是否可靠更是影響我們如何看待、運用清人這些成果的一大關鍵。然而總覽近一百五十篇的論著之中,關於歸屬理論的專門討論至今也不過七篇,當中雖然不乏體大思精之作,[①]但從數量來看顯然不足以反映歸屬問題的重要性。

本書的撰作即基於筆者近年對上述幾個問題的反思而來。首先,筆者將清代三家《詩》學發展分爲奠基、轉向、總結三個關鍵的節點,並選取范家相、魏源、王先謙爲研究個案。作爲公認的首部清人三家《詩》學著述,范家相的《三家詩拾遺》顯然是無法略過的一環,然而學者對《拾遺》零星的研究與范氏作清代三家《詩》學奠基者的地位又顯然不能比配。

---

① 如虞萬里《從熹平殘石和竹簡〈緇衣〉看清人四家〈詩〉研究》,《中國經學》第 6 輯,第 53—92 頁;虞萬里《〈詩經〉異文與經師訓詁文本探賾》,《文史》2014 年第 1 期,第 159—184 頁。

范氏《詩》宗毛氏,撰作《拾遺》以前,已有《毛詩》學專著《詩瀋》行世。殆無子遺的三家《詩》學如何在乾隆二十五年以輯佚的形式,經由學宗《毛詩》的學者而得以重生?此一歷程本身就極具學術史意義,而目前學界對范氏撰作《拾遺》的動機乃至其對三家《詩》的立場亦尚無定論。這些都是開展清代三家《詩》學研究前必須回答的問題,這也是本書第一章"從王應麟到范家相:清代三家《詩》學引論"的用意所在。

其次,筆者從 2002 年開始搜討清人三家《詩》學著述,翻檢各種書目方志、清人文集信札,掌握著述的存佚狀況,並親赴各地圖書館借抄原件、購藏書影,至今知見的清人三家《詩》學著述稿、抄、校、刻本共八十六種。這八十六種著述不可能就是清人著述的全部,卻已足夠容許我們以量化統計的方法,較爲客觀地歸納清人在三家《詩》研究取得的實績。本書第二章"學術史的新寫法:從著述的年份及其作者的地理分布看清代三家《詩》學的發展",是筆者結合時地的研究方法,以學術史資料長編的形式,按照時間先後順序,將著述成書或成稿年份可考的著述繫年,再配合作者的出生年份、籍貫、生平行誼等資料,書寫清代三家《詩》學發展歷程的新嘗試。

再者,魏源與王先謙作爲清代三家《詩》學轉向與總結的關鍵人物,二人在清代三家《詩》學史上的貢獻與意義是無庸置疑的,研究二人的論著數量一枝獨秀亦是情理之中。然而正是如此,那些亟需釐清的概念與觀點卻因爲積習生常而變得理固當然。筆者從第二章建立的較爲宏觀的學術史角度出發,重新尋繹三家《詩》學在道光年間轉向的源頭。第三章"從莊存與到魏源:道光時期清代三家《詩》學轉向新繹",將考察的時期由道光上推到乾隆年間,以較少學者關注的莊存與(1719—1788)《毛詩說》作爲比較,勾勒從莊存與到魏源,常州莊氏一門《詩》學由《毛詩》轉向三家的歷程。並通過論證清人判定學術價值的標準在於方法而非對象,解釋魏源企望四家《詩》並存而非對立的撰旨,嘗試修正梁啟超以來以今古文對立來研究清代經學的視角。第四章"復古以創新:王先謙《詩三家義集疏》的新定位"是對以"集大成"作爲《集疏》定位此一成說的質疑。筆者藉由《集疏》撰作過程中書題的遞易、體例的選定、案語內容的爬梳以及王氏晚年學術脈絡的考察，琢磨王氏選定經疏的體例，以《詩》篇爲綱歸屬三家佚文遺說的用意。同時釐析案語處處貶抑《毛詩》，揚屬三家遺文舊義的本意，通過王氏本人的視角，審察王氏對《集疏》在自身學術脈絡中的定位，從而凸顯《集疏》的本色。

最後，本書以檢討清人三家《詩》學中自成系統卻又爭議最大的佚文遺說歸屬理論作結。筆者在第五章"謬誤的體系：清代三家《詩》歸屬理論的新檢討"中，以劉向（前79—前8）《詩》學、《說苑》性質、《爾雅》詁訓爲例，分別從漢人家學、編撰概念、成書年代三個面向，檢驗清人歸屬理論的邏輯、原則、方法、成果。並提出以《詩》派確鑿的石經、海昏簡《魯詩》以及逸出於四家的阜陽漢簡《詩》爲基礎，結合史傳所載、互見文獻、緯書材料以及民國以來的研究成果，修正清人歸屬理論，在文獻材料與流傳脈絡互證、互補、互相制約的機制下，構建當代的兩漢《詩經》歸屬理論。

本書題"新論"爲名，是指筆者對於舊說的回顧與反思，絕無刻意求新、鑿空立論之意，而"舊"與"新"之間只是觀點與角度的不同。本書所論皆建基於材料的搜討、史料的考證、原典的細讀、對比的視角、方法的釐定、觀念的省思，並以上述五個個案研究的形式呈現。筆者選取的范家相、魏源、王先謙三人，恰好處於本書據八十六種稿抄校本整理出來的清代三家《詩》學史中的三個關鍵的節點上，而歸屬理論的討論又是清代三家《詩》學中的關鍵所在。五章可以說各自獨立，卻又環環相扣，構成了本書的整體理路與脈絡。

第一章
從王應麟到范家相：
清代三家《詩》學引論

　　乾隆二十五年（1760），浙江會稽人范家相的《三家詩拾遺》成書，是范氏晚年繼踵宋人王應麟（1223—1296）《詩攷》輯佚三家之志，更爲蒐補，粹爲一篇，是清代首部三家《詩》學奠基之作。有意思的是，范氏《詩》宗毛氏，撰作《拾遺》以前，已有《毛詩》學專著《詩瀋》行世。從王應麟到范家相，殆無孑遺的三家《詩》學如何在乾隆時期以輯佚的形式復現，又爲何經由學宗《毛詩》的學者而得以復活？這個歷程到底透露了哪些學術史的信息？承續王應麟輯佚之志的清人不僅范家相一人，那麼范氏有何過人之處能夠使《拾遺》成爲公認的清代三家《詩》學奠基之作？以下我們不妨從民國以來的清代學術史論述說起，重探范家相的《三家詩拾遺》在清代三家《詩》學史的定位及其奠基者的意義，以此作爲本書的引論。

第一節　三家《詩》學在清代復活的學術史解釋：
從梁啟超的清代學術史論說起

　　梁啟超在《論中國學術思想變遷之大勢》一書中，總結有清一代的學術成績，稱“此二百餘年間，總可命爲‘古學復興時代’”。[①] 梁氏其後在《清代學術概論》中進一步解說曰：

---

① 梁啟超《論中國學術思想變遷之大勢》，上海古籍出版社，2001 年，第 134 頁。

　　綜觀二百餘年之學史，其影響及於全思想界者，一言蔽之，曰"以復古爲解放"。第一步，復宋之古，對於王學而得解放。第二步，復漢唐之古，對於程朱而得解放。第三步，復西漢之古，對於許鄭而得解放。第四步，復先秦之古，對於一切傳注而得解放。①

　　梁氏的清代學術史論影響深遠，至今仍然是學者參證引據時的取資。根據羅志田的考察，以"古學復興"來詮釋清代學術取向的評斷，在民國時期已經引起傅斯年（1896—1950）、蒙文通（1894—1968）、蔡元培（1868—1940）甚至胡適（1891—1962）等人不同程度的關注。② 不過羅氏認爲，"說清儒'復古'大致是敍述，'求解放'則顯然是以今度古的所謂'當代詮釋'，絕非清代大多數學者有意識的努力目標"。③ 誠如羅氏所言，梁啟超以"求解放"爲清人復古的目標，實際上是清季以來部分學者憧憬歐洲經過文藝復興（Renaissance）走向現代文明，以"以今度古"的詮釋方法投射此一理想的表現。在梁啟超以前，葉德輝（1864—1927）在光緒年間已經從學術出入分合的角度，提出"有漢學之攘宋，必有西漢之攘東漢。吾恐異日必更有以戰國諸子之學攘西漢者"的看法。④ 換句話說，葉德輝認爲"復古"在清代是必然的趨勢。我們如果把"復古"理解爲恢復先秦周孔之道，那麼"復古"本身就是傳統儒者治學的目標。問題是"復古"的門徑歷代各異，既可以是漢唐的訓詁考據，也可以是宋明的冥證義理，那麼清儒自顧炎武（1613—1682）以來以考據復古的原因何在？用今天的學術話語來問，就是考據學在清代興起的原因是甚麼？

---

① 梁啟超《清代學術概論》，上海古籍出版社，2000 年，第 7 頁。
② 羅氏曰："傅斯年、蒙文通等的相關論述俱在此'典範'之中，蔡元培更明確將乾嘉考據的興盛視爲'中國文藝中興的開端'，而將清季民初歐洲文化大量輸入並影響中國那年看作'中國文藝中興發展的初期'。胡適稍後將其所謂廣義的'中國文藝復興'上溯到宋代，然其實際的關注當然是新文化運動那狹義的'中國文藝復興'。"羅志田《中國文藝復興之夢：從清季的古學復興到民國的新潮》，《漢學研究》第 20 卷第 1 期，2002 年，第 299 頁。
③ 羅志田《中國文藝復興之夢：從清季的古學復興到民國的新潮》，《漢學研究》第 20 卷第 1 期，2002 年，第 279 頁。
④ 葉德輝《與戴宣翹校官書》，見《郎園書札》，藝文印書館，1970 年，第 20 頁下。

　　民國以來,關於這個問題已經有不少學者從不同的角度加以回答,其中最先引起關注的依舊是梁啟超。梁氏認爲清代考據學的興起是針對理學空談心性的反動:

　　　　"清代思潮"果何物耶? 簡單言之:則對於宋明理學之一大反動,而以"復古"爲其職志者也。……吾言"清學之出發點,在對於宋明理學一大反動",夫宋明理學何爲而招至反動耶? 學派上之"主智"與"主意","唯物"與"唯心","實驗"與"冥證",每迭爲循環。大抵甲派至全盛時必有流弊,有流弊斯有反動,而乙派與之代興。乙派之由盛而弊,而反動亦然。①

這一段稱得上是經典的解釋在相當長的一段時間裏普遍爲學界接受,如蕭一山(1902—1978)在民國十二年(1923)完成的《清代通史》中即謂"清學之成立,乃理學反動之結果也。清代學者,每以漢學自命,蓋亦欲借重其名,以與宋學相抗也"。② 胡適在《清代學者的治學方法》中亦謂"當時的學者不滿意於宋代以來的性理空談,故抬出漢儒來,想壓倒宋儒的招牌",③直到二十世紀末,梁啟超的觀點仍然得到不少學者的肯定,杜維運考論顧炎武與清代考據學的關係時,開首即曰:

　　　　清代學術,一言以蔽之,爲考據學。明代王學極盛而敝,學者束書不觀,游談無根,於是清初學者起反動,而考據學産生。考據學切實際,重證據,富有科學求真之精神,具備客觀研究之方法,一反王學之主觀與空疏。中國學術,至是而放出新異彩焉。④

"反動"意味著對立,因此梁啟超以來奉持此一觀點的學者實際上強調的是宋明與有清之間在學術上的隔絕。錢穆(1895—1990)在《中國近三百年學術史》中對此最先提出質疑,並以"兩宋學術"與"晚明東林學派"爲

---

① 梁啟超《清代學術概論》,第 3、7—8 頁。
② 蕭一山《清代通史》,中華書局,1923 年,第 4 頁。
③ 見胡適《胡適文存》,亞東圖書館,1931 年,第 551 頁。
④ 見杜維運《清代史學與史家》,東大圖書公司,1984 年,第 95 頁。

引論，提出清代學術必始於宋，"故不識宋學，即無以識近代也"，而"東林學者講學大旨著於篇，爲近三百年學術思想作先導"的主張。① 美國漢學家狄百瑞(William Theodore de Bary，1919—2017)也指出，明代的思想絕非一成不變，而是充滿活力和知識的多樣性。② 他在 *The Unfolding of Neo-Confucianism* 一書裏特別提到宋明理學内部也有實學的傳統，絕非只有"空談心性"。③ 針對"反理學"的論調，余英時(1930—2021)的回應是：

> "反理學"之說雖然好像是從思想史發展的本身來著眼的，但事實上也是外緣論的一種伸延。因爲追溯到最後，"反理學"的契機仍然是滿洲人的征服中國激起了學者對空談心性的深惡痛絕。④

余氏嘗試從學術發展的内部變遷考察宋明理學與清學之間的延續性。他認爲宋明以來儒學發展的一大衝突就是"道問學"與"尊德性"之爭，亦即"智識主義與反智識主義的對立"。⑤ 余氏指出從近世儒學的發展歷程看，宋代"同時包羅了'尊德性'和'道問學'兩方面，比較上能不墮於一邊"，明代則"在心性之學上有突出的貢獻，把'尊德性'領域内的各種境界開拓到了盡頭"。⑥ 換言之，以宋代程朱爲代表的理學是"尊德性"與"道問學"兼而有之，至明代以王陽明(1472—1529)爲代表的理學則專言"尊德性"。因此，所謂"宋明理學"在概念上過於籠統。杜維運在借用梁啟超的觀點時，刻意把清初學者反動的對象緊扣明代的王學，其用意或

---

① 錢穆《中國近三百年學術史》，商務印書館，1997 年，第 1、9 頁。

② "What we find, then, in the extremities of the Ming situation, is anything but a dull conformity of thought to established patterns and institutions; it is rather a picture of lively controversy and intellectual diversity." In William Theodore De Bary, *Self and Society in Ming Thought*, New York: Columbia University Press, 1970, p. 3.

③ William Theodore de Bary(ed.), *The Unfolding of Neo-Confucianism*, New York: Columbia University Press, 1975, pp. 1 - 32.

④ 余英時《清代思想史的一個新解釋》，載氏著《歷史與思想》，聯經出版事業股份有限公司，2014 年，第 101 頁。

⑤ 余英時《從宋明儒學的發展論清代思想史》，載氏著《歷史與思想》，第 101 頁。

⑥ 余英時《從宋明儒學的發展論清代思想史》，載氏著《歷史與思想》，第 103—104 頁。

在於此。余氏又指出：

> 就儒學內在的發展說，"尊德性"之境至王學末流已窮，而"道問學"之流在明代即始終不暢。雙方爭持之際，雖是前者占絶對上風，但"道問學"一派中人所提出"取證於經書"的主張卻是一個有力的挑戰，使對方無法完全置之不理。而另一方面，"尊德性"一派的儒者爲了要說明"古聖相傳只此心"，也多少要涉及原始儒學經典的整理問題。①

結果就是明代中葉以後考據之學萌芽，"是明代儒學在反智識主義發展到最高峰時開始向智識主義轉變的一種表示"。② "在這一轉變中，以前被輕視的'聞見之知'現在開始受到了重視。到了清代，這一趨勢變得更爲明顯了"。③ 最終在清初由顧炎武提出"經學即理學"的口號，並以具體的經學研究成果對後學起示範的作用，爲後學開啟了無數可以繼續深耕的範疇，於是以經學考證爲核心的清代考據學正式確立。余氏此一"内在理路"的詮釋，注意到了明清學術從道德層面轉向知識層面的内部延續性。余氏雖然稱"自己提出的'内在理路'的新解釋，並不能替外緣論，而是對它們的一種補充、一種修正罷了"，④後來艾爾曼（Benjamin A. Elman）的 *From Philosophy to Philology: Intellectual and Social Aspects of Change in Late Imperial China*，就是結合了内在與外緣因素，從學術史與社會制度考察明清之際由理學轉向考據學的過程。⑤ 然而"内在理路"框架的一大貢獻，就是提破了明代中葉以後取證於經書的考據之學已經開始撼動"尊德性"的理學，此一趨向並爲清人所繼承與拓展。

---

① 余英時《從宋明儒學的發展論清代思想史》，載氏著《歷史與思想》，第 117 頁。
② 余英時《從宋明儒學的發展論清代思想史》，載氏著《歷史與思想》，第 117 頁。
③ 余英時《清代思想史的一個新解釋》，載氏著《歷史與思想》，第 150 頁。
④ 余英時《清代思想史的一個新解釋》，載氏著《歷史與思想》，第 163 頁。
⑤ 黃進興《評 Benjamin A. Elman *From Philosophy to Philology*：*Intellectual and Social Aspects of Change in Late Imperial China*》，《漢學研究》第 4 卷第 1 期，1986 年，第 339 頁。

　　金觀濤、劉青峰認爲自顧炎武提出以小學通經學的方法論推動下，清代學者的常識理性高度發達，加上修身方式由宋明理學的冥想轉化爲對儒家經典的考證，經學的復興成爲了以復古爲目標的清代學術中最爲鮮明的特徵：①

　　　　以常識理性的方法來看，越是接近聖人生活年代的經典就越可靠，那麼，隨著考證的深入，就會再次產生對古文經的懷疑。古文經是東漢末年儒者批判今文經的憑藉，對其真偽一直有爭議。從被儒生信奉的前後順序來說，今文經學比古文經學更古老，也更接近於生活在先秦時代的聖人。②

這就是陳寅恪（1890—1969）所說的"有清一代經學號稱極盛"的因由。③就《詩經》而言，清初學者復古的方向是要扭轉元明兩朝朱熹（1130—1200）《詩集傳》獨大致使漢唐《毛詩》古學不行於世的局面，特別是要糾正明代中葉以來"談玄課虛"、"臆決爲工"的頹風。④

　　朱熹的《詩集傳》是元明兩代以及清代前期官方的《詩》學標準，從元仁宗皇慶二年（1313）恢復科舉，《詩》宗朱《傳》起，至乾隆二十年（1755）頒行《御纂詩義折中》，改以漢儒《詩》說爲主止，士子恪守朱《傳》的局面基本維持了幾近四百五十年之久。然而明代中葉以來，隨著王陽明心學逐漸取代程朱理學而成爲思想的主流，少數學者開始從學術的層面質疑朱熹的《詩》學。例如明正德、嘉靖年間，王陽明門人浙江會稽人季本（1485—1563）撰《詩說解頤》，就指出朱熹"所見猶泥舊聞，而《詩》之大意不能超然悉會於言表"的局限，所以他要一反元代以來羽翼朱《傳》的學

---

① 金觀濤、劉青峰《中國現代思想的起源》，中文大學出版社，2000 年，第 210 頁。

② 金觀濤、劉青峰《中國現代思想的起源》，第 212—213 頁。

③ 陳寅恪《金明館叢稿二編》，上海古籍出版社，1982 年，第 238 頁。

④ "談玄課虛"、"臆決爲工"出自明焦竑（1540—1620）《鄧潛谷先生經緯序》："近世談玄課虛，爭自爲方。而徐考其行，我之所崇重，經所詘也；我之所簡斥，經所與也。鄉道之謂何，而卒與遺經相刺謬。此如法不棄憲令，術不本軒岐，而欲以臆決爲工。豈不悖哉！"見焦竑《澹園續集》，中國國家圖書館藏萬曆三十九年刻本，卷一，第 17 頁上。

風，"於舊說多所破之，而一以經文爲主"。① 又例如稍晚於季本，嘉靖二十六年（1547）進士李先芳（1511—1594）所撰《讀詩私記》二卷成書於穆宗隆慶四年（1570），對於朱熹"淫詩"之說"意竊疑之"，後"因歸田之暇，莊誦朱注，並考東萊《讀詩記》及《十三經注疏大全》諸家，採其近理易簡者，羅緝成帙，始信前所疑者非妄也"。② 明清鼎革，《詩》學風尚延續了明中葉以來對朱《傳》的反動，除了那些專爲應付舉業而固守朱說的士子俗儒外，主流學風大體已經呈現出一種漢宋兼濟，甚至有逐步捨棄朱《傳》的傾向，以至到了乾隆中葉編修《四庫全書》時，經部《詩》類"所採輯，則尊漢學者居多焉"。③ 其中范家相的業師毛奇齡（1623—1716）是清初《詩經》學轉向的推手之一。

毛奇齡，字大可，晚號西河，浙江蕭山人，康熙十八年（1679）己未博學鴻儒科中式，授翰林院檢討，充《明史》館纂修官。據《清史稿》所記：

> 初著《毛詩續傳》三十八卷，既以避讎流寓江、淮間，失其稿，乃就所記憶著《國風省篇》、《詩札》、《毛詩寫官記》。復在江西參議道施閏章所與湖廣楊洪才說詩，作《白鷺洲主客說詩》一卷。明嘉靖中，鄞人豐坊僞造《子貢詩傳》、《申培詩說》行世，奇齡作《詩傳詩說駁議》五卷，引證諸書，多所糾正。④

上述六種著作，《四庫全書》著錄了四種，存目兩種，這在清初諸儒之中可謂罕見，但也間接證明了毛氏《詩》學是清代中葉主流《詩經》學的先聲。其中《白鷺洲主客說詩》以主客論辯答問的形式，圍繞"淫詩"（共十二條）、"笙詩"（共四條）、"雜詩"（共四條）三個主題，展開對朱熹《詩經》學主要觀點的駁斥，全書雖然只有一卷二十條，卻是最能體現毛奇齡堅守《毛序》、《毛傳》，力闢朱《傳》的《詩》學特點。

---

① 季本《詩說解頤》，美國哈佛大學燕京圖館藏明嘉靖四十一年原刊本，第 1 頁上—第 2 頁下。
② 李先芳《讀詩私記》，臺灣商務印書館影印文淵閣《四庫全書》，第 79 冊，第 506 頁。
③ 紀昀總纂《四庫全書總目提要》，第 411 頁。
④ 趙爾巽等《清史稿》，中華書局，1977 年，第 13175 頁。

《白鷺洲主客說詩》第一條問題是"《鄭風》多淫詩，而夫子錄之于經，何也"，此一客問實際上是針對朱熹"淫詩"之說不符孔門"思無邪"的《詩》教之義，因此毛奇齡以主人身份斷然否定三百篇中有所謂"淫詩"：

> 《孔子世家》曰："古者詩三千餘篇，及至孔子，去其重，取其可施于禮義者三百五篇，孔子皆弦歌之，以求合于《韶》、《武》、《雅》、《頌》之音。"是三百五篇，皆可施禮義者也，皆弦歌者也。向使爲淫奔詩，則不惟禮義所絕，幾見有淫詩而可弦之歌之者？且淫詩何詩，謂可以合之舜之《韶》，武之《武》，與夫在朝在廟之《雅》、《頌》耶？[1]

毛氏又引南宋黎立武（咸淳四年［1268］年進士）《經論》中論及讀《詩》"一讀之而生忠心，一讀之而生淫心者，豈其詩有二乎？解之者之故也"之說爲據，暗諷"淫詩說"不過是朱熹個人解讀的結果而已。[2] 毛氏更藉由客問"《序》果可信乎"，直接批評朱熹以一己之臆掩蔽漢唐經注：

> 自朱氏盡斥之，斷以己臆，而有明一代因國姓所自，陰承功德，用其書以取士，勒爲令甲，而于是《鄭箋》、《孔疏》皆莫敢置喙焉。夫漢唐儒者習守毛說，以授受淵源必有明據，朱氏縱度越羣流，又安得崛起千百載後橫執己見以排之。他故無論，即《鄭》、《衛》兩風，朱《傳》皆以爲淫詩，間考之《序》、《傳》，其間諷刺感寄，各有所指，大抵忠臣志士憂時憫俗之爲，一旦盡以淫斥之，果何據耶？[3]

平情而論，毛氏部分對於朱熹的批判已經是主觀的意氣之辭，但從學術發展的角度來看，毛氏反朱的鮮明立場，確實爲清代《詩經》學由尊朱轉向尊毛起到了推波助瀾的作用。到了范家相所處的雍乾時期，在清初諸儒如王夫之（1619—1692）、顧炎武、陳啟源（？—1689）以及毛奇齡等人努力下，《毛詩》學復興幾成定局，特別是陳啟源的《毛詩稽古編》，篇義一

---

① 毛奇齡《白鷺洲主客說詩》，美國哈佛大學燕京圖館藏《西河合集》本，第 1 頁下—第 2 頁上。

② 毛奇齡《白鷺洲主客說詩》，第 5 頁上。

③ 毛奇齡《白鷺洲主客說詩》，第 14 頁。

準《詩序》，訓詁準諸《毛傳》，輔以《鄭箋》，故《四庫提要》評曰："蓋明代說經，喜騁虛辨。國初諸家，始變爲徵實之學，以挽頹波。古義彬彬，於斯爲盛。此編尤其最著也。"①范家相承此風潮，且其學源出毛奇齡，因此治《詩》亦以《毛詩》爲宗。乾隆十九年（1754），范氏寫成《詩瀋》二十卷，乃其釋《毛詩》之說。六年後，范氏完成《三家詩拾遺》十卷，乃其輯佚三家之作。

　　據范氏《自序》所述，《拾遺》是因爲惋惜朱《傳》出而"毛鄭《箋》《傳》之不行於世，而有感於三家之亡"，於是"就深寧王氏之《詩攷》，更爲蒐補，稍爲推論其得失"，"以問諸好古之士"而作。② 從上文梳理的清代學術史脈絡來看，王應麟的三家《詩》輯佚工作爲范家相所繼承與開拓可以說是順理成章的。艾爾曼指出，清代考據學矚目的成果得力於清人對舊學的承續與創新，因此補正（additions and corrections）、辨證（analysis of evidence）類的著作尤多。③ 他特別提到清代不少學者視王應麟爲實證學風（exact scholarship）的先驅，④並主動延續王氏包括《詩經》在內的開創性（pioneering）的研究工作，例如"《困學紀聞》目前通行的標準注本收錄了 18 世紀學者全祖望、焦循、馮登府的新成果，他們繼承了王應麟《詩經》研究成果，糾正其中某些失誤"。⑤ 在筆者知見的八十六種清人三家《詩》學著述中，校補箋注《詩攷》的就有七種，其中四種是在乾隆四

①　紀昀總纂《四庫全書總目提要》，第 448 頁。
②　范家相《三家詩拾遺》，臺灣商務印書館影印文淵閣《四庫全書》，第 88 冊，自序，第 501 頁下。
③　Benjamin A. Elman, *From Philosophy to Philology: Intellectual and Social Aspects of Change in Late Imperial China*, Los Angeles, California：University of California, Los Angeles, 2001, p. 242.
④　Benjamin A. Elman, *From Philosophy to Philology: Intellectual and Social Aspects of Change in Late Imperial China*, p. 96.
⑤　［美］艾爾曼著，趙剛譯《從理學到樸學：中國帝國晚期思想與社會變化面面觀》，江蘇人民出版社，1995 年，第 141—142 頁；Benjamin A. Elman, *From Philosophy to Philology: Intellectual and Social Aspects of Change in Late Imperial China*, p. 242。

十九年(1784)以前,也就是清代三家《詩》學初期成書或成稿的,包括丁杰(1738—1807)的《詩攷》校本、盧文弨(1717—1795)的《增校詩攷》、胡文英的《詩攷補》、嚴蔚的《詩攷異補》。那麽與這些校補《詩攷》的考據學者相比,自謂承續"深寧王氏之《詩攷》"的范家相,是如何通過"更爲蒐補,推論其得失",別出新裁地使其《三家詩拾遺》不僅成爲首部更是具有奠基意義的三家《詩》學著述?《拾遺》對《詩攷》的承續與轉化體現在哪些方面? 在回答這些問題前,我們得先從源頭,也就是王應麟輯考《詩攷》說起。

第二節　清代三家《詩》學的前奏:
王應麟《詩攷》述論

　　三家《詩》的輯佚,始自南宋王應麟的《詩攷》。[①] 王氏以前,宋欽宗靖康年間(1126—1127)擔任國子監祭酒的董逌著《廣川詩故》四十卷,陳振孫(1179—1262)《直齋書錄解題》稱"其說兼取三家,不專毛、鄭,⋯⋯其所援引諸家文義與毛氏異者,亦足以廣見聞、續微絶"。[②] 又徽宗宣和六年(1124)進士曹粹中著《放齋詩說》三十卷,亦注意到三家《詩》材料的運用。近人張壽鏞(1876—1945)從嚴粲《詩緝》、段昌武《毛詩集解》、黃震(1213—1280)《讀書日鈔》、王應麟《詩攷》《詩地理攷》《困學紀聞》等十九種著作所引《詩說》文字,輯錄成《放齋詩說》四卷,尚可略知一二,如《召南·草蟲》一詩下,曹氏《詩說》云:"《齊詩》先《采蘋》而

---

① 據張祝平《"三家詩"輯佚研究的重要系列著作——〈詩攷〉及其增校系列著作學術及版本源流考述》一文(中國詩經學會編《第三屆詩經國際學術研討會論文集》,天馬圖書有限公司,1998 年,第 597—613 頁)所述,《詩攷》分一卷本及六卷本,兩本内容大致相同,不同的是六卷本有"三家詩傳授圖",而六卷本只有元刻本,現藏北京圖書館,一卷本則有元刊明修本、文淵閣《四庫全書》本(臺灣商務印書館,1985 年,第 88 册)、《津逮秘書》本(商務印書館,1937 年,第 1727 册)即本書所用版本、《學津討原》本(張海鵬輯《學津討原》,江蘇廣陵古籍刻印社,1990 年,第 11 册)。
② 陳振孫撰,徐小蠻、顧美華點校《直齋書錄解題》,上海古籍出版社,1987 年,第 37 頁。

後《草蟲》。"①由於《廣川詩故》已佚,《放齋詩說》亦不是足本,因此仍當以《詩攷》爲三家《詩》系統輯佚之始。據王應麟在《序》中所言,《詩攷》的撰作直接受到朱熹的啟發:

> 文公語門人:《文選注》多《韓詩章句》,嘗欲寫出。應麟竊觀傳記所述,三家緒言尚多有之,罔羅遺軼,傅以《說文》、《爾雅》諸書,粹爲一編,以扶微學,廣異義,亦文公之意云爾。讀《集傳》者,或有攷於斯。②

《朱子語類》亦記朱熹謂門人曰:"李善注《文選》,其中多有《韓詩章句》,常欲寫出。"③朱熹雖然最終沒有把《韓詩章句》摘錄出來,但此一想法卻啟發了王應麟,王氏其後罔羅傳記所述的三家緒言,輯錄整理而成《詩攷》一書。三家《詩》學自《毛詩》學獨尊以後,幾成絕學。王應麟在南宋晚期卻要通過輯佚扶助三家《詩》學,在《毛詩》以外,廣納三家異義,此一舉動實與宋代疑經思想不無關係。

2.1　宋代疑經思想與三家《詩》學的復活

屈萬里(1907—1979)《宋人的疑經風氣》一文分宋代疑經之說爲三類:"一是懷疑經義的不合理,二是懷疑先儒所公認的經書的著者,三是懷疑經文的脫簡、錯簡、訛字等。"④那麼《詩經》在宋代疑經思想下的研究情況是怎樣的呢?屈萬里所歸納的三點現象在宋代《詩經》學上有哪些表現呢?葉國良《宋人疑經改經考》⑤考論了十三經在宋代疑經風氣下的研究情況,於《詩經》學則總結了宋人四個研究成果:一是"疑改詩序",⑥二

---

① 曹粹中撰,張壽鏞輯《放齋詩說》,《續修四庫全書》據復旦大學圖書館藏民國三十三年鉛印本影印,上海古籍出版社,2002年,第56冊,卷一,第201頁上。
② 王應麟《詩攷》,《叢書集成初編》據《津逮秘書》本影印,商務印書館,1937年,第2頁。
③ 筆者案:《朱子語類》卷八十也有相近的記載,朱熹曾對門人說:"李善注《文選》,其中多有《韓詩》章句,常欲寫出。"黎靖德編,王星賢點校《朱子語類》,中華書局,1999年,第2066頁。
④ 屈萬里《宋人的疑經風氣》,《大陸雜誌》第29卷第3期,1964年,第23頁。
⑤ 葉國良《宋人疑經改經考》,臺大出版委員會,1980年。
⑥ 葉國良《宋人疑經改經考》,第75—82頁。

是"辨詩雜漢儒偽纂之篇"，①三是"考訂標卷、篇什、篇名、篇第"，②四是"考訂錯簡"。③　這在本質上就是不再依從毛鄭以來的成說，重新研究《詩經》。就以《詩序》的作者爲例，葉國良認爲宋代以前，學者考《詩序》的作者"異說雖多，學者仍多以爲序乃子夏所作或所創，雖說《詩》未必全然採信之，亦未甚排斥之"，但到了宋代，"風氣丕變，約可分爲守序、反序二派。反序一派，大抵以爲《詩序》晚出於衛宏（或衛宏以後人），不足採信。"④例如反《序》最力的鄭樵（1103—1162），他在《詩辨妄》中力辨《詩序》非子夏所作，他說："設如有子夏所傳之序，因何齊魯間先出，學者卻不傳，返出于趙也？《序》既晚出于趙，于何處而傳此學？"又謂："諸風皆有指言當代之某君者，惟《魏》、《檜》二風無一篇指言某君者，以此二國，《史記》世家、年表、書傳不見有所說，故二風無指言也。若《序》是春秋前人作，豈得無所一言？"⑤他認爲《詩序》是衛宏所作，他說："彼以《候人》爲刺共公，共公之前則昭公也，故以《蜉蝣》爲刺昭公。昭公之實無其迹，但不幸代次迫于共公，故爲衛宏所置。"⑥又說："如今《序》中所言'奏象武'者，'奏'實'秦'字，衛宏錯認之爾。"⑦

那麼這種疑經思想在甚麼時候萌芽的呢？王應麟《困學紀聞》卷八下論北宋經學發展時說：

---

①　葉國良《宋人疑經改經考》，第82—84頁。

②　葉國良《宋人疑經改經考》，第84—93頁。

③　葉國良《宋人疑經改經考》，第93—96頁。

④　葉國良《宋人疑經改經考》，第75頁。案：關於宋代以前《詩序》作者異說，可參考《四庫全書總目提要》："《詩序》之說，紛如聚訟。以爲大序子夏作，小序子夏、毛公合作者，鄭玄《詩譜》也。以爲子夏所序《詩》即今《毛詩序》者，王肅《家語注》也。以爲衛宏受謝曼卿作《詩序》者，《後漢書·儒林傳》也。以爲子夏所創，毛公及衛宏又加潤益者，《隋書·經籍志》也。以爲子夏不序《詩》者，韓愈也。以爲子夏惟裁初句，以下出於毛公者，成伯璵也。"（紀昀總纂《四庫全書總目提要》，第411—412頁）

⑤　鄭樵撰，顧頡剛輯點《詩辨妄》，《續修四庫全書》據復旦大學圖書館藏民國二十二年樸社鉛印本影印，第56冊，第227頁下。筆者案：《詩辨妄》早已亡佚，近人顧頡剛主要從周孚《非詩辨妄》中輯錄鄭說，成此冊。

⑥　鄭樵撰，顧頡剛輯點《詩辨妄》，第228頁下。

⑦　鄭樵撰，顧頡剛輯點《詩辨妄》，第229頁上。

　　自漢儒至於慶曆間，談經者守訓故而不鑿。《七經小傳》出而稍
尚新奇矣。至《三經義》行，視漢儒之學若土梗。①

慶曆（1041—1048）是北宋仁宗的年號，王氏以慶曆前後爲北宋經學思想
的分期，慶曆前期約八十年，"談經者守訓故而不鑿"，②而劉敞（1019—
1068）《七經小傳》則可視爲宋代經學反動風氣的發軔。其實宋代首先質
疑舊說的是歐陽修（1007—1072），他的《詩本義》"先爲論，以辨毛、鄭之
失，然後斷以己見"，③"毛、鄭之說已善者，因之不改，至於質諸先聖則悖
理，考於人情則不可行，然後易之"。④《詩經要籍提要》認爲"在《詩經》
史上，歐陽修是最早對詩序與傳、箋提出批判、創發新義的學者之一，他
敢於懷疑、勇於創新的精神和審慎的治學態度，對有宋一代的《詩經》學
產生了深遠的影響"。⑤但爲甚麽王應麟以劉敞爲開有宋疑經風氣先河
的人物呢？這跟歐陽修治經的態度較後來的劉敞溫和有關，正如《四庫
全書總目提要》評《詩本義》時說："修作是書，本出於和氣平心，以意逆
志，故其立論，未嘗輕議二家，而亦不曲徇二家。"⑥而論《七經小傳》則謂

① 王應麟撰，萬蔚亭集證《困學紀聞集證》，中華叢書編審委員會，1960 年，中册，卷八
下，第 27 頁上。
② 筆者案：馬端臨（1254—1323）《文獻通考》卷三十《選舉考三》記載了一件發生在宋真
宗景德二年（1005）的事，他寫道："景德二年，親試舉人，得進士李迪等二百四十餘人，
特奏一百餘人，諸科五百餘人，諸科特奏七十餘人。先是，迪與賈邊皆有聲場屋；及禮
部奏名，而兩人皆不與。考官取其文觀之，迪賦落韻；邊論'當仁不讓於師'，以'師'爲
'眾'，與注疏異，特奏，令就御試。參知政事王旦議：落韻者失於不詳審耳；捨注疏而
立異，不可輒許，恐士子從今放蕩無所準的。遂取迪而黜邊，當時朝論大率如此。"（馬
端臨《文獻通考》，新興書局，1963 年，第 286 頁）筆者案：何晏《論語注》解釋"當仁不
讓於師"爲"當行仁之事，不復讓於師，言行仁急"（何晏注，邢昺疏《論語注疏》，北京大
學出版社，2000 年，第 246 頁）。蓋古訓不以"師"訓"眾"。這一件事正好說明了王應
麟所謂"談經者守訓故而不鑿"的風氣。
③ 陳振孫撰，徐小蠻、顧美華點校《直齋書錄解題》，第 36 頁。
④ 晁公武撰，孫猛校證《郡齋讀書志校證》，上海古籍出版社，1990 年，第 66 頁。
⑤ 中國詩經學會、《詩經要籍集成》編輯委員會編《詩經要籍提要》，學苑出版社，2003
年，第 64 頁。
⑥ 紀昀總纂《四庫全書總目提要》，第 418 頁。

"好以己意改經,變先儒淳實之風者,……謂敞之說經,開南宋臆斷之弊,敞不得辭".① 可見《七經小傳》對宋代疑經風氣的影響較歐陽修要大。劉敞從《詩序》、詩旨、詩義、分章、字詞訓釋等方面,提出了別於前人的看法,不再恪守成說。他於經文尚且敢於提出異議,更何況是《傳》《箋》注疏呢? 所以《毛詩小傳》中"《詩序》之誤也"、"毛、鄭說俱非是也"等案語比比皆是。這種敢於立新的治經風氣,大大影響了有宋經學研究的方向,其中包括重新重視三家《詩》說。

　宋人不再迷信毛鄭以來的《毛詩》學傳統,繼而自行建構一個新的《詩》學系統,但除了《毛詩》之外,可資參考的古代解《詩》材料寥寥可數,南宋初年鄭樵已經有這樣的感歎,他說:"漢人尚三家而不取毛氏者,往往不取其義也,但以妄誕之故,故爲時人所鄙。惜乎三家之《詩》不並傳於世矣! 齊、魯二家斷亡矣,不知韓氏世有傳者乎?"②朱熹雖然沒有從《韓詩章句》輯出《韓詩》的材料,但他的《詩集傳》引《齊詩》一條,《韓詩》十一條,③如《商頌·長發》"爲下國駿厖"一句,《毛傳》把"駿

---

① 紀昀總纂《四庫全書總目提要》,第 859 頁。

② 鄭樵撰,顧頡剛輯點《詩辨妄》,第 229 頁下。

③ 筆者案:《詩集傳》所引《韓詩》,除正文介紹的《鴻鴈》一條外,其他分別見於:

　[1] 卷一《漢廣》"不可休息"下,朱熹云:"吳氏曰:《韓詩》作思。"(第 6 頁)

　[2] 卷六《有杕之杜》"噬肯適我",朱熹云:"(噬,)《韓詩》作逝。"(第 72 頁)

　[3] 卷十一《雨無正》,朱熹云:"元城劉氏曰:嘗讀《韓詩》有《雨無極》篇,序云:《雨無極》,正大夫刺幽王也。"(第 135 頁)

　[4] 卷十二《小旻》"是用不集",朱熹云:"(集,)《韓詩》作就。"(第 137 頁)

　[5] 卷十二《小宛》"宜岸宜獄",朱熹云:"岸,亦獄也。《韓詩》作犴。"(第 139 頁)

　[6] 卷十四《賓之初筵》,朱熹云:"毛氏《序》曰:衛武公刺幽王也。韓氏《序》曰:衛武公飲酒悔過也。今按此詩意,與《大雅·抑》戒相類,必武公自悔之作。當從韓義。"(第 165 頁)

　[7] 卷十四《角弓》"見睍曰消",朱熹云:"(曰,)音越,《韓詩》、劉向作聿。"(第 167 頁)

　[8] 卷十五《何草不黃》"何人不矜",朱熹云:"(矜,)《韓詩》作鰥。"(第 174 頁)

　[9] 卷十六《大明》"倪天之妹",朱熹云:"倪,磬也。《韓詩》作磬。"(第 178 頁)

　[10] 卷十九《天作》"彼徂矣岐",朱熹云:"(徂,)《韓詩》薛君《章句》亦但訓爲往。"(第 225 頁)

　以上據朱熹《詩集傳》,上海古籍出版社,1980 年。

厖"看作是並列的形容詞,釋"駿"爲"大",解"厖"爲"厚"。《詩集傳》卷二十則轉引董逌的說法,標出"駿厖"一詞,《齊詩》作"駿駹,謂馬也"的異文異訓,據此則知《齊詩》把"駿駹"當作名詞。① 又如《小雅·鴻鴈》一詩,《詩序》說是"美宣王也。萬民離散,不安其居,而能勞來還定安集之,至于矜寡,無不得其所焉"。鄭玄引而申之說:"宣王承厲王衰亂之敝而起,興復先王之道,以安集眾民爲始也。"朱熹並不同意這種比附歷史的做法,他在該詩第三章"維此哲人,謂我劬勞。維彼愚人,謂我宣驕"四句下,說明了這首詩是"流民以鴻鴈哀鳴自比而作此歌",又謂"知者聞我歌,知其出於劬勞,不知者謂我閒暇而宣驕也",繼而引《韓詩》"勞者歌其事"之說以證。② 跟朱熹同時期的守《序》派學者呂祖謙(1137—1181),在尊《序》宗毛的同時,也不能不留心三家《詩》,他說:"魯、齊、韓、毛,師讀既異,義亦不同,以魯、齊、韓之義尚可見者較之,獨《毛詩》率與經傳合,《關雎》正風之首,三家者乃以爲刺,餘可知矣,是則《毛詩》之義最爲得其真也。"在呂氏看來,《毛詩》自然較三家《詩》可靠,但他也承認《毛詩》"間有反覆煩重,時失經旨"的弊病。③ 在疑經風氣下,三家《詩》重新納入宋人解《詩》系統裏,但因爲材料湮没無聞,必須有人加以系統搜羅,而王應麟"扶微學,廣異義"的《詩攷》正好順應了這一學術潮流。

2.2 王應麟的《詩攷》

王應麟,字伯厚,淳祐元年(1241)舉進士,官至禮部尚書,所著有《深寧集》一百卷、《詩攷》五卷、《詩地理攷》五卷、《漢藝文志攷證》十卷、《困學紀聞》二十卷、《小學紺珠》十卷、《玉海》二百卷等凡二十三種近七百卷。④

---

① 朱熹《詩集傳》,第 246 頁。
② 朱熹《詩集傳》,第 119 頁。
③ 呂祖謙《呂氏家塾讀詩記》,《四部叢刊續編》經部據常熟瞿氏鐵琴銅劍樓藏宋刊本影印,臺灣商務印書館,1966 年,第 32 冊,卷二,第 6 頁上。
④ 脫脫等《宋史》,中華書局,1977 年,第 12987—12991 頁。

　　《詩攷》全書分"前序"、"韓詩"、"魯詩"、"齊詩"、"詩異字異義"、"逸詩"、"補遺"和"後序"八個部分。首列《韓詩》佚文，王氏先簡介諸志著錄《韓詩》的情況，然後以篇爲綱，下以單行大字列詩旨、異文、異訓，並以雙行小字注明出處，如《關雎》下，先列《詩》旨："詩人言雎鳩貞潔慎匹，以聲相求，隱蔽乎無人之處。故人君退朝入于私宮，后妃御見有度，應門擊柝，鼓人上堂，退反燕處，體安志明。今時大人内傾于色，賢人見其萌，故詠《關雎》，說淑女正容儀以刺時。"然後以雙行小字注明這段文字引自《薛君章句》。①　又如《葛覃》下，列"萋萋，盛也"、"刈，取也"、"濩，瀹也"三則異訓，②首則見《文選注》，其餘兩則見《經典釋文》。③　又如《野有蔓草》下列異文"清揚䫡兮"和"青陽宛兮"，前者見《玉篇》、《集韻》，後者見《韓詩外傳》。④　案《毛詩》作"清揚婉兮"，是《韓詩》"揚"或作"陽"，"婉"則作"䫡"，或作"宛"。

　　"魯詩"、"齊詩"的體例與"韓詩"相近，只是不列篇名，直接排比異說異文。如引《漢書·杜欽傳》"佩玉晏鳴，關雎歎之"爲《魯詩·關雎》說。⑤　又如引《漢書·地理志》所引"子之營兮，遭我虖巏間兮"爲《齊詩·還》異文。⑥　"詩異字異義"輯錄諸書所載與《毛詩》相異而未能判定當屬何家的材料，"逸詩"則列未見於今本《詩經》的詩句，最後是"補遺"，掇補原編的闕漏。《詩攷》將輯錄所得按韓、魯、齊三家分別部居，井然可考。按理那些不同於《毛詩》的異字異義，分別歸屬到三家之中即可，《詩攷》何以要另立"詩異字異義"一項呢？換言之，爲甚麽有些佚文可以分類，有些卻要泛屬三家呢？王氏三家佚文遺說的歸屬原則是甚麽？這就得從他輯錄三家《詩》佚文的方法說起。

---

① 王應麟《詩攷》，第 4 頁。
② 筆者案：《毛傳》："萋萋，茂盛貌。""濩，煮之也。""刈"字無訓。
③ 王應麟《詩攷》，第 5 頁。
④ 王應麟《詩攷》，第 19 頁。
⑤ 王應麟《詩攷》，第 50 頁。
⑥ 王應麟《詩攷》，第 54 頁。筆者案：《毛詩》作"子之還兮，遭我乎峱之間兮"。

2.3　《詩攷》的輯佚方法

2.3.1　直引法

《詩攷·後序》云:"《詩》四家異同,唯《韓詩》略見於《釋文》,而《魯》《齊》無所攷。"①所謂"略見於《釋文》",指陸德明(556—627)撰寫《經典釋文》時,間或引《韓詩》異字異義。考《釋文》引《魯詩》1次,②引《韓詩》199次、《韓詩外傳》2次。陸氏徵引時,都會注明出處,如《邶風·終風》"終風"條,《釋文》云:"終日風也。《韓詩》云'西風也'。"③又如《小雅·小旻》"回遹"條下,《釋文》云:"《韓詩》作'欥'。"④如此即可根據《釋文》所引而定《小旻》"謀猶回遹"一句,《韓詩》"遹"作"欥"。除了《釋文》外,《文選注》也引用了不少《韓詩》文字,其中《韓詩》125次、《韓詩内傳》5次、《韓詩外傳》99次、《韓詩章句》57次。⑤因爲陸德明和李善仍然可以見到《韓詩》,所以他們直接引用的異文異義,成爲最可靠的《韓詩》佚文。從這些著作輯錄已經亡佚的《韓詩》遺文,王應麟理所當然歸屬到"韓詩"部分。我們把這種輯佚方法稱爲"直引法"。至於"魯詩"和"齊詩"部分的佚文,同樣是以"直引法"輯錄所得,如王氏據石經《魯詩》殘碑定《唐風·山有樞》"何不日鼓瑟",《魯詩》作"胡不日鼓瑟";⑥又如將《文選注》

---

① 王應麟《詩攷》,第128頁。

② 《經典釋文》引《魯詩》見卷十三《禮記音義·坊記第三十》"定姜之詩"條,陸氏云:"此是《魯詩》,《毛詩》爲莊姜。"(陸德明撰,黃焯斷句《經典釋文》,中華書局,1983年,第207頁上)筆者案:《禮記·坊記》:子云:"利禄先死者而後生者,則民不偝;先亡者而後存者,則民可以託。《詩》云:'先君之思,以畜寡人。'"鄭玄《注》云:"此衛夫人定姜之詩也。"《釋文》此處即釋鄭注"定姜之詩"句,謂鄭玄用《魯詩》。考"先君之思,以畜寡人"見《邶風·燕燕》,《毛詩序》云:"《燕燕》,衛莊姜送歸妾也。"是《毛詩》"定姜"作"莊姜"。另外,《經典釋文》提到《齊詩》一次,見卷一《序》:"張生授夏侯都尉,都尉傳族子始昌。"《釋文》云:"始昌通五經,以《齊詩》、《尚書》教授,爲昌邑太傅。"(陸德明撰,黃焯斷句《經典釋文》,第7頁下)

③ 陸德明撰,黃焯斷句《經典釋文》,第57頁下。

④ 陸德明撰,黃焯斷句《經典釋文》,第81頁下。

⑤ 以上結果爲筆者翻檢原書統計所得。

⑥ 王應麟《詩攷》,第52頁。

所引《魯詩傳》“古有梁鄒者，天子之田也”歸屬於“魯詩”部分。① 再如王氏據洪邁（1123—1202）《容齋四筆》所引，將“衛宣公之子壽，閔其兄伋之且見害”而作《黍離》之說歸屬到“齊詩”部分。②

2.3.2　師承法

利用“直引法”輯錄所得的佚文雖然可靠，但數量始終有限，且多是《韓詩》材料，魯、齊二家幾近闕如，而古書所見與《毛詩》文本、《詩》說相異的材料所在多是，那麼王應麟如何輯錄、歸屬這些材料呢？

在“齊詩”部分，有兩段材料並不是用“直引法”輯錄的，而是王氏根據《漢書》載匡衡、蕭望之治《齊詩》的綫索，③將《漢書》所載匡氏與蕭氏《詩》說繫諸《齊詩》，《詩攷》引曰：“匡衡曰：‘煢煢在疚’，言成王喪畢思慕，意氣未能平也。”王氏注云：“衡學《齊詩》。”④又“蕭望之曰：‘爰及矜人，哀此鰥寡’，上惠下也。‘雨我公田，遂及我私’，下急上也。”王氏注云：“望之治《齊詩》。”⑤這種根據史傳所載某人治某家《詩》而定其詩說屬某家的做法，我們稱爲“師承法”。“師承法”不能如“直引法”般直接引用，而是須經過一個推論繫聯的過程，繫聯的基礎在於師法、家法的傳承關係。所謂“師法”和“家法”，據皮錫瑞（1850—1908）在《經學歷史》裏的解釋：

> 前漢重師法，後漢重家法。先有師法，而後能成一家之言。師法者，溯其源；家法者，衍其流也。師法、家法所以分者：如《易》有施、孟、梁丘之學，是師法；施家有張、彭之學，孟有翟、孟、白之學，梁

---

① 王應麟《詩攷》，第 52 頁。
② 王應麟《詩攷》，第 54 頁。
③ 《漢書·翼奉傳》云：“翼奉字少君，東海下邳人也。治《齊詩》，與蕭望之、匡衡同師。”（第 3167 頁）《漢書·蕭望之傳》云：“蕭望之字長倩，東海蘭陵人也，徙杜陵。家世以田爲業，至望之，好學，治《齊詩》。”（第 3271 頁）
④ 王應麟《詩攷》，第 57 頁。筆者案：《詩攷》所引見《漢書·匡衡傳》（第 3341 頁），而“煢煢在疚”見《周頌·閔予小子》。
⑤ 王應麟《詩攷》，第 58 頁。筆者案：《詩攷》所引見《漢書·蕭望之傳》（第 3276 頁），而“爰及矜人，哀此鰥寡”見《小雅·鴻鴈》，“雨我公田，遂及我私”見《小雅·大田》。

丘有士孫、鄧、衡之學,是家法。①

又謂:"漢人最重師法,師之所傳,弟之所受,一字毋敢出入;背師說即不用。"②皮氏的意思是說,漢人重視師法,某人師從某家之學,必恪守師說,不敢違逆。姑勿論這個說法是否合理,王應麟有這樣的看法卻是事實。有趣的是,除了前揭匡衡、蕭望之兩例外,王氏並没有把利用"師承法"輯佚所得的佚文遺說,直接歸屬某家,而是把它們放在"詩異字異義"裏。以劉向爲例,《詩攷·後序》云:

> 劉向《列女傳》謂蔡人妻作《芣苢》,周南夫人妻作《汝墳》,申人女作《行露》,衛宣夫人作《邶·柏舟》,定姜送婦作《燕燕》,黎蔣公夫人及其傅母作《式微》,莊姜傅母作《碩人》,息夫人作《大車》。《新序》謂伋之傅母作《二子乘舟》,壽閔其兄作憂思之詩,《黍離》是也。楚元王受《詩》於浮丘伯,向乃元王之孫,所述蓋《魯詩》也。③

據《漢書》記載,楚元王受《詩》於傳《魯詩》的浮丘伯,而劉向是楚元王的四世孫,即使史籍並没有交代劉向所習哪家《詩》,但王氏根據"師承法"而得出劉向"所述蓋《魯詩》也"的結論。然而"魯詩"部分卻没有一條劉向說《詩》的材料,而《後序》羅列的例子,反而置諸"詩異字異義"一項下,如《芣苢》爲"蔡人之妻作"是據《古列女傳·貞順傳·蔡人之妻》,④《汝墳》異文"王室如毁"出自《古列女傳·賢明傳·周南之妻》,⑤《芄蘭》異文"芄蘭之枝"出自《說苑·脩文》等。⑥ 這說明王氏對"師承法"尚有保留,並未如後來清代學者般大量運用於三家《詩》輯佚與歸屬工作上。

　　宋代疑經的學術風氣影響了一代學者研究經書的旨趣。宋人擺脱

---

① 皮錫瑞著,周予同注釋《經學歷史》,中華書局,2004年,第91頁。
② 皮錫瑞著,周予同注釋《經學歷史》,第46頁。
③ 王應麟《詩攷》,第128頁。
④ 王應麟《詩攷》,第61頁。
⑤ 王應麟《詩攷》,第62頁。
⑥ 王應麟《詩攷》,第68頁。

前代經師相傳的成說，獨闢蹊徑。就《詩經》學言，三家《詩》重新爲宋人
重視，但因爲材料早經散佚，必須加以系統搜羅，故有王應麟《詩攷》之
作。三家《詩》中《韓詩》最後亡佚，唐以來文獻引其說者尚多，故《詩攷》
所輯《韓詩》材料較魯、齊二家豐富。王氏更旁搜廣討，將典籍中所見與
《毛詩》相異的文字或訓釋，或不見經傳的逸《詩》，分別置於"詩異字異
義"、"逸詩"、"補遺"之中。《詩攷》既是首創，瑜中有瑕自是難免，掛漏失
檢的地方也不少，清人首部三家《詩》學專著，范家相的《三家詩拾遺》即
在《詩攷》基礎上"更爲蒐補，稍爲推論其得失"。[1] 但正如《四庫全書總
目提要》所說的："古書散佚，搜採爲難，後人踵事增修，較創始易於爲力。
篳路襤褸，終當以應麟爲首庸也。"[2]筆者認爲《詩攷》在《詩經》學史上具
有兩個重要的意義，其一是開啟清代三家《詩》輯佚之風。王氏之後，元
明兩代雖然沒有繼承者，但至清代則風氣一變，三家《詩》輯佚的著作可
謂汗牛充棟，[3]其中胡文英《詩攷補》、周邵蓮《詩攷異字箋餘》、丁晏
(1794—1875)《詩攷補注》、嚴蔚《詩攷異補》都是針對《詩攷》而寫成的專
著，即如范家相《三家詩拾遺》、阮元(1764—1849)《三家詩補遺》等，都是
在《詩攷》基礎上更爲蒐補，引而申之。其二是《詩攷》的體例與輯佚方
法，成爲有清一代三家《詩》輯佚著述遵循的範式。首先，《詩攷》以三家
爲綱歸屬佚文遺說的體例，是清代三家《詩》歸屬理論中的常規，如陳壽
祺、陳喬樅的《三家詩遺說攷》即分爲《魯詩遺說攷》、《齊詩遺說攷》和《韓
詩遺說攷》。這個方法的好處是三家《詩》輯佚材料判然可考，自成體系。
其次，王應麟以"直引法"和"師承法"輯錄佚文的方法，爲清人全面繼承。
清人更在"直引法"、"師承法"的基礎上，發展出"推臆法"，即根據那些已

---

① 范家相《三家詩拾遺》，自序，第 501 頁下。

② 紀昀總纂《四庫全書總目提要》，第 431 頁。

③ 蔣秋華、王清信纂輯的《清代詩經著述現存版本目錄初稿》較全面著錄了各地收藏、刊
　行清代《詩經》論著的資料，是迄今最詳細的著目。筆者以該文"三家詩之屬"的著錄
　爲基礎，再以相關史志、書目、專文等補遺，共錄得專門以三家《詩》爲研究對象的清人
　著述八十六種。相關討論詳參本書第二章。

能清楚歸屬三家的材料，以類相推內容相同或相近但來源未明的材料。① 如此一來，在清人自成理論的三家《詩》歸屬體系中，三家《詩》的佚文遺說大幅增加，成爲三家《詩》學在清代得以復興的一大主因。

第三節　清代三家《詩》學的奠基者：范家相《三家詩拾遺》考論

　　成書於乾隆二十五年(1760)的范家相《三家詩拾遺》是清代首部三家《詩》學專著，此書繼踵王應麟的《詩攷》，較爲全面搜討三家佚文遺說。其中由范氏確立的輯佚遺說的方法，歸屬遺說的系統，以至全書體例、結構安排等對其後從事三家《詩》輯佚或研究的學者皆有深遠的影響，因而此書也是具有奠基意義的著述。臺灣學者賀廣如對《拾遺》的研究是筆者所見最爲詳審且廣爲學者引用的，賀氏提出"蘅洲輯作《拾遺》的動機，原本竟是爲使三家與毛同處於一完整的狀態，以便二者公平競爭，並凸顯《毛詩》優於三家"，②如此則清代三家《詩》學首部專著是在一種作爲《毛詩》對立面的情況下登場的。此一觀點與范氏學宗《毛詩》的立場頗爲吻合。然而筆者在閱讀《拾遺》的過程中，發現范氏對三家之說的評價卻又相當客觀，用范氏在《自序》裏所說的"是者，固當信從"，"非者，亦不妨任其兩存"。③ 更何況三家《詩》基本亡佚，保存下來的佚文遺說，用范氏在《自序》裏所說的是"僅存一二"，④因此要如賀氏所說的"使三家與毛同處於一完整的狀態"是極不可能的，更遑論要藉此凸顯《毛詩》的優勢。然則，作爲清代三家《詩》學的奠基者，范氏撰作《拾遺》的真正動機爲何？其對三家《詩》的立場如何？其在清代三家《詩》學的定位何在？

---

① 相關討論詳參本書第五章。
② 賀廣如《范家相〈三家詩拾遺〉及其相關問題》，《漢學研究》第 22 卷第 1 期，2004 年，第 247 頁。
③ 范家相《三家詩拾遺》，自序，第 501 頁下。
④ 范家相《三家詩拾遺》，自序，第 501 頁上。

這些都是我們探究清代三家《詩》學伊始需要反思的關鍵問題。

3.1　《三家詩拾遺》前的三家《詩》拾零

《四庫全書總目提要》曰：

> 自鄭樵以後，說《詩》者務立新義，以掊擊漢儒爲能。三家之遺文，遂散佚而不可復問。王應麟於咸淳之末，始捃拾殘剩，輯爲《詩攷》三卷。然創始難工，多所掛漏。又增綴逸《詩》篇目，雜採諸子依託之說，亦頗少持擇。家相是編，因王氏之書重加裒益，而少變其體例。首爲《古文考異》，次爲《古逸詩》，次以三百篇爲綱，而三家佚說一一並見。較王氏所錄以三家各自爲篇者，亦較易循覽。……近時嚴虞惇作《詩經質疑》，内有《三家遺說》一篇。又惠棟《九經古義》，余蕭客《古經解鉤沈》，於三家亦均有采掇。①

據《提要》所論，范家相以前，嚴虞惇（1650—1713）、惠棟（1697—1758）、余蕭客（1729—1777）等學者，已經注意到三家遺說。嚴虞惇的《讀詩質疑》卷十二爲《三家遺說》，虞氏於卷末案曰："朱子嘗語門人：《文選注》多《韓詩章句》，嘗欲寫出。而王應麟伯厚復博采諸書薈而錄之，今刪其繁辭瑣語而存其益於風雅者，合爲一編，以扶微學，廣異義，亦二先生之意也。"②《三家遺說》刪存佚文六十條，是以虞氏所做的不是增輯，而是刪汰，實在談不上輯佚。而"凡古必真，凡漢皆好"③的吳派漢學奠基人惠棟的輯佚成果見於《九經古義》卷五、六的《毛詩古義》。《四庫全書總目提要》云："曰'古義'者，漢儒專門訓詁之學，得以考見於今者也。……棟作是書，皆搜採舊文，互相參證。"④《毛詩古義》先列篇名或詩句，下引漢儒古字古訓，其中引《魯詩》六則，《齊詩》一則，《韓詩》三十

---

① 紀昀總纂《四庫全書總目提要》，第 457—458 頁。
② 嚴虞惇《讀詩質疑》，臺灣商務印書館影印文淵閣《四庫全書》，第 87 册，卷首十二，第 124 頁上。
③ 梁啓超《清代學術概論》，第 31 頁。
④ 紀昀總纂《四庫全書總目提要》，第 878 頁。

五則,數量不多。值得注意的是,根據《嘉興府志》的載錄,與嚴、惠二氏同時期浙江平湖人陸奎勛(1663—1738)亦曾輯有《魯詩補亡》二卷,可惜未經印行,影響不大,但已印證了三家《詩》輯佚的風氣在清初已經開始。

　　至於與嚴、惠二氏並稱爲清代三家《詩》研究前哨的余蕭客,①其《古經解鉤沈》三十卷,創始於乾隆二十四年(1759),成稿於二十七年。② 是書"採錄唐以前諸儒訓詁","自諸家經解所引,旁及史傳、類書,凡唐以前之舊說,有片語單詞可考者,悉著其目"。③ 卷六、七爲《毛詩》,採擷舊文分見四家,余氏先列舊說,然後小字單行列出舊說原書書名,次以雙行小字注明舊說來源。如"維葉萋萋",余氏首先列出舊說:"萋萋,盛也。"然後指出舊說屬"薛章句",最後注明舊說輯自"《文選注》七"。④ 卷六、卷七所輯的三家遺說,屬《魯詩》的共十一條,《齊詩》的六條,《韓詩》的一百六十五條,數量頗有可觀。但是與嚴虞惇、惠棟相同,余氏僅輯錄而不加案語,而且所輯錄的材料,都是舊籍標明屬某家《詩》的材料,嚴格上來說談不上有任何輯佚方法上的創新。準此,范家相的《三家詩拾遺》無論在輯佚方法、所輯材料、材料歸屬、體例結構等方面,都爲後來三家《詩》輯佚或研究樹立了範式,是清代三家《詩》學的奠基之作。

---

① 如戴維說:"嚴虞惇作《讀詩質疑》,其中有《三家遺說》,就是清代對三家詩進行研究的開始。緊接著浙派著名學者惠棟,著《九經古義》,余蕭客著《古經解鉤沈》,對三家詩也進行了輯佚。"戴維《詩經研究史》,第 549 頁。又如賀廣如說:"在王應麟之後,三家《詩》輯佚乃長期處於沈寂的狀態,直到進入清代,經由嚴虞惇、惠棟、余蕭客等人的零星輯佚,才又開始爲人注意。"賀廣如《范家相〈三家詩拾遺〉及其相關問題》,《漢學研究》第 22 卷第 1 期,2004 年,第 219 頁。
② 余蕭客《後序》云:"己卯杪秋,蕭客從事鉤沉。……壬午夏五扶疾繕寫,八月書二十九卷畢,先以己卯十月作《前序》,是歲九月作《後序》及錄並《前序》爲《序錄》。"余蕭客《古經解鉤沈》,臺灣商務印書館影印文淵閣《四庫全書》,第 194 冊,後序,第 356 頁。
③ 紀昀總纂《四庫全書總目提要》,第 886 頁。
④ 余蕭客《古經解鉤沈》,卷六,第 460 頁上。

3.2　從《詩瀋》到《三家詩拾遺》

余蕭客在《〈古經解鉤沈〉後序》中明言："己卯杪秋，蕭客從事鉤沈。……壬午夏五扶疾繕寫，八月書二十九卷畢。"乾隆二十四年（1759）歲在己卯，余氏始從事輯佚，二十七年壬午成稿，而范家相《三家詩拾遺》則早在兩年前，即乾隆二十五年已於會稽刊刻。① 范家相，字左南，號蘅洲，浙江會稽人，乾隆十九年進士，官至柳州府知府。《四庫全書總目提要》稱"家相之學，源出蕭山毛奇齡，奇齡之說經，引證浩博，善於詰駁，其攻擊先儒最甚。而盛氣所激，出爾反爾，其受攻擊亦最甚。家相有戒於斯，故持論一出於和平，不敢放言高論"。② 范氏以《詩》學名家，《四庫全書》著錄的二十二種清人《詩經》著述中，范氏除《三家詩拾遺》十卷外，尚有《詩瀋》二十卷。《四庫提要》曰：

> 其作是書，大旨斟酌於《小序》、朱《傳》之間，而斷以己意。首爲《總論》三十篇。以下依次詮說，皆不載《經》文，但著篇目。其先儒舊說無可置辨者，則並篇目亦不著之。……《總論》第十四條力破《黍離》降爲《國風》之說，謂："太史不采風，王朝無掌故，諸侯之國史亦不紀錄以進。蓋四《詩》俱亡，非獨《雅》也。《詩》亡而諷諭彰癉之道廢，是以《春秋》作焉。"此與孟子迹熄之說深有發明。第十五條謂："三百五篇之韻叶之而不諧者，其故有三。列國之方音不同，一也。古人一字每兼數音，而字音傳訛已久，非可執一以諧聲，二也。

---

① 筆者案：今存《三家詩拾遺》有三種落款年份不同的版本：其一爲《四庫全書》本，有范氏在乾隆庚辰，即二十五年的自序。其二爲《嶺海樓叢書》本、《嶺南遺書》本等，皆作"乾隆庚戌"，即五十五年。其三爲光緒十三年所刻的《范氏三種》本，作乾隆甲戌，即十九年。筆者曾據《范氏三種》本而將《拾遺》刊刻的年份定在乾隆十九年（詳張錦少《從著述的年份及其地理分布看清代三家〈詩〉學的發展》，《中國文化研究所學報》第 51 期，2010 年，第 204 頁）。近年馬昕發現中國國家圖書館藏《拾遺》清抄本乙卷二《古逸詩》末條有范氏在乾隆乙卯，即二十四年的按語，推論《拾遺》刊刻的年份當在翌年，即乾隆二十五年（詳參馬昕《范家相〈三家詩拾遺〉的成書與流傳》，《版本目錄學研究》第 5 輯，北京大學出版社，2014 年，第 450—452 頁）。今從其說。
② 紀昀總纂《四庫全書總目提要》，第 458 頁。

詩必歌而後出，每以餘音相諧，自詩歌之法不傳，而餘音莫辨，三也。"此亦足解顧炎武、毛奇齡二家之鬥。……其解《楚茨》、《信南山》諸篇，尤爲詳晰。如"南東其畝"及"中田有廬"之類，於溝洫田制咸依據確鑿，不同附會。①

《詩瀋》折中《毛序》、朱《傳》，考辨舊說，屬於《毛詩》學專著。范氏在《詩瀋》中基本採取的是"毛之勝於三家不待多言"的尊毛立場，②全書引據三家之說也不過 32 次，③當中固然有批評三家之辭，如卷三釋《茉莒》，謂"《魯》《韓詩》皆以爲蔡人妻傷夫有惡疾而作"是"拘牽文義以說詩"；④又如卷十三釋《鼓鐘》，謂"幽王未嘗東巡淮水，後儒疑《序》爲誤。《韓詩》作'昭王'，以《左傳》有'南征不復'之語可證也，與詩殊不相類"。⑤ 不過也就僅此而已，更多的是范家相以三家爲據，甚至肯定三家的例子。例如卷四引《魯詩》釋《何彼襛矣》，謂"此古說之可據者，弗謂三家盡不當從也"；⑥又釋《羔羊》，謂"'委蛇'，《韓詩》作'逶迤，公正也'，其義較長"；⑦卷十三釋《大東》引《韓詩外傳》"夫擅使人之權，而不能制眾於下，在位者非其人也"，謂"得其旨矣"等。⑧ 可以說范氏撰作《詩瀋》之時，宗尚《毛詩》的取向是相當明顯的，但與此同時，范氏對於三家之說未見有排斥之意。那麼范家相在完成專釋《毛詩》的《詩瀋》後，何以會有掇拾三家《詩》之遺的舉動呢？

3.3　《三家詩拾遺》的撰作動機與經學立場新考

關於范家相撰作《三家詩拾遺》的動機，賀廣如通過細讀范氏的《自

---

① 紀昀總纂《四庫全書總目提要》，第 458—459 頁。
② 范家相《詩瀋》，臺灣商務印書館影印文淵閣《四庫全書》，第 88 冊，卷二，第 610 頁上。
③ 據筆者統計，除卷一、卷二總論外，《詩瀋》各卷引"三家"6 次、"三家說"1 次、"三家之說"1 次；"魯詩"6 次、"魯詩說"3 次、"魯詩之說"2 次；"韓詩"8 次、"韓詩內傳"1 次、"韓詩外傳"4 次。
④ 范家相《詩瀋》，卷三，第 620 頁上。
⑤ 范家相《詩瀋》，卷十三，第 692 頁下。
⑥ 范家相《詩瀋》，卷四，第 626 頁上。
⑦ 范家相《詩瀋》，卷四，第 623 頁下。
⑧ 范家相《詩瀋》，卷十三，第 691 頁下。

序》，提出了一個頗有啟發的解釋：

> 蕅洲假設如果三家《詩》如《毛詩》一般，完整的傳承下來，則朱
> 子對其內容的批評，很可能遠過於對《毛詩》的駁斥。此一假設，雖
> 並非全然無理，但卻顯然呈現了蕅洲的偏頗心態，因爲如果三家
> 《詩》不曾亡佚，在兩方條件相當的情況下，朱子也有可能較爲認同
> 三家《詩》，甚至因此而對《毛詩》的駁斥更加嚴厲，但在蕅洲假設之
> 後所下的結論中，卻完全看不出這樣的可能，故蕅洲的假設，其前提
> 實是對三家《詩》頗深的成見。……《拾遺》自序一文，其所呈現的基
> 本論調，其實依然是原先(筆者案：指《詩瀋》)的尊毛態度。在蕅洲
> 的想法中，即使從事輯佚三家《詩》的工作，其對三家的評價仍然遠
> 不如毛，其之所以輯佚三家，很可能便是藉著恢復三家舊觀，使得三
> 家與毛可以處在一個較爲公平的狀態，來讓學者做一番客觀的
> 評量。①

賀氏的此一觀察主要是針對下列《自序》的一段話而來的：

> 今使三家之書與毛俱存，則朱子之駁三家者，當甚於毛；唯僅存
> 一二，見其有裨於經而採之，彌覺其可重。然則三家之說之是者，固
> 當信從；其非者，亦不妨任其兩存也。②

賀氏認爲《拾遺》雖然是輯佚三家之作，但范家相所持的卻是"三家遠不
如毛"的經學立場。然則《拾遺》較諸《詩瀋》"毛之勝於三家不待多言"的
立場要更進一步。問題是如果范氏對待《毛詩》與三家的心態是如此偏
頗的話，那麼范氏大可直接對成見頗深的三家《詩》加以批評，何必在晚
年如此大費周章，故作客觀的要藉由恢復三家舊觀來貶抑三家。筆者總
覽《拾遺》全書，發現范氏對於三家之說的處理，大抵如《自序》所言"是
者，固當信從；其非者，亦不妨任其兩存"。例如卷三《關雎》"關關雎鳩"

---

① 賀廣如《范家相〈三家詩拾遺〉及其相關問題》，《漢學研究》第 22 卷第 1 期，2004 年，第
233—234 頁。

② 范家相《三家詩拾遺》，自序，第 501 頁。

句下,引《薛君章句》"咏關雎、說淑女、正容儀,以刺時"等語,范氏案曰:"薛君亦云咏以刺時,不云作以刺時,其文甚明。"①又卷三《騶虞》詩題下,引《魯詩》"騶者,文王之囿;虞者,囿之司獸者",范氏案曰:"古以'騶虞'爲官名,《魯詩》正與之合,《毛傳》不如魯長。"②又卷四《擊鼓》"死生契闊"句下,引《韓詩》"契闊,約束也",范氏案曰:"毛以'契闊'爲勤苦,不如韓長。"③"于嗟洵兮"句下,引《韓詩》"吁嗟敻兮。敻,遠也",范氏案曰:"《毛傳》釋'洵'爲遠,謂軍伍之疏遠也。韓作'敻遠',似嘆南行師期之遠,亦可通。"④又卷五《黍離》詩題下,引《魯詩》"衛宣公之子壽,閔其兄且見害,作憂思之詩,《黍離》是也",又引《韓詩》"《黍離》,伯封作也,昔尹吉甫信後妻之讒而殺孝子伯奇,其弟伯封求而不得,作《黍離》之詩",范氏案曰:"如魯、韓,則此詩皆弟憂其兄之詞,事適相類而所傳各異,但尹吉甫爲王朝之臣,韓說猶爲可通。"⑤又卷五《羔裘》"洵直且侯,彼其之子,舍命不渝"句下,引《韓詩》"渝"作"偷",范氏案曰:"'偷'與'侯'韻,亦當從韓。"⑥又卷八《頍弁》"先集維霰"句下,引《韓詩》"薛君曰:'霰,英也。'",范氏案曰:"天將雪,六花先散爲英,毛以爲暴雪,不如韓長。"⑦諸如此類,在《拾遺》裏所在多有。

根據上文對《詩瀋》的分析,范家相雖然尊崇《毛詩》,但對於三家《詩》並没有明顯排斥的傾向。在《拾遺》裏,范氏更是實事求是地表達了他對三家傳授以及《詩》學價值的看法:

> 魯、齊、燕、韓《詩》在漢爲早出,後爲毛公所掩,遂至亡佚。歷唐宋至今,未有舉其遺說而述之者。嘗疑三家師承至遠,其弟子如孔安國、匡衡、王吉諸人,皆當世名儒。申公之師浮邱伯與毛本出一

① 范家相《三家詩拾遺》,卷三,第531頁上。
② 范家相《三家詩拾遺》,卷三,第537頁上。
③ 范家相《三家詩拾遺》,卷四,第539頁下。
④ 范家相《三家詩拾遺》,卷四,第539頁下。
⑤ 范家相《三家詩拾遺》,卷五,第548頁上。
⑥ 范家相《三家詩拾遺》,卷五,第549頁下。
⑦ 范家相《三家詩拾遺》,卷八,第573頁下。

家。……三家之說令人欣然頤解者,固觸目皆是也。①

　　再者,范氏在《自序》裏表達了他對"《詩》自朱《傳》一出,即《毛傳》尚束之高閣,何論三家"的惋惜。② 筆者對這幾句話的理解是:在朱《傳》通行於世的情況下,學者對《毛詩》學代表著作《毛傳》尚且置之不理,更何況是僅存一二的三家《詩》。范家相隱然把《毛詩》不行於世的責任繫諸朱熹的情況下,竟然設想通過朱熹的裁奪來肯定《毛詩》的價值,這本身就存在某程度的矛盾。筆者在《拾遺》裏非但沒有找到"朱子《集傳》與三家《詩》處於同一陣綫,而《毛詩》則是在與《集傳》和三家《詩》二者相對立的另一陣營"③的想法,相反的是范氏在《自序》結尾的部分,重申自己撰作《拾遺》是惋惜因爲朱《傳》出而"毛鄭《箋》《傳》之不行於世,而有感於三家之亡",於是"就深寧王氏之《詩攷》,更爲蒐補,稍爲推論其得失","以問諸好古之士"。④ 換言之,范家相是看到《毛傳》、《鄭箋》因《集傳》獨大而不行於世的情況下,連帶同情三家,"不忍任其散佚而不爲之收拾",⑤遂有掇拾三家《詩》之遺的舉動。范家相尊毛的基本立場是肯定的,但他對於三家的看法亦相當客觀持平。

　　比較而言,范氏在《拾遺》裏對朱《傳》的看法則較爲負面,這主要集中在兩個方面:其一是對於朱《傳》獨大以致《毛詩》不行於世的不滿;其二是對於朱熹揚棄《詩序》,以"淫詩"之說詮釋《詩》旨的做法不以爲然。關於第一點,范家相在《自序》裏,也有一段與毛奇齡對漢唐《詩經》注疏看法相類近的話:

　　　　今之學者視漢唐注疏若可覆瓿,不知注疏未可廢也。義理求而日出,古注亦探而彌新。漢唐縱有缺敗,其可傳者自在,豈可任其散

---

① 范家相《三家詩拾遺》,自序,第 501 頁上。
② 范家相《三家詩拾遺》,自序,第 501 頁上。
③ 賀廣如《范家相〈三家詩拾遺〉及其相關問題》,《漢學研究》第 22 卷第 1 期,2004 年,第 222 頁。
④ 范家相《三家詩拾遺》,自序,第 501 頁下。
⑤ 范家相《三家詩拾遺》,自序,第 501 頁上。

佚而不爲之收拾哉?①

筆者認爲范氏對於漢唐注疏的重視,一方面是要救"世之習《詩》者,惟知恪守朱《傳》,不知廣搜博證以折衷於一是"的時弊,②一方面是范氏在方法學上反思宋人捨棄漢唐注疏,專以己意說《詩》的流弊。《詩瀋·總論下》曰:

> 鄭漁仲譏漢人講《詩》,專以義理相傳,而《詩》之本以失。予謂宋儒傳經,專以義理上薄漢唐。樵正如是而反貶漢人,何耶? 漢之《傳》、《箋》訓詁,誠不免於穿鑿,然尚不以空言相臆度而失《詩》之本也,以義理空爲臆度,則考據失而《詩》之本益離。③

范家相以"《詩》之本"的得與失爲標準,評定漢人的《詩》學優於宋人,原因是宋儒以義理空爲臆度,荒失考據以至偏離《詩》本;而漢人雖不免訓詁穿鑿,但猶重考據,故不至於以空言相臆度而偏失《詩》本。可見范氏以考據與義理相對,且有以考據爲本的趨向,而漢唐注疏正是《詩經》考據最爲重要的依據。因此范氏對於朱熹以來《毛傳》、《鄭箋》束之高閣,"視漢唐注疏若可覆瓿"的風氣相當不滿。於是他以輯佚的方法"廣搜博證",重拾三家佚文遺說,用以配合唐宋《毛詩》注疏,補救受宋儒說《詩》臆度義理所影響而輕忽考據的時弊,最終求得"《詩》之本"。

筆者認爲范氏所謂的"《詩》之本",指的是本諸《詩序》的《詩》旨。考清初由尊朱轉向尊毛的過程中,《詩序》存廢的問題是清儒賴以推倒朱《傳》權威的重要憑藉。毛奇齡《白鷺洲主客說詩》圍繞著朱《傳》"淫詩說"的詰難,就是全面撻伐朱熹通過辨《詩序》之妄,繼而廢《詩序》不用,從而自擬《詩》旨的做法。源出毛奇齡的范家相,持論較爲平和,他寄望通過推重以考據爲本的漢唐注疏,重新建立以《詩序》爲中心的《毛詩》詮釋系統。而同爲兩漢《詩》學傳統,也是漢唐注疏成果之一的三家《詩》學

---

① 范家相《三家詩拾遺》,自序,第 501 頁上。
② 范家相《詩瀋》,卷二,第 614 頁下。
③ 范家相《詩瀋》,卷二,第 614 頁下。

便成了范氏心目中理想的助力。《三家詩拾遺》繼踵《詩攷》而作，但在體例上卻把王應麟以三家爲綱的做法改變爲以《詩》篇爲綱，此一重大改動固然有其實用，解決了部分佚文遺說無法歸屬的問題，但筆者認爲范氏此舉尚有一個更重要的目的，就是把三家《詩》旨遺說共聚一編，比類齊觀，幫助讀者推敲研析"《詩》之本"。例如卷三《汝墳》詩題下，《拾遺》列出輯自《列女傳》的《魯詩》說以及輯自《漢書注》的《韓詩》說，范氏案曰：

> 《毛序》："婦人閔其君子，能勉之以正也。"正與魯合。所謂無遺父母憂者，王政酷烈，恐罪及其親也。韓以家貧祿仕爲義，亦不貼文王身上說如《集傳》所云也。後漢周磐嘗讀是詩而起思親之慕，若曰王政雖迫如火矣，其如我父母，何其情慘然，感人千載，古義長矣。①

范氏以魯、韓《詩》旨證成《詩序》，目的在於反駁朱《傳》以《詩》中"王室，指紂所都也"、"父母，指文王也"，以《汝墳》作成於"文王三分天下有其二，而率商之叛國以事紂"之時的說法。② 又卷八《無將大車》詩題下，范氏引魯、韓《詩》旨曰："小人始則曲意以奉君子，一旦得志，反逐君子。千古一轍，進人不可不慎也。《毛詩》以爲刺大夫將小人，與三家同。"③ 又卷十《清廟》詩題下，范氏引三家《詩》旨曰："《禮記》：'升歌《清廟》，示德也。'《孝經》曰：'周公宗祀文王於明堂，以配上帝。'即《清廟·詩序》也。四家皆無異義。"④

　　此外，朱《傳》之中以"淫詩說"釋《詩》旨者以《鄭風》爲多，筆者比對《拾遺》所輯三家《鄭風》遺說，發現范家相的釋義頗耐人尋味。例如卷五《野有蔓草》詩題下，范氏引《韓詩外傳》曰：

> 《外傳》雖非專以釋經，然明以"美人"爲賢人，以"邂逅相遇"爲尋常道路之相值，非如《毛序》謂"男女失時，思不期而會"也。……使其爲淫奔期會之詩，則本國之大夫何以賦之？……此本毛公之

---

① 范家相《三家詩拾遺》，卷三，第 534 頁上。
② 朱熹《詩集傳》，第 7 頁。
③ 范家相《三家詩拾遺》，卷八，第 571 頁下。
④ 范家相《三家詩拾遺》，卷十，第 584 頁下。

說，不可不參三家以審其是非者也。朱子以"鄭聲淫"爲《鄭詩》淫，實毛公有以啟之。①

在否定朱熹"淫詩說"的原則下，范氏不但强調三家《詩》在考據《詩》旨上的價值，更不惜貶責朱熹"《鄭詩》淫"之說實爲《詩序》所啟。又例如《溱洧》一篇，范氏引《薛君章句》、《韓詩内傳》曰：

> 按《韓傳》但言三月上巳，士女秉蘭祓除水濱，與所悅者俱往而無他詞。其曰"所悅者"，謂士與士，女與女，各有平日所悅之人，即伊其相謔，亦是士女各就其所悅者，與之相謔耳。世無道路相逢，士女雜沓，互相戲謔淫奔之理。乃《毛傳》添出"兵革不息，男女相棄，淫風大行"諸語。……《韓詩》之說，深得風人之旨，不可增益一語。②

范氏充分肯定《韓詩》之說的同時，暗批朱《傳》所謂"淫奔者自敘之辭"③爲無理，更以"淫風大行"云云是《毛傳》所增，推脱《詩序》刺淫之說。

筆者以爲此一發現至少有兩個意義：其一是范家相《詩》宗毛氏並不是絕對的，此點在《詩》旨考據上尤爲明顯；其二是進一步證明了范氏對三家的評價絕非"遠不如毛"。相反，范氏偶爾還會爲三家異說開脱解說，例如卷五《碩人》詩題下，《拾遺》輯《列女傳》"莊姜始至，操行衰墮，淫佚冶容，傅母諭之"以爲《魯詩》說，范氏曰：

> 《左傳》："莊姜美而無子，衛人爲之賦《碩人》。"豈其行衰墮而好淫佚乎？但《魯詩》本其始至而言之，按之《詩》文，義亦可通，當備一說。④

《魯詩》操行衰惰之說與《碩人》通篇洋溢稱美之辭顯然有所牴觸，范氏不但不以爲非，還以初嫁之辭爲由以存《魯》說。

---

① 范家相《三家詩拾遺》，卷五，第550頁。
② 范家相《三家詩拾遺》，卷五，第550頁下—第551頁上。
③ 朱熹《詩集傳》，第56頁。
④ 范家相《三家詩拾遺》，卷五，第547頁上。

3.4　《三家詩拾遺》的奠基意義

從王應麟到范家相，由范家相到陳氏父子等人，《拾遺》在清代三家《詩》學史中承前啟後的作用是相當突出的。然而作爲清代首部三家《詩》學著述，《拾遺》更值得關注的地方是其承前以後的轉化。通過上文關於《拾遺》撰作動機與經學立場的考察，筆者認爲有別於其他對王應麟亦步亦趨的學者，范家相在《拾遺》裏表現出有意突破宋人《詩》學框架，建立清人《詩》學傳統的氣魄與識力。這主要體現在兩個方面：其一是對漢宋《詩》學態度的不同。考王應麟在《詩攷序》中，首先指出兩漢四家《詩》學，"今唯《毛傳》、《鄭箋》孤行，《韓詩》賱存《外傳》，而魯、齊《詩》亡久矣"的現狀，接著批評"諸儒說《詩》，壹以毛鄭爲宗，未有參攷三家"之弊，然後贊許朱熹說《詩》能夠取證三家，"閎意眇指，卓然千載之上"，"一洗末師專己守殘之陋"，最後才歸結到《詩攷》"扶微學，廣異義"的用意。[①] 表面看來王氏交代了《詩攷》輯考三家遺說的撰旨，然細審其意，實爲獨許朱《傳》而批點毛鄭之辭。王氏後來在《困學紀聞》卷三《詩》下更是通過唐人劉孝孫（？—632）之言，批評《毛傳》簡而《鄭箋》怪。[②] 而王氏在《後序》中對三家《詩》學以《關雎》爲刺詩、謂正考甫作《商頌》、謂奚斯作《魯頌》的遺說亦頗不以爲然，認爲"此皆先儒所不取"。[③] 可見在王氏眼中，三家《詩》學只不過是用以指控末師專守毛鄭之說的工具，包括三家在內的漢代《詩》學不如宋代朱熹的《詩》學。此一觀點到了《拾遺》裏可以說是有了一百八十度的逆轉。范家相在《自序》裏同樣用上了"專己守殘"一語，[④]不同的是范氏所指控的是專守朱《傳》之說的經師，而在范氏眼中，三家《詩》學可以作爲《毛詩》學的助力，共同抵抗宋代朱熹的《詩》學，重振因爲朱《傳》孤行而被學者束之高閣的漢代《詩》學。范

---

① 王應麟《詩攷》，第 1—2 頁。

② 王氏曰："劉孝孫爲《毛詩正論》，演毛之簡，破鄭之怪。"王應麟撰，萬蔚亭集證《困學紀聞集證》，上冊，卷三上，第 9 頁下。

③ 王應麟《詩攷》，第 130—131 頁。

④ 范家相《三家詩拾遺》，自序，第 501 頁上。

氏在尚漢尊毛立場下融通古今的態度,爲清代三家《詩》學的發展奠定基石。范氏以後從事三家《詩》研究工作的學者,在相當長的一段時間裏,幾乎都是學宗《毛詩》的考據學家,這使清代三家《詩》學得以在《毛詩》學庇蔭下成長,同時又得力於《毛詩》學長於考據訓詁的優勢,發展出有別於西漢三家《詩》學的樸實學風。

　　范家相與王應麟另一個不同之處是對三家《詩》佚文遺說的處理方法。《詩攷》以三家爲綱,好處是各家條理分明,脈絡清晰。缺點是那些只能泛屬三家的材料無家可歸,而王氏解決的辦法是另立“詩異字異義”一項加以收錄。結果王氏在無意之中,令“詩異字異義”變相以《詩》篇爲綱收錄三家遺說,例如《關雎》篇題下,“詩異字異義”就收錄了《列女傳》、《後漢書》、《後漢紀》、《揚子》、《史記》、《荀子》諸書所見的三家《詩》旨。①范家相或受此啟發,全面改變《詩攷》以三家爲綱的編排方式,改爲以《詩》篇爲綱。《四庫提要》稱《拾遺》此一改動“較王氏所錄以三家各自爲篇者,亦較易循覽”,②但假如要披覽特定某家《詩》說的話,《拾遺》的體例顯然不如《詩攷》方便,因此范氏此一有意的改動絕非爲了“較易循覽”。馬昕對《拾遺》變更體例的用意有這樣的解釋:

　　　　《詩攷》體例有利於從事輯佚,方便我們認識某一家派的面貌;而《拾遺》體例則有利於解經,方便我們從三家《詩》吸取營養以裨於對經文本身的研究。二者的歸宿存在差別。這也說明,三家《詩》輯佚終於從王應麟的好奇發展到范家相的務實。③

馬氏提出“解經”此一角度是相當近實的觀察,上文提到范家相把三家《詩》旨遺說共聚一編,比類齊觀,幫助讀者推敲研析“《詩》之本”的例子可以證實這個看法。不過馬氏以“輯佚”和“解經”這兩個在三家《詩》研究過程中處於不同階段的工作作對比,說明《拾遺》與《詩攷》體例的不

---

① 　王應麟《詩攷》,第 59—60 頁。
② 　紀昀總纂《四庫全書總目提要》,第 458 頁。
③ 　馬昕《清代三家〈詩〉輯佚的“開山之作”——范家相〈三家詩拾遺〉研究》,《北京大學中國古文獻研究中心集刊》第 13 輯,北京大學出版社,2014 年,第 137—138 頁。

同,則並不恰當。因爲"輯佚"成果不會受到體例改動的影響,否則就難以解釋《拾遺》輯佚所得的材料爲何較《詩攷》爲多。值得注意的是,范家相選擇以《詩》篇爲綱的體例,其用意固然是爲了方便解經,而此一舉動背後更爲深層的意義,是范氏充分意識到三家佚文遺說在《詩經》復古上的價值。可以說兩漢三家《詩》學的勝義通過范家相在體例上有意的改動而爲清人所洞悉,後來馮登府的《三家詩遺說》、王先謙的《詩三家義集疏》都受《拾遺》影響而採用了以《詩》篇爲綱的體例。這是《拾遺》作爲奠基之作的另一個意義。

第四節　結　語

　　三家《詩》學自東漢《毛詩》獨尊以後漸次衰落,先是《魯詩》、《齊詩》在魏晉之間相繼亡佚,繼而是《韓詩》在唐《毛詩正義》頒行以後無人問津,至兩宋之交亦亡。在三家《詩》學幾近殫亡之際,疑經思潮風起雲湧,宋人不再迷信毛鄭以來的《毛詩》學傳統,繼而自行建構一個新的《詩》學詮釋系統。然而除了《毛詩》一系以外,可資參考的解《詩》材料寥寥可數。朱熹曾經想從《文選注》輯出《韓詩章句》的材料,此一想法啟發了王應麟,王氏其後網羅傳記所述的三家緒言,輯錄整理而成《詩攷》一書。王先謙在《〈詩三家義集疏〉序》裏總結有宋至清三家《詩》輯佚的經過時說:

　　　　有宋才諝之士以《詩》義之多未安也,咸出己見,以求通於《傳》、《箋》之外,而好古者復就三家遺文異義爲之攷輯。近二百數十年來,儒碩踵事搜求,有斐然之觀,顧散而無紀,學者病焉。①

這個簡單的概括頗能說明清代三家《詩》學以輯佚考據始,亦以輯佚考據終的特點,從前期增訂校注王應麟《詩攷》,窮討《韓詩》遺文異義,到晚期因新見材料出現,引起清末學者重投綴輯三家遺說的工作,可以說三家

---

① 王先謙著,吳格點校《詩三家義集疏》,中華書局,2009年,序例,第1頁。

《詩》學與考據學相始終。

《拾遺》作爲清代三家《詩》學奠基之作,對其經學定位的釐清,首先是有助於我們對清代三家《詩》學源流的探賾。清代三家《詩》學始於輯佚,並以《毛詩》學配角的身份登上以復古爲目標的清代學術舞臺。其後的乾嘉時期,隨著考據學的興起,以文字訓詁、名物考證爲主的《毛詩》學盛極一時,三家《詩》學則繼續以作爲學者鉤沈古學的對象這樣的形式存在。當時從事三家《詩》研究工作的大多是學宗《毛詩》的考據學家,例如盧文弨在乾隆四十五年(1780)完成《詩攷》的校勘,撰《增校王伯厚〈詩攷〉序》即重申自己"非欲申三家以抑毛",①這庶幾與《拾遺》的撰作旨趣相近。而由范氏創立的編纂體例、輯佚方法、歸屬理論等亦成爲了後學模仿的對象。誠如賀廣如所言:"范薇洲的《三家詩拾遺》,上承王應麟之《詩攷》,下啟陳壽祺父子、馮登府、魏源、王先謙等人之著作,在三家《詩》的輯佚史上,扮演了相當重要的關鍵角色。"②例如《拾遺》卷首所立的"三家《詩》源流",即爲陳氏父子《三家詩遺說攷》所取法,於書前分別冠以《〈魯詩〉敘錄》、《〈齊詩〉敘錄》、《〈韓詩〉敘錄》,而魏源的二刻本《詩古微》卷首亦有三家《詩》傳授考。又例如范氏改變了《詩攷》以三家爲綱的編排方式,改爲以《詩》篇爲綱,這樣就可以解決材料無家可歸的問題,馮登府的《三家詩遺說》、王先謙的《詩三家義集疏》都採用了此一結構安排。其次,《拾遺》成書於乾隆前期,其尊毛又兼及三家的立場,不但是用來考察清代前期《詩經》學變相的上佳角度,更是用以驗證梁啟超以來學界關於清代學術史的敘述與詮釋的難得實例。職是之故,本書關於清代三家《詩》學的研究亦藉由重探范家相的《三家詩拾遺》而展開。

---

① 盧文弨著,王文錦點校《抱經堂文集》,中華書局,1990 年,卷二,第 15 頁。
② 賀廣如《范家相〈三家詩拾遺〉及其相關問題》,《漢學研究》第 22 卷第 1 期,2004 年,第 246 頁。

第二章

學術史的新寫法：從著述的年份及其
作者的地理分布看清代三家《詩》學的發展

第一節　引　言

　　二十一世紀初清代三家《詩》學研究的論著從比例上來說顯著增多，這些論著大部分是就個別清代三家《詩》學者及其著述的專論，當中不乏析述詳明之作。而爲數不多的學術史通論著作，基本上都採用以人物爲中心的寫法。[1] 葛兆光指出中國思想史的敘述方式，往往是"用人們常讀的經典文本當資料"，讓人"認定真實的思想史歷程就是由這些精英與經典構成的"。[2] 但他懷疑"某些精英和經典在那個時代究竟是否像思想史著作中所說的影響如此巨大與深遠"。[3] 同樣地，在以學術史的角度敘述清代三家《詩》學發展的論著裏，也存在過分強調若干學者、著述的問題。專論一家一書的論文，限於體例，固然難作通盤考察，但目前所見的通論著作也不過是選取爲數不多且爲人們熟知的學者及其著述來概括清代三家《詩》學的發展。[4] 至於那些名不經傳的人物，那些未經刊

① 如戴維《詩經研究史》，第 549—562、583—595 頁；洪湛侯《詩經學史》，第 593—621頁；張啟成《詩經研究史論稿》，第 223—234 頁；趙茂林《兩漢三家〈詩〉研究》第二節"清代的三家《詩》研究"，第 32—85 頁。
② 葛兆光《中國思想史——七世紀前中國的知識、思想與信仰世界》，復旦大學出版社，2001 年，第 10 頁。
③ 葛兆光《中國思想史——七世紀前中國的知識、思想與信仰世界》，第 12 頁。
④ 如戴維《詩經研究史》舉范家相、连鶴壽、陳氏父子、魏源、王先謙、皮錫瑞諸家，張啟成《詩經研究史論稿》更只舉王先謙一人。

刻,只有稿本或抄本存世的著述則多湮没無聞。此外,這些通論著作雖然以人物爲中心,卻往往只集中在作者及其著述的内在關係上,忽略了在共時地域裏,不同人物、不同著述之間的關係,更遑論以作者的地理分布,考察其對清代三家《詩》學的影響。二十世紀二十年代,梁啓超在《近代學風之地理的分布》裏揭櫫清代學術風氣與學者地理分布的關係。誠如梁氏所言,這種研究方法確是"治人文科學極有趣味、極有功用之業也"。[①] 美國歷史學家艾爾曼在 *From Philosophy to Philology: Intellectual and Social Aspects of Change in Late Imperial China* 中譯本《從理學到樸學》的序文裏,指出其研究"力圖透過政區和地方史的視角"來考察清代的考據學。[②] 他通過乾嘉時期考據學者的地理分布、出生年代、學術交誼等資料,總結出十八世紀江南地區學術交流網絡對清代考據學發展所起的積極推動作用。其後麥哲維(Steven B. Miles)[③]、竺靜華[④]等亦從比較正、續《皇清經解》作者的地理分布考察清代考據學的演變。

　　筆者認爲要解決上述清代三家《詩》學研究困局的方法,首先是儘量收集清人有關三家《詩》研究的著述,並以量化統計的方法,歸納清人取得的實績。其次是運用結合時地的研究方法,以學術史資料長編的形式,按照時間先後順序,將著述成書或成稿年份可考的著述繫年,再配合作者的出生年份、籍貫、生平行誼等資料,並以新的學術史寫法,嘗試描述清代三家《詩》學形成、發展、嬗變、總結的歷程。本章之撰,即基於這兩個原則,首先著録清代三家《詩》學著述書目。蔣秋華、王清信纂輯的

---

① 梁啓超《近代學風之地理的分布》,收入存萃學社編集《中國近三百年學術史參考資料》,崇文書店,1973年,第130頁。

② 〔美〕艾爾曼著,趙剛譯《從理學到樸學:中華帝國晚期思想與社會變化面面觀》,中譯本序,第2頁。

③ 〔美〕麥哲維《考證學的新面貌:從〈皇清經解續編〉看道光以下的學術史》,《中國文學研究》1997年第11期,第175—192頁。

④ 竺靜華《從正續〈清經解〉的比較論清代經學的發展趨勢》,臺灣大學碩士論文,1999年,第14—15頁。

《清代詩經著述現存版本目錄初稿》較全面著錄了各地收藏、刊行清代《詩經》論著的資料，是迄今最詳細的著目。① 筆者以該文"三家詩之屬"②的著錄爲基礎，③再以相關史志、書目、專文等補遺，④共錄得專門以

---

① 案：賀廣如《馮登府的三家詩輯佚學》嘗謂陳鴻森先生有《清代三家〈詩〉著述考》未刊稿，惜筆者無緣得見，未能引用。

② 蔣秋華、王清信纂輯《清代詩經著述現存版本目錄初稿·三家詩之屬》，吳宏一主編《清代詩話知見錄》，"中研院"中國文哲研究所，2002 年，第 716—724 頁。

③ 案：《清代詩經著述現存版本目錄初稿·三家詩之屬》提到陳鱣有《三家詩拾遺》十卷，現藏傅斯年圖書館（蔣秋華、王清信纂輯《清代詩經著述現存版本目錄初稿·三家詩之屬》，吳宏一主編《清代詩話知見錄》，第 721 頁）。但據筆者寓目所及，此本實是范家相《三家詩拾遺》的抄本，上有陳鱣若干校語而已，非陳氏所著，故本書不加收錄。

④ "史志"包括陳慶鏞《三家詩考》據郭靄春編著《清史稿藝文志拾遺》，華夏出版社，1999年，第 12 頁；曹家駒《詩三家異文詁》據李榕纂《杭州府志》，《中國方志叢書》，成文出版社，1974 年，第 199 號，第 5 冊，卷八十六，第 15 頁；葉裕仁《三家詩攷箋證》據王祖畬等纂《鎮洋縣志》，《中國方志叢書》，成文出版社，1974 年，第 177 號，第 2 冊，卷十一，第 2 頁。"書目"包括趙紹祖《校補王氏詩考》據朱師轍輯《清史稿藝文志補編》，中華書局，1982 年，第 355 頁；陶方琦《魯詩故訓纂》據呂幼樵校補《書目答問校補》，貴州人民出版社，2004 年，第 26 頁；汪遠孫《詩攷補遺》、黃模《三家詩補考》、曾家駒《詩三家異文詁》、董沛《韓詩箋》據宋慈抱《兩浙著述考》，浙江人民出版社，1985 年，第 1 冊，第 277、281、283 頁；周曰庠《詩經三家注疏》、龍璋《韓詩》據中國科學院圖書館整理《續修四庫全書總目提要·經部》，中華書局，1993 年，第 439、449 頁；顧觀光《韓詩外傳逸文》、郝懿行《韓詩外傳攷證》據孫啟治等編《古佚書輯本目錄附考證》，中華書局，1997 年，第 35 頁；邵晉涵《韓詩內傳考》據浙江圖書館古籍部編《浙江圖書館古籍善本書目》，浙江教育出版社，2002 年，第 28 頁。"專文"包括汪照《齊魯韓三家詩義證》據王昶輯《湖海詩傳》、《續修四庫全書》據清嘉慶八年三泖漁莊刻本影印，第 1626 冊，卷三十，第 19 頁；王謨《韓詩拾遺》、皮嘉祐《韓詩疏證》據陳鴻森《〈韓詩遺說〉補誼》，《大陸雜誌》第 85 卷第 4 期，1992 年，第 162 頁；余蕭客《古經解鉤沈》、龔橙《詩本誼》據葉國良《〈詩〉三家說之輯佚與鑒別》，《編譯館館刊》第 9 卷第 1 期，1980 年，第 99 頁；楊晨《詩攷補訂》據張祝平《"三家詩"輯佚研究的重要系列著作》，《第三屆詩經國際學術研究會論文集》，天馬圖書有限公司，1998 年，第 609、613 頁；皮錫瑞《詩經通論》據洪湛侯《詩經學史》，第 604—606 頁；曾廷枚《毛齊魯韓四家詩異同》、李貽德《詩考異》、黃啟興《詩考》、郭慶藩《詩異文考證》、詹盛鴻《四詩談言》、宋滋蘭《毛詩異文考》、陶思曾《詩考考》等據房瑞麗《清代三家〈詩〉文獻研究》附錄《清代三家〈詩〉類著述考》，第 309、311、312、324、325 頁。

三家《詩》爲研究對象的清人著述八十六種。① 著錄這些著述時均附以作者姓名、生卒年及其籍貫等資料,然後按照這些著述成書或成稿的年份先後次序排列。② "成書"指刊刻成書,由於部分著述有超過一種版本,本書根據最早的版本繫年。"成稿"則指著述未經刊刻,只有稿本或抄本。至於部分稿本、刻本並存的著述,則以刻本爲據。③

第二節 著述成書或成稿年份可考的 清代三家《詩》學著述

這八十六種著述中,成書或成稿年份可考者共四十八種,最早的是乾隆二十五年(1760)范家相的《三家詩拾遺》,最晚的是民國二十五年(1936)楊晨(1845—1922)④的《詩攷補訂》。在范家相以前,惠棟對三家《詩》已經有零星輯佚,但若論以三家《詩》爲對象的專著則首推《三家詩拾遺》。《詩攷補訂》雖刊刻於民國,但楊晨生當清季,故仍屬清人的著

---

① 案:受識力所限,這八十六種只是筆者知見的著述,清人的著述當不止此數,部分著述很可能未經著錄,或者散失罔存。不過本書收集的著述還是比較全面地反映了清人研究三家《詩》的成果,讀者也可以藉此了解清代三家《詩》學的發展。另外,如惠棟的《九經古義》、嚴虞惇的《讀詩質疑》、沈淑的《經玩》等書雖間及三家《詩》輯佚,但非專門以三家《詩》爲研究對象,故本書不予收錄。

② 案:刊刻成書的著述與只有稿本傳世的著述在流布範圍及學術影響上固然有所差別,但爲了比較全面地反映整個清代三家《詩》學的研究成果,筆者認爲將只有稿本或抄本的著述繫年是有意義的。

③ 案:臧庸的《韓詩遺說》、許瀚的《韓詩外傳校議》、馮登府的《三家詩異文疏證》、龔橙的《詩本誼》成稿與成書的年份相去分別達 87 年、17 年、36 年及 49 年,爲了比較準確地反映這四部著述代表的年代,故以稿本繫年,參見附錄考證。

④ 案:楊晨生卒年據潘樹廣編著《學林漫筆》:"今考《崇雅堂叢書》所收《詩攷補訂》,有楊晨乙卯孟夏序,是 1915 年尚在世。又楊紹翰於民國丙子(1936)所撰《崇雅堂叢書引》云:'先大父以壬戌秋棄養,忽忽已十四年矣。'民國壬戌爲 1922 年,至 1936 年正是十四年。可見,楊晨生於 1845 年,卒於 1922 年秋,享年七十八歲。謝巍《考錄》謂楊晨卒於 1903 年,誤差爲十九年。"潘樹廣編著《學林漫筆》,東南大學出版社,2002年,第 273 頁。

述。兹以年份先後爲序,考證四十八種成書或成稿年份可考的三家《詩》著作並加以繫年,以此作爲下文立論的張本。至於三十八種年份不可考者,則以附表形式附載本章正文之後供讀者參考。

乾隆二十五年庚辰(1760)

范家相(1715—1769,浙江會稽)成《三家詩拾遺》十卷。是書有乾隆二十五年會稽范氏刊本。

乾隆二十七年壬午(1762)

余蕭客(1729—1777,江蘇吳縣)成《古經解鉤沈》三十卷。是書創始於乾隆二十四年,成稿於二十七年,卷六、七採擷三家《詩》舊文,其中以《韓詩》最多,共一百六十五則。

乾隆四十五年庚子(1780)

盧文弨(1717—1795,浙江仁和)校勘王應麟《詩攷》畢,有《增校詩攷》四卷。《增校詩攷》只有抄本。據張祝平《"三家詩"輯佚研究的重要系列著作》研究,盧氏先後兩次增校《詩攷》,第一次完成於乾隆十五年,第二次成於乾隆四十五年,是書成書後只有抄本。[①]

乾隆四十九年甲辰(1784)

胡文英(生卒年不詳,江蘇武進)成《詩攷補》二卷。是書有乾隆四十九年留芝堂刻本。

嚴蔚(生卒年不詳,江蘇吳江)成《詩攷異補》二卷。是書有乾隆四十九年二酉齋刻本。嚴氏爲王鳴盛(1722—1798)弟子,亦爲乾嘉學者。

乾隆五十四年己酉(1789)

宋綿初(1740—?,江蘇高郵)成《古韓詩說證》九卷。是書有乾隆五十四年述古堂刻本。

乾隆五十五年庚戌(1790)

趙懷玉(1747—1823,江蘇陽湖)刊刻《韓詩外傳》校本十卷、《補逸》一卷。是書有乾隆五十五年趙氏亦有生齋刻本。

---

① 張祝平《"三家詩"輯佚研究的重要系列著作——〈詩攷〉及其增校系列著作學術及版本源流考述》,載《第三届詩經國際學術研究會論文集》,第607頁。

乾隆五十六年辛亥(1791)

周廷寀(生卒年不詳,安徽績溪)成《韓詩外傳校注》十卷,周宗枋(生卒年不詳,安徽績溪)《拾遺》一卷。是書有乾隆五十六年周氏營道堂刊本。

乾隆五十八年癸丑(1793)

臧庸(1767—1811,江蘇武進)成《韓詩遺說》二卷、《訂訛》一卷刊刻。是書在同治九年(1870)由趙之謙(1829—1884)取錢塘何元錫(1766—1829)抄本補錄汪憲(1721—1771)振綺堂寫本對校,光緒六年(1880)刊刻出版,收入《仰視千七百二十九鶴齋叢書》中,是爲最早的刊刻本。①臧庸輯校《韓詩遺說》不知始於何年,日人吉川幸次郎《臧在東先生年譜》僅於“遺書目錄”提及此書,並云:“《問經堂叢書》列目未刊,有光緒六年會稽趙氏(筆者案:趙之謙)《仰視千七百二十九鶴齋》刊本,光緒乙未元和江氏(筆者案:江標,1860—1899)《靈鶼閣》刊本。”②我們目前無法確知《韓詩遺說》始輯於何時,馬昕根據《拜經堂文集》卷二有一篇作於乾隆五十八年的《錄華嚴經音義序》,序文中有“方寫定《韓詩》”一語,因而推斷出“《韓詩遺說》的初定本當成於是年”。③ 今從其說。

考上海圖書館藏有《韓詩遺說》抄本一部,據《中國古籍稿鈔校本圖錄》載錄:“此帙有臧庸手跋,復勘校正處係其親筆。傳世抄本及刻本皆源出未校正之舊稿,不如此帙精確完備。”④筆者所見抄本末葉有臧氏跋語,清晰可辨,臧氏跋云:“此庸舊輯本。嘉慶己巳(筆者案:即嘉慶十四年,1809)三月,時嘉善朱椒堂駕部於杭州撫署,索抄此册寄都中。余假歸里門,爲校正數事,命奴子潘壽寫以詒之,余爲覆勘。時四月十九日,用中記於常州岳園。”據《臧在東先生年譜·嘉慶十四年己巳四十三》記:

① 趙之謙《序》云:“余所藏得自錢塘何氏夢華館,辛酉亂後失去。乙丑冬,復獲之坊肆,已闕三葉。仁和譚仲儀有汪氏振綺堂寫本,遂段歸補錄,復爲完書。”詳參臧庸《韓詩遺說》,趙之謙《鶴齋叢書》本,趙序,第 1 頁。

② 〔日〕吉川幸次郎《臧在東先生年譜》,《東方學報》第 6 册,1936 年,第 299 頁。

③ 馬昕《臧庸〈韓詩遺說〉的成書、刊刻與訂補》,《版本目錄學》第 7 輯,第 183 頁。

④ 《中國古籍稿鈔校本圖錄》編纂委員會《中國古籍稿鈔校本圖錄》,上海書店,2000 年,“稿本”册,第 153 頁。

"三月自杭還里，後復往杭。"[①]又陳鴻森《臧庸年譜》於此年亦云："在杭州阮元節署。"[②]皆與臧跋契合。又朱椒堂即朱爲弼（1771—1840）。嘉慶二年，阮元選浙江學人編纂《經籍籑詁》，其中臧庸爲總纂，朱爲弼爲分纂，二人同於阮府幕府共事。[③] 朱氏於嘉慶十四年索抄《韓詩遺說》，臧氏爲之覆校，距臧氏於十六年病故不足兩年，據此可知此抄本當爲臧氏手校定本。

乾隆六十年乙卯（1795）

宋綿初成《韓詩内傳徵》四卷，《補遺》一卷，《敘錄》二卷。是書有乾隆六十年志學堂刻本。

嘉慶元年丙辰（1796）

沈清瑞（1758—1791，江蘇長洲）《韓詩故》二卷刊刻。是書爲沈清瑞遺作，於嘉慶元年刊刻，收入《沈氏羣峰集》中。

嘉慶三年戊午（1798）

王謨（1731—1817，江西金溪）輯《漢魏遺書鈔》成，其中包括《魯詩傳》一卷、《韓詩内傳》一卷、《韓詩翼要》一卷。《遺書鈔》於嘉慶三年刊刻。

王初桐（1729—1821，江蘇嘉定）成《齊魯韓詩譜》四卷。是書有嘉慶三年刻本。王初桐編《方泰志》卷三《藝文》著錄："《魯齊韓詩譜》四卷，王初桐撰，嘉慶三年刻於山東。"[④]

郝懿行（1757—1825，山東棲霞）成《韓詩外傳考證》十卷。《曬書堂集》卷三收入郝氏寫於嘉慶三年的序。[⑤]

嘉慶六年辛酉（1801）

周邵蓮（生卒年不詳，江西奉新）成《詩攷異字箋餘》十四卷。據《中

---

① ［日］吉川幸次郎《臧在東先生年譜》，《東方學報》第 6 册，1936 年，第 295 頁。

② 陳鴻森《臧庸年譜》，載《中國經學》第 2 輯，廣西師範大學出版社，2007 年，第 299 頁。

③ 王章濤《阮元年譜》，黃山書社，2003 年，第 116 頁。

④ 王初桐纂輯《方泰志》，《中國地方志集成・鄉鎮志專輯 3》據上海圖書館藏傳抄本影印，上海書店，1992 年，卷三，第 653 頁下。

⑤ 郝懿行《曬書堂集》，《續修四庫全書》據光緒十年東路廳署刻本影印，第 1481 册，卷三，第 457 頁下—458 頁上。

國古籍叢本書目》載錄,是書有嘉慶刻本,惟未注明刊刻年份。考周邵蓮有寫於嘉慶四年(1799)十二月之自識,周氏云:"伯厚《詩攷》三家外,更有《異字異義》、《逸詩》,旁搜墜緒,意良勤矣。間就伯厚未登者錄之,前人論著及管見一二附焉。"①周序後又有嘉慶六年翁方綱序,則按理此書當刻於嘉慶六年。

嘉慶十五年庚午(1810)

葉鈞(生卒年不詳,廣東嘉應)刻《重訂三家詩拾遺》十卷。是書重訂范家相《三家詩拾遺》,又增《三家詩傳授源流》一卷,收入嘉慶十五年葉氏詒穀堂《嶺海樓叢書》。葉氏爲乾隆甲寅(1794)解元。

嘉慶十七年壬申(1812)

迮鶴壽(1773—1836,江蘇吳江)成《齊詩翼氏學》四卷。是書有嘉慶十七年蓬萊山房刻本。

嘉慶十八年癸酉(1813)

馮登府(1783—1841,浙江嘉興)成《三家詩異文疏證》六卷。是書在道光十年(1830)由四明學舍刊刻,但據史詮編《馮柳東先生年譜·嘉慶十八年》記:"《三家詩異文疏證》成。"②是《疏證》早於嘉慶十八已有成稿。

嘉慶十九年甲戌(1814)

嚴可均(1762—1843,浙江烏程)《韓詩輯編》稿二十一卷,附《魯詩》、《齊詩》、《漢人詩說》。是書未經刊刻,稿藏臺灣圖書館。③ 這裏把稿本繫於此年,主要根據嚴可均於道光十四年致徐松(1781—1848)書,嚴氏《答徐星伯同年書》云:"二十年前(此書寫於道光十四年甲午臘月八日,二十年前即嘉慶十九年甲戌),校輯經佚、注佚、子書等數十種。"④信末具列總目凡七十三種,包括《韓詩輯編》。

---

① 周邵蓮《詩攷異字箋餘》,《續修四庫全書》據清嘉慶刻本影印,第 75 冊,自識,第 298 頁下。
② 史詮編《馮柳東先生年譜》,《北京圖書館藏珍本年譜叢刊》,北京圖書館出版社,1999 年,第 138 冊,第 311 頁。
③ 著錄詳參臺灣圖書館特藏組編《臺灣圖書館善本書志初稿》,臺灣圖書館,1996 年,第 93 頁。
④ 嚴可均《鐵橋漫稿》,《續修四庫全書》據清道光十八年四錄堂刻本影印,第 1488 冊,卷三,第 659 頁下。

嘉慶二十三年戊寅（1818）

陳士珂（生卒年不詳，湖北蘄水）成《韓詩外傳疏證》十卷。是書有嘉慶二十三年《文淵樓叢書》刻本。張映漢《〈韓詩外傳疏證〉序》云：“戊寅（筆者案：嘉慶二十三年）夏，其文孫國錄、沆庶、常澐以假歸擧，是書付劂。”①

道光元年辛巳（1821）

錢玫（生卒年不詳，浙江上虞）成《〈韓詩内傳〉并〈薛君章句〉考》四卷，是書抄本現藏上海圖書館及臺灣圖書館。卷首卷末分別有杜堮（1764—1858）、周喬齡《序》及錢玫的識語，並寫於道光元年。② 錢氏道光元年舉孝廉方正。

道光三年癸未（1823）

丁晏（1794—1875，江蘇山陽）成《詩攷補注》二卷、《補遺》一卷。是書有道光三年刻本。

道光四年甲申（1824）

魏源（1794—1857，湖南邵陽）成《詩古微》二卷，是爲初刻本。是書有道光四年修吉堂刻本。③

道光十年庚寅（1830）

徐璈（1779—1841，安徽桐城）成《詩經廣詁》三十卷。是書載錄三家《詩》說甚多，有道光十年刻本。

---

① 陳士珂《韓詩外傳疏證》，《叢書集成續編》據清嘉慶二十三年《文淵樓叢書》本影印，新文豐出版公司，1989年，第110冊，序，第159頁上。

② 據原書抄本，臺灣圖書館藏品。

③ 黃麗鏞《魏源年譜》據胡承珙致陳奐及魏源的兩通信，其中《答陳碩甫明經書》云：“魏默深聞刻《詩古微》二卷，不知其去歲曾到杭州，頃已寄書都中，向索所著矣。”（胡承珙《答陳碩甫明經書》，《求是堂文集》，《續修四庫全書》據清道光十七年刻本影印，第1500冊，卷三，第255頁下）另《與魏默深書》云：“自丙戌奉書後，曠焉三載，山川間之，無繇通問，雞鳴風雨，我勞如何？前承大著《詩古微》一冊，發難釋滯，迥出意表，所評四家異同，亦多持平，不愧通人之論。”（胡承珙《與魏默深書》，《求是堂文集》，卷三，第266頁上）黃氏案曰：“魏源撰《詩古微》，先成二卷，但未著明成書年代。據胡承珙《答陳碩甫明經書》和《與魏默深書》，可知在道光九年已撰成刊刻。”（黃麗鏞《魏源年譜》，湖南人民出版社，1985年，第87頁）賀廣如則據李兆洛初刻本《詩古微序》以及魏源《致鄧傳密信》，考證出初刻本早於道光四年已經刊刻（賀廣如《魏默深思想探究》，臺大出版委員會，1999年，第101—102頁），今從賀說。

道光十八年戊戌(1838)

李富孫(1764—1843,浙江嘉興)成《詩經異文釋》十五卷。據李氏《校經廎自訂年譜·道光十八年》記云:"在家,蔣君仍屬校勘叢書。重校《詩異文釋》十五卷,蔣君捐貲續刻入七經中。"①

道光十九年己亥(1839)

黃位清(生卒年不詳,廣東番禺)成《詩異文錄》三卷。是書有道光十九年刻本。黃氏爲嘉慶九年(1804)貢生。

許瀚(1797—1866,山東日照)成《韓詩外傳校議》稿。是書刊刻於許氏卒後,收入《攀古小廬雜著》,丁原基《許瀚之文獻學研究》指出《攀古小廬雜著》"係許瀚臨終時,將遺稿囑交陳介祺,後由吳重熹延丁艮善校訂,光緒間刊板"。② 本書不把《韓詩外傳校議》成書年份繫於光緒年間,原因有三個:第一,筆者無法確知《攀古小廬雜著》具體刊刻於光緒哪一年。第二,許瀚於同治五年(1866)去世,距離《攀古小廬雜著》可能刊刻的最早年份(即光緒元年,1875)達八年。第三,也是最重要的考慮,那就是《韓詩外傳校議》早在道光十九年已經成稿,據《許瀚日記·道光十九年·六月初二日》記載,許瀚當日"早出城,過湯老師處,未見。□稿及《韓傳》呈閱"。整理者崔巍注曰:"許瀚對湯金釗(1772—1856)執弟子禮,有著述常呈湯氏審閱,稿上不知何字,《韓傳》即許氏所著《韓詩外傳校補》(筆者案:當爲《韓詩外傳校議》)。"③如果從成稿日計算,至光緒元年,相距達三十六年之久,未能反映許氏撰寫《韓詩外傳校議》的年代,故此處以此書成稿年份爲據。

道光二十年庚子(1840)

魏源成《詩古微》二十卷,是爲二刻本。《魏源年譜·道光二十年》記云:"魏源重刻《詩古微》二十卷,並撰《詩古微序》。"④與只有二卷的初刻

---

① 李富孫《校經廎自訂年譜》,《北京圖書館藏珍本年譜叢刊》,北京圖書館出版社,1999年,第128册,第445頁。

② 丁原基《許瀚之文獻學研究》,華正書局有限公司,1999年,第108頁。

③ 許瀚著,崔巍整理《許瀚日記》,河北教育出版社,2001年,第116頁。

④ 黃麗鏞《魏源年譜》,第116頁。

本比較，內容大增，當作另一部著述。

　　馮登府成《三家詩遺說》八卷。是書稿本現藏中國國家圖書館。又是書抄本現藏天津圖書館，據該館網上著錄資料，"清馮登府撰，李富孫校，清抄本。二冊，十一行二十三字，白口，無欄格。登府於詩，著有三家遺說，人多知之，然未曾付梓。此本爲舊抄未刻本，爲天津圖書館之僅存，城爲天壤間珍本"。考《馮柳東先生年譜·道光二十年》記云："《三家詩遺說》八卷成。"是稿成於此年。①《續修四庫全書》據天津圖書館藏抄本影印，其中卷八末葉有李富孫題識云："壬寅（筆者案：道光二十二年，1842）李富孫校過，時年七十有九，爲之泣然揮涕，亦不負故人病時所屬也。"②故人自是指馮登府，考馮氏歿於道光二十一年，則《遺說》肯定成書此年以前，參照年譜，知《遺說》成於道光二十年。

　　馮登府成《三家詩遺說翼證》稿。是書成稿當晚於《三家詩遺說》，馮氏在道光二十一年歿，則《翼證》當在此年成稿。

　　龔橙（1817—?，浙江仁和）成《詩本誼》稿。據《〈詩本誼〉序》，此書成稿於道光二十年，③但直到光緒二十五年（1889）始由譚獻刊入《半厂叢書》中。

　　道光二十三年癸卯（1843）

　　陳壽祺（1771—1834，福建侯官）、陳喬樅（1809—1869，福建侯官）成《三家詩遺說攷》五十卷。

　　陳喬樅成《詩經四家異文攷》五卷、《齊詩翼氏學疏證》二卷。

　　三書皆有道光二十三年《左海續集》刻本。

　　道光二十六年丙午（1846）

　　馬國翰（1794—1857，山東歷城）《玉函山房輯佚書》成，其中包括《魯詩故》三卷、《齊詩傳》二卷、《韓詩故》二卷、《韓詩內傳》一卷、《韓詩說》一卷、

---

① 史詮編《馮柳東先生年譜》，第 339 頁。

② 馮登府《三家詩遺說》，《續修四庫全書》據天津圖書館藏清抄本影印，第 76 冊，第 794 頁下。

③ 龔橙《詩本誼》，《叢書集成續編》據《半厂叢書》初編本影印，上海書店出版社，1994 年，第 7 冊，序，第 423 頁上。

《韓詩薛君章句》二卷、《韓詩翼要》一卷。據曹書傑《中國古籍輯佚學論稿》考證,《玉函山房輯佚書》是隨刊隨印樣,故馬氏生前並無定本,其中經部佚書,初刻於道光二十六年。[1]

咸豐二年壬子(1852)

黃奭(1809—1853,江蘇甘泉)成《漢學堂經解》,包括《魯詩傳》一卷、《齊詩傳》一卷、《韓詩內傳》一卷。據王鑒《〈黃氏逸書攷〉序》,黃奭所輯《黃氏逸書攷》"屬於經者曰《漢學堂經解》;屬於緯者曰《通緯》,讖附焉;屬於子史者曰《子史鉤沈》;屬於鄭氏之學者曰《通德堂經解》"。惟此書"工甫竣,值咸豐兵燹,避亂鄉居,板存蕭寺,先生旋捐館舍,寺僧不知護惜,散失數十種"。[2] 所謂咸豐兵燹,即咸豐三年二月,太平軍攻佔揚州一事,黃氏於此年避亂鄉間,遽卒,則《漢學堂經解》刊行當在咸豐二年。

咸豐四年甲寅(1854)

周曰庠(生卒年不詳,浙江山陰)成《詩經三家注疏》稿。據《續修四庫總目提要》,是書僅殘存二卷,存北平圖書館,即後來的北京圖書館,"起於《周南・關雎》,止於《衛風・二子乘舟》,前有周氏凡例,及咸豐四年甲寅浙江督糧道畢陽周起濱序"。[3] 又據《武漢圖書館館藏古籍善本書志》,該館藏有此稿抄本,"半葉九行二十七字,小字雙行同,無行格,三冊,竹紙"。[4]

光緒三年丁丑(1877)

蔣曰豫(1830—1875,江蘇陽湖)《韓詩緝》一卷刊刻。是書有光緒三年蓮池書局刊蔣侑石遺書本。[5]

光緒十八年壬辰(1892)

陶方琦(1845—1884,浙江會稽)《韓詩遺說補》一卷刊刻。是書有清

① 曹書傑《中國古籍輯佚學論稿》,東北師範大學出版社,1998年,第160頁。

② 黃奭輯《黃氏逸書攷》,江蘇廣陵古籍刻印社,1984年,第1冊,序,第1頁。

③ 中國科學院圖書館整理《續修四庫全書總目提要・經部》,第439頁。

④ 韓兆海主編《武漢圖書館館藏古籍善本書志》,湖北人民出版社,2004年,第一輯,第118頁。

⑤ 蔣秋華、王清信《清代詩經著述現存版本目錄初稿・三家詩之屬》,吳宏一主編《清代詩話知見錄》,第719頁。

光緒十八年徐氏鑄學齋《漢孳室文鈔》刻本，卷首有陶氏序曰："方琦近歲
得見唐釋慧琳《大藏音義》、希麟《續音義》及日本新刻《玉篇》零部、隋杜
臺卿《玉燭寶典》，次第補輯《韓詩》一百五十餘條，其義多臧氏未采。"①
光緒六年（1880），楊守敬（1839—1915）在日本訪得慧琳《一切經音
義》。② 其後，黎庶昌（1837—1897）、羅振玉（1866—1940）在日本分別發
現原本卷子《玉篇》殘卷。陶氏歿於光緒十年，則《韓詩遺說補》當成稿於
光緒六年至十年間，距刊刻之年不過十年。

光緒十九年癸巳（1893）

顧震福（1872—1935，江蘇山陽）成《三家詩遺說續攷》六卷。是書有
光緒十九年顧氏自刻本。③《三家詩遺說續攷》包括《魯詩遺說續攷》一
卷、《齊詩遺說續攷》一卷、《韓詩遺說續攷》四卷。

光緒二十年甲午（1894）

王仁俊（1866—1913，江蘇吳縣）成《玉函山房輯佚書續編》，包括《魯
詩韋氏說》、《韓詩外傳佚文》、《韓詩翼要》、《韓詩趙氏學》各一卷。是書
有光緒二十年《玉函山房輯佚書續編》本。

光緒二十一年乙未（1895）

阮元（1764—1849，江蘇儀徵）《三家詩補遺》刊刻。阮氏在世之時，
其師友弟子未嘗言及《三家詩補遺》一書，近人王章濤《阮元年譜》亦僅著
錄此書，未辨成稿年份。此書得以重見天日者，則始於葉德輝自北京購
得手稿。據葉氏《郋園讀書志》云："《三家詩稿》二冊，阮元手稿本。此
《三家詩稿》原係散紙一束，見之都門隆福寺地攤，因首有阮伯元父四字
朱文篆書方印，余頗留意，知其非尋常破紙也，因購歸。"④光緒二十一年

---

① 陶方琦《漢孳室文鈔》，《續修四庫全書》據清光緒十八年徐氏鑄學齋刻本影印，第
　1567 冊，卷四，第 533 頁下。
② 楊守敬《日本訪書志》卷四云："唐沙門慧琳《一切經音義》百卷，余初至日本，有島田蕃
　根者持以來贈，展閱之，知非元應書，驚喜無似。"楊守敬《日本訪書志》，《續修四庫全書》
　據清光緒鄰蘇園刻本影印，第 930 冊，卷四，第 531 頁上。
③ 呂幼樵校補《書目答問校補》，第 27 頁。
④ 葉德輝《郋園讀書志》，據上海澹園 1928 年版影印，明文書局，1990 年，第 1 冊，第 97 頁。

葉氏將稿交儀徵李洛才以《崇惠堂叢書》名刊刻。① 光緒二十四年，葉氏鑒於李刻間有舛錯，遂重刊，收入《觀古堂彙刻書》首冊。由於是書成稿年份無法確考，本書以成書年份繫年。

光緒二十五年己亥（1899）

俞樾（1821—1906，浙江德清）成《讀韓詩外傳》一卷。是書有光緒二十五年《春在堂全書》本。

光緒三十三年丁未（1907）

皮錫瑞（1850—1908，湖南善化）成《詩經通論》一卷。② 是書有光緒三十三年思賢書局刻本，收入《經學通論》。

宣統元年己酉（1909）

江瀚（1853—1931，福建長汀）成《詩經四家異文攷補》。是書有宣統元年《晨風閣叢書》本，原書無序。

民國五年（1916）

王先謙（1842—1918，湖南長沙）成《詩三家義集疏》二十八卷。是書有民國五年虛受堂家刻本。

民國八年（1919）

張慎儀（1846—1921，四川成都）成《詩經異文補釋》十六卷。是書有民國八年《籛園叢書》本。

民國二十五年（1936）

楊晨（1845—1922，浙江黃岩）《詩攷補訂》五卷刊刻。③ 是書有民國二十五年《崇雅堂叢書》鉛印本。

上文以年份先後爲序，考訂了本書收錄的八十六種清人三家《詩》學著述中成書或成稿年份可考的四十八種。以下筆者以 1760 年至 1939

---

① 葉德輝《三家詩補遺〉序》，阮元《三家詩補遺》，《續修四庫全書》據清儀徵李氏刻《崇惠堂叢書》本影印，第 76 冊，第 2 頁上。

② 據洪湛侯《詩經學史》，第 604—606 頁。

③ 據張祝平《"三家詩"輯佚研究的重要系列著作——〈詩攷〉及其增校系列著作學術及版本源流考述》，載《第三屆詩經國際學術研究會論文集》，第 609 頁。

年爲限，每十年爲一期，統計這四十八種著述在年份上的分布，並以圖列形式顯示如下：

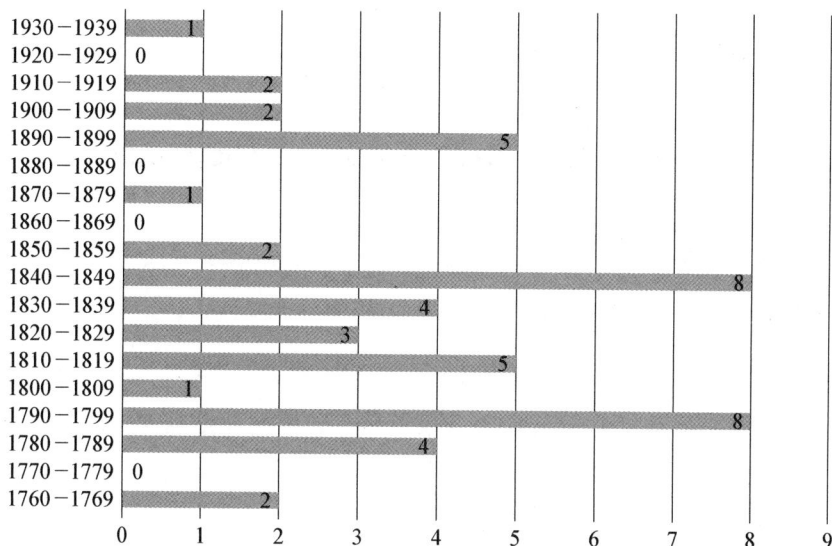

年份	數量
1930–1939	1
1920–1929	0
1910–1919	2
1900–1909	2
1890–1899	5
1880–1889	0
1870–1879	1
1860–1869	0
1850–1859	2
1840–1849	8
1830–1839	4
1820–1829	3
1810–1819	5
1800–1809	1
1790–1799	8
1780–1789	4
1770–1779	0
1760–1769	2

　　從上圖可見，這一百八十年間，三家《詩》學著述高度集中在乾隆四十五年（1780）到道光二十九年（1849）這七十年間，共三十三種，佔總數的69％。換言之，這是清代三家《詩》學著述蓬勃發展的時期。值得注意的是，三十八種年份不能確考的著述中，可以藉由上述年份可考而又作者相同的著述，大致推斷成書或成稿的時限，例如據阮元《臧拜經別傳》所述，臧庸“生平考輯古義甚勤，故輯古之書甚多”，包括“《詩考異》四卷，大旨如王伯厚，但逐條必自考輯，絕不依循王本。《韓詩遺說》二卷、《訂訛》一卷，顧千里廣圻以爲輯《韓詩》者眾矣，此爲最精”。① 《韓詩遺說》在乾隆五十八年初定，則《詩考異》當在此年以後成稿，陳鴻森認爲《詩考異》是臧氏“與同里劉逢祿、莊綏甲相約爲《五經考異》”而作，其時當在嘉慶十四年之後。② 又馮登府的《三家詩異文疏證》六卷成稿於嘉慶十八年，此外尚有《三家詩異字詁》、《三家詩異文釋》稿本二種，而此二

① 阮元撰，鄧經元點校《揅經室集》，中華書局，2006年，二集卷六，第524頁。
② 陳鴻森《臧庸年譜》，第300頁。

種皆爲《三家詩異文疏證》的長編,準此可知二種當成稿在嘉慶十八年以前。進一步來說,如果以作者生卒年的中位數來推論其活躍(floruit)的時間,則三十八種年份不能確考的著述也是高度集中在乾隆四十五年到道光二十九年這七十年之間。

第三節　清代三家《詩》學著述作者的地理分布

梁啓超在《近代學風之地理的分布》一文裏,討論了清代學術風氣與學者地理分布的關係,梁氏序云:

> 同在一國同在一時而文化之度相去懸絕,或其度不甚相遠,其質及其類不相蒙,則環境之分限使然也。環境對於"當時此地"之支配力,其偉大乃不可思議。且如惟江右能産陸子靜(陸九淵,1139—1193)、李穆堂(李紱,1673—1750);惟皖南能産朱晦庵(朱熹)、戴東原(戴震,1724—1777);惟冀北能産孫夏峰(孫奇逢,1585—1675)、顔習齋(顔元,1635—1704);惟浙東爲能産王陽明(1472—1529)、黃梨洲(黃宗羲,1610—1695),乃至阮文達(阮元)之在粤與在滇,其努力傳播文化工作相等,而粤之收穫至豐,滇之收穫至嗇也。[①]

梁氏將地理分布與學術成就連類比物,所論甚是,他在序裏提了十個問題,其中第一和第四個問題,對筆者分析清代三家《詩》著作的特色很有幫助,茲錄如下:

> 一、何故一代學術幾爲江浙皖三省獨佔?……四、何故湖南、廣東,初學者極少,中葉以後乃大盛?[②]

這兩個不只是問題,更是梁氏對有清學術發展情況的概括。梁文既屬草

---

① 梁啓超《近代學風之地理的分布》,收入存萃學社編集《中國近三百年學術史參考資料》,第128頁。

② 梁啓超《近代學風之地理的分布》,收入存萃學社編集《中國近三百年學術史參考資料》,第127頁。

創之作，且僅"費十日之力"，資料失記、誤記自當不少，但以學者的地理分布考量一個時代的學風，誠如梁氏所說，確是"治人文科學極有趣味、極有功用之業也"。[①]　其後錢基博（1887—1957）的《近百年湖南學風》、李肖聃（1881—1953）的《湘學略》、張舜徽（1911—1992）的《清儒學記》《清代揚州學記》等專著皆以地域論學風。美裔學者麥哲維選取了王先謙編《皇清經解續編》中五十五位屬道光、咸豐、同治、光緒四朝的學者，跟阮元編《皇清經解》所載的七十三位學者比較，並將研究重點放在學者籍貫、著作種類和及其所代表的學派三方面，考察清代考證學由乾嘉到道光以後的演變。[②]　其後竺靜華在麥文的基礎上，全面比較正、續《皇清經解》作者的地理分布，寫成《從正續〈清經解〉的比較論清代經學的發展趨勢》，作者開宗明義說：

> 本文將觀察正續《清經解》的作者地理分布，以明瞭正續《清經解》所顯示的學風分布情況，進而分析正續《清經解》的各類著作多寡及學術傾向，以顯現正續《清經解》全書的特性。[③]

作者善用圖表，析縷分條，信而有據，其中關於《皇清經解續編》反映的學術傾向頗值得我們注意，竺氏說：

> 《續清經解》的學術傾向，則反映出清代中晚期今文學家之說興起的現象，古文雖仍不衰，但今文學趨勢日盛。由《清經解》到《續清經解》，經學的重心一直在江南，其中自有消長，然而並未離開江南地區，只是向外擴展，而經學的重點則有明顯的轉變，由尊崇漢、重古文學說，到今文學說的興起，以至兼容各派，甚而有漸趨漢宋合流之勢。湖南的學術與今文學的興起，是其中最明顯的轉變。[④]

這種研究角度有別於一般以時間先後爲序，無視作者籍貫、地域差異的

①　梁啟超《近代學風之地理的分布》，收入《中國近三百年學術史參考資料》，第 130 頁。

②　［美］麥哲維《考證學的新面貌：從〈皇清經解續編〉看道光以下的學術史》，《中國文學研究》1997 年第 11 期，第 175—192 頁。

③　竺靜華《從正續〈清經解〉的比較論清代經學的發展趨勢》，第 14—15 頁。

④　竺靜華《從正續〈清經解〉的比較論清代經學的發展趨勢》，第 348 頁。

敘述方法。這種方法突出個別地區的經學發展情況,聚沙成塔,並把研究結果落實到整個學術發展的脈絡上,以小見大。

　　本書所謂的"地理分布"指作者的籍貫分布,這裏沿用清代光緒十年(1884)前全國所分的十八個省的名稱,即直隸、陝西、山西、甘肅、河南、山東、江蘇、安徽、浙江、江西、湖北、湖南、福建、廣東、廣西、四川、雲南、貴州。光緒十年,清廷增設新疆省,十一年,建置臺灣省,三十三年,將東北之地,一分爲三,設奉天、吉林、黑龍江三省,由是,清末始有二十二省之分。[①] 本書討論的作者沒有來自清末新置的省份,因此,十八省或二十二省之分對本書所論並無影響。本書收錄的八十六種著述中,涉及七十四位作者(部分作者有超過一種著述,故著述與作者總數不相同),我們根據牛平漢主編《清代政區沿革綜表》[②]的分類,將作者的籍貫隸屬不同省府州縣,表解如下:

省	府/直隸州	縣	作者人數	小計	總數
山東省	濟南府	歷城	1	1	3
	沂州府	日照	1	1	
	登州府	棲霞	1	1	
江蘇省	淮安府	山陽	2	2	22
	揚州府	高郵	1	4	
		寶應	1		
		甘泉	1		
		儀徵	1		
	常州府	武進	2	4	
		陽湖	2		

---

①　詳參商文立《中國歷代政方政治制度》,正中書局,1980年,第324頁。

②　牛平漢主編《清代政區沿革綜表》,中國地圖出版社,1990年。

續　表

省	府/直隸州	縣	作者人數	小計	總數
江蘇省	蘇州府	吳縣	3	8	22
		長洲	1		
		吳江	4		
	松江府	金山	1	1	
	太倉直隸州	鎮洋	1	3	
		嘉定	2		
浙江省	杭州府	仁和	3	6	24
		錢塘	3		
	嘉興府	嘉興	3	5	
		平湖	2		
	湖州府	烏程	3	5	
		歸安	1		
		德清	1		
	寧波府	鄞縣	1	1	
	紹興府	山陰	1	6	
		會稽	3		
		餘姚	1		
		上虞	1		
	台州府	黃岩	1	1	
安徽省	安慶府	桐城	1	1	6
	徽州府	婺源	2	4	
		績溪	2		

續　表

省	府/直隸州	縣	作者人數	小計	總數
安徽省	寧國府	涇縣	1	1	6
江西省	南昌府	奉新	1	1	3
	撫州府	金溪	1	1	
	建昌府	南城	1	1	
湖北省	黃州府	蘄水	1	1	1
湖南省	長沙府	長沙	1	6	8
		善化	2		
		湘陰	1		
		湘潭	1		
		攸縣	1		
	寶慶府	邵陽	1	1	
	衡州府	常寧	1	1	
福建省	福州府	侯官	2	2	4
	泉州府	晉江	1	1	
	汀州府	長汀	1	1	
廣東省	廣州府	番禺	1	1	2
	嘉應直隸州	/	1	1	
四川省	成都府	成都	1	1	1
總數			74		

這七十四位作者分別來自十省，茲將各省作者總人數圖列如下：

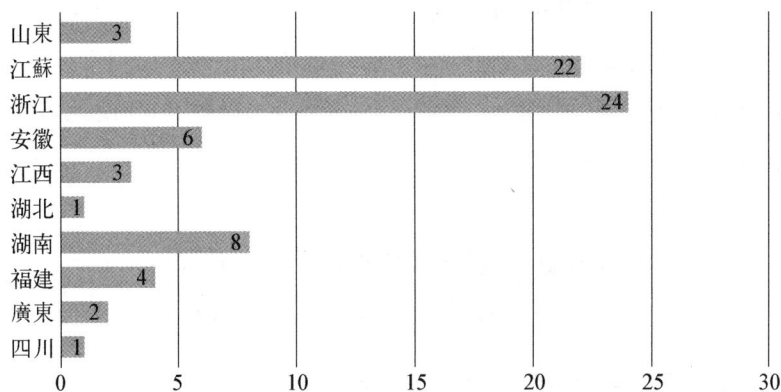

省	人數
山東	3
江蘇	22
浙江	24
安徽	6
江西	3
湖北	1
湖南	8
福建	4
廣東	2
四川	1

從上圖可見，清代三家《詩》學著述的作者來自江蘇、浙江兩省的最多，共四十六人，佔62％，加上六位安徽省的作者，廣義的江南地區約佔整體作者人數的七成，這與梁啓超"一代學術幾爲江浙皖三省獨佔"的觀察若合符節。麥哲維、竺靜華都分別統計了正續《皇清經解》作者的地理分布，筆者把數據跟麥哲維、竺靜華兩位學者的統計比較：

	麥哲維①		竺靜華②		本書
考察的對象	正	續③	正	續	清代三家《詩》著述
作者總數	73	55	67	110	74
江南地區人數	65	39	73	84	52
所佔百分比	90％	71％	91.8％	76.4％	70.3％

這些數據可以這樣理解。第一，《皇清經解》反映的是清初至乾嘉時期清代經學發展的面貌，而《續編》則反映清初至光緒時期的發展。根據麥、竺兩位學者的數字，可以看到《續編》裏江南地區的作者雖然較《正編》的

---

① 〔美〕麥哲維《考證學的新面貌：從〈皇清經解續編〉看道光以下的學術史》，《中國文學研究》1997年第11期，第184—185頁。

② 竺靜華《從正續〈清經解〉的比較論清代經學的發展趨勢》，第188、196頁。

③ 麥氏只計算道光以下的55個學者。

少了近20％,然仍佔多數,換言之,研究清代經學的學者很大部分來自江南地區。第二,本書收錄的三家《詩》著作,大部分成書於嘉道之後,時間跟麥哲維所選取的道光時期相若,而所得數據的百分比相當接近,那表示無論是從整個經學發展,或者只看三家《詩》學發展,江南地區的作者在當中都佔了舉足輕重的位置。

第四節　從時間與地域兩個維度看清代三家《詩》學的發展

4.1　江南地區始終是清代三家《詩》學的中心

學者習慣將乾嘉時期的漢學家分作吳、皖兩派,吳派因其開宗者惠棟來自江蘇省而得名,皖派則因戴震來自安徽省而得名。皖派在嘉道年間,發展出揚州學派,[①]形成嘉道時期經學研究中吳、皖、揚三派鼎立的局面。吳、皖、揚三派各具特色,如吳派堅持漢學傳統,皖、揚二派較接近,著重通經,由考古轉向通今,不過無論是哪一派,其代表學者大都來自江南地區。這些學者的研究範圍、學術興趣容或有異,如段玉裁(1735—1815)、王念孫(1744—1832)之於小學,丁杰之於校勘,張惠言(1761—1802)之於《易》,陳奐(1786—1863)之於《毛詩》,但他們始終堅持江南地區重考據實證的學風,嫻熟運用漢學家慣用的考據、校勘、訓詁等考證方法。吳派學者,江蘇陽湖人洪亮吉(1746—1809)在《邵學士(筆者案:即邵晉涵[1743—1796])家傳》提到乾隆初年清代學術轉型的過程,他說:

> 乾隆之初,海宇乂平已百餘年,鴻偉傀特之儒接踵而見,惠徵君棟、戴編修震,其學識始足方駕古人。及四庫館之開,君與戴君又首膺其選,由徒步入翰林,於是海內之士知向學者,於惠君則讀其書,於君與戴

---

① 論述清代經學揚州學派的論著極多,較要者如張舜徽《清代揚州學記》,上海人民出版社,1962年;楊晉龍主編《清代揚州學術》,"中研院"中國文哲研究所,2005年;賴貴三《清代乾嘉揚州學派經學研究的成果與貢獻》,《漢學研究通訊》第19卷第4期,2000年,第588—595頁等,讀者可以參考。

君則親聞其緒論，向之空談性命及從事帖括者，始駸駸然趨實學矣。①

洪氏稱贊邵晉涵"於學無所不窺，而尤能推本求原，實事求是"。②"實事求是"正是乾嘉時期盛行於江、浙地區的學術風氣。江蘇甘泉人焦循在《與劉端臨教諭書》裏描述了考據學風靡江南的情況，他說：

> 有明三百年來以八股爲業，漢儒舊說束諸高閣。國初經學萌芽，以漸而大備。近時數十年來，江南千餘里中，雖幼學鄙儒，無不知有許鄭者。③

講求考據實證的前提是充分掌握文獻材料，但"書籍遞嬗散亡，好學之士，每讀前代著錄，按索不獲，深至慨惜，於是乎有輯佚之業"。④ 這就說明爲甚麽與輯佚工作相始終的清代三家《詩》學著述，其作者多集中在江南地區。爲了更清楚地展示這個現象，筆者將年份可考的三家《詩》著述按其作者的籍貫分爲江南地區與非江南地區兩類整理成下圖：

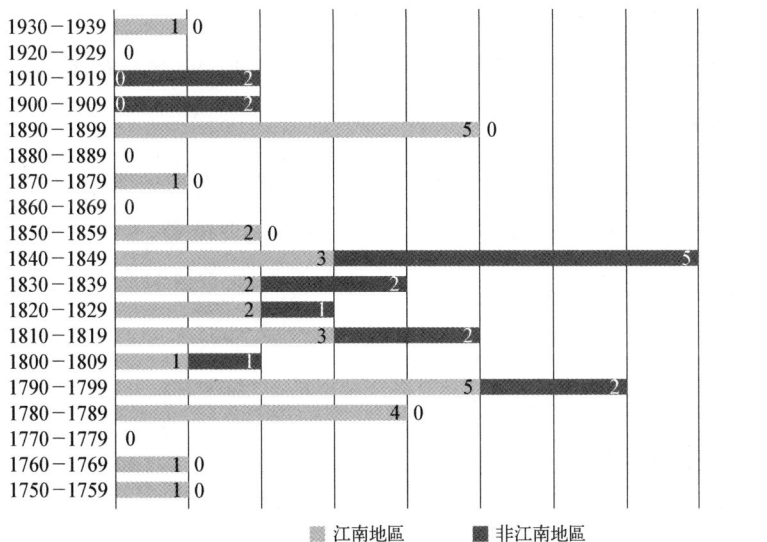

年份	江南地區	非江南地區
1930－1939	1	0
1920－1929	0	
1910－1919	0	2
1900－1909	0	2
1890－1899	5	0
1880－1889	0	
1870－1879	1	0
1860－1869	0	
1850－1859	2	0
1840－1849	3	5
1830－1839	2	2
1820－1829	2	1
1810－1819	3	2
1800－1809	1	1
1790－1799	5	2
1780－1789	4	0
1770－1779	0	
1760－1769	1	0
1750－1759	1	0

■ 江南地區　■ 非江南地區

---

① 洪亮吉撰，劉德權點校《洪亮吉集》，《卷施閣文甲集》，中華書局，2001 年，第 1 册，卷九，第 192 頁。

② 洪亮吉撰，劉德權點校《洪亮吉集》，第 192 頁。

③ 焦循《雕菰集》，《續修四庫全書》據道光四年阮福嶺南節署刻本影印，第 1489 册，卷十三，第 247 頁下。

④ 梁啟超《中國近三百年學術史》，湖南人民出版社，2010 年，第 319 頁。

從上圖可以歸納幾個現象。第一,清代三家《詩》研究在一段比較長的時間裏局限在江浙一帶,從乾隆四十五年(1780)至道光三十年(1850),清代三家《詩》學著述的作者高度集中在江、浙兩省:導乎先路的范家相是浙江會稽人,其後有盧文弨(浙江仁和)、胡文英(江蘇武進)、嚴蔚(江蘇吳縣)等增訂《詩攷》,宋綿初(江蘇高郵)輯《韓詩內傳》遺說,趙懷玉(江蘇陽湖)校輯《韓詩外傳》,臧庸(江蘇武進)輯《韓詩》遺說,馮登府(浙江嘉興)著《三家詩遺說》,李富孫(浙江嘉興)著《詩異文補釋》等。值得注意的是,這批學者彼此之間多是師友同儕,關係密切。梁啟超在《清代學術概論》裏指出清代學者之間的學術交流途徑是"函札",所謂:

> 後輩之謁先輩,率以問學書爲贄——有著述者則勝以著述。先輩視其可教者,必報書,釋其疑滯而獎進之。平輩亦然,每得一義,輒馳書其共學之友相商榷,答者未嘗不盡其詞,凡著一書成,必經摯友數輩嚴勘得失,乃以問世,則其勘也皆以函札。①

近人尚小明著《學人游幕與清代學術》,強調幕府制度②如何促進清代的學術。他說:

> 由於清代學人游幕非常普遍,而且他們總是不約而同地向某些大幕流動,或向某些地區——特別是江浙地區流動,這就給他們造成了許多交流學術的機會。……在幕府內,最普遍的學術交流方式是就某些學術問題或某一方面的學術問題進行討論,交換研究心

---

① 梁啟超《清代學術概論》,第64頁。

② "幕府"一詞,據尚小明考證,指"古代將師出征時在外所設的用以作爲臨時'府署'的'帳幕'、'營帳'等"。到了東漢,"開始用來指官員的府署,從而由一個只與代古代軍事活動相關的詞,演化成一個與古代官僚機構(包括軍事機構)緊密相連的詞"。參尚小明《學人游幕與清代學術》,社會科學文獻出版社,1999年,第1頁,注1。尚氏又據朱金甫《論清代州縣之幕友》一文,指出清代幕府制度與中央、地方集權行爲有關,"這種集權行爲在中央體現爲皇帝總是設法在正式的政府機構外,設立非正式的機構。……在地方上,這種集權行爲則表現爲各級地方長官上行下效,紛紛在正式的行政機構及屬官外,另組私人智囊及助手班底",這些私人智囊、助手,即由幕主延攬的幕友充當(尚小明《學人游幕與清代學術》,第9頁)。

得、研究信息或研究成果。①

梁、尚二氏關於函札、幕府制度這些學術傳播途徑在清代學術交流中的作用的論述無疑是正確的。但如果學者與學者之間互不認識，又沒有共事幕主的機會，那麼他們之間互通函札、切磋問學的機會是很少的。所謂同聲相應，同氣相求，里門關係便成了促進學術交流的關鍵，這說明了爲甚麼清代經學研究（包括三家《詩》研究）大都集中在江浙地區。例如丁杰（浙江歸安）曾經做過校訂《詩攷》的工作，他的學友盧文弨（浙江仁和）在丁校的基礎上“增成之”。乾隆四十九年（1784），盧氏學友嚴蔚（江蘇吳縣）刊刻《詩攷異補》。乾隆五十五年，盧氏替趙懷玉（江蘇陽湖）校刊的《韓詩外傳》撰序述其梗概。他的學生臧庸（江蘇武進）後來輯有《韓詩遺說》，而稱盧氏爲師的黃模（浙江錢塘）亦撰有《三家詩補考》。馮登府、李富孫同爲浙江嘉興人，同里相善。李富孫著《詩經異文釋》，又例如馮登府“稱其詳核奧博，爲詁異義者集其大成”。② 馮登府著《三家詩遺說》、《三家詩遺說翼證》、《三家詩異文釋》，三書同爲稿本，同有李富孫校語，③可以推想當時能夠看得到馮氏三書的人肯定不多。此外，道光十八年（1838），江蘇甘泉人黃奭輯《漢學堂經解》，其中輯有《魯詩傳》一卷、《齊詩傳》一卷、《韓詩內傳》一卷。二十六年，山東歷城人馬國翰輯《玉函山房輯佚書》，其中包括《齊詩傳》二卷、《韓詩內傳》一卷，二人輯錄的三家遺說相同甚多。葉樹聲、余敏輝在《明清江南私人刻書史略》裏指出：“清人輯佚，各自爲之，因此便出現了多人輯一書的現象。”④這種多人輯一書的現象顯然是迫不得已的，學術交流渠道不多，南北相隔，難免雷同。這都說明了地理分布的限制在一段較長的時間裏將三家《詩》學局限在江南地區。

第二，清代三家《詩》研究在道光年間雖然出現了幾位主要來自福

---

① 　尚小明《學人游幕與清代學術》，第 176 頁。

② 　趙爾巽等《清史稿》，第 13260 頁。

③ 　據蔣秋華、王清信纂輯《清代詩經著述現存版本目錄初稿·三家詩之屬》，吳宏一主編《清代詩話知見錄》，第 722 頁。

④ 　葉樹聲、余敏輝《明清江南私人刻書史略》，安徽大學出版社，2002 年，第 204 頁。

建、湖南的學者,然而這些學者與江南地區的關係仍然密切。葛兆光評艾爾曼《從理學到樸學》一書時提出了一個疑問,他說:

> 學術話語的聲音在意識形態領域和實際生活領域中實際上是很微弱的,首先它的傳播範圍很有限,正如艾爾曼所描述的,它主要是在江南的一批學者之間的學術活動,就連十八世紀末"住在距京城不遠的直隸"的大考據家崔述都不曾看到過一百年前流傳,五十年前刊刻的閻若璩那本據說是"引起巨大轟動"的《尚書古文疏證》,那麼學術話語傳播的渠道又有多少呢?①

地理分布既然限制了三家《詩》學傳播的範圍,來自其他地區的學者,很多時候要以游學的方式加入以江浙學者爲主體的學術團體,陳壽祺(福建侯官)、魏源(湖南邵陽)即其佼佼者。嘉慶八年(1803)春,陳壽祺應阮元之請,至杭州主持敷文書院講席。夏,阮元"選校官及高才生十有六人,採唐以前說經文字,親授義例,纂爲《經郛》",而"壽祺與編校焉"。②陳壽祺編纂《經郛》與其後來撰集《三家詩遺說攷》關係甚大。阮元曾命畢光琦將久藏於篋的《經郛》抄稿刪節增補,並將《詩》、《書》二經輯出,錄成《詩書古訓》六卷。③《詩書古訓》雖經增刪,已非《經郛》原貌,但如果拿它跟《三家詩遺說攷》比較,不難看到兩書因襲的痕迹。兹以《關雎》、《葛覃》、《卷耳》三詩爲例表解如下,表格內只列書名,以省篇幅。

	《詩書古訓》	《三家詩遺說攷》④
窈窕淑女,君子好逑。	《列女傳》	《列女傳》(魯,陳喬樅補)
	《漢書》	《漢書》(齊)

---

① 葛兆光《十八世紀的學術與思想》,《讀書》1996年第6期,第52—53頁。
② 陳壽祺《西湖講舍校經圖記》,《左海文集》,《續修四庫全書》據清刻本影印,第1496冊,卷八,第318頁上。
③ 阮元輯《詩書古訓》,《續修四庫全書》據道光二十一年刻本影印,第174冊,序,第1頁上。
④ 案:《三家詩遺說攷》分《魯詩遺說攷》、《齊詩遺說攷》、《韓詩遺說攷》三部,爲省篇幅,表格以"魯"表示見《魯詩遺說攷》,餘類推。

續　表

	《詩書古訓》	《三家詩遺說攷》
求之不得，寤寐思服。	《鹽鐵論》	《鹽鐵論》（齊，陳喬樅補）
鐘鼓樂之	《韓詩外傳》	《韓詩外傳》（韓）
是刈是濩	《爾雅・釋訓》	《爾雅・釋訓》（魯）
服之無斁	《禮記》	《禮記》（齊）
言告師氏，言告言歸。	《白虎通》	《白虎通》（魯）
采采卷耳，不盈頃筐。嗟我懷人，寘彼周行。	《荀子》	《荀子》（魯）
	《淮南子》	《淮南子》（魯）

由此可見，陳壽祺在杭州編纂《經郛》的經歷是其結撰《三家詩遺說攷》的前奏。尤可注意者是陳壽祺在阮元幕府期間有機會跟主要來自江、浙兩省的學者交往。根據尚小明的研究，"阮元幕府有學人 120 餘人（筆者案：確實數目是 121 人），是清代規模最大的一個學人幕府"。① 尚書附有"清代重要學人幕府表"，筆者根據該書附錄九"阮元幕府"所錄的一百二十一位學人作統計，其中籍貫可考者一百一十六人，當中非江蘇、浙江、安徽三省的只有十一人。換言之，在阮元的幕府裏江南人士佔了最少一百零五人（佔一百一十六人中的 90.5％）。陳壽祺在這樣的學術環境下，他的學術取向是可想而知的，其《左海文集》卷四、五收錄與時人書，當中屢見致阮元、臧庸、王引之（1766—1834）、段玉裁等漢學名家的函札。

魏源早年游學的經歷見魏耆《邵陽魏府君事略》：

嘉慶癸酉（十八年，1813）二十歲，舉明經。明年，侍春煦公（筆者案：魏源父魏邦魯）起復入都，遂留從胡墨莊（筆者案：胡承珙）先生問漢儒家法。……是時（嘉慶十九年）②，問宋儒之學之於姚敬塘

---

① 　尚小明《學人游幕與清代學術》，第 126 頁。
② 　據張廣慶《武進劉逢祿年譜》，學生書局，1997 年，第 74 頁。

先生學埭，學《公羊》於劉申受先生逢祿。①

姚學埭（1766—1826），浙江歸安人，嘉慶元年（1796）進士，以中書用，治宋學，《清史稿》謂其"由狷入中行，以敬存誠"。② 胡承珙（1776—1832），安徽涇縣人，嘉慶十年進士，選翰林院庶吉士，散館授編修，著《毛詩後箋》三十卷。胡氏收到魏源所寄初刻本《詩古微》後，曾致書稱魏氏"所評四家異同，亦多持平，不愧通人之論"。③ 二人當曾就《詩》學函札往還。但若論影響魏源《詩》學最大者則首推江蘇武進人劉逢祿（1776—1829）。劉氏爲清代常州今文《公羊》學派的主要人物，魏源受其影響，力主今文經學，其《詩古微》更發揚三家《詩》中的微言大義。道光初年《詩古微》二卷本刻成，劉逢祿即爲之序。跟陳壽祺相同，魏源同樣有游幕的經歷，他在道光五年（1825）加入了時任兩江總督陶澍（1779—1839）的幕府，協助陶澍"創海運，改鹽法"。④ 陶澍的幕府只有十三人，跟阮元幕府的規模相去懸殊，相似的就是這十三人裏面，江南人仍佔多數（九個籍貫可考的學人裏，六個來自吳、越、皖三省）。道光二十四年，魏源"第進士，發江蘇，以知州用，補高郵州"。⑤ 近人李柏榮著《魏源師友記》，收錄魏源師友共二百二十七人，其中除了上舉胡、姚、劉三人外，還有不少江南地區的著名學者如湯金釗（1772—1856，浙江肖山人）、⑥李兆洛（1769—1841，江蘇陽湖人）、⑦龔自珍（1792—1841，浙江仁和人）、⑧朱爲弼（安徽休寧人）、⑨宋翔鳳（1776—1860，江蘇吳縣人）、⑩陳

---

① 魏源《邵陽魏府君事略》，《魏源集》，中華書局，1976 年，第 848 頁。
② 趙爾巽等《清史稿》，第 13154 頁。
③ 胡承珙《與魏默深書》，《求是堂文集》，卷三，第 266 頁上。
④ 錢基博著，傅道彬點校《近百年湖南學風》，中國人民大學出版社，2004 年，第 11 頁。
⑤ 錢基博著，傅道彬點校《近百年湖南學風》，第 11 頁。
⑥ 李柏榮《魏源師友記》，嶽麓書社，1983 年，第 17 頁。
⑦ 李柏榮《魏源師友記》，第 19—20 頁。
⑧ 李柏榮《魏源師友記》，第 27—28 頁。
⑨ 李柏榮《魏源師友記》，第 70 頁。
⑩ 李柏榮《魏源師友記》，第 72 頁。

奐(江蘇長洲人)等。① 可見終魏源一生,無論爲學、爲官,都與江南地區不可分割。

　　第三,江南地區一直主導清代三家《詩》學的興衰。從咸豐元年(1851)到同治九年(1870)這二十年間,除了黃奭(江蘇甘泉)輯成《漢學堂經解》、周曰庠(浙江山陰)完成《詩經三家注疏》外,再没有别的三家《詩》學著述,整個三家《詩》研究工作停頓了。這段時間,清朝發生了太平天國運動(1851—1864)。咸豐三年,太平軍佔領了南京,改名"天京"。同治三年,曾國荃(1824—1890)率軍攻破南京城,"天京"淪陷,歷時十二年的太平天國運動結束。太平天國控制的範圍包括了整個江南地區,江浙兩省的人因避亂而鳥散。根據何炳棣整理的清代嘉慶十七年(1812)、咸豐九年、十年三年浙江省人口數目,可以看出此次兵亂導致江南地區人口銳減:②

嘉慶十七年(1812)	咸豐九年(1859)	咸豐十年(1860)
27411310	30399000	19213000

太平天國運動也影響到學術活動,根據王鑒在《〈黃氏逸書攷〉序》的記載,黃奭所輯的《漢學堂經解》"工甫竣,值咸豐兵燹,避亂鄉居,板存蕭寺,先生旋捐館舍,寺僧不知護惜,散失數十種"。③ 咸豐兵燹即咸豐三年二月,太平軍攻佔揚州一事。黃氏於此年避亂鄉間,其《漢學堂經解》也只能刊成樣書,没有流布,後來書版更因爲戰亂而散失。江南地區的戰亂是三家《詩》學著述在這個時期突然減少的原因。亂後,三家《詩》學著述又明顯較前增加,而這些著述的作者也主要來自江、浙兩省,如有蔣曰豫(江蘇陽湖)的《韓詩輯》、浙江會稽陶方琦(浙江會稽)的《韓詩遺說補》、王仁俊(江蘇吳縣)的《玉函山房佚書續編》、楊晨(浙江黃岩)的《詩

---

① 李柏榮《魏源師友記》,第83—84頁。

② Ping-ti Ho, *Studies on the Population of China, 1368 - 1953*, Cambridge, Mass.: Harvard University Press, 1959, p. 56, 70.

③ 黃奭輯《黃氏逸書攷》,第1册,序,第1頁。

玫補訂》等。清代晚期三家《詩》研究經過十數年的戰亂，復次重振，而導其源者，跟清代早期三家《詩》學一樣，都是來自江、浙兩省。由此可見，清代三家《詩》學的發展由輯佚始，也以輯佚終，就中江南地區以考據實學相尚的學者扮演了重要的推動角色，而地理因素與清代三家《詩》學發展關係之密切於此亦可見一斑。

4.2　清代三家《詩》學與輯佚相始終

四十八種年份可考的著述幾乎都與輯佚相涉，而且每一個時期都有輯佚著述面世，如乾隆時期有范家相的《三家詩拾遺》、趙懷玉的《韓詩外傳補遺》、臧庸的《韓詩遺說》等；嘉慶時期有沈清瑞的《韓詩故》；道光時期有錢玫的《〈韓詩內傳〉并〈薛君章句〉考》、陳喬樅的《三家詩遺說玫》等；咸豐時期有黃奭輯《魯詩傳》、《齊詩傳》；光緒時期有顧震福的《三家詩遺說續玫》；直到清末民初仍有江瀚的《詩經四家異文玫補》、張慎儀的《詩經異文補釋》等，可見三家《詩》佚文遺說的輯佚是清代學者關注而又不能忽略的工作。這些著述固然有純粹輯佚之作，如王謨、馬國翰、黃奭、王仁俊等人將三家遺說見諸舊籍的材料輯錄出來。即使以研究三家經文詩說爲主的著述也在研究以外，補苴罅漏，如周廷寀《韓詩外傳校注》外，其兄子周宗杬有《補遺》一卷；郝懿行《韓詩外傳考證》外，有《補遺》一卷；馮登府《三家詩異文釋》外，有《補遺》三卷等。而范家相的《三家詩拾遺》可以說是清代三家《詩》輯佚的奠基者。《四庫提要》"三家詩拾遺"條下曰：

> 自鄭樵以後，說《詩》者務立新義，以掊擊漢儒爲能。三家之遺文，遂散佚而不可復問。王應麟於咸淳之末，始掇拾殘剩，輯爲《詩玫》三卷。然創始難工，多所掛漏。又增綴逸《詩》篇目，雜採諸子依託之說，亦頗少持擇。家相是編，因王氏之書重加裒益，而少變其體例。首爲《古文考異》，次爲《古逸詩》，次以三百篇爲綱，而三家佚說一一並見。較王氏所錄以三家各自爲篇者，亦較易循覽。……近時嚴虞惇作《詩經質疑》，內有《三家遺說》一篇。又惠棟《九經古義》，

余蕭客《古經解鉤沈》，於三家亦均有采掇。①

　　據《提要》所論，范家相以前，嚴虞惇、惠棟、余蕭客等學者，已經注意到三家遺說。嚴虞惇的《讀詩質疑》卷十二爲《三家遺說》，删存佚文六十條，是以虞氏所做的只是删汰，實在談不上輯佚。而“凡古必真，凡漢皆好”吳派漢學奠基人惠棟的輯佚成果見於《九經古義》卷五、六的《毛詩古義》，其中引《魯詩》六則，《齊詩》一則，《韓詩》三十五則，數量不多。值得注意的是，根據《嘉興府志》的載錄，與嚴、惠二氏同時期浙江平湖人陸奎勛亦曾輯有《魯詩補亡》二卷，可惜未經印行，影響不大，但已印證了三家《詩》輯佚的風氣在清初已經開始。

　　至於與嚴、惠二氏並稱爲清代三家《詩》研究前哨的余蕭客，其《古經解鉤沈》三十卷，創始於乾隆二十四年（1759），成稿於二十七年。② 是書“採錄唐以前諸儒訓詁”，“自諸家經解所引，旁及史傳、類書，凡唐以前之舊說，有片語單詞可考者，悉著其目”。③ 卷六、七爲《毛詩》，採擷舊文分見四家，所輯的三家遺說，屬《魯詩》的共十一條，《齊詩》的六條，《韓詩》的一百六十五條，數量頗爲可觀。但是與嚴虞惇、惠棟相同，余氏僅輯錄而不加案語，而且所輯錄的材料，都是舊籍標明屬某家《詩》的材料，嚴格來說談不上有任何輯佚方法上的創新。《古經解鉤沈》在乾隆二十七年成稿，而《三家詩拾遺》早在兩年前已於會稽刊刻，因此范家相才是清代三家《詩》輯佚學的奠基者。賀廣如在《范家相〈三家詩拾遺〉及其相關問題》一文裏指出《三家詩拾遺》在清代三家《詩》輯佚史上有承先啟後之功：

　　　　全書的結構與《三家〈詩〉源流》的體例設計上，乃至輯佚方法的運用、拓展等方面，均對後來的輯佚者有極大的啟發和示範作用，其

① 　紀昀總纂《四庫全書總目提要》，第 457—458 頁。
② 　余蕭客《後序》云：“己卯杪秋，蕭客從事鉤沈。……壬午夏五扶疾繕寫，八月書二十九卷畢，先以己卯十月作《前序》，是歲九月作《後序》及錄並《前序》爲《序錄》。”余蕭客《古經解鉤沈》，後序，第 356 頁。
③ 　紀昀總纂《四庫全書總目提要》，第 886 頁。

後陳壽祺父子、馮登府、魏源、王先謙等關於三家《詩》的重要著作，均可見受到《拾遺》相當大的影響，薈洲啟後之功，此乃不刊之證。①

范家相以後，清人三家《詩》輯佚工作一直歷久不衰，輯佚工作始終在清代三家《詩》學中佔據重要的位置。這除了受清代三家《詩》研究工作始終集中在江南地區這個地理因素影響外，三家《詩》經文詩說客觀上散佚嚴重，必須通過掇拾爬梳才能重新研究這個内在因素也起了關鍵的作用。

4.3　增補校注《詩攷》是清代三家《詩》學中重要的主題

清代三家《詩》學與輯佚工作相始終，而王應麟的《詩攷》首開三家《詩》輯佚的風氣，因此備受清人推崇，增補校注《詩攷》成了清代三家《詩》研究中重要的主題。考漢代三家《詩》自《毛詩》獨尊之後幾成絕學。唐高宗永徽四年(653)頒孔穎達《毛詩正義》，並以之爲明經取士的標準。由於《正義》嚴守"疏不破注"的原則，《毛傳》、《鄭箋》成爲釋《詩》唯一標準，學者不敢輕議毛、鄭之失，三家《詩》學更無人問津。到了宋代，疑經思想漸興，宋人逐漸不再迷信毛鄭以來的《毛詩》學傳統，而三家《詩》學則重新納入宋人解《詩》系統裏。但囿於材料湮没無聞，必須加以系統搜羅。王應麟順應了這一個學術潮流，網羅傳記所述的三家緒言，輯錄整理而成《詩攷》五卷以"扶微學，廣異義"。②《詩攷》既屬首創，掛漏失檢難工自是難免，但其後元明兩代三家《詩》學創獲無多。真正賡續三家《詩》輯佚研究工作的是清代學者。

乾隆四十五年(1780)至五十四年這十年裏，三家《詩》的著述開始增多，年份可考的共四種，其中三種便是校補《詩攷》的，包括盧文弨的《增校詩攷》、胡文英的《詩攷補》、嚴蔚的《詩攷異補》。另外，丁杰《詩攷》校本的成稿年份雖然不能確定，但據盧文弨寫在乾隆四十五年的《增校王

---

① 賀廣如《范家相〈三家詩拾遺〉及其相關問題》，《漢學研究》第 22 卷第 1 期，2004 年，第247 頁。

② 王應麟《詩攷》，第 2 頁。

伯厚〈詩攷〉序》記云"近又得歸安丁小雅校本,凡王氏之沿訛互異者,一一釐革",丁氏校本成稿當在此年前。這個時期的工作以校正《詩攷》沿訛,增補《詩攷》未備爲主。盧文弨、丁杰等人長於考據校勘,且爲學謹嚴,如盧氏《增校詩攷》便曾兩易其稿,至乾隆四十五年始定稿。經他們校補後的《詩攷》已大體完備,續補的空間不大,所以此後的三家《詩》學著述從兩個方面繼續發展。其一是從校補《詩攷》轉向箋注《詩攷》,這包括嘉慶六年(1801)周邵蓮的《詩攷異字箋餘》、道光三年(1823)丁晏的《詩攷補注》。葉裕仁(1809—1879)《詩攷箋釋》的成稿年份雖然無法確考,但以此書内容考量,加上葉氏與丁晏生卒年份相若,當同屬嘉道時期從校補《詩攷》轉向箋注《詩攷》的作品。

　　其二是變通《詩攷》的體例,另闢蹊徑,且各有側重。總計整個清代三家《詩》學著述,明確以《詩攷》爲書題的共九種。但有趣的是,其他著述的作者在書序裏,都不約而同述緒《詩攷》,以繼踵《詩攷》爲志。如宋綿初在《〈韓詩内傳徵〉敍》謂己於"王氏所遺者補之,略者詳之,疑似者去之,羣書相發明者,諸家有攷正者,旁搜博采,引證以窮其歸趣,久而成帙"。[1] 王初桐《〈齊魯韓詩譜〉序》亦謂已"輯斯譜,以王伯厚所考爲本而增益之,倫敍之,雖嘗鼎一臠,亦聊以餽羊之意"。[2] 黃位清《〈詩異文錄〉自序》亦以《詩攷》"止有條目而無通釋"於是"兹始依經,編序所見書之異文,其有通釋者綴於末"。[3] 諸書撰旨不一,但祖述《詩攷》之志卻相當一致。筆者認爲這與清人推崇王應麟的學術成就有關。成書於乾隆晚年,代表乾嘉漢學古文經學正統思想的《四庫提要》,對王應麟一系列的著作,幾乎都持肯定的態度,如《提要》於《周易鄭康成注》云:"應麟能於散佚之餘,蒐羅放失,以存漢《易》之一綫,可謂篤志遺經,研心古義者矣。"[4]於《詩攷》云:"古書散佚,蒐採爲難,後人踵事增修,較創始易於爲力。筆路

① 宋綿初《韓詩内傳徵》,《叢書集成續編》據乾隆六十年積學齋本影印,新文豐出版公司,1989年,第110册,敍,第153頁下。
② 王初桐纂輯《方泰志》,卷三,第10頁。
③ 黃位清《詩異文錄》,《續修四庫全書》據道光十九年刻本影印,第75册,序,第395頁下。
④ 紀昀總纂《四庫全書總目提要》,第52頁。

襤褸,終當以應麟爲首庸也。"①於《漢制考》云:"要其大致精核,具有依據。較南宋末年諸人,侈空談而鮮實徵者,其分量相去遠矣。"②於《困學紀聞》云:"是編乃其劄記考證之文。……應麟博洽多聞,在宋代罕其倫比。"③《提要》明顯以考據學的標準認同王應麟輯佚考證的成就,由此可證清代前期三家《詩》學著述多與《詩攷》有關,是受當時考據學風的影響。艾爾曼指出,清代考據研究成績斐然,原因之一是"繼往開來,推陳出新的學術追求和風氣"。④ 他舉清人繼承王應麟的學術工作爲例說:

> 　　許多清代學者把王應麟看作自己的學術先驅。他們各自獨立地探討過王應麟開始性成果的不同側面。閻若璩曾著手詳注王應麟的名著《困學紀聞》,這一願望在他死後由何焯於 1704 年實現。《困學紀聞》目前通行的標準注本收錄了 18 世紀學者全祖望、焦循、馮登府的新成果,他們繼承了王應麟的《詩經》研究成果,糾正其中某些失誤。⑤

上述增補校注《詩攷》的可以看作是繼往開來的著述,那些繼踵《詩攷》而另闢蹊徑的就是推陳出新的著述。可以說,王應麟的《詩攷》是清代研究三家《詩》學者不能繞過的課題。

4.4　《韓詩》的輯佚與研究在清代三家《詩》學中一枝獨秀

　　四十八種年份可考的著述中,《韓詩》類的共十九種,約佔四成,這個數字還不包括九種⑥年份不可考的著述,可見《韓詩》研究是清代三家

---

① 紀昀總纂《四庫全書總目提要》,第 431 頁。

② 紀昀總纂《四庫全書總目提要》,第 2122 頁。

③ 紀昀總纂《四庫全書總目提要》,第 3073 頁。

④ [美]艾爾曼著,趙剛譯《從理學到樸學:中國帝國晚期思想與社會變化面面觀》,第141 頁。

⑤ [美]艾爾曼著,趙剛譯《從理學到樸學:中國帝國晚期思想與社會變化面面觀》,第141—142 頁。

⑥ 包括王謨《韓詩拾遺》十六卷、邵晉涵《韓詩內傳考》不分卷、汪遠孫《韓詩補遺》、顧觀光《韓詩外傳逸文》一卷、董沛《韓詩箋》六卷、龍璋《韓詩》一卷、王榮蘭《韓詩經考》二十八卷、黃啟甲《韓詩拾遺》四卷、張鑑《韓詩考逸》一卷。

《詩》學的熱點。《韓詩》類著述比較集中出現在兩個時期：其一是清代三家《詩》學的前期，即乾隆五十五年（1790）至嘉慶四年（1799）這十年間；其二是三家《詩》學的後期，即光緒十六年（1890）至光緒二十五年這十年間。細考這兩個時期的著述，可以發現彼此相通的地方都是以輯佚爲主，但其成書原因則各有不同。

　　乾隆五十五年至嘉慶四年這十年間，三家《詩》學著述共八種，數量爲各期之冠，除了王初桐的《齊魯韓詩譜》外，其他的都是《韓詩》類著述，如趙懷玉校輯的《韓詩外傳》及《補逸》、臧庸的《韓詩遺說》、宋綿初的《韓詩內傳徵》、沈清瑞的《韓詩故》、周宗杬的《韓詩外傳拾遺》、王謨輯的《韓詩內傳》、《韓詩翼要》、郝懿行的《韓詩外傳考證》等。《韓詩》最後亡佚，保存在其他典籍中的遺說較《魯詩》、《齊詩》爲多，在以輯佚爲主的三家《詩》學前期，《韓詩》的研究自然一枝獨秀。本身屬於今文經學的《韓詩》能够在偏重古文經學研究的乾嘉時期得到學者重視，確實是值得注意的現象。然而細考這些著述的作者與內容，可以發現《韓詩》在這個時候不過是學者鉤沈古學的對象，是他們運用輯佚考據方法治經的實踐而已，今文三家《詩》仍無法與古文《毛詩》相媲美。盧文弨在乾隆四十五年撰《增校王伯厚〈詩攷〉序》已經指出：“諸君子之勤勤掇拾者，非欲申三家以抑毛而奪朱也。”[①]“非欲申三家以抑毛”庶幾可以概括乾嘉諸儒掇拾《韓詩》遺說的旨趣。宋綿初的兒子宋保在《〈韓詩內傳徵〉後識》裏這樣說：

　　　毛公本通《韓詩》，後以其有未安，又見三家互有踳駁，因爲詁訓，傳于其家。自後河間獻王得而獻之，立于學官。于時學者退《韓》而宗《毛》。……鄭康成注《禮》宗《韓》，箋《詩》宗毛，其不同下以己意，然亦間有用韓說者。……夫訓詁生于文字，文字起于聲音，古人之文，其音同音近者，義每不甚相遠。即《韓詩》以引而信之，觸類而求之，而聲音訓詁之道昭然矣。[②]

———————————

① 　盧文弨著，王文錦點校《抱經堂文集》，卷二，第 15 頁。
② 　宋綿初《韓詩內傳徵》，後識，第 155 頁上。

宋保借毛亨、鄭玄這兩位乾嘉時期古文經學家推崇的學者,强調屬今文經學的《韓詩》跟屬古文經學的《毛詩》關係密切,又以當時考據學的學術話語,從文字、聲韻、訓詁力證《韓詩》的價值。根據他的記述,這些話是從宋綿初那裏聽來的。如此大費周章,無非是要藉當時的學術標準,證成其父掇輯《韓詩內傳》的價值。從宋保的話來看,當時居學術領導地位的仍是偏重東漢古文經學的漢學家,且終嘉慶一朝仍大體如此。

　　光緒十六年(1890)至光緒二十五年這十年是清代三家《詩》學的後期,這個時期的著述共五種,其中《韓詩》類著述佔四種,這是清代經歷太平天國運動之後,三家《詩》研究重上軌道的時期。道光二十三年(1843),陳喬樅的《三家詩遺說攷》、《詩經四家異文攷》出,學者譽爲三家遺說異文無出其右。晚清學者能有補輯《韓詩》之作,實拜發現新材料所賜。光緒六年,楊守敬在日本訪得唐釋慧琳(737—820)《一切經音義》。[1]　其後,黎庶昌、羅振玉在日本分別發現原本卷子《玉篇》殘卷,且各自集佚成書。清末學者得覩這兩部失落中土的古籍後,競相研究,影響晚清經學、小學甚鉅。陶方琦在《倭刻唐人卷本玉篇零部跋》中形容他看到這兩部佚籍是"希世之寶,未可多得"。[2]　陶氏後來據此輯補臧庸《韓詩遺說》而成《韓詩遺說補》,自序云:

　　　　方琦近歲得見唐釋慧琳《大藏音義》、希麟《續音義》及日本新刻《玉篇》零部、隋杜臺卿《玉燭寶典》,次第補輯《韓詩》一百五十餘條,其義多臧氏未采。[3]

此外,顧震福"據原本《玉篇》、《玉燭寶典》、慧琳《一切經音義》等書,詳爲採輯",[4]成《韓詩遺說續攷》四卷。龍璋(1854—1918)《韓詩》一卷,亦"從卷子《玉篇》及釋慧琳《一切經音義》、釋希麟《續義》、韓孝彥《四聲篇

---

① 楊守敬《日本訪書志》云:"唐沙門慧琳《一切經音義》百卷,余初至日本,有島田蕃根者持以來贈,展閱之,知非元應書,驚喜無似。"楊守敬《日本訪書志》,卷四,第531頁上。
② 陶方琦《漢孳室文鈔》,卷四,第534頁下。
③ 陶方琦《漢孳室文鈔》,卷四,第533頁下。
④ 中國科學院圖書館整理《續修四庫全書總目提要·經部》,第447頁。

海》等書,輯錄而成".① 可見新材料的發現是促進晚清三家《詩》學重新側重《韓詩》的主因。

4.5　嘉道年間的三家《詩》學重視異文研究

　　嘉慶十五年(1810)至道光二十九年(1849)這四十年裏,清代三家《詩》學著述共二十種,平均每十年便有五種著述,這是三家《詩》研究穩定發展的時期。從乾隆二十五年(1760)范家相《三家詩拾遺》刊刻一直到嘉道之際,清代三家《詩》學的發展已經超過五十年。前期學者的工作集中在輯佚上,到了嘉道年間,三家《詩》學一方面繼承前期的研究工作,繼續有輯佚的著述,如嚴可均的《韓詩輯編》、錢玫的《〈韓詩內傳〉并〈薛君章句〉考》、馮登府的《三家詩遺說》、陳喬樅的《三家詩遺說攷》等。另一方面由於輯佚方法的擴充,三家《詩》材料相當可觀,嘉道年間的三家《詩》學者於是在輯佚以外另闢研究方向,集中研究異文是這個時期的重點,著述包括李富孫的《詩經異文釋》、黃位清的《詩異文錄》、陳喬樅的《詩經四家異文攷》等,其中以馮登府的著述最多,除了《三家詩異文疏證》外,尚有成稿年份不能確考的《三家詩異文釋》、《三家詩異字詁》兩種。

　　異文研究的內容主要是注明異文出處,辨析異文之間在形、音或義上的關係。例如《詩經四家異文攷·周南·關雎》"參差荇菜"一句,《毛詩》"荇"作"莕",陳喬樅案曰:"《爾雅·釋草》:'莕,接余,其葉苻。'《爾雅》是《魯詩》之學,則作'莕'者《魯詩》異文也。"②陳氏據臧庸以《爾雅》爲《魯詩》之學,③故以"莕"字爲《魯詩》異文。又例如《三家詩異文疏

① 中國科學院圖書館整理《續修四庫全書總目提要·經部》,第449頁。
② 陳喬樅《詩經四家異文攷》,《續修四庫全書》清道光刻本影印,第75冊,卷一,第465頁上。
③ 案:陳喬樅在《〈魯詩遺說攷〉自敘》中說:"《爾雅》亦《魯詩》之學。漢儒謂《爾雅》爲叔孫通所傳,叔孫通,魯人也。臧鏞堂《拜經日記》以《爾雅》所釋《詩》字訓義爲《魯詩》,允而有徵。"陳壽祺撰,陳喬樅述《三家詩遺說攷·魯詩遺說攷》,《清經解 清經解續編》據光緒十四年南菁書院《皇清經解續編》影印,上海書店出版社,2014年,第11冊,自序,第1178頁下。

證·韓詩·汝墳》"惄如調饑"句,《毛詩》"惄"作"愵",馮登府案曰:"《說文》'惄'讀與'愵'同,段氏玉裁曰:"'自關而西,秦晉之間或曰愵。'愵、惄通用。'"①《詩》四家各有傳本,不同傳本以不同的漢字代表同一個詞,於是產生了異文,可見辨析異文本來應該屬於客觀研究語言事實的工作。可是在傳統小學仍爲經學附庸的清代,小學研究往往具有經學意義。賀廣如指出馮登府在《三家詩異文疏證》中所做的工作是"呈現異文中的正字與假字,並進一步疏證其義",並認爲馮氏"雖歸納出三家與毛各有不同的用字趨向,但並未對此一現象做任何有關價值方面的評說"。② 在賀氏看來,馮登府所做的工作是客觀的。可是筆者仔細翻閱《疏證》,卻發現馮氏有不少像"是韓較毛爲勝"③、"較毛義長"④之類明顯具價值判斷的案語。筆者認爲馮登府正是通過辨析《毛詩》與三家《詩》的異文,強調"三家多正字,毛多假字"的現象,以訓詁的方法,突出三家《詩》的經學價值,而其重要的憑藉是許慎的《說文解字》。

　　《說文解字》引《詩》用字多與《毛詩》異,馮登府辨析異文時,往往據《說文》得出三家用正字、本字,《毛詩》用假字的結論。例如《三家詩異文疏證·韓詩·泉水》"祕彼泉水",《毛詩》"祕"作"毖",馮氏案曰:"《說文》'脌'字下引作'泌'。'泌'是本字,當是齊、魯說。"⑤又《韓詩·碩人》"鱣鮪鱍鱍",《毛詩》"鱍"作"發",馮氏案曰:"'鱍'亦同'鲅'。《說文》引《詩》作'鲅鲅',三家多正字,毛多假字也。"⑥又《韓詩·有杕之杜》"逝肯適我",《毛詩》"逝"作"噬",馮氏案曰:"《說文》有'逝'無'噬',然則'逝'本字。"⑦又《魯詩·揚之水》"素衣朱綃",《毛詩》"綃"作"襮",馮氏案曰:

① 馮登府《三家詩異文疏證》,《清經解 清經解續編》據學海堂《皇清經解》咸豐十一年補刊本影印,第 7 册,卷一四〇七,第 979 頁中。
② 賀廣如《馮登府的三家〈詩〉輯佚學》,《中國文哲研究集刊》第 23 期,2003 年,第 325 頁。
③ 馮登府《三家詩異文疏證》,《皇清經解》,卷一四〇七,第 981 頁中。
④ 馮登府《三家詩異文疏證》,《皇清經解》,卷一四〇七,第 987 頁中。
⑤ 馮登府《三家詩異文疏證》,《皇清經解》,卷一四〇七,第 980 頁中。
⑥ 馮登府《三家詩異文疏證》,《皇清經解》,卷一四〇七,第 981 頁下。
⑦ 馮登府《三家詩異文疏證》,《皇清經解》,卷一四〇七,第 983 頁上。

《說文》：‘綃，生絲也。’作‘綃’爲正。”①何以用字與《說文》相合即可判斷爲“正字”呢？這與當時學者普遍推崇《說文》的風氣有密切的關係。《說文》本屬文字之學，但在尊崇漢學，推崇許鄭的清代中葉，學者卻以之爲解經的訓詁依據，以《說文》爲本字、本義的津梁，段玉裁在其《說文解字注》中即反覆強調《說文》用本字。② 在這樣的學術環境下，經文多本字的三家《詩》較諸經文多借字的《毛詩》，明顯更容易與《說文》收錄的本字本義互相發明。《詩》尚三家的魏源在《詩古微》裏即藉“《說文》引《詩》，什九皆三家”來強調三家《詩》與《說文》關係密切。③ 這種現象亦曾令專治《毛詩》的陳奐感到不安。

　　陳奐的《詩毛氏傳疏》在清代《毛詩》學著述中以墨守《毛詩》、《毛傳》，貶抑三家《詩》而著稱。在陳氏看來，《毛詩》是古文，其經字多假借的現象只不過反映了“古人字少，義通乎音”的事實，④至於三家《詩》多本字的現象，陳氏另有見解。考王引之《王文簡公文集》中收錄了一通王氏致陳奐的復函云：“尊說又言，三家《詩》多用本字，疑以己意讀經，不必盡是師傳本子不同，如司馬遷以訓詁字代經之比。”⑤從復函看來，陳奐曾經懷疑三家《詩》多用本字的現象可能是經師在流傳三家《詩》的過程中“以己意讀經”的結果，情況就好像史遷撰寫《史記》時以今字易古字一

---

① 馮登府《三家詩異文疏證》，《皇清經解》，卷一四〇八，第 992 頁中。

② 段氏《說文》學其中一個特點是以爲《說文解字》必用本字，例如《說文·大部》“夸，奢也”下，《段注》云：“漢人作《傳》、《注》，不外轉注、假借二者，必得其本字而後可說其叚借，欲得其本字，非許書莫由也。”（參見段玉裁《說文解字注》，上海古籍出版社，1988年，卷十下，第 492 頁下）又如《說文·𨸏部》“陟，登也”下，《段注》云：“許此作‘登’，不作‘升’者，許書說解不用叚借字也。漢人用同音字代本字，乃不知有本字。”（段玉裁《說文解字注》，卷十四下，第 732 頁下）

③ 魏源撰，何慎怡校點《詩古微》，《魏源全集》，嶽麓書社，2004年，第 1 冊，第 125 頁。

④ 案：《詩毛氏傳疏》刻成後，同年陳氏有《毛詩說》一卷成書，分十七例，是陳奐爲《傳》作《疏》後，爲了供“學者省覽”而整理歸納出來的心得，其中“假借說”指出“凡字必有本義，古人字少，義通乎音”。參見陳奐《毛詩說》，《續修四庫全書》據清道光二十七年武林愛日軒刻本影印，第 70 冊，第 482 頁下。

⑤ 王引之《王文簡公文集》，載羅振玉輯印《高郵王氏遺書》，江蘇古籍出版社，2000年，卷四，第 207 頁上。

樣。在陳氏眼中,《毛詩》多用借字毋庸置疑,但三家《詩》裏那些異於《毛詩》的所謂本字未必盡是師傳。筆者認爲陳奐的這個看法,是他在清人尊崇《說文》的學術背景下,爲了維護《毛詩》、《毛傳》的經學價值而提出來的。陳氏既然無法改變《毛詩》多借字的事實,只好懷疑與《說文》本字本義多所發明的三家《詩》經文是否本來如此。如果他能夠論證三家《詩》經文本字是經師改經之字,非三家《詩》經文原貌,那麼三家《詩》經字與《說文》本字的關係便不見得如此密切。如果三家《詩》多本字是傳經者"以己意讀經",易字訓釋的結果,那麼三家《詩》經文的價值便很成疑問。有了這一點認識,我們便明白馮登府在《疏證》裏據《說文》強調三家多正字的做法,除了交代三家《詩》經字多用本字這個事實外,還有其經學上的目的——突出三家《詩》的價值。可以說馮氏藉著異文的研究,認識到三家《詩》的價值,因而在嘉慶十八年(1813)成稿的《疏證》裏初步透露了三家勝《毛詩》的想法,到了道光二十年(1840)成稿的《三家詩遺說》,馮氏更是旗幟鮮明地表達了他張揚三家《詩》的立場。

　　嘉道年間與馮氏看法接近的學者更不在少數。錢玫《〈韓詩內傳〉并〈薛君章句〉考》卷首有杜堮寫於道光元年的《序》,其說曰:

　　　　漢儒釋經,精微深造,不可泯沒,而其書之盛衰顯晦,各有其時焉。古來傳《詩》者四家,惟韓、毛爲顯門之學。毛未著而韓盛行,毛既盛而韓遂廢。……予嘗以爲《韓詩》之不可廢者有五。夫詩教傳於子夏,惟毛公、韓氏同出西河。自唐以來均享聖廡。源流既正,著錄並崇,一也;世子受爵毀主,合食黍離,閔於伯封賓筵、悔於睿武考據,是資裨繫特重,二也;愓愓悅人之形、濊濊流水之貌,菉竹爲綠蕣、唐棣爲夫栘,證之許郭,訓詁足據,三也;潔蠲本於潔圭,斯螽由於斯初、衣褐出於衣褍、卓彼起於茁彼,韓爲正字,毛爲假借,四也;磐天之妹,大明著其訓,鸛鳴于垤,東山通其解,韓詩苟失毛義,莫尋其相爲表裏,五也。①

_____

① 　參見錢玫《〈韓詩內傳〉并〈薛君章句〉考》抄本,臺灣圖書館藏品,卷一,序,第1頁。

杜堮以師承、經文、用字、詩義諸方面論證《韓詩》當與《毛詩》並駕齊驅，《序》末又云：“《韓詩》薛義，粲然復明於世，豈非盛衰顯晦，各有其時。”[①]言下之意，《毛詩》之所以盛而顯，亦不過得“其時”而已。陳喬樅在《〈詩經四家異文攷〉自敘》裏更指出：“四家之《詩》，其始口相傳授，受之者非一邦之人，人各用其鄉音，故有同言而異字，同字而異音者，然而古人文字聲音訓詁通假之源，未始不可於彼此同異之間觀其會通，觸類而引伸之，足以舉一反三焉。”[②]魯、齊、韓、毛四家本來可以觸類會通，並無高下之別，他又認爲“三家《詩》亡，說經者之不幸也。三家訓詁大義，多足與《毛傳》相發，而《鄭箋》與《毛傳》異者，往往本之三家”。[③]可見三家《詩》學從乾嘉時期發展到嘉道之際，經過了一個循序漸進的過程而爲清人認同。從早期純粹輯佚以存古學，逐漸發展到研究輯佚所得的材料。從研究異文所得，開始認識三家《詩》經文遺說的價值。從乾隆時期盧文弨仍申述“非欲申三家以抑毛”的立場，到嘉道之際，已經有學者同情“三家《詩》亡”是“說經者之不幸”，更有三家勝《毛詩》的主張，凡此都顯示了清代《詩經》研究在嘉道之際由尊《毛詩》漸次轉向重三家。

4.6　道光時期三家《詩》學出現了微言大義的研究

道光時期出現了兩部比較重要的三家《詩》學著述。陳壽祺、陳喬樅的《三家詩遺說攷》總結了乾嘉以來古文經學家輯佚考據的成果。此書發軔於陳壽祺，成書於陳喬樅，從屬稿到成書前後綿歷達二十三年。但陳氏父子的貢獻終究在輯佚考據上。在西漢今文經學備受學者關注的道光時期，魏源的《詩古微》才是首部以張揚三家的立場，標舉微言大義，經世致用的三家《詩》學著述，稱得上是清代三家《詩》研究中的鑿空之作。

《詩古微》有道光四年（1824）的二卷初刻本和道光二十年的二十卷二刻本。魏源在二刻本的《序》裏解釋“詩古微”的意思說：

---

① 錢玫《〈韓發詩内傳〉并〈薛君章句〉考》抄本，卷一，序，第 2 頁。

② 陳喬樅《詩經四家異文攷》，自敘，第 463 頁下。

③ 陳喬樅《詩經四家異文攷》，自敘，第 464 頁上。

　　《詩古微》何以名？曰：所以發揮齊、魯、韓三家《詩》之微言大誼，補苴其罅漏，張皇其幽渺，以豁除《毛詩》美、刺、正、變之滯例，而揭周公、孔子制禮正樂之用心于來世也。蓋自"四始"之例明，而後周公制禮作樂之情得，明乎禮、樂，而後可以讀《雅》、《頌》；自迹熄《詩》亡之誼明，而後夫子《春秋》繼《詩》之誼章，明乎《春秋》，而後可以讀《國風》。①

《詩古微》發揮三家《詩》微言大義之旨相當明顯，這與魏源所處的時代以及其強烈的經世思想密切相關。魏源生當道咸亂世，欲以"變"救時，其說《詩》偏重三家，正是要以西漢經學作其求變學說的憑藉。魏氏要把經術回復到西漢經學，必先揭示西漢經學優於東漢經學的地方，然後才能爲其變革的經世思想尋找理據，而魏氏所採取的策略，即以當時學術主流的考據方法，力闢《毛序》僞作，非子夏所傳，對《毛詩》學派予以迎頭痛擊。誠如梁啟超在《清代學術概論》中所說："道光末，魏源著《詩古微》，始大攻《毛傳》及大小《序》，謂爲晚出僞作。其言博辯，比於閻氏之《書疏證》，且亦時有新理解。"②清初閻若璩（1636—1704）的《尚書古文疏證》確證了《古文尚書》爲僞作，使宋明理學家賴以立說的"十六字心傳"頓失依傍，漢學家於是乘勢奮起。晚清魏源的《詩古微》力證《毛序》之僞，則是同室操戈，從漢學內部恢宏今文《詩》學，揭示三家《詩》學在致用方面的價值。可以說魏源試圖扭轉乾嘉以來古文《毛詩》獨尊的局面，而《詩古微》正是這種嘗試的成果。但必須指出的是，魏源在張揚三家的同時，並沒有完全否定《毛詩》的價值。咸豐五年（1855），也就是魏源離世前的兩年，魏源在龔橙批校過的《詩古微》二刻本上寫了一段識語，指出自王應麟以來，輯錄三家遺說的學者"顧皆案而不斷，無以發《風》、《雅》、《頌》之大誼，賦、比、興之微言"，於是他"沉潛研究，十載於茲，窈奧幽深，靡不洞啟，憤悱洞闢，若翼若相，神其來告，聖人復起，不易吾言，凡得書二十卷"，魏氏最後在識語裏特別寫到"竊冀將來庶與《毛詩》並學

①　魏源撰，何慎怡校點《詩古微》，第99頁。
②　梁啟超《清代學術概論》，第76頁。

宮"。① 龔橙的這個批校本現藏復旦大學圖書館，我們除了找到這段識
語外，識語後面還有兩葉同樣爲魏氏手書的《〈詩古微〉目錄書後》，魏氏
一再强調："以漢人分立博士之制，則《毛詩》自不可廢，當以齊、魯、韓與
毛並行，頒諸學宮。"賀廣如認爲"默深雖極力闡揚三家大義，但卻無意貶
抑《毛詩》地位，以爲四家《詩》説應可並行不悖，同採於學宮"。②

4.7　咸同以後三家《詩》學進入總結的階段

咸豐、光緒二朝分別出現了兩部以經疏體例注釋三家《詩》經文詩説
的著述，其一是咸豐四年（1854）周曰庠的《詩經三家注疏》，其二是始撰
於光緒年間，成書於民國初年王先謙的《詩三家義集疏》。《詩經三家注
疏》未經刊行，但據《續修四庫全書總目提要・經部》所記，是編"僅殘存
二卷，全書卷數，已不可知。現存殘卷，起於《周南・關雎》，此於《衛風・
二子乘舟》"，"章句文字，仍從《毛傳》，而以三家異文，注之正文之
下。……其有疏解，則另加疏字以别之，皆用雙行，以爲標識"。③《提
要》譽其"旁徵遠引，曲暢其説，於三家遺義，攷核綦詳"，④準此可知周氏
充分掌握了前人的研究成果，然後以經疏體例疏解三家異文遺義。可惜
此稿殘闕不全，且久庋書庫，知之者寡，其影響遠遜於《詩三家義集疏》。

《詩三家義集疏》屬稿於王先謙江蘇學政任上（光緒十一年至十四
年，1885—1888），⑤至民國五年（1916）成書，前後綿歷近三十年。此後
學者論及此書，屢稱其集有清三家《詩》學的大成。王氏在序中説明撰集
緣起時亦曰："近二百數十年來，儒碩踵事搜求，有斐然之觀，顧散而無
紀，學者病焉，余研覈全經，參匯眾説，於三家舊義采而集之，竊附己意，

① 批校本現藏上海復旦大學圖書館，承蒙該館古籍部吳格、眭駿二位先生協助，賜寄書
　　影，謹致謝忱。
② 賀廣如《魏默深思想探究》，第 132 頁。
③ 中國科學院圖書館整理《續修四庫全書總目提要・經部》，第 439 頁。
④ 中國科學院圖書館整理《續修四庫全書總目提要・經部》，第 439 頁。
⑤ 據吳格《〈詩三家義集疏〉點校説明》，參見王先謙撰，吳格點校《詩三家義集疏》，中華
　　書局，1987 年，第 3 頁。

爲之通貫。"①可見王氏亦以總結一代三家《詩》研究成果自許。那麼王先謙在《集疏》裏到底總結了哪些成果呢？清代三家《詩》研究從乾隆二十五年(1760)范家相刊刻《三家詩拾遺》起計算，至民國五年《詩三家義集疏》刊刻止，有超過一百六十年的歷史，此間實績舉其要者約有四端且皆爲《集疏》採集通貫：

其一是豐富了三家《詩》的輯佚材料。清人競相鉤沈佚文遺說，著述湧現，結果自然是三家《詩》輯佚成果斐然可觀。這使王先謙一方面可以充分利用陳喬樅《三家詩遺說攷》的材料，將"其文其義，散具篇章"②；一方面可以吸收如顧震福《韓詩遺說續攷》等利用新見佚籍補綴《韓詩》的材料。

其二是改進了三家《詩》輯佚材料歸類的方法。王應麟的《詩攷》先將三家《詩》輯佚材料分而別之，按"韓詩"、"魯詩"、"齊詩"爲次，然後各以《詩經》篇名爲綱，再以《詩》句爲領，把輯錄所得歸類。這種方法的缺點是無法處理那些家數未明的材料，於是王應麟只好另立"詩異字異義"一卷以歸類。有見及此，范家相改變了《詩攷》以魯、齊、韓分類的方法，改以三百篇爲綱，於篇目下具列三家遺說，於家數判然可考者標明爲《魯詩》、《齊詩》或《韓詩》，於家數不可考者則泛屬三家，這就避免了輯佚材料無法歸類的問題。《詩三家義集疏》即採用以三百篇爲綱編次三家《詩》輯佚材料的體例。

其三是擴充了三家《詩》輯佚的方法。根據賀廣如的研究，三家《詩》輯佚方法從南宋王應麟開始，一直到嘉道時期的馮登府，已經發展出"直引"、"師承"、"推臆"三法。③ 陳喬樅《〈三家詩遺說攷〉敘》中更詳細敘述了

---

① 王先謙撰，吳格點校《詩三家義集疏》，序例，第 1 頁。

② 參見王先謙撰，吳格點校《詩三家義集疏》，序例，第 5 頁。

③ 根據賀氏的定義，"所謂直引，便是某書的作者由於及見三家《詩》未亡佚時之原貌，故直接引述三家《詩》中原來的內容"；"師承"指"就諸書作者的學術背景，如師承或家學等淵源，便可推敲某人與三家《詩》的種種關連，並進一步論斷其說應屬三家《詩》中的某一家"；"推臆"則是以"直引法及師承法爲基礎，凡遇有不同於《毛詩》者，便先歸入三家《詩》的大範疇中，之後，再依次對照以直引法輯佚出的《韓詩》內容，或以師承法輯佚而成的內容，遇有合者，便逐自歸入相合的某家，遇有不合者，則仍泛屬於三家《詩》，並不分別屬之任何一家"。參見賀廣如《馮登府的三家〈詩〉輯佚學》，《中國文哲研究集刊》第 23 期，2003 年，第 314、315、322 頁。

三家《詩》傳授的經過以及由此推衍考證佚文，採摭異義的方法。比方來說，《〈齊詩遺說攷〉敘》以后蒼治《齊詩》，慶普雖以《禮》名家，但由於他是后蒼弟子，故其《詩》說當屬《齊詩》。曹充持《慶氏禮》，《詩》說即屬《齊詩》，而曹襃是曹充兒子，《後漢書》記載的曹襃解《詩》即本《齊詩》。因此《齊詩遺說攷》"奚斯所作，孔曼且碩"條下錄《後漢書·曹襃傳》"昔奚斯頌魯，考甫詠殷。夫人臣依義顯君，竭忠彰主，行之美也"，並以此爲《齊詩》說。① 姑勿論這種推論是否合理，清人確實廣衍此法，採摭遺說，王先謙也不例外，其《〈詩三家義集疏〉例》更迻錄《〈三家詩遺說攷〉敘》全文以"藉明梗概"。②

其四是藉動搖《毛傳》、《毛序》的地位，確立張揚三家《詩》的經學立場，其代表人物是魏源。《詩三家義集疏》張揚三家的解經取向即源於魏源的《詩古微》，而指陳《毛詩》之失則較魏氏爲甚。《〈詩三家義集疏〉序》云："《詩》則魯、齊、韓三家立學官，獨毛以古文鳴，獻王以其爲河間博士也，頗左右之。劉子駿名好古文，嘗欲兼立《毛詩》，然其《移太常書》，僅《左氏春秋》《古文尚書》《逸禮》三事而已。……蓋毛之詁訓，非無可取，而當大同之世，敢立異說，疑誤後來，自謂子夏所傳，以掩其不合之迹，而據爲獨得之奇，故終漢世少尊信者。"③王氏以爲《毛詩》不可尊信，原因有二：其一，《毛詩》雖號爲古文經，但非在魯恭王壞孔子宅時所得古文經書之列，即便偏好古文如劉歆者，亦不敢於譴責太常博士固殘守缺的《移讓太常博士書》裏提及《毛詩》。其二，《毛詩》來歷不明，託名子夏。王氏在《〈詩三家義集疏〉例》中引而申之曰："《毛詩》則詭名子夏，而傳授茫昧，姓名參錯，其大恉與三家歧異者凡數十，即與古書不合者亦多，徒以古文之故，爲鄭偏好。"④又云："秦漢之際，經亦殘亡，《毛傳》乘隙奮筆，無敢以爲非者，古文勃興，永爲宗主。幸三家遺說猶在，不可謂非聖經一綫之延也。"⑤言下之意，《毛詩》之所以爲鄭玄青睞，爲之作《箋》，只

① 陳壽祺撰，陳喬樅述《三家詩遺說攷·齊詩遺說攷》，卷十一，第1337頁上。
② 王先謙撰，吳格點校《詩三家義集疏》，序例，第5頁。
③ 王先謙撰，吳格點校《詩三家義集疏》，序例，第1頁。
④ 王先謙撰，吳格點校《詩三家義集疏》，序例，第5頁。
⑤ 王先謙撰，吳格點校《詩三家義集疏》，序例，第17頁。

是"以古文之故",而鄭玄之好古文,又是受"古文勃興"的時代風尚影響。幸而三家《詩》遺說尚能考辨,否則聖人經說便因《毛傳》乘虛而入而湮沒無聞。王先謙在《〈集疏〉例》中更幾乎引錄了前揭魏源《齊魯韓毛異同論上》整篇文字重申《毛詩》不可據信的觀點,並加案語曰:"魏說明快,足破近儒墨守陋見,故備錄之。"①

由此可見,清人在三家《詩》研究上取得的幾個重要成果都給王先謙總結到《集疏》裏。這也反映了清代三家《詩》學的發展在咸同以後逐趨成熟,已經有足够的條件與《毛詩》學較勁。考《毛詩》、《毛傳》自東漢鄭玄作《箋》,唐代孔穎達作《疏》,獨尊之勢,牢不可破。殘闕嚴重的三家《詩》學與經、傳、箋、疏俱備的《毛詩》學比較,可謂有天壤之別。幸而清人鉤沈古學,勤掇興廢。輯考三家到了陳喬樅而粲然大備,發揚三家到了魏源而旗鼓大張,王先謙則發凡起例,以經疏體例"參匯眾說"並"爲之通貫"。《集疏》全書經文章句一依《毛詩》,經文下以"注"大字單行列三家詩說異文,注文下以"疏"小字雙行列詩說異文出處以及王氏疏解等。至此,三家《詩》學終於出現一部可以與《毛詩》比肩較勁的經疏著述。這既是《集疏》極具價值的貢獻,也是清代三家《詩》學發展成熟的表徵。

第五節　結　語

本章根據四十八種成書或成稿年份可考的清代三家《詩》學著述及七十四位籍貫可考的作者,嘗試結合時間與地理分布的因素,爲清代三家《詩》學的發展提供新的學術史寫法。爲敘述方便,上文論及諸項特色時各有側重,實則諸項之間層層相扣,互爲因果。

清代三家《詩》學著述的作者主要來自江蘇、浙江兩省,以江浙爲主的江南地區約佔整體作者人數的七成,可見江南地區是清代三家《詩》學的中心。江南地區既是乾嘉以來提倡考據實證學風的重鎮,亦是考據學家輩出,名著湧現的輻輳。講求考據實證的前提是充分掌握文獻材料,

---

① 　王先謙撰,吳格點校《詩三家義集疏》,序例,第 16 頁。

因此江南地區的學者特別重視鉤沈古學。輯佚工作始終在清代三家《詩》學中佔據重要的位置，這除了因爲三家《詩》經文詩說散佚嚴重，必須通過掇拾爬梳才能重新研究外，清代三家《詩》研究工作始終集中在江南地區這個地理因素也起了關鍵的作用。

清人重視鉤沈三家《詩》佚文遺說，因此開三家《詩》輯佚風氣之先南宋王應麟的《詩攷》備受推崇，增補校注《詩攷》成了清代三家《詩》研究中重要的課題。另外由於輯佚方法的擴充，學者開始在《詩攷》以外，另闢蹊徑。《韓詩》在三家《詩》中最後亡佚，保存在其他典籍中的遺說又較《魯詩》、《齊詩》爲多，在以輯佚爲主的乾嘉時期，《韓詩》自然成爲學者首先鉤沈的對象。光緒初年，《慧琳音義》、原本《玉篇》殘卷、《玉燭寶典》、《四聲篇海》等久經散佚的古籍陸續從日本傳回中國，引起了學者的關注，補綴《韓詩》的著述紛紛面世，這又證明了輯佚工作由始至終在三家《詩》學中佔據重要的位置。

競相考輯的結果是輯佚材料斐然可觀，碩果纍纍的三家《詩》材料爲學者進一步研究提供了有利的條件。嘉道之際，三家《詩》學開始由輯佚轉向異文的研究。在"家家許鄭"的清代中葉，學者好以《說文》爲本字、本義的津梁。在好講本字本義的學術環境下，三家《詩》學者藉著比照三家《詩》與《毛詩》異文，發現三家的經文更能與《說文》收錄的本字本義互相發明。他們藉研究異文所得，開始認識三家《詩》經文遺說的價值，逐漸出現了標榜三家的傾向。道光年間，出現了首部以張揚三家的立場，標舉微言大義，經世致用的三家《詩》學鑿空之作——《詩古微》。魏源在《詩古微》力證《毛序》之偽，從漢學內部恢宏今文《詩》學，揭示三家《詩》學在致用方面的價值，試圖扭轉乾嘉以來古文《毛詩》獨尊的局面。

準此，清代早期三家《詩》學屬於純粹輯佚以存古學，"非欲申三家以抑毛"是學者普遍的立場。但輯佚材料愈見豐富之際，學者亦漸次從梳理研治輯佚材料所得，認識三家《詩》經文遺說的價值，出現了由尊毛轉爲重三家的變化。最後在光緒年間由王先謙總結前人——特別是清人——研治三家《詩》學的成果，其《詩三家義集疏》以經疏的體例替三家

《詩》經文詩說作疏,使三家《詩》注疏俱備,足與《毛詩》平分秋色,比肩較勁。

附錄　成書或成稿年份未能確考的 清代三家《詩》學知見著述

作　者	著目及考證
陸奎勛 (1663—1738,浙江平湖)	《魯詩補亡》二卷 是書成稿年份不可考。嘉慶年編《嘉興府志》卷七十二著錄云:"《魯詩補亡》二卷,未刊,佚。胡氏拜石軒曾見寫本。"①
汪師韓 (1707—1774,浙江錢塘)	《詩四家故訓》 是書成稿年份不可考。乾隆年編《杭州府志》卷五十七著錄云:"《詩四家故訓》,國朝汪師韓撰。"②
凌樹屏 (1712—?,浙江烏程)	《詩經異文別說存》十四卷(抄本) 《詩經異文別說存》只有乾隆四十五年(1780)沈澄鑑抄本,存卷八至卷十四,現藏上海復旦大學圖書館。③ 是書成稿年份不可考。
王謨 (1731—1817,江西金溪)	《韓詩拾遺》十六卷④ 是書成稿年份不可考。
曾廷枚 (1734—1816,江西南城)	《毛齊魯韓四家詩異同》⑤ 是書成書年份不可考。

---

① 蔣秋華、王清信《清代詩經著述現存版本目錄初稿·三家詩之屬》,吳宏一主編《清代詩話知見錄》,第 723 頁。

② 鄭澐修,邵晉涵纂《杭州府志》,《續修四庫全書》據清乾隆四十九年刻本影印,第 702 册,卷五十七,第 435 頁下。

③ 蔣秋華、王清信《清代詩經著述現存版本目錄初稿·三家詩之屬》,吳宏一主編《清代詩話知見錄》,第 723 頁。

④ 據陳鴻森《〈韓詩遺說〉補誼》,《大陸雜誌》第 85 卷第 4 期,1992 年,第 162 頁,注 2。

⑤ 據房瑞麗《清代三家〈詩〉類著述考》,《清代三家〈詩〉文獻研究》,第 390 頁。

續　表

作　者	著目及考證
丁杰 （1738—1807，浙江歸安）	《詩攷》校本（稿本） 是書成稿年份不可考，惟盧文弨《增校王伯厚〈詩攷〉序》云："近又得歸安丁小雅校本，凡王氏之沿訛互異者，一一釐革。"此序寫於乾隆四十五年（1780），是書肯定於此年或以前成稿。①
邵晉涵 （1743—1796，浙江餘姚）	《韓詩內傳考》不分卷（抄本） 是書成稿年份不可考，惟阮元《〈邵氏遺書〉序》云："《韓詩內傳考》一卷，……未刊。"②可見是書未經刊刻。
趙紹祖 （1752—1833，安徽涇縣）	《校補王氏詩考》二卷③ 是書成稿年份不可考。
臧庸 （1767—1811，江蘇武進）	《詩考異》四卷（抄本） 案：是書成稿年份不可考，有清徐鯤校抄本，現藏陝西師範大學圖書館，又有抄本四卷，臧庸補輯，趙坦重增，現藏北京大學圖書館。④
馮登府 （1783—1841，浙江嘉興）	《三家詩異字詁》三卷（稿本） 《三家詩異文釋》三卷，《補遺》三卷（稿本） 嘉慶十八年（1813），馮登府成《三家詩異文疏證》稿本六卷，其書與《三家詩異文釋》、《三家詩異字詁》並爲考釋三家詩經文異字之作，成稿當早於嘉慶十八年。浙江圖書館藏有馮氏《三家詩異文釋刪減》，是爲《異文釋》的節本，此稿跋文謂出自《三家詩異字詁》，賀廣如據此指出馮氏三書成稿的先後次序當爲《異字詁》，然後成《刪減》，最後才是《疏證》。⑤

① 盧文弨著，王文錦點校《抱經堂文集》，卷二，第 15 頁。
② 據黃雲眉編《清邵二雲先生晉涵年譜》，臺灣商務印書館，1982 年，第 126 頁。
③ 據朱師轍輯《清史稿藝文志補編》，第 355 頁。
④ 據房瑞麗《清代三家〈詩〉類著述考》，《清代三家〈詩〉文獻研究》，第 310 頁。
⑤ 賀廣如《馮登府的三家〈詩〉輯佚學》，《中國文哲研究集刊》第 23 期，2003 年，第 306 頁，注 3。

作　者	著目及考證
李貽德 （1783—1832，浙江嘉興）	《詩考異》（稿本）① 是書成稿年份不可考。
朱士端 （1786—?，江蘇寶應）	《齊魯韓三家詩注》三卷（稿本） 《齊魯韓三家詩釋》十六卷（稿本） 此二種成稿年份不可考。
汪遠孫 （1789—1835，浙江錢塘）	《韓詩補遺》（稿本）② 是書成稿年份不可考。
陳慶鏞 （1795—1858，福建晉江）	《三家詩攷》（稿本）③ 陳氏有《籀經堂類藁》二十四卷，卷首有何秋濤（1824—1862）序，述及陳氏著述云："未梓者則《三家詩攷》。"④此序寫於道光二十六年（1846），據此則《三家詩攷》成稿於此年以前。
徐堂 （1797—1837，江蘇吳江）	《三家詩述》十卷（稿本） 是書成稿年份不可考。
顧觀光 （1799—1862，江蘇金山）	《韓詩外傳逸文》一卷（稿本）⑤ 是書成稿年份不可考。
葉裕仁 （1809—1879，江蘇鎮洋）	《詩攷箋釋》十二卷（抄本） 《三家詩攷箋證》二卷（抄本）⑥ 二書成稿年份不可考。
陶思曾 （1818—1851，浙江會稽）	《詩考考》二卷（抄本）⑦ 是書成稿年份不可考。

①　據房瑞麗《清代三家〈詩〉類著述考》，《清代三家〈詩〉文獻研究》，第 311 頁。
②　據宋抱慈《兩浙著述考》，第 277 頁。
③　據郭靄春編著《清史稿藝文志拾遺》，華夏出版社，1999 年，第 12 頁。
④　陳慶鏞《籀經堂類藁》，《續修四庫全書》據復旦大學圖書館藏清光緒九年刻本影印，第 1522 冊，何序，第 461 頁上。
⑤　據孫啟治等編《古佚書輯本目錄附考證》，中華書局，1997 年，第 35 頁。
⑥　據王祖畲等纂《鎮洋縣志》，《中國方志叢書》，第 177 號，第 2 冊，卷十一，第 2 頁。
⑦　據房瑞麗《清代三家〈詩〉類著述考》，《清代三家〈詩〉文獻研究》，第 326 頁。

續　表

作　者	著目及考證
董沛 (1828—1895,浙江鄞縣)	《韓詩箋》六卷(稿本)① 是書成稿年份不可考。
郭慶藩 (1844—1896,湖南湘陰)	《詩異文考證》八卷(稿本)② 是書成稿年份不可考。
龍璋 (1854—1918,湖南攸縣)	《韓詩》一卷③ 是書有活字本。據《續修四庫全書總目提要・經部》,是書乃龍氏從卷子《玉篇》及慧琳《音義》等書中輯錄而成,則是書必定在光緒六年(1880)以後所輯。
皮嘉祐 (1860④—?,湖南善化)	《韓詩疏證》⑤ 是書成書年份不可考。
陶方琦 (1845—1884,浙江會稽)	《魯詩故訓纂》⑥ 是書成書年份不可考。
王榮蘭 (生卒年不詳,湖南湘潭)	《韓詩經考》二十八卷 《詩義商》二十卷 二書成書年份不可考。《湖南通志》卷二百四十五著錄云:"《韓詩經考》二十八卷。以三家《詩》,韓獨後亡,引據獨多,搜集異字,依次編錄諸家。"又:"《詩義商》二十卷。以四家《詩》經師異說,莫能相通,以致說者乖謬,意在疏通其齟齬。"⑦王氏爲乾隆時期學者。

---

① 據宋抱慈《兩浙著述考》,第 283 頁。
② 據房瑞麗《清代三家〈詩〉類著述考》,《清代三家〈詩〉文獻研究》,第 324 頁。案:稿本現藏湖南圖書館,房文原作一卷,但據湖南圖書館著錄,是書當爲八卷一册,今訂正。
③ 中國科學院圖書館整理《續修四庫全書總目提要・經部》,第 449 頁。
④ 據皮名振編著《清皮鹿門先生錫瑞年譜》,臺灣商務印書館,1981 年,第 9 頁。案:皮嘉祐爲皮錫瑞仲子,《年譜・同治十年(1860)》云:"六月初九日,公仲子嘉祐生。"
⑤ 陳鴻森《〈韓詩遺說〉補誼》,第 145 頁,第 162 頁,注 5。
⑥ 陶方琦《〈魯詩故訓纂〉敘》,《漢孳室文鈔》,卷三,第 526 頁上。
⑦ 李瀚章等修,曾國荃等纂《湖南通志》,商務印書館據清光緒十一年重修本影印,1934 年,卷二百四十五,第 5159 頁。

續　表

作　者	著目及考證
黄啟甲 (生卒年不詳,安徽婺源)	《韓詩拾遺》四卷(稿本) 是書成稿年份不可考。《重修安徽通志》著錄云: "黄啟甲,號甘林,婺源人。乾隆壬子舉人。以授徒 著書爲事,著有《同文別義》四卷,《韓詩拾遺》四 卷。"①黄氏爲乾隆五十七年(1792)舉人。
汪照 (生卒年不詳,江蘇嘉定)	《齊魯韓三家詩義證》(稿本)② 王昶(1725—1806)嘉慶八年(1803)輯《湖海詩傳》, 卷三十有"汪照"條,下云汪氏"晚年窮經義,有《齊 魯韓三家詩義證》"。準此,則汪氏此書肯定在嘉慶 八年以前成稿,而汪氏當爲乾嘉時期學者。
黄模 (生卒年不詳,浙江錢塘)	《三家詩補考》(稿本)③ 是書成稿年份不可考。黄氏於嘉慶五年拔貢,爲乾 嘉時期學者。
張鑑 (生卒年不詳,浙江烏程)	《韓詩考逸》一卷(稿本) 是書成稿年份不可考。《南潯鎮志》卷三十著錄云: "《韓詩考逸》一册,稿本存。"④張氏嘉慶六年拔貢。
陳屾 (生卒年不詳,江蘇吳江)	《詩攷異再補》二卷(稿本) 是書成稿年份不可考。《清華大學圖書館藏善本書 目》著錄云:"一册一函,稿本。""十行二十三字,無 行格。嚴蔚之妻弟陳屾再補,然未付刻,此爲稿 本。"⑤嚴蔚爲乾嘉時人,陳屾亦當與其同時。

① 沈葆楨、吴坤修等修,何紹基、楊沂孫等纂《重修安徽通志》,《續修四庫全書》據清光緒
四年刻本影印,第654册,卷二二五,第15頁上。

② 據王昶輯《湖海詩傳》,《續修四庫全書》據清嘉慶八年三泖漁莊刻本影印,第1626册,
卷三十,第188頁上。

③ 據宋慈抱《兩浙著述考》,第277頁。

④ 汪日楨纂《南潯鎮志》,《續修四庫全書》據清同治二年刻本影印,第717册,卷三十,第
477頁上。

⑤ 清華大學圖書館編《清華大學圖書館藏善本書目》,清華大學出版社,2003年,第
14頁。

續　表

作　者	著目及考證
柯汝霖 （生卒年不詳，浙江平湖）	《三家詩異字通證》四卷（稿本） 案：是書成稿年份不可考。《平湖縣志》著錄云： "《三家詩異字通證》四卷，柯汝霖。拜經堂柯氏藏 稿，未刊。"①柯氏爲道光元年（1821）舉人。
黃啟興 （生卒年不詳，安徽婺源）	《詩考》五卷，《附錄》一卷（抄本）② 是書成書年份不可考。胡培翬（1782—1849）《研六 室文鈔》卷六有《黃氏詩考序》云："婺源程君竹溪以 其同邑黃氏《詩考》五卷示余而屬爲序。"又云："黃 氏名啟興，字石香。……道光戊子入都應京兆 試。"③道光戊子即道光八年。
曹家駒 （生卒年不詳，浙江仁和）	《詩三家異文詁》（稿本）④ 是書成稿年份不可考。龔自珍在道光八年撰《大誓 答問》一卷。⑤龔自閎《龔氏科名錄》"《大誓答問》" 條下注云："是集劉《逢祿》有序，曹（家駒）有跋。"⑥ 曹氏當亦與龔氏同時，爲嘉道時期學者。
潘維成 （生卒年不詳，江蘇吳縣）	《魯詩述故》四卷 案：是書成稿年份不可考。《蘇州府志》卷一百三十 六著錄云："潘維成《魯詩述故》四卷。"⑦

① 彭潤章修，葉廉鍔纂《平湖縣志》，收入《中國方志叢書》，成文出版社，1975 年，第 7 冊，卷二十三，第 2225 頁。

② 據房瑞麗《清代三家〈詩〉類著述考》，《清代三家〈詩〉文獻研究》，第 312 頁。

③ 胡培翬《研六室文鈔》，《續修四庫全書》據遼寧省圖書館藏清道光十七年涇川書院刻本影印，第 1507 冊，卷六，第 427 頁。

④ 據李榕纂《杭州府志》，收入《中國方志叢書》，第 199 號，第 5 冊，卷八十六，第 15 頁。

⑤ 吳昌綬編《定盦先生年譜》，收入龔自珍著，王佩諍校《龔自珍全集》，上海古籍出版社，1999 年，第 615 頁。

⑥ 吳昌綬編《定盦先生年譜》，收入龔自珍著，王佩諍校《龔自珍全集》，第 77 頁。

⑦ 李銘皖、譚鈞培修，馮桂芳纂《同治蘇州府志》，江蘇古籍出版社，1991 年，第 4 冊，卷一百三十六，第 498 頁。

續　表

作　者	著目及考證
李德淑 （生卒年不詳，湖南常寧）	《毛詩經句異文通詁》七卷 是書成書年份不可考。《續修四庫全書總目提要·經部》云："是編以宋王應麟參取齊、魯、韓三家異同，撰爲《詩攷》，既多遺漏，又未注明某篇某卷某字之音義若何，學者難於檢尋。遂以《毛詩》爲主，而博采齊、魯、韓三家之訓詁，廣搜字書之通釋，以補其缺。"①

---

① 中國科學院圖書館整理《續修四庫全書總目提要·經部》，第 435 頁。

第三章

從莊存與到魏源：
道光時期清代三家《詩》學轉向新繹

第一節　引　言

　　道光時期出現了兩部比較重要的三家《詩》學著述：魏源的《詩古微》與陳壽祺、陳喬樅的《三家詩遺說攷》。陳氏父子的《三家詩遺說攷》總結了乾嘉以來古文經學家輯佚考據的成果。此書發軔於陳壽祺，成書於陳喬樅，從屬稿到成書前後綿歷達二十三年。有清一代，秉承王應麟《詩攷》之志而從事三家《詩》輯佚者不乏其人，而以陳氏父子堪稱集其大成，其後治三家《詩》者，鮮能不取資陳書。在乾嘉以來逐步形成以考據學爲學術話語權威的背景下，陳氏父子輯佚、考證三家《詩》遺說異文的方法與成果絕對是屬於當時的學術主流，《三家詩遺說攷》亦以輯考的三家《詩》遺說異文詳備宏富而爲學者所推重。王先謙稱“諸家既廢，苟欲讀《詩》，舍毛無從。撫今者溯往事而不平，望古者覯遺文而長歎，是以窮經之士討論三家遺說者，不一其人，而侯官陳氏最爲詳洽”。① 皮錫瑞論清代經師有功於後學的三事之一是輯佚書，陳氏父子之考三家《詩》即其例，② 又謂“采輯三家《詩》者甚夥，陳喬樅《魯齊韓詩遺說考》尤備”，不過皮氏特別提到陳氏“止能搜求斷簡，未能解釋全經”的問題。③ 細審民國以來的清代《詩經》學史論述，陳氏父子顯然未有如魏源般受到學者廣

---

①　王先謙撰，吳格點校《詩三家義集疏》，序例，第5頁。
②　皮錫瑞著，周予同注釋《經學歷史》，第241頁。
③　皮錫瑞《經學通論》，中華書局，1995年，第2頁。

泛的關注與討論。究其原因，或正如皮錫瑞所言，陳氏父子對三家
《詩》材料的搜求用力雖深，卻少有發明，《三家詩遺說攷》在三家《詩》
學的突破與革新上遠遠不及其在材料考證上的價值。而在以梁啟超
爲代表的晚清今文學家構建的近代中國學術史書寫脈絡與框架中，魏
源以敢於批判《毛詩》、突破古文藩籬的鮮明立場得到學者的青睞，其
《詩古微》更被奉爲與清末今文學復興一脈相承的今文《詩經》學濫觴
之作。

　　民國九年（1920），梁啟超在其《清代學術概論》裏指出，道光、咸豐以
後，清學分裂，而其導火綫則爲經學今古文之爭。就《詩經》而言，“道光
末，魏源著《詩古微》，始大攻《毛傳》及大小《序》，謂爲晚出僞作”，梁氏謂
“其言博辯，比於閻氏之《書疏證》”。[1] 1923 年 9 月，梁氏在清華大學開
設“最近三百年學術史”，講稿在 1929 年整理出版爲《中國近三百年學術
史》一書，其中“清代學者整理舊學之總成績（一）：經學”下，梁氏直指
“今文學復活，古文的毛氏《詩》，當然也在排斥之列。最初做這項工作
者，則爲魏默深之《詩古微》。《詩古微》不特反對毛《序》，而且根本反對
《毛傳》，說全是僞作”。相對而言，“嘉道以後，馮柳東登府有《三家詩異
文疏證》九卷，有《三家詩異義遺說》二十卷，陳樸園有《三家詩遺說攷》十
五卷、《詩經四家異文攷》五卷、《齊詩翼氏學疏證》二卷，嚴鐵橋可均有輯
《韓詩》二十一卷”，在梁啟超看來，包括《三家詩遺說攷》在內以考據爲主
要方法的三家《詩》著述都只是“不無微勞”而已。[2] 在今古文經二分的
邏輯下，梁啟超認定魏源著《詩古微》的目的是排斥古文經《毛詩》，因此
是道光以後今文學復興、清學分裂的其中一個標誌。由梁氏確立的這種
觀點影響甚大，時至今日，仍然在不少學者的敍述中不斷累積、强化。陳
其泰、劉蘭蕭稱魏源“把經今文學復興推向更多儒家經典的範圍，大大壯
大了今文學派的聲勢，遂掀起有清一代學術思想變革的新高潮”。[3] 房

---

① 梁啟超《清代學術概論》，第 76 頁。
② 梁啟超《中國近三百年學術史》，第 183 頁。
③ 陳其泰、劉蘭蕭《魏源評傳》，南京大學出版社，2005 年，第 217 頁。

瑞麗論及《詩古微》的貢獻時，不但直接用上了前揭梁氏的論斷，更申論曰：

　　魏源不僅擴大了今文經學研究的範圍，從公羊學到今文三家《詩》及今文《尚書》，而且壯大了今文經學研究的隊伍，給古文經學派以有力的打擊。……《詩古微》著述所造成的聲勢，對當時古文經學研究產生了很大的衝擊，引起了一些古文經學家的不滿。[1]

房氏用來證明魏源在"當時"對古文經學衝擊的證據，是清末湖南湘潭人葉德輝對《詩古微》的批評，而且得出"從另一個側面也可以看出，嘉道以後的三家《詩》大義研究之盛，已動搖了純粹古文派的思想基礎"的結論。[2] 姑勿論以葉德輝對魏源的批評來說明《詩古微》面世以後造成的影響是否有執後以論前的邏輯問題，房氏以爲嘉道以後三家《詩》義研究大盛的觀察，與筆者在第二章從八十六種清人三家《詩》著述歸納所得的學術史特徵已經頗有出入。

　　從范家相的《三家詩拾遺》到楊晨的《詩攷補訂》，清代三家《詩》學研究綿歷近二百年。無論從年份可考的三家《詩》著述，抑或年份不能確考、但以作者生卒年的中位數來推論其活躍時間，乾隆四十五年（1780）到道光二十九年（1849）這七十年間，是清代三家《詩》學著述最爲蓬勃的時期。魏源《詩古微》初刻本及二刻本分別在道光四年及二十年成書，以魏書前後二刻的時間爲坐標，我們會發現當時的三家《詩》著述的主題幾乎都是以考據方法輯佚遺文，考證異文，而這些著述的作者不少更是學宗毛鄭的。即使是《詩古微》二刻本問世以後的咸豐、光緒二朝，三家《詩》著述仍然以輯佚類居多。在評價學術價值的主流標準依舊是考據學的道光時期，魏源依舊是以考據學的範式闡發三家《詩》微言大義。可以說相較於閻若璩《古文尚書疏證》出，即有毛奇齡《古文尚書冤詞》與之

---

[1]　房瑞麗《清代三家〈詩〉文獻研究》，第 259 頁。
[2]　房瑞麗《清代三家〈詩〉文獻研究》，第 260 頁。

針鋒相對,梁啟超譽爲博辯比於閻氏的《詩古微》在"當時"並没有如梁氏所描述的如此離經叛道。梁啟超賦予《詩古微》排斥《毛詩》的今文經學意義事實上扭曲了魏源撰作此書的原意,也誇大了魏源與晚清今文學復興的關係。復旦大學圖書館藏有一部龔橙批校的《詩古微》,上有魏源在咸豐五年(1855)寫在龔氏批校本上的識語,當中有"竊冀將來庶與《毛詩》並學官"一語。可見默深雖極力闡揚三家大義,卻以爲四家《詩》説可並行不悖,同採於學官。而且"將來"一詞凸顯了魏氏所處的時代,其張揚三家的經學立場並非主流,與梁啟超以來的論述頗有出入。而造成此一落差的原因很可能與近年部分學者批評梁氏關於清代學術的論述,有執後以論前的目的論缺陷相關。

在清代近三百年的學術發展史中,不同時期與地域的學術面貌,都有其各自的特色。而近代絕大多數研究者的焦點,除了乾嘉時期的吴、皖、揚州等以考據學爲主要特色的學派外,以與經世致用思想相關議題爲研究重點,發揮西漢公羊學微言大義的"常州學派"也得到了不少的關注。梁啟超分别在《論中國學術思想變遷之大勢》、《清代學術概論》、《中國近三百年學術史》這幾部具代表性的學術史論著中一再表明,清代"'今文學'之初期,則專言《公羊》而已",[①]而江蘇常州武進縣人莊存與爲清代"西漢今文之學"的"首倡之者",其後莊氏外孫劉逢禄"爲《公羊釋例》,實爲治今文學者不祧之祖",迄道光年間,劉氏學生龔自珍、魏源爲"最著者",[②]言"今文學之健者,必推龔、魏",[③]二人給"後來光緒初期思想界很大的影響"。[④] 二人之後,康有爲(1858—1927)是"今文學運動之中心",梁啟超則是"猛烈的宣傳運動者"。[⑤] 梁氏構建的清代今文經學

① 梁啟超《清代學術概論》,第 75 頁。
② 梁啟超《論中國學術思想變遷之大勢》,第 125 頁。
③ 梁啟超《清代學術概論》,第 76 頁。
④ 梁啟超《中國近三百年學術史》,第 26 頁。
⑤ 梁啟超《清代學術概論》,第 77、83 頁。

的傳承譜系，可以說代表著民國以來清代學術史研究的主流看法。① 不過梁氏這種以《公羊》學等同常州學派、以晚清今文學直接導源自常州學派的觀點，近些年來也受到不少挑戰。艾爾曼在研究常州學派時，就刻意把論述的焦點"避開龔自珍、魏源、梁啓超或康有爲的業績，以儘量避免對清代今文經學通行的直綫型分析先天帶有偏見再次出現"，此舉"是要剔除'事後諸葛亮'式的歷史目的論，將歷史的開端當做'開端'加以研究"。② 蔡長林甚至認爲"長久以來對常州學派的認知，尚未超越以現代性視野賦予晚清今文學以改良主義任務的視域之外"，梁啓超在《中國近三百年學術史》開首即分三章討論"清代學術變遷與政治的影響"。第一次鴉片戰爭（1840—1842）以來，積弱、屈辱譜寫的一段段中國近現代歷史驅使著部分驚覺時局的晚清士人，在傳統學術內部尋找救亡圖存的方法。誠如蔡長林指出：

> 簡單來說，就是以一種進化論與現代化的雙重視野對歷史人物或學術思潮做一種外在的價值判斷。所以，常州學派作爲晚清今文學的學術背景，莊存與被冠以"晚清今文學之祖"，劉逢祿批駁《左傳》的今文學立場，宋翔鳳以《公羊》大義擴大今文學勢力，他們的學術努力被視爲晚清改良主義的源頭，仍常見於各種討論晚清今文經學的論述中。③

今天看來，身處清末民初的梁啓超以這種具有時代意義的政治改良視角，審視鴉片戰爭前後清代學術的嬗變，難免會形成一種執後以論前的

---

① 晚近如江素卿著《論常州學派之學術特質與其經世思想》，書中首章論"常州學者之師承關係"時，雖然未見徵引梁啓超的相關論述，但江氏總結常州學派的譜系與梁氏可謂如出一轍。見江素卿《論常州學派之學術特質與其經世思想》，花木蘭文化出版社，2008 年，第 6—11 頁。

② ［美］艾爾曼著，趙剛譯《經學、政治和宗族：中華帝國晚期常州今文學派研究》，江蘇人民出版社，2005 年，序論，第 3 頁。

③ 蔡長林《從文士到經生：考據學風潮下的常州學派》，"中研院"中國文哲研究所，2010 年，導言，第 xvii 頁。

錯置敘述,混淆了政治與學術兩個相關而又不相同的領域,部分觀點更是經不起歷史考證的檢驗。首先,"常州學派"是一個後置的概念,在咸同之際才首次在譚獻(1832—1901)的《復堂日記》中出現。[1] 光緒三十年(1904),皮錫瑞撰《經學通論》,也不過以"常州學派"指稱莊、劉、龔、魏之學。[2] 到了梁啓超的《中國近三百年學術史》才真正確立了"常州學派"的名目與性質。其次,梁啓超把常州學派簡化爲《公羊》學,更誇大了《公羊》學在早期常州學派中的位置,無視"首倡之者"莊存與除了《春秋正辭》外,尚有《毛詩說》、《尚書說》、《周官記》等論著,所謂"專言《公羊》"、"未及他經"的說法顯然不符事實。更有甚者,在相當長的一段時間裏,學界對常州學派在《公羊》以外諸經的研究成果顯得較爲單薄,甚至可以說給邊緣化,而常州學派諸經研究的各自特色亦往往局限於以《公羊》學構建起來的後置論述框架之中。

　　《詩經》研究在常州學派裏算不上熱絡,魏源的《詩古微》毫無疑問是最爲耀目亮眼的一個,然而長久以來學界在以魏源《詩古微》的面世作爲清代三家《詩》學在道光以後轉向的觀點籠罩下,不但誇大了魏源與晚清今文學復興的關係,更模糊了《詩古微》的價值與定位。學界不斷在這種陳陳相因的晚清今文學視角下,忽視了乾嘉以迄清末,學術主流判斷學術價值的標準在於研究方法而非研究對象的本質。乾隆年間,隨著考據訓詁確立了其方法學上的意義,本身作爲研究方法的考據成爲了判斷學術價值的主流標準。以江南地區爲核心的學術羣體嫺熟地運用考據形式挖掘、整理、詮釋、還原古文經籍的同時,這種自漢代以來即常爲研究經書的形式逐漸演變成爲主流的學術風尚,自成格局的考據學不僅具有方法學上的意義,更成爲了學術的目的與價值,於是研究對象的區分已經不能像在乾嘉以前那樣作爲判斷學術價值的主要標準,於是今文經很自然會繼古文之後被納入實踐考據方法的範圍內。這也正好能夠解

---

① 《復堂日記》己巳年記曰:"莊中白嘗以常州學派目我,諧笑之言,而予且愧不敢當也。" 譚獻《復堂日記》,河北教育出版社,2001年,第2卷,第44頁。

② 皮錫瑞《經學通論》,第89頁。

釋乾嘉以迄清末，以考據方法研究今文三家《詩》的著述不絕如縷的現象。

在釐清上述觀念的基礎上，我們只要擺脫從後往上溯源的目的論框架，理解到相對於研究對象，研究方法的轉變在包括《詩經》學在內的清代經學裏具有更大的學術史意義，就會發現早於魏源《詩古微》面世前的乾隆時期，具有方法學意義的《詩》學轉向，在莊存與的《毛詩說》裏已經出現了契機。莊氏治《毛詩》，未有遵循考據學的門徑，而是從致用的角度發揮詩旨中的大義微言。在鄭學盛行的乾隆時期，莊氏著力批判《鄭箋》，更是呈現出與學術主調格格不入的個人風格。莊氏治《詩》放棄約定俗成的研究方法，未嘗不能看作是莊氏在考據學壟斷的《詩經》學中尋找回歸西漢今文通經致用之學的一種嘗試。這就是本章所謂"轉向"的方法學意義之所在。莊氏所著《毛詩說》二卷、《毛詩說補》一卷、《毛詩說附》一卷，要到莊氏卒後的差不多四十年，才由後人在道光七年（1827）彙集合刻爲《毛詩說》四卷，收錄在《味經齋遺書》中刊行。除非具體注明，本章討論的就是這四卷本的《毛詩說》。從刊刻的時間來考量的話，《毛詩說》在同時代的《詩經》研究中並沒有引起廣泛的關注，面世以後更因爲捨棄考據方法而被後學批評爲"臆說"。可以說莊氏的嘗試並未成功，充其量也不過是考據學主調中的一種雜音而已。魏源在爲《味經齋遺書》所撰寫的敘文中，特別指出莊氏之學"世之爲漢學者罕稱道之"，原因就在於其"異於世之漢學者"。[①] 然而莊氏批判《鄭箋》這個異於主流的經學觀點，經由其外孫劉逢祿而爲魏源所繼承與轉化，促成了《詩古微》的撰作。魏源能夠突破《毛詩》的藩籬，重整西漢三家《詩》學的旗鼓，莊存與不能不說是導乎先路。

學術史上一些人們習以爲常的觀念或認知，往往存在與歷史真象不同程度的落差。曹美秀在論及朱一新（1846—1894）與清末學術關係時，敏銳地察覺到：

———————————————

① 見莊存與《味經齋遺書》，光緒八年陽湖莊氏刊本，魏源敘，第 2 頁下。

　　　　吾人今日視爲大家的學者,爲何要如此大聲疾呼,以宣揚其學
　　術理念,以求擴大成風? 不正因爲其思想在當時並非"主流",此所
　　謂主流,乃針對廣大的士子所形成的風氣而言。換言之,吾人今日
　　在學術研究上所關注的大學者們,放在大的視野來看,在其所處的
　　時代環境中,常是孤力奮戰的先知先覺者。①

這個觀察放到我們今天重新檢討晚清今文學視野下的三家《詩》學論述,
同樣是適合不過的提醒與警示。在此一反思的背景下,本章的論述結構
採用由源及流的方式,從歷史時間的順序,首先勾勒乾隆中葉以後考據
學發展成爲學術主流的歷程,以此考論《毛詩說》的撰作背景以及莊存與
治《詩》方法的經學史意義。爲了呈現研究對象與研究方法在考據學成
爲主流後的消長關係,筆者將以稍晚於莊氏但同爲常州學者的臧庸作爲
對照。臧氏一生尊崇鄭玄,傳世之作包括了其三家《詩》輯佚名著《韓詩
遺說》。莊、臧二氏在治《詩》方法上乃至學術宗尚的差異,正好凸顯了在
毛鄭釋《詩》系統定於一尊的乾隆時期,《毛詩說》捨棄考據、批駁《鄭箋》
此一"非主流"的經學立場,本身所具有的方法學意義。《毛詩說》的撰作
與刊行時間不同,其影響初時主要集中在莊氏家族門生,而莊氏視爲能
傳己學的劉逢祿,是把莊氏之學帶離常州的關鍵人物。《毛詩說》非鄭
的思想打開了乾嘉以來《毛詩》學獨大的破口,魏源師承劉逢祿而對莊
氏之學有所繼承與轉化。魏氏藉由攻破東漢鄭學的壁壘,張揚西漢三
家旗鼓,但有別於《毛詩說》捨棄考據的取態,魏氏考證四家《詩》傳授、
詩序、詩旨、義例、篇次的文字貫穿整部《詩古微》。通過比較莊、魏二
氏同中有異的《詩》學特點,不但有助我們考見三家《詩》學由只求考據
輯佚轉向考據與義理兼備的歷程與實相,更能從中考察從《毛詩說》到
《詩古微》這個過去一直爲學者忽略的常州莊氏一門《詩》學的淵源與
傳承脈絡。

---

① 曹美秀《論朱一新與晚清學術》,大安出版社,2007 年,第 65 頁。

第二節　乾隆中葉以來清代經學的主調： 從考據到考據學

2.1　從考據到考據學

漆永祥在《乾嘉考據學研究》一書中指出，從學理上來講，"考據"指"對傳世文獻的整理、考訂與研究"，"考據學"則"包括文字、音韻、訓詁、目錄、版本、校勘、辨僞、輯佚、注釋、名物典制、天算、金石、地理、職官、避諱、樂律等學科門類"。[①] 考據作爲一種整理研究文獻的方法，與推闡義理一樣，兩千多年來一直是詮釋儒家經典的兩種主要手段。考據方法萌芽於先秦，在兩漢建立以五經爲研究對象的範疇與法則，特別是東漢古文經學的興起，考據在反覆實踐的過程中逐漸發展成爲具有方法學意義，涵括以小學爲核心學科門類的學問。兩漢以後，考據與義理互爲勝負，各有千秋，即便是過去被視爲經學衰微的明代，依然有楊慎（1488—1559）、焦竑、胡應麟（1551—1602）、方以智（1611—1671）等考據名家。然而總覽兩漢以迄清末的中國經學史，清代乾隆中葉以後，考據從方法學的層面躍升成爲學術價值與意義本身，從經學附庸演變成爲學風主流則絕對是空前的。而濫其觴者，則首推清初三大儒之一的顧炎武。

顧炎武當明清鼎革，從自身經歷總結明朝覆亡的因由，他在《日知錄》裏把明亡歸咎於"不習六藝之文，不考百王之典"的心性理學，[②] 顧氏對於這種學不知本的風氣深惡痛絕，在他看來，只有鑽研儒家經典，始是務本之學，因而提出"古之所謂理學，經學也"的名論。[③] 他在給李因篤

---

① 漆永祥《乾嘉考據學研究》，中國社會科學出版社，1998 年，第 2 頁。

② 顧炎武著，黃汝成集釋，秦克誠點校《日知錄集釋》，嶽麓書社，1996 年，第 240 頁。

③ 顧炎武《與施愚山書》云："理學之名，自宋人始有也。古之所謂理學，經學也，非數十年不能通也。故曰，君子之于《春秋》，没身而已矣。今之所謂理學，禪學也。不取之《五經》，而但資之語錄，較諸帖括之文而尤易也。"（顧炎武《亭林文集》，《續修四庫全書》據清刻本影印，第 1402 册，卷三，第 98 頁上）其後全祖望爲顧氏撰寫碑文，歸納其說爲"經學即理學"（全祖望《亭林先生神道表》，《鮚埼亭集》，《續修四庫全書》據清嘉慶九年史夢蛟刻本影印，第 1428 册，卷十二，第 56 頁上）。

(1631—1692)的一通信中,具體提出讀經的途徑:"愚以爲讀九經自考文始,考文自知音始,以至諸子百家之書,亦莫不然。"①漢代以來,小學即爲經學的附庸,以小學通經籍的治學方法並不始自清人,但是在中國經學研究日見衰落的明末清初,重新重視小學的價值,並將之擴充至考據的層面來研究儒家經典,且成績邁越前朝的確是清人。而自顧炎武確立了以考據方法通經的範式(paradigm)後,經惠棟、戴震二氏及其後學的揚厲,"經之至者道也,所以明道者其詞也"②的道理成爲了乾嘉時期學者治學的共識。可以說清代中葉以後,隨著這種範式的確立,運用考據方法對古經進行研究,從而探求聖人之道,已經成了一種約定俗成的學術標準。劉墨指出:

> 對盛行於乾嘉時代的學術主流,研究者們依據其治學特色,或稱之爲"漢學",或稱之爲"樸學",或稱之爲"考據學",名稱雖然並不一致,但指向卻較爲一致。即使是乾嘉時代的學者,也對用什麼樣的名稱來概括自己所從事的學術頗有歧義——戴震、段玉裁、凌廷堪等人稱"考核學",《四庫全書總目》稱"考證學",孫星衍、江藩等人稱"考據學",而出現在學人文集中,又有"樸學"、"實學"、"制數學"、"名物典制之學"等稱謂。

誠如劉墨所言,這些稱法並不矛盾,"'考據學'、'考核學'或者'考證學'是指其糾謬考辨,注重於它的治學特徵;稱'樸學',則是指其崇尚質樸求實、不談玄虛的治學風格"。③劉墨的分析與觀察,有助我們理解到乾嘉學術主流是以方法而不是以對象爲判斷學術價值的事實。即使稱爲"漢學",也不過是"指其宗尚漢儒重小學訓詁與名物考辨的學術特質"。④

---

① 顧炎武《答李子德書》,《亭林文集》,卷四,第 103 頁下。筆者案:李因篤,字天生,一字子德。據《顧炎武年譜》,此書作於康熙十八年(1679),是年顧氏六十七歲,參周可真《顧炎武年譜》,蘇州大學出版社,1998 年,第 507 頁。

② 戴震《與是仲明論學書》,戴震撰,張岱年主編《戴震全書》,黃山書社,1997 年,第 6 冊,第 370 頁。

③ 劉墨《乾嘉學術十論》,生活・讀書・新知三聯書店,2006 年,第 252 頁。

④ 劉墨《乾嘉學術十論》,第 252 頁。

準此，清代中葉以來，學者以考證儒家經典爲核心，以復原文獻原貌爲目標，借鑒漢儒樸實的小學訓詁與名物考辨的方法，形成以小學、目錄、版本、校勘、辨僞、輯佚、名物等爲主要場域（field）的考據之學。我們强調考據學在乾嘉以來佔據學術主流的位置，並不是說學者不探討經典的思想層面，只是當時的學風蔑視没有經過客觀考證的主觀臆測、聯想、引申。借用戴震在《題惠定宇先生授經圖》中所言：

> 言者輒曰：“有漢儒經學，有宋儒經學，一主於訓故[①]，一主於理義。”此誠震之大不解也者。夫所謂理義，苟可以舍經而空憑胸臆，將人人鑿空得之，奚有於經學之云乎哉？惟空憑胸臆之卒無當於賢人聖人之理義，然後求之古經；求之古經而遺文垂絶，今古縣隔也，然後求之訓故；訓詁明則古經明，古經明則賢人聖人之理義明，而我心之所同然者乃因之而明。[②]

探求古賢人聖人之理義是乾嘉以來學者治學的終極目標，而學者普遍認同達至此一目標的方法就是求實的考據。由於兩漢去古未遠，所據古義、故訓較接近先秦原典的真義，而東漢古文經學家又較西漢今文經學家偏重小學訓詁，因而賈逵（30—101）、許慎（58—147）、馬融（79—166）、鄭玄等東漢經學家的著作，如許慎的《說文解字》，鄭玄的《三禮注》、《毛詩箋》，乃至於輯佚所得的賈逵、馬融古文經注等，在乾嘉學術主流裏最先得到經典化（Canonization）的地位，所謂“家家許鄭，人人賈馬”。這些東漢學者所運用的考據方法在這個經典化的過程中不斷被驗證、討論、借鑒，逐漸强化了其範式的意義，因此乾嘉時期考據學與東漢經學之間有著互相重疊的現象，當時學者稱考據學爲“漢學”，反映了他們宗尚東漢古文經學家重小學訓詁與名物考辨的學術特質。

在考據學取得了學術話語的權威下，部分學者逐漸把考據的對象上

---

① 筆者案：今刻本此文皆作“故訓”，惟《戴震全書》所據手稿《題惠定宇先生授經圖》皆作“訓故”，今從《全書》。

② 戴震《題惠定宇先生授經圖》，戴震撰，張岱年主編《戴震全書》，第 6 册，第 505 頁。

溯至更古的西漢今文經,這也就是俞樾所謂聖人之道"其去之也愈遠,其求之也愈難。是故唐、宋以後,儒者於訓詁名物雖有所發明,終不若兩漢經師之足據也"的道理。① 然而研究對象的轉變只是意味著考據方法愈求愈古的自然趨勢,例如《毛詩》遺義在被挖掘殆盡的時候,學者自然把考據的對象轉向三家《詩》遺說的輯佚和異文的考證。有了這一層認知,我們就能理解在《毛詩》研究如日中天的乾嘉時期,三家《詩》輯佚考證的著作仍能層出不窮的原因,以下我們不妨以嘉慶末年江蘇武進人臧庸輯佚《韓詩》遺說爲例加以說明。

2.2　考據學主調下的三家《詩》學著作——以臧庸《韓詩遺說》爲例

臧庸,本名鏞堂,字在東,號拜經,一號用中。阮元《臧拜經別傳》稱"其生平考輯古義甚勤,故輯古之書甚多",計有《子夏易傳》一卷、《詩考異》四卷、《盧植禮記解詁》一卷、《爾雅古注》二卷、《說文舊音考》三卷、《校鄭康成易注》二卷等,其中《韓詩遺說》二卷附《韓詩補訂》一卷,最爲學者稱道,"顧千里廣圻以爲輯《韓詩》者眾矣,此爲最精"。② 趙之謙《〈韓詩遺說〉序》亦以爲"其鉤摘幽隱,別擇甄錄,致功良深"。③《韓詩遺說》在臧氏在世時只以抄本形式流傳,直到光緒六年(1880)才由趙之謙刊刻出版。筆者在上海圖書館發現了一部《韓詩遺說》抄本,抄本末葉有臧氏跋云:"此庸舊輯本。嘉慶己巳(筆者案:即嘉慶十四年,1809)三月,時嘉善朱椒堂駕部於杭州撫署,索抄此册寄都中。余假歸里門,爲校正數事,命奴子潘壽寫以詒之,余爲覆勘。時四月十九日,用中記於常州岳園。"據陳鴻森《臧庸年譜·嘉慶十四年》云:"在杭州阮元節署。"④與抄本跋語相合。朱椒堂即朱爲弼。嘉慶二年,阮元選浙江學人編纂《經

---

① 俞樾《重建詁經精舍記》,《春在堂雜文》,光緒二十八年《春在堂全書》刊本,卷一,第 1 頁。

② 阮元撰,鄧經元點校《揅經室集》,二集卷六,第 524 頁。

③ 臧庸《韓詩遺說》,趙序,第 2 頁下。

④ 陳鴻森《臧庸年譜》,《中國經學》第 2 輯,第 299 頁。

籍籑詁》，其中臧庸爲總纂，朱爲弼爲分纂，二人同於阮府幕府共事。①
就筆者所見，此帙有臧庸本人"覆勘"的手迹。以此本對校趙氏刻本，筆
者發現抄本中所見臧氏覆勘後的修訂都未見載於刻本。臧氏在嘉慶十
六年病故，也就是臧氏覆勘抄本後的第二年，據此可知上海圖書館所藏
的這一部抄本應當反映了臧氏對《韓詩遺說》的最後校訂。

　　總結臧氏一生的學術活動，《詩經》研究明顯佔有相當重要的地位。
乾隆五十四年（1789），臧庸拜著名校勘學家浙江餘姚的盧文弨爲師，盧
氏即命其比勘諸本《毛詩注疏》，撰成《毛詩注疏校纂》三卷，此書今已不
存，但據《序》文可知此書乃"所校錄其全句，是者大書，誤者注於右，其所
得之本即注於左。古本從者特多，凡不注所本者皆是。宋板注一'宋'
字，監本注一'監'字，浦書注一'浦'字"。② 這種體例與盧文弨的《羣書
拾補》可謂異曲同工。此外，盧文弨在乾隆十五年始，校勘王應麟的《詩
攷》，成《增校詩攷》四卷，乾隆四十五年重校寫定，亦以抄本流傳，其後經
李富孫、馮登府、丁杰、孫志祖（1737—1801）、汪遠孫等人詳校增補，而臧
庸更是以盧校本爲據，從羣書中輯出大量異文，並記錄了不同版本的文
字異同並加案語而成《詩考異》四卷。阮元謂其"大旨如王伯厚，但逐條
必自考輯，絕不依循王本"。③ 陳鴻森認爲《詩考異》是"與同里劉逢祿、
莊綬甲相約爲《五經考異》"而作，其時在嘉慶十四年以後。④ 至於臧氏
《拜經日記》中有多處涉及三家《詩》異文的考證，如卷四有"《爾雅》注多
《魯詩》"，卷十二有"《爾雅》《毛詩》異文"、"《雅》注毛鄭異文"、"《詩》《雅》
文同義異"等條。王念孫對《拜經日記》相當贊賞，"用筆圈識其精確不磨
者十之六七"，⑤並爲之序曰："考訂漢世經師流傳之分合，字句之異同，
後人傳寫之脫誤，改竄之蹤迹。譬肌分理，剖豪析芒，其可謂辯矣"，王氏

---

① 　王章濤《阮元年譜》，第 116 頁。
② 　臧庸《拜經堂文集》，《續修四庫全書》據民國十九年宗氏石印本影印，第 1491 冊，卷
　　二，第 529 頁下。
③ 　阮元撰，鄧經元點校《揅經室集》，二集卷六，第 524 頁。
④ 　陳鴻森《臧庸年譜》，第 300 頁。
⑤ 　阮元撰，鄧經元點校《揅經室集》，二集卷六，第 524 頁。

以爲"得好學如用中者,詳考以復古人之舊,豈非讀經之大幸哉"。① 除
了盧文弨、王念孫以外,臧庸與錢大昕(1728—1804)、顧廣圻(1766—
1835)、段玉裁、劉台拱(1751—1805)、鈕樹玉(1760—1827)、陳壽祺等考
據名家亦過從甚密,其《拜經日記》卷首列舉的"贈言校勘姓氏"多達七十
六人,當中不乏一時之選。錢大昕《十駕齋養新錄》引《詩考異》所輯異
文,段玉裁對於臧氏刪節的《詩經小學》見而喜之曰:"精華盡在此矣。"②
陳氏父子的《韓詩遺說攷》即本臧氏《韓詩遺說》而略爲演贊。由此可見,
無論從治學方法、學術成果抑或學術交游的角度來審察,處在乾嘉之際,
身爲常州學者的臧庸不僅是個預流的考據學家,更因其考據的成就而躋
身主流學者之列。日本學者吉川幸次郎在《臧在東先生年譜》"(乾隆)五
十年乙巳十九歲"條下云:

> 讀高祖玉林公(筆者案:臧琳[1650—1713])《經義雜記》等書,
> 始恍然有悟。知研究經學必以漢儒爲宗,漢儒之中尤必折中於鄭
> 氏,遂盡棄俗學而專習鄭氏學。③

屬於乾嘉時期主流學者的臧庸學宗鄭玄,而其輯述西漢今文《韓詩》
的動機在考據學的語境下是一個值得探討的問題。可惜筆者在《韓詩遺
說》抄本、刻本或者臧氏文集、日記中都沒有找到其輯錄《韓詩》遺說的自
述。馬昕根據《拜經堂文集》卷二有一篇作於乾隆五十八年(1793)的《錄
華嚴經音義序》,序文中有"方寫定《韓詩》"一語,因而推斷出"《韓詩遺
說》的初定本當成於是年"。④ 此時臧氏將及而立之年,師從盧氏亦已有
四年之多,且在考據學界頗負名聲,段玉裁更謂臧庸學識遠超吳派的孫
星衍(1753—1818)、洪亮吉。⑤

---

① 王念孫《王石臞先生遺文》,載羅振玉輯印《高郵王氏遺書》本,卷二,第 131 頁下—132
頁上。
② 臧庸《刻〈詩經小學錄〉序》,段玉裁《段玉裁遺書》,大化書局,1986 年,第 581 頁。
③ [日]吉川幸次郎《臧在東先生年譜》,《東方學報》第 6 冊,1936 年,第 299 頁。
④ 馬昕《臧庸〈韓詩遺說〉的成書、刊刻與訂補》,《版本目錄學》第 7 輯,第 183 頁。
⑤ [日]吉川幸次郎《臧在東先生年譜》,《東方學報》第 6 冊,1936 年,第 299 頁。

乾隆五十七年（1792）仲冬，臧庸致書王鳴盛云：

> 蓋自束髮受書以來，亦沉溺於俗學而無以自振。讀《尚書後案》（筆者案：王鳴盛著），初駭其博辨，必怦怦然有動，後反復推考，始識其精確，心焉愛之。知研究經學，必以漢儒爲宗，漢儒之中，尤必折中於鄭氏。試操此以參考諸家之言，遇鄭氏與諸家異者，畢竟鄭氏勝之。①

同年仲冬，致書江聲（1721—1799）亦云：

> 如先生篤信好古，墨守漢儒家法者，蓋僅見也。鏞堂亦好漢人傳注，搜輯遺亡，計得十種。②

五十八年三月，臧氏撰《先師漢大司農北海鄭公神坐記》，盛贊鄭玄學貫六經，功在周孔，其說云：

> 公生東漢末，集先秦、兩漢諸儒大成，偏（筆者案：疑爲徧）通《六經》傳記之文，一一爲之箋注。其功在周公、孔子，非伏生、毛公輩一經可擬也。所著書或不盡存，而《毛詩箋》、《三禮注》如故。其逸者時散見於他說，學者綴緝之，尤足補六藝之闕。……宋王伯厚輯公《周易注》，鏞堂述公《論語注》，區區願公之忱，專在於是。③

臧庸篤志鄭學，服膺北海的經學思想溢於言表。嘉慶六年（1801），阮元爲臧庸《孝經鄭氏解》輯本題辭亦云："余知東序治鄭氏學幾二十年，有手訂《周易》、《論語》注等，所采皆唐以前書，爲晉宋六朝相傳《鄭注》，學者咸所依據。"④他又輯錄樊光、孫炎、李巡三家《爾雅注》成《爾雅漢注》三卷，但在《錄〈爾雅漢注〉序》裏同樣也要追本鄭說，他說：

> 余聞之先師鄭公曰：《爾雅》者，孔子門人所作，以釋六藝之言。

---

① 臧庸《上王鳳喈光祿書》，《拜經堂文集》，卷三，第539頁下。
② 臧庸《與江叔雲處士書》，《拜經堂文集》，卷三，第540頁上。
③ 臧庸《先師漢大司農北海鄭公神坐記》，《拜經堂文集》，卷四，第584頁下。
④ 阮元《孝經鄭氏解輯本題辭》，載臧庸輯《孝經鄭氏解輯本》，《知不足齋叢書》本，第1頁上。

> 揚子雲亦云：孔子門徒游、夏之儔所記。作《雅》之人，斯爲定論矣。①

除了《孝經鄭氏解》外，臧氏尚輯有《論語鄭氏注》、《三禮目錄》，又曾訂補其高祖臧琳所輯的鄭玄《六藝論》，凡此都是臧庸學本康成的表現。范曄（398—445）在《後漢書·鄭玄傳》曰：

> 鄭玄字康成，北海高密人也。……從東郡張恭祖受《周官》、《禮記》、《左氏春秋》、《韓詩》、《古文尚書》。以山東無足問者，乃西入關，因涿郡盧植，事扶風馬融。②

後世學者以鄭玄通《韓詩》之說即祖范史，且以爲鄭氏初從張恭祖受《韓詩》，故其《三禮注》多用《韓詩》。王應麟即據此說，將鄭玄《三禮注》所見《詩》說定爲《韓詩》。臧庸對此卻有不同的看法，他認爲《三禮注》裏用的是《魯詩》。他曾就此致書陳壽祺，原札未見，只能從左海復函得其梗概。陳氏復書云：

> 前蒙手教，言鄭司農《詩箋》、《禮注》多用《魯詩》，誠覈誠確。……鄭君先受《韓詩》，實已兼通三家，後乃治《毛氏》。《禮注》所據，未嘗專守一師也。……賈公彥、孔穎達、王應麟諸人以爲鄭唯據《韓》，誠攷之不審，執事以爲鄭惟習《魯》，必欲廢通《韓》之說，則亦矯枉過其正也。③

準此可知臧庸主張鄭玄惟習《魯詩》，這跟當時大部分學者的認知明顯不同，所以陳壽祺批評臧說矯枉過正。在臧庸看來，要貫徹他“鄭惟習《魯》”的主張，只有一個辦法，就是將原本屬諸《韓詩》的《三禮注》從《韓詩》遺說裏剔除。今本《韓詩遺說》沒有一條出自《三禮注》，這是臧庸對王應麟《詩攷》最大的改動。他在《訂訛》裏還訂正了十二條《詩攷》訛誤的文字，其中《詩攷·韓詩》定《燕燕》一詩爲衛定姜歸其娣之作，臧氏案曰：

---

① 臧庸《錄〈爾雅漢注〉序》，《拜經堂文集》，卷二，第515頁下。
② 范曄《後漢書》，第1207頁。
③ 陳壽祺《答臧拜經論鄭學書》，《左海文集》，卷四，第161頁上。

鄭注《坊記》云：“此衛夫人定姜之詩也。”《禮記釋文》云：“此是《魯詩》，《毛詩》爲莊姜。”則此注本《魯詩》說，王意以爲《韓詩》，亦誤。[1]

這樣看來，臧庸之輯述《韓詩遺說》，除了增訂遺說外，更重要的工作，是運用考據的方法，將《三禮注》從《詩攷‧韓詩》裏抉剔，以還原鄭玄注《禮》時《詩》說的本貌。如果這個推論沒有錯的話，臧庸之重輯《韓詩》遺說，跟其尊崇鄭學的經學思想不無關係。換言之，《韓詩遺說》雖然屬於以三家《詩》爲研究對象的著述，其研究方法依舊是考據學場域下的輯佚、辨僞，而且尊崇鄭學的臧庸只有通過這種爲主流學者所認同的手段，才能凸顯其輯佚《韓詩》的學術價值。

《韓詩遺說》起初只以抄本流布，但在臧庸在世之時已爲當時學者認識、傳抄，《訂訛》一卷即見引盧文弨、顧廣昕二位校勘大家對《遺說》的勘誤、批校。顧氏更認爲“輯《韓詩》者眾矣，此爲最精”。除了筆者在上海圖書館發現的朱爲弼藏抄本外，據馬昕的考證，中國國家圖書館藏有《韓詩遺說》青絲欄抄本一種，“卷上末題曰：‘受業覺羅桂菖子美校。’卷下末題曰：‘覺羅桂菖子美校。’《韓詩訂訛》末題曰：‘受業覺羅桂菖校。’”[2]據此可知《遺說》手稿曾爲桂氏借抄。嘉慶九年（1804），臧氏“入京應順天甲子鄉試。王伯申侍講引之、桂香東侍講芳皆引重之。桂侍講命其弟桂菖從之學”。[3]桂氏借抄的時間大概就是臧氏入京之時。此外，又有何元錫藏抄本和汪氏振綺堂藏抄本兩種，前者在咸同年間爲趙之謙所得，後者爲譚獻所得。同治九年（1870），趙之謙從譚獻處借得原汪氏藏抄本，於是將二本互校。光緒六年，校刊刻入《仰視千七百二十九鶴齋藏書》中。光緒二十一年（1895），江標以趙刻爲底本，加入陶方琦的訂補意見，將《遺說》重新刊刻，收入《靈鶼閣叢書》。而陶氏早在光緒九年前後，從日藏漢籍如《一切經音義》、《續一切經音義》、《玉篇》殘卷、《玉燭寶典》

① 臧庸《韓詩遺說》，訂訛，第 9 頁下。

② 馬昕《臧庸〈韓詩遺說〉的成書、刊刻與訂補》，《版本目錄學》第 7 輯，第 183 頁。

③ 阮元撰，鄧經元點校《揅經室集》，二集卷六，第 524 頁。

等所見一百五十餘條新材料,增補《遺說》而成《韓詩遺說補》一册。臧庸作爲乾嘉時期著名的學者,其學以經學,特別是鄭學、小學爲主,其著述以輯佚爲多,乾隆五十四年受業於盧文弨,嘉慶二年(1797)爲阮元延請助輯《經籍纂詁》,嘉慶五年助校《十三經注疏》。臧庸在學術上的訓練與經歷毫無疑問都在主流考據學的範圍内,其《韓詩遺說》成爲清代三家《詩》學著述的典範之作,固然有臧氏考古既勤,所輯《韓詩》較爲精審等個人因素在,但如果我們以學術發展史的角度來看,則考據學從乾隆中葉以迄清季始終佔據學術主流的位置,是《韓詩遺說》自乾隆晚年歷經嘉、道、咸、同、光五朝近百年而仍爲學者所稱道、取法的一大主因。

第三節　主調中的雜音: 莊存與《毛詩說》的經學史考察

羅檢秋在《嘉慶以來漢學傳統的衍變與傳承》中指出:

　　清代漢學體現了由考據學積澱而成的學術特質,反映了一代學術主流和趨向,符合清學的基本情形。乾嘉時期,經學盛極,考據子、史書籍雖然也有成就,但總體上不能與經學比肩,而且一些學者最初的出發點還是“以子證經”或“以史證經”,諸子學、史學考據多少有點經學“附庸”的意味。至道咸以後,經學相對衰落,而考據子書、史地的成就和地位更爲凸顯。倘若從寬泛的漢學範疇來說,則包括考據子、史在内的漢學至清末仍顯勃勃生機,並無衰退之象。即使僅著眼於一般論著偏重的經學領域,清季漢學也仍然是值得重視的。[①]

這是筆者知見有關清代學術史論述中最爲通達而近實的觀察。就乾嘉時期《詩經》主流研究而言,東漢的《毛詩》學盛極,尤其是初從三家後轉箋《毛詩》的鄭氏之學更是當時學者遵循的典範,考據三家雖然也有成

---

①　羅檢秋《嘉慶以來漢學傳統的衍變與傳承》,中國人民大學出版社,2006 年,第 15 頁。

果，但整體上不能與《毛詩》學比肩，而且一些學者如盧文弨、顧廣圻、臧庸等考校三家《詩》，其出發點還是以今證古，三家《詩》可謂《毛詩》的"附庸"。上文通過對臧庸及其《韓詩遺說》的考察，可以印證考據學在乾隆中葉以後成爲了學術主流後，研究對象的變化與學術主流的轉向並沒有必然的關係，而且兩者既不同步亦不同調。誠如羅氏所言，考據學自乾嘉以迄清末，其影響一直沒有衰退，甚至延續到了民國時期。因此梁啟超編寫《中國近三百年學術史》時，在"清代學術變遷與政治的影響（下）"這一章的開首就承認了"考證學直至今日還未曾破產"的事實。① 梁氏雖然一再強調在考據學如日中天的乾嘉時期，思潮已經暗地推移，而"最要注意的是新興的常州學派"，但他也清楚意識到"這派學風，在嘉、道間，不過一支'別動隊'②。學界的大勢力仍在'考證學正統派'手中。這支別動隊的成績，也幼稚得很"。③

考莊、劉、龔、魏等人本身並未以"常州學派"自稱，咸同之際譚獻在其《復堂日記》中才首次提到"常州學派"，而確立"常州學派"的名目與性質的是梁啟超的《中國近三百年學術史》。其後支偉成（1899—1929）《清代樸學大師列傳》稱"（莊）存與治《春秋》，務明微言大義，不落東漢以下，一門並承其緒"，④錢基博《古籍舉要序》稱"自武進莊存與方耕始治《公羊》，作《春秋正辭》，漸及群經；其爲學務明微言大義，不專章句訓詁之末。一門並承其緒，其外孫劉逢祿申受及長洲宋翔鳳于庭復從而張之；海內風動，號爲常州學派"。⑤ 這些論述都出現在相距莊、劉、龔、魏至少有百年的清末民初，而且不約而同地以研究對象，即以《春秋》、《公羊》作爲判定的標準。然而乾嘉以來判斷學術價值的主流標準既然在於方法而非對象，那麼要審察清代學術在嘉道之間的變化或轉向，就得從是否具有方法學意義的轉變的角度來考量，而非以"常州學派"這個明顯有特

---

① 梁啟超《中國近三百年學術史》，第 25 頁。
② 案："別動隊"是"特別行動隊"的簡稱，譯自德文 Einsatzgruppen。
③ 梁啟超《中國近三百年學術史》，第 26 頁。
④ 支偉成《清代樸學大師列傳》，嶽麓社，1998 年，第 288 頁。
⑤ 錢基博《古籍舉要》，世界書局，1933 年，第 1 頁。

定研究對象的後置概念，亦唯有擺脫"常州學派"這個標籤，常州莊氏及其後學的實績才能得以彰顯。以下筆者將以學者較少關注的莊存與《毛詩》學爲切入點，探論《毛詩說》的經學史意義以及其與道光時期三家《詩》學轉向的關係。

3.1　莊存與《毛詩說》的撰作背景

莊存與，字方耕，號養恬，江蘇武進人。乾隆十年（1745），中一甲二名進士，授編修。十三年庶吉士散館，二十年升爲内閣學士兼禮部侍郎，歷任直隸、湖南、山東等地學政。乾隆三十三年命在上書房行走，五十一年以原秩致仕，兩年後辭世，《清史稿》有傳。莊存與爲官近四十年，仕途順遂，然而若論其治經特色則別樹一幟，與主流學風格格不入。阮元稱其"于六經皆能闡抉奧旨，不專專爲漢、宋箋注之學，而獨得先聖微言大義于語言文字之外"，又謂"在上書房授成親王經史，垂四十年，所學與當時講論或枘鑿不相人，故秘不示人"。①阮氏"枘鑿不相人"的評價與魏源謂莊氏之學"異於世之漢學者"可謂異曲同工。也就是說莊氏治經並未有遵循顧炎武以來以小學通經的範式，未有措意於箋注之學，而是在語言文字之外，闡抉聖人的微言大義。這種明顯有別於主流學風的治學特色出現在考據學如日中天的乾隆時期，其在清代學術史的典型意義特別值得關注。

清末以來，學者多從經世思潮考察今文經學的興起，而莊存與往往扮演著啓蒙者的角色。然而莊氏所處的清代中葉，經世思想既不普遍，經世的需求也未有如道咸以後般强烈，當時絶大部分學者仍舊埋首於經籍考據之中。艾爾曼在二十世紀九十年代，提出應從政治因素考量莊存與在乾隆晚年受到和珅（1750—1799）排擠與其轉向西漢今文經學的關係，②近年亦一再强調"今文公羊學興起的政治時勢是和珅

---

① 莊存與《味經齋遺書》，阮元序，第 1 頁上、第 2 頁上。
② Benjamin A. Elman, *Classicism*, *Politics*, *and Kinship*: *The Ch'ang-chou School of New Text Confucianism in Late Imperial China*, Berkeley: University of California Press, 1990.

事件"，"其中一種回應是莊存與從初步的《春秋》學轉向公羊研究"。①
艾氏的這個看法源自他 1983 年在中國國家圖書館善本室看到魏源的
《〈味經齋遺書〉敘》手稿，"魏源寫道，莊存與跟和珅不和，且莊存與在這
段抑鬱的年代裏所做的經籍研究，充滿了對和珅個人權勢膨脹的失望和
憂慮"。② 這份手稿收錄在中華書局 1976 年出版的《魏源集》上册之中，
原文是"君在乾隆末，與大學士和珅同朝，鬱鬱不合，故於《詩》、《易》君子
小人進退消長之際，往往發憤慷慨，流連太息，讀其書可以悲其志云"。③
這段敘文在道光七年由莊氏後人刊刻的《味經齋遺書》中被刪去了，代之
以"公又精通鐘律，不由師傳，神契圭合，匪道匪蓺，勿可得而詳云"數
語，④這也是通行本的面貌。嚴格來說，魏源的敘並不能作爲直接的證
據，被莊氏後人刪去的那段敘文是否透露了莊氏遺書長達四十年"秘不
示人"的原因似乎還需要有更多的實證。即使艾氏的假設成立，也不過
說明了莊存與的經學著述有其政治上的寄寓，卻未能解釋莊氏在考據學
方興未艾的背景下捨詁訓而舉大義的取向。此外，艾氏的觀察始終未能
擺脫以《公羊》學來定性莊氏之學的局限，早於莊存與撰作《春秋正辭》，
義例一宗《公羊》前，惠棟在乾隆七年(1742)輯述的《九經古義》中已經有
《公羊》漢儒古義兩卷八十八則，而約與莊存與同輩的褚寅亮（1715—
1790)亦著有《周禮公羊異義》二卷申述鄭義。同一部《公羊》，由於整理
文獻的方法不同而有風格迥異的成果，可見莊氏經學之所以異於主流，
顯然不是艾氏所謂研究對象的轉向，而是在研究方法上的改變。就如同
臧庸之輯校《韓詩》，在完全遵循考據學的範式下，並沒有因爲對象的轉
向而見異於主流學者。由此可見，較諸經世思潮或政治鬥爭等外部因
素，學術内在理路的考察，更有助我們理解莊存與在治經方法上選擇改

---

① ［美］艾爾曼《乾隆晚期和珅、莊存與關係的重新考察》，《復旦學報》2009 年第 3 期，第
　63 頁。

② ［美］艾爾曼《乾隆晚期和珅、莊存與關係的重新考察》，《復旦學報》2009 年第 3 期，第
　62 頁。

③ 魏源《魏源集》，中華書局，2009 年，第 238 頁。

④ 莊存與《味經齋遺書》，魏源敘，第 2 頁下。

弦易轍,別開生面的取態。而此一考察的開展,將會成爲後文論證莊氏《毛詩說》與清代三家《詩》學轉向關係的張本。

皮錫瑞在《經學歷史》中指出:

> 國朝經學凡三變。國初,漢學方萌芽,皆以宋學爲根柢,不分門户,各取所長,是爲漢、宋兼採之學。乾隆以後,許、鄭之學大明,治宋學者已鮮。說經皆主實證,不空談義理。是爲專門漢學。嘉、道以後,又由許、鄭之學導源而上。⋯⋯學者不特知漢、宋之別,且皆知今、古之分。①

皮氏認爲嘉道以後今文經學復興,是由漢學内部的古文之學導源而上。需要說明的是,皮氏這段關於清代經學演變的描述中,"漢學"一詞在不同時期的涵義並不完全相同。清初學者治經未有漢、宋門户之分,此時的"漢學"指的是相對於"宋明理學"的"兩漢之學"。乾隆中葉以後,考據方法風靡學者,以許慎、鄭玄等東漢學者的文獻整理成果爲楷模的考據學逐漸形成,此時的"漢學"就是"考據學"的代名詞,稱爲"漢學"只是宗尚漢儒重小學訓詁與名物考辨的學術特質而已。準此,下文所引乾嘉時期學者的論述中,"漢學"一詞基本上指的就是"考據學"。

乾隆年間,古文經學如日方中,以考據之學爲主體的漢學與以義理之學爲主體的宋學勢成水火。乾隆四十二年(1777),戴震寫成《孟子字義疏證》,②批評宋儒義理之學是"雜乎老、釋之言以爲言",③涽惑孔孟之

---

① 皮錫瑞著,周予同注釋《經學歷史》,第 249—250 頁。
② 段玉裁《答程易田丈書》提到《孟子字義疏證》"改定於丙申冬後丁酉春前",戴震撰,張岱年主編《戴震全書》,第 7 册,第 144 頁。案:乾隆丁酉年即 1777 年。
③ 戴震《孟子字義疏證》,戴震撰,張岱年主編《戴震全書》,第 6 册,第 161 頁。筆者案:戴震批評宋儒學不純正,混淆儒釋之言屢見《疏證》,如:"(宋儒)謂'理爲形氣所汙壞,故學焉以復其初'(自注:朱子於《論語》首章,於《大學》"在明明德",皆以"復其初"爲言。)'復其初'之云,見莊周書,蓋其所謂理,即如釋氏所謂'本來面目',而其所謂'存理',亦即如釋氏所謂'常惺惺'。"(第 165 頁)"程子、朱子就老、莊、釋氏所指者,轉其說以言夫理,非援儒而入釋,誤以釋氏之言雜入於儒耳。"(第 167 頁)"由考 (轉下頁)

言，①更直斥"自宋儒雜荀子及老、莊、釋氏以入六經、孔、孟之書，學者莫知其非，而六經、孔、孟之道亡矣"，②深刻反映出乾隆時期主流漢學反制宋學的情緒。然而戴氏這種明顯反宋學的立場，仍然未能得到堅守漢學壁壘的學者認同，朱筠（1729—1781）就認爲："性與天道不可得聞，何圖更於程、朱之外復有論說乎？戴氏所可傳者不在此。"③余英時指出"何圖更於程、朱之外復有論說"的意思是說"程、朱性與天道已屬空談，東原不必更蹈其覆轍也"，"朱筠這番話，其立足點在新起的考證學，而非傳統的理學"。④余氏的詮釋準確地把握了乾隆中葉，考據學（即余氏所稱的"考證學"）已經是以一種新興的學術風尚與官方的理學針鋒相對。早在乾隆三十七年（1772），朱筠奏請開館輯佚《永樂大典》，翌年二月，清廷詔開《四庫全書》館，徵集遺書，"發揮傳注，考覈典章"。⑤《全書》的編纂，對考據學的進一步發展，有積極的促進作用，同時亦象徵著考據學一躍成爲官方學術。此後短短的四十多年間，考據學一方面成爲了學術主流，形成了"家家許鄭，人人賈馬"，非漢學不足見重於世的盛況，一方面逐漸出現捨本逐末的流弊。誠如張星鑑（1819—1877）所論：

　　乾隆中，大興朱氏以許、鄭之學爲天下倡，於是士之欲致身通顯者，非漢學不足見重於世，向之漢、宋並行者，一變而爲專門名家之學。亦有略識古字，挾《說文》一編，擅改六籍而不疑。⑥

（接上頁）之六經，孔、孟，茫然不得所謂性與天道者，及從事老、莊、釋氏有年，覺彼之所指，獨遺夫理義而不言，是以觸於形而上下之云，太極兩儀之稱，頓然有悟，遂創爲理氣之辨。"（第179頁）

① 戴震《孟子字義疏證》，戴震撰，張岱年主編《戴震全書》，第6冊，第164頁。
② 戴震《孟子字義疏證》，戴震撰，張岱年主編《戴震全書》，第6冊，第172頁。
③ 見洪榜《上筍河朱先生書》，戴震撰，張岱年主編《戴震全書》，第7冊，第139頁。
④ 余英時《論戴震與章學誠——清代中期學術思想史研究》，東大圖書股份有限公司，1996年，第121頁。
⑤ 乾隆三十七年正月初四日上諭，見紀昀總纂《四庫全書總目提要》，第1頁。
⑥ 張星鑑《仰蕭樓文集》，光緒六年刻本，第14頁。

梁啓超在《戴東原》一書中更批評戴震以後的漢學家把目的與手段倒置：

> 東原說："經之至者道也，所以明道者詞也，所以成詞者字也，由字以通其詞，由詞以通其道，必有漸。"這幾句話，後來成了漢學家的口頭禪，人人都說"通經宜先識字"，卻是做了識字工夫便算完結，經通不通且不管。所以《爾雅》、《說文》之學大興。①

所謂物極必反，考據學的流弊日增，引起理學家們的不滿。嘉慶二十三年（1818），江藩（1761—1831）在廣州刻成了《國朝漢學師承記》八卷，道光二年（1822）刻成《國朝宋學淵源記》三卷，嚴分漢宋，且以"凡古必真，凡漢必好"的惠棟爲宗。這引起了方東樹（1772—1851）的反彈，他在《漢學商兌》中譏諷漢學家"舍義理，而專求之故訓、聲音，穿鑿附會，執一不通"，②"反之身已心行，推之民人家國，了無益處，徒使人狂惑失守，不得所用。然則雖實事求是，而乃虛之至者也"。③ 一言以蔽之，方氏以爲專守考證訓詁的漢學無用於人心世道，更有甚者言行不一，"視講經本與躬行判而爲二，固不必與其言相應"。④朱維錚認爲《國朝漢學師承記》標誌著乾隆年間如日中天的漢學"趨向日落的先兆"，他指出：

> 所謂漢學，本指否定宋學、唐學而恢復賈、馬、服、鄭一系的東漢經學。……十八世紀那種初始意義的漢學，在十九世紀初已呈現出內部更新的取向。……漢學內部的分化加劇，出現了所謂經今古文學的對立，出現了所謂漢宋調和的呼籲。⑤

---

① 梁啓超《戴東原》，中華書局，1957年，第15頁。

② 方東樹《漢學商兌》，收入《漢學師承記（外二種）》，生活·讀書·新知三聯書店，1998年，卷中之上，第300頁。

③ 方東樹《漢學商兌》，卷中之上，第276頁。

④ 方東樹《漢學商兌》，卷中之上，第301頁。

⑤ 見《漢學師承記（外二種）》，導言，第26頁。

嘉道之際出現漢宋調和的呼聲，①跟方東樹在《漢學商兌》指陳考據學末學的弊端不無關係。早在考據學初興的乾隆年間，章學誠（1738—1801）就曾批評考據學煩瑣無用，他在乾隆五十四年（1789）十一月致書沈在廷（1758—1815）談及一時學風頗不以為然，章氏云：

> 夫考訂、辭章、義理，雖曰三門，而大要有二，學與文也，理不虛立，則固行乎二者之中矣。學資博覽，須兼閱歷，文貴發明，亦期用世，斯可與進於道矣。夫博覽而不兼閱歷，是發稱決科之學也；有所發明而於世無用，是雕龍談天之文也。然而不求心得而形迹取之，皆偏體矣。……要之，文易翻空，學須撝實。今之學者，雖趨風氣，競尚考訂，多非心得，然知求實而不蹈於虛，猶愈於掉虛、文而不復知實學也。②

章氏以實、文、虛比喻考訂、辭章、義理，他批評"今之學者"只談考訂而不涉義理，其弊甚於只講辭章、義理，不知考訂。次年，章氏有家書云："君子學以持世，不宜以風氣為重輕。宋學流弊，誠如前人所譏，今日之患，又坐宋學太不講也。往在京師，與邵先生言及此事，邵深謂然。"③邵先生即作《韓詩內傳攷》的作者邵晉涵。

面對"執一不通"、"於世無用"的批評，少數考據學家開始對自身學術體系進行反思，而漢宋調和的主張亦使他們意識到考據學無益經世的弊病，於是他們開始從漢學內部自省只講考據、不談義理的研究方法。段玉裁在嘉慶十九年（1814）仍埋首於其文字學專著《說文解字注》刊刻

---

① 關於清代經學"漢宋調和"論的研究，學者論之已詳，比較重要的包括王俊義、黃愛平《清代學術與文化》，遼寧教育出版社，1993年，第410—415頁；湯志鈞《近代經學與政治》，第四章第一節"曾國藩的'漢宋兼容'"，第126—133頁；朱維錚《漢宋調和論——陳澧和他未完成的〈東塾讀書記〉》，《求索真文明——晚清學術史論》，上海古籍出版社，1996年，第44—61頁；羅檢秋《嘉慶以來漢學傳統的衍變與傳承》，第一章"漢宋趨於調和融合：以內在理路為中心的考察"，第31—153頁。

② 章學誠《答沈楓墀論學》，《章氏遺書》，據吳興劉氏嘉業堂刊本影印，漢聲出版社，1973年，卷九，第191頁上—第192頁上。

③ 章學誠《家書五》，《章氏遺書》，卷九，第208頁上。

的工作，但九月曾致書陳壽祺，指出"今日大病在棄洛、閩、關中之學。……故專言漢學，不治宋學，乃真心世道之憂"。① 同年，他的外孫今文經學健將龔自珍撰成《明良論》四篇，主張"更法""以救今日束縛之病"，段氏看後擊節稱賞，譽爲"見此才而死，吾不恨矣"。② 陳壽祺在嘉慶二十年三月，爲其師孟超然遺著《孟氏八錄》撰跋時指出：

> 近則俊穎之才知好古矣，然本之不立，學與行乃離而二，其究也學其所學，弊與不學均。甚則以廉孝爲奸媒，以朋徒爲利餌，以詩禮爲發冢，以文筆爲毒矢，口談義利，心營悖鄙，形人行鬼，不知羞恥。③

復引段玉裁患學者"專言漢學不談宋學"的話"以爲學者鍼砭"。這裏我們不妨借用清末廣東學者陳澧(1810—1882)的幾句話，來總結一下漢學内部對於考據學的反省：

> 蓋百年以來，講經學者訓釋甚精，考據甚博，而絶不發明義理，以警覺世人，其所訓釋考據，又皆世人所不能解，故經學之書，汗牛充棟，而世人絶不聞經書義理。此世道所以衰亂也。④

此一自省最直接的反應就是從漢學内部尋找出路，在考據的同時回歸尋求經書義理的初衷。戴震晚年寫成《孟子字義疏證》，通過考證訓詁，解釋《孟子》中的"理"、"天道"、"性"、"才"、"道"、"仁義禮智"、"誠"、"權"等概念，從而闡發當中的義理思想，以批駁程朱理學，可以看作是這方面的先聲。後來的凌廷堪(1757—1809)、焦循、阮元等都是以考據兼濟義理的。而與戴震同時代，曾在《四庫全書》館中擔任纂修官，乾隆四十七年(1782)更升任總閱官的莊存與，對當時的學術動態自然不會無動於衷。

---

① 陳祖武、朱彤窗《乾嘉學術編年》，河北人民出版社，2005年，第756頁。
② 龔自珍《明良論四》，龔自珍著，王佩諍校《龔自珍全集》，第36頁。
③ 陳祖武、朱彤窗《乾嘉學術編年》，第765頁。
④ 引自楊昌壽編輯《陳蘭甫先生遺稿》，《嶺南學報》第2卷第3期，1932年，第182—183頁。

相對於戴震以考據闡發義理的方法，莊存與採取了更爲激進徹底的手段，從根本上改變主流治經的方法。在大部分學者仍孜孜不倦於考據訓詁之際，在漢學迎來宋學正面挑戰以前，莊存與已經把目光傾注在以"經術緣飾治術"的兩漢經世致用之學上。

清末浙江學者朱一新在《無邪堂答問·答胡仕榜問董膠西歐陽永叔論春秋》批評清末《公羊》學家"蔓衍支離，不可究詰"，①但他同時指出"漢學家瑣碎鮮心得，高明者亦悟其非"之際，由於《公羊》全書幸存，《繁露》《白虎通》諸書，又多與何注相出入。其學派甚古，其陳義甚高，足以壓倒東漢以下儒者，遂幡然變計而爲此"。②《公羊春秋》、《春秋繁露》、《春秋公羊傳解詁》，都是清代《公羊》學者立言的主要根據，各個時期由於實際情況不同，這幾部解釋《春秋》的著作發揮的作用又有不同。然而相較於日漸瑣細繁蕪的考據學，發揮孔子微言大義的漢人家法，尤其是《春秋》三傳中的《公羊傳》以及重視"非常異議可怪之論"的何休（129—182）《解詁》，在莊存與的眼中顯得格外奪目。③ 莊氏著有《春秋正辭》十一卷，《春秋要指》一卷，《春秋舉例》一卷。朱珪（1731—1806）序《春秋正辭》，謂此書"義例一宗《公羊》，起應寔述何氏（筆者案：即東漢何休），事亦兼資《左氏》，義或拾補《穀梁》。條列其目，屬比其詞"。④ 莊氏在《春秋》三傳中獨尊《公羊》，他認爲只有《公羊》一家發揮了《春秋》裏的"大一統"的微言大義。⑤ 他在《春秋正辭》中，列了九個"正辭"，圍繞著"尊王"這個主題來構建他的《春秋》學理論。第一個"正奉天辭"表面上講的是"奉天"，實際上宣揚的是卻是天子"大哉受命"的"尊王"思想，第二個"正

---

① 朱一新著，呂鴻儒、張長法點校《無邪堂答問》，中華書局，2000年，卷一，第20頁。

② 朱一新著，呂鴻儒、張長法點校《無邪堂答問》，卷一，第21頁。

③ 《清史稿》卷四八一："時公羊何氏學久無循習者，所謂五始、三科、九旨、七等、六輔、二類之義，不傳於世，惟武進莊存與默會其解。"（第13190頁）

④ 莊存與撰，郭曉東點校《春秋正辭》，上海古籍出版社，2014年，第4頁。

⑤ 《春秋正辭·奉天辭第一·大一統》云："王正月。公羊子曰：'何言乎王正月？大一統也。……'王陽曰：'《春秋》所以大一統者，六合同風，九州共貫也。'董生曰：'《春秋》大一統者，天地之常經，古今之通誼也。'"莊氏注云："治《春秋》之義，莫大焉。"莊存與撰，郭曉東點校《春秋正辭》，第10頁。

天子辭"更是直接道出他"王者承天,以撫萬邦,爲生民共主"的思想。①
楊向奎指出莊氏是從維護舊有統治秩序的角度談《公羊》學裏的"大一
統"思想,②艾爾曼亦有相同的看法,更指出莊存與提倡《公羊傳》是有感
考據辨僞的學風有危及朝廷管治之虞,他說:

> 莊存與一方面維護自己救世的經世主張,一方面儘可能多(筆
> 者案:原譯是"一方面儘可能多地"。)③吸收那些強化官方意識形態
> 的經學遺産。他在論及《周禮》辨僞時,同對僞《古文尚書》的看法一
> 樣,認爲辨僞家們要求從儒家經典中刪除《周禮》之類可疑經典的做
> 法意義不大。他擔心考據家攻擊儒家正經學說的影響會蔓延到政
> 治領域。④

他同時指出:"今文經學代表著一個充滿政治、社會、經濟動亂的時代的
新信仰,它倡導經世致用和必要的變革",而莊存與和他的外孫劉逢祿對
《公羊》學的研究,"標誌著這一個解放歷程的第一步"。⑤ 梁啟超更認爲
"今文學啟蒙大師,則武進莊存與也。存與著《春秋正辭》,刊落訓詁名物
之末,專求所謂'微言大義'者,與戴、段一派所取途徑,全然不同"。⑥

---

① 莊存與撰,郭曉東點校《春秋正辭》,敘目,第 5 頁。

② 楊氏說:"'大一統'是在不同時期不同階段有不同內容的口號,維護舊統治秩序及成
立一個新的統治秩序。莊存與處在清代《公羊》學的前期,還是清代'盛世',這個時代
要求他維護這個舊秩序,而沒有建立一個新社會的要求。"楊向奎《方耕學案》,《清儒
學案新編》,齊魯書社,1994 年,卷四,第 7 頁。

③ 原文:"In keeping with his ecumenical position on the Classics, Chuang Ts'un-yu
affirmed as much as possible of the classical legacy that undergirded official ideology. "
Benjamin A. Elman, *Classicism*, *Politics*, *and Kinship*: *The Ch'ang-chou School of
New Text Confucianism in Late Imperial China*, Berkeley: University of California
Press, 1990, p. 171.

④ [美] 艾爾曼著,趙剛譯《經學、政治和宗族:中華帝國晚期常州今文學派研究》,第
121 頁。

⑤ [美] 艾爾曼著,趙剛譯《經學、政治和宗族:中華帝國晚期常州今文學派研究》,第
238 頁。

⑥ 梁啟超《清代學術概論》,第 74 頁。

《春秋正辭》毋庸置疑是莊存與借用《公羊》學的義例,發揮其個人“尊王”思想的作品。這也是莊氏在“戴、段一派所取途徑”風靡一時下,敢於重拾漢人經世致用傳統的體現。然而我們沒有必要如晚清今文學家般,過分誇大《公羊傳》在莊存與經學思想中的位置。郭曉東在點校《春秋正辭》後,得出了一個比較近實的描述:

> 就莊存與本人來說,並沒有後世《公羊》家那樣一種嚴格的“家法意識”,其一方面“義例一宗《公羊》,起應寔述何氏”,另一方面“事亦兼資《左氏》,義或拾補《穀梁》”,乃至遍採唐宋《春秋》家的觀點;對於《公羊》義例之發揮,他一方面繼承兩漢《公羊》先師董仲舒、何休之緒餘,同時又不墨守董、何成說,如何休“三科九旨”之說,即不爲其論述之重心。在此意義上說,莊氏尚不能稱爲一個嚴格的《公羊》家。[1]

在考據方法位居主導位置的語境下,莊氏把目光傾注在以“經術緣飾治術”的兩漢經世致用之學上,其“以經論政”的學術意義是在治經方法上的改變,而不是研究對象上的更替。唯其如此,我們才能從本質上區分莊氏發揮《公羊》義理與惠棟輯述《公羊》漢儒古義、褚寅亮著《周禮公羊異義》申述鄭義的不同。因此,《春秋》三傳之中,莊存與“義例一宗《公羊》”的緣故,並不在於其是西漢今文之學與否,而是在於《公羊》重視闡發義理的特點,有助於莊氏突破考據訓詁的局限,“獨得先聖微言大義於語言文字之外”,從而借題發揮,以經論政,而能爲莊氏借題發揮的儒家典籍亦不僅僅只有《春秋》一經。《味經齋遺書》中,除《春秋》類三種外,尚有《易》類五種、《書》類兩種、《詩》類一種、《周禮》類兩種、《樂》類一種以及《四書》類一種。莊氏之孫莊綬甲(1774—1828)在《〈尚書既見〉跋》中,記述其祖父的一段話:

> 先大父嘗自言生平於《詩》、《書》之學最明,蓋好學深思,能見聖人之深,於聖人之於天道之常變,三致意焉。[2]

---

[1]　莊存與撰,郭曉東點校《春秋正辭》,前言,第 2 頁。

[2]　莊綬甲《拾遺補藝齋文鈔》,《清代詩文集彙編》據清道光十八刻本影印,上海古籍出版社,2010 年,第 512 冊,第 401 頁下。

莊存與這段夫子自道，與晚清今文學家以《春秋正辭》論定莊氏的經學地位乃至於以此把莊氏尊崇爲清代今文學啓蒙大師的論述，明顯有所落差。莊存與自認爲所得最深的是《詩》、《書》之學，晚清今文學家卻以《公羊》學緊扣莊氏，從而構建起所謂常州學派與晚清今文學一脈相承的譜系，影響至今，當中存在的反差與誤解，著實有重新審視與釐清的必要。因爲這不僅影響到我們對常州莊氏之學的再認識（revision），更關係到莊存與作爲乾隆時期考據學主調中的一種雜音，其更變治經方法的行動在嘉道以前的學術史意義的再評估（reassessment），此二者皆不能以一部《春秋正辭》概而括之。在此一層面來看，莊存與最爲得意的《詩》學何以獨取《毛詩》？在以毛鄭爲正統的清代《毛詩》詮釋系統中，莊氏如何具體落實其治經方法的更變，且其果效如何，等等，毫無疑問是必須解答而且相當關鍵的問題。

3.2　莊存與《毛詩說》的解經立場

莊存與卒於乾隆五十三年（1788），五年後，也就是乾隆五十八年，莊氏後人將其《尚書既見》三卷、《尚書說》不分卷刊刻；嘉慶八年（1803）刻《周官記》五卷；道光七年（1827）將《毛詩說》二卷、《毛詩說補》一卷、《楚茨集釋》一卷等合刻爲《毛詩說》四卷，並在道光年間與《彖傳論》二卷、《彖象論》不分卷、《繫辭傳論》二卷、《八卦觀象解》二卷附《卦氣解》、《春秋正辭》十一卷附《春秋舉例》《春秋要指》等彙集爲《味經齋遺書》。董士錫（1782—1831）在道光八年撰序曰：

> 本朝經學盛于宋元明，非以其多，以其精也。乾隆間爲之者，《易》則惠棟、張惠言，《書》則孫星衍，《詩》則戴震，《禮》則江永、金榜，《春秋》則孔廣森，小學則戴震、段玉裁、王念孫，皆粲然成書，著于一代。而其時莊先生存與以侍郎官于朝，未嘗以經學自鳴，成書又不刊板行世，世是以無聞焉。①

---

① 見莊存與《味經齋遺書·彖傳論》，董士錫易說序，第3頁上。

從刊刻的時間來考量的話，莊氏經學著作行世的時間顯然落後於其撰作的時間，"世是以無聞"固然在情理之中。但是從董氏序中開列的此一名單來看，當中的學者無一不以考據著稱，即使是曾問學於莊存與的孔廣森（1753—1786），其著《春秋公羊經傳通義》，亦以訓詁考據通釋經傳。莊氏身處其中，雖於諸經皆為著述，但由於門徑不同，除莊氏一族子弟門生外，多"秘不示人"，亦不敢以經學自鳴，以其見"異於世之漢學者"故也。即使在《味經齋遺書》刊行數十年後的同治二年（1863），李慈銘（1829—1894）依舊以考據學的立場，批評莊氏《尚書既見》"絕無考證發明之學"，《毛詩說》則"穿鑿不可信"。[①] 其後胡玉縉（1859—1940）《〈毛詩說〉書後》亦引李氏之論曰：

> 《毛詩說》四卷，武進莊存與撰。……刻於道光丁亥，前後無序跋。其中以"日居月諸"為衛人殺州吁後，莊姜念先君兩子皆敗自傷之詩；《葛覃》以后妃親葛為儉而失禮，謂葛之覃為美后妃之容；黃鳥之鳴為美后妃之言，皆穿鑿不可信，已為李慈銘《孟學齋日記》所糾。實則全書似此類者不勝僂指，其弊總由不信《小序》，特較之王柏《詩疑》妄欲刪削經文，略有間耳。[②]

胡玉縉認為《毛詩說》"穿鑿不可信"是由於莊氏"不信《小序》"，但是臧庸在嘉慶五年（1800）為莊氏撰傳，卻指其"《詩》宗《小序》、《毛傳》"。[③] 考胡氏所舉《日月》、《葛覃》諸例一字不漏襲自李慈銘，而坿以"不信《小序》"數語。臧庸雖是莊氏同里後學，在傳中亦提到自己少時"嘗一見公，自慚謭陋，未敢有所質也。後讀公《尚書既見》，歎其精通浩博，深于大義，章句小儒，末由問津矣"。但從莊氏遺書刊行的時間來推論，臧氏很有可能只看過《尚書既見》一種，而未及見《毛詩說》，故有"安得盡讀公之

---

① 李慈銘著，由雲龍輯《越縵堂讀書記》，遼寧教育出版社，2001 年，第 1153—1154 頁。
② 胡玉縉《〈毛詩說〉書後》，載王元化主編《學術集林》，上海遠東出版社，1996 年，第 4 卷，第 31 頁。
③ 臧庸《禮部侍郎莊公小傳》，《拜經堂文集》，《續修四庫全書》據民國十九年宗氏石印本影印，第 1491 冊，卷五，第 600 頁上。

遺書爲快乎"之歎。① 可見臧、胡二氏所論只能聊備一說。不過這兩種南轅北轍的意見倒是有一個共通點,就是都以依違《小序》這個正統《毛詩》學的標準來評斷莊氏《詩》學的宗尚,忽略了莊氏有意識地捨棄考據方法,治經重在發揮致用之學的本質。

　　近年蔡長林系統而細緻地分析了《毛詩說》解經的方法,指出"莊存與的《詩經》論說,基本上走的仍是以《序》說《詩》的路綫,即是以《毛詩序》所奠定的以政教倫理的角度來認識《詩經》",②蔡氏特別提到阮元序《味經齋遺書》,對莊氏"《詩》則詳于變《雅》,發揮大義,多可陳之講筵"③的觀察"相當精確"。他認爲阮氏所謂的"'陳之講筵',正是經筵講章",即"非隨文敷衍,照本宣講,而是有其特殊的見解",但"觀其所釋,或與《詩序》之旨相應,或以《詩序》爲基礎,更爲引申發揮之",④看法大抵與臧庸相近而有所修正:

　　　　如臧庸所言,其解經立場基本上是宗《小序》、《毛傳》,然此亦僅就大體而言之,實則既有從《毛傳》不從《小序》者,亦有越《小序》、《毛傳》而言之者,爲此莊氏亦招至李慈銘、胡玉縉猛烈的批評。⑤

乾隆朝《詩經》學以《毛詩》定於一尊的背景下,莊存與的解經立場大體宗尚《小序》、《毛傳》,即使偶爾有所引申發揮,按理說莊氏自詡深有所得的《毛詩說》也沒有"秘不示人"的需要。但實情是《毛詩說》要在莊氏死後將近四十年後才面世,較諸同樣是莊氏深有所得的《尚書既見》、《尚書說》足足晚了三十四年,個中原因似乎已經超越了《毛詩》詮釋系統中的內在差異,必須從不同的面相對此加以考索。

　　要理解《毛詩說》的解經立場,我們可以先從莊存與比較關心三百篇中的哪些詩篇來考察。《毛詩說》四卷,除了《楚茨集釋》一卷外,其餘三

① 臧庸《禮部侍郎莊公小傳》,《拜經堂文集》,卷五,第600頁下。
② 蔡長林《從文士到經生:考據學風潮下的常州學派》,第143頁。
③ 見莊存與《味經齋遺書》,阮元序,第1頁下—第2頁上。
④ 蔡長林《從文士到經生:考據學風潮下的常州學派》,第145頁。
⑤ 蔡長林《從文士到經生:考據學風潮下的常州學派》,第154頁。

卷都集中在所謂變《雅》的詩篇上。《毛詩說補》釋《大雅·板》曰："大、小二《雅》，其正者，惟文、武；其變者，惟幽、厲，所以王道之廢興，著善惡之殊貫，其他皆不錄之矣。"[①]陳成國《說二雅的政治抒情詩》一文認爲，若以內容分，則二《雅》多政治抒情詩。他把《小雅·四牡》《天保》《采薇》《出車》《杕杜》《南山有臺》《鴻鴈》《沔水》《祈父》《節南山》《正月》《十月之交》《雨無正》《小旻》《小宛》《小弁》《巧言》《何人斯》《巷伯》《蓼莪》《大東》《四月》《北山》《無將大車》《小明》《桑扈》《青蠅》《黍苗》《何草不黃》、《大雅·文王》《棫樸》《下武》《文王有聲》《假樂》《泂酌》《卷阿》《民勞》《板》《蕩》《抑》《桑柔》《崧高》《烝民》《瞻卬》《召旻》共45篇歸入政治抒情詩一類，並謂"就篇幅而言，政治抒情詩實爲二雅的二分一左右"。[②] 陳說可從。阮元說莊存與的經學"《詩》則詳于變《雅》"是很有道理的，而莊氏選擇三百篇中《雅》詩的部分，顯然與其《春秋正辭》一樣要"以經論政"，表達個人的政治思想。如《小雅·大東》，《小序》曰："東國困於役而傷於財，譚大夫作是詩以告病焉。"《鄭箋》補注："譚國在東，故其大夫尤若征役之事也。魯莊公十年齊師滅譚。"《毛詩說》釋曰："官非其人，咸有其名而無其實，詩人曰周將亡矣，顧周道而潸焉出涕，上章告東國之病，下章憂宗周之隕也。"[③]莊氏的闡釋沒有把詩人具體落實到東方的譚國人，而是泛論詩人因官非其人而憂周之將亡的詩旨。又例如釋《小雅·瞻彼洛矣》曰：

　　一章曰"君子至止，福祿如茨"，言賞善也。封建五等，以惠及臣庶，而蕃育其子孫，其所儲大矣。……二章曰"君子至止，鞞琫有珌"，言其再至則有武備而不用也，安人以自安，不危人以求安，故能保其家室，世世子孫，慈孝相承，而禍亂不作也。三章曰"君子至止，福祿既同"，至是則盡去罰，而專行賞也，以天下之大，而比戶皆可封矣。始也，行罰甚簡而君子固有所不忍；終也，行賞甚博而天下後世

---

①　莊存與《毛詩說補》，載氏著《味經齋遺書》，卷三，第12頁下—第13頁上。

②　陳成國《詩經芻議》，嶽麓書社，1997年，第275頁。

③　莊存與《毛詩說》，載氏著《味經齋遺書》，卷二，第3頁下。

> 莫見其僭。明足以見之,仁足以與之。爲天下若一家,慮萬年若一日也。①

通篇所論皆天子治國之道,與《小序》"刺幽王也"之說相去甚遠。至於釋《小雅·正月》一詩,更是若有所指:

> 自古主亂之人,未有不墜命亡氏者。廢興存亡,上帝所以治萬世而不亂也。夫豈有所愛憎於其間哉? 上相上將,賢人宅之,民之望也,國家之鎮也。……險劣鬼璪之人,流俗所甚輕,藉大權,假高位,……徒恃一人之寵靈尊任,欲以塞民望,鎮國家,此何可得而冒之乎?②

艾爾曼近年從和珅、莊存與二人政治鬥爭的角度,強調莊氏經學與政治的關係,《毛詩說》中的例子似乎較諸艾氏所舉的《春秋正辭》更有說服力。而從上述幾個例子來看,我們不難推知,莊存與著《毛詩說》的一大目的,就是"以《詩》論政",藉由詩篇的斷章取義,申論國家廢興存亡的道理,寄託莊氏身爲經筵講官的政治諷諫,是否合乎《詩序》反而不是莊氏最爲關切的地方。

漢代以來,爲了使《詩》符合經的地位,扭曲了其文學本質,以道德教化的觀點釋《詩》,形成了二千年來中國《詩》學的傳統,所謂以三百五篇當諫書。《毛詩說》"以詩論政","以詩諷諫",完全符合此一傳統,因此斷無"秘不示人"的道理,更何況莊氏所論完全站在維護大一統政權的官方立場。那麼《毛詩說》中到底有哪些政治以外的內容,是阮元所說的"與當時講論或枘鑿不相入",或魏源所謂"異於世之漢學者"的呢? 近人謝國楨在《〈味經齋遺書〉提要》中除了指出莊氏"說《詩》詳於變《雅》,發揮大義"外,還特別提到《毛詩說》遇有"毛、鄭異同,多是毛而非鄭"。③ 謝氏此一觀察非常敏銳,蔡長林也說:"以《毛傳》、《鄭箋》相較而言,則尊毛

---

① 莊存與《毛詩說》,載氏著《味經齋遺書》,卷二,第3頁下—第4頁上。
② 莊存與《毛詩說》,載氏著《味經齋遺書》,卷二,第2頁。
③ 中國科學院圖書館整理《續修四庫全書總目提要·經部》,第1441頁。

而駁鄭。"①蔡氏對《毛詩說》中此一現象有一個頗爲深刻的解說：

在莊氏看來，後世之所以無法達於聖王之治，與不能掌握到經典裏所蘊藏的聖王精神有直接關聯。而這個責任，是後世之說經者所當負起的。因爲他們謂"己當然而不知其誣"的錯誤見解，使異端崛起，掩蓋正學，導致天道黯而不彰，而聖王氣象遂不復見於後世。換句話說，經術之誤，害於政事，故須清洗。②

而首要歸罪者，即爲鄭玄。莊存與"駁鄭"之辭大抵集中在《毛詩說補》一卷，例如釋《周南·卷耳》曰："自康成有申殷勤之言，永叔則曰變文以叶韻，無怪乎原伯魯之不說學也。"③以昭公十八年《左傳》周人原伯魯不悅學的典故，諷刺《鄭箋》釋《卷耳》第三章"爲意不盡，申殷勤也"之說不合詩意。又例如釋《周南·桃夭》，莊氏以爲此詩首章"宜其室家"指"男有室，女有家，言二人之宜"，④卒章"宜其家人"則取《毛傳》"一家之人盡以爲宜"以爲說：

一家之人，有親疏焉，有長幼焉，有貴賤焉，有賢不肖焉，盡以爲宜，亶其難哉！引此詩而申之，可以教國人，若之何舍毛而從鄭。（原注：《箋》云："家人，猶室家也。"）⑤

莊氏認爲鄭玄混同"家人"、"室家"的概念，故捨鄭從毛。又例如釋《周南·漢廣》次章"之子于歸，言秣其馬"曰："《士昏禮》：親迎，墨車二乘，必自秣其馬也。嘻！東漢世衰，鄭君亦鄙且薄矣。（原注：《箋》云："謙不敢斥其適己。"）"考《鄭箋》曰："謙不敢斥其適己，於是子之嫁，我願秣其馬，致禮餼，示有意焉。"莊氏以爲男娶女嫁關乎"王化之基"，"禮不可犯"。⑥ 鄭玄無視男子親迎之古禮，竟有女子主動往嫁之說，故莊氏斥之

---

① 蔡長林《從文士到經生：考據學風潮下的常州學派》，第 154 頁。
② 蔡長林《從文士到經生：考據學風潮下的常州學派》，第 154 頁。
③ 莊存與《毛詩說補》，載氏著《味經齋遺書》，卷三，第 1 頁上。
④ 莊存與《毛詩說補》，載氏著《味經齋遺書》，卷三，第 2 頁上。
⑤ 莊存與《毛詩說補》，載氏著《味經齋遺書》，卷三，第 2 頁下。
⑥ 莊存與《毛詩說補》，載氏著《味經齋遺書》，卷三，第 3 頁上。

爲鄙且薄。又例如《鄭風·溱洧》首章"維士與女,伊其相謔,贈之以勺藥",《鄭箋》曰:"士與女往觀,因相與戲謔,行夫婦之事。其別,則送女以勺藥,結恩情也。"莊氏駁之曰:

> 若《鄭箋》云云,(原注:《箋》云:"相與戲謔,行夫婦之事。")鄭之士女則何至如是?雖下愚皆知其不可。文王在位,能使游女不可求,不能使漢無游女也。則以出游爲不可者,無乃以小人之腹度君子之心![①]

鄭玄實際上推衍了《小序》"刺亂也。兵革不息,男女相棄,淫風大行,莫之能救焉"之說,莊氏卻只針對《鄭箋》且辭甚偏激。又例如《魯頌·閟宮》,《小序》曰:"此詩頌僖公能復周公之宇也。"卒章"新廟奕奕,奚斯所作",僖公繼閔公之位,故《毛傳》曰:"新廟,閔公廟也。"《鄭箋》則曰:"新者,姜嫄廟。僖公承衰廢之政,脩周公伯禽之教,故治正寢,上新姜嫄之廟。"毛鄭異義,莊氏從《毛傳》,以爲"先妣之廟在周不在魯也,鄭君之《箋》,何其遼哉!"[②]

　　我們無法確考《毛詩說補》的撰作時間,但可以肯定的是在完成《毛詩說》以後。如果《毛詩說》的解經立場是以詩論政,那麼《毛詩說補》除此以外,還多了一個極爲鮮明的取向,就是對《鄭箋》毫不客氣的批駁。可以說除了致用以外,對《鄭箋》價值的評估是莊存與後期治理《毛詩》歷程中最爲關注的議題,而且是最能體現莊氏《詩經》學的學術特點。蔡長林認爲:

> 就經學史的角度言之,莊存與此一特殊的經典觀及解經立場,是常州學派得以成立的資糧,經莊氏後輩子弟不斷詮釋而形成特色,尤其是以三代聖王爲標準的解經視野,以及對鄭玄的批判等,都在常州學派的傳承中,不斷的出現,而爲常州學派的特色之一。[③]

---

① 莊存與《毛詩說補》,載氏著《味經齋遺書》,卷三,第6頁上。
② 莊存與《毛詩說補》,載氏著《味經齋遺書》,卷三,第17頁下。
③ 蔡長林《從文士到經生:考據學風潮下的常州學派》,第162頁。

此一結論主要關注莊存與的《詩經》學對其子弟門生的影響，這個部分筆者留在後文考察從《毛詩說》到《詩古微》論莊氏一門《詩》學淵源時會詳加討論。這裏我們先要解答莊氏這種帶有明顯貶抑鄭玄的傾向，在鄭學新興的乾隆時期的學術史意義。

3.3　莊存與《毛詩說》的學術史意義

唐高宗永徽四年（653）頒孔穎達《毛詩正義》，成爲官方解釋，並以之爲明經取士的準繩。由於《正義》嚴守"疏不破注"的原則，所以《毛傳》、《鄭箋》成爲釋《詩》的唯一標準，學者也不敢輕議毛、鄭之失。清代中葉以來，考據學興起，以毛、鄭爲標準的《毛詩》詮釋系統定於一尊，新著迭現，勢不可當。這裏我們不妨借用第二章關於乾隆時期魯、齊、韓三家《詩》學史的研究成果作爲對照，通過考察三家《詩》開始爲學者注意，特別是《韓詩》如何爲學者利用的過程，凸顯清代中葉《毛詩》之學獨領風騷的實相。范家相的《三家詩拾遺》是清人首部專門以三家《詩》爲研究對象的著作，《四庫全書總目提要》說：

> 自鄭樵以後，說《詩》者務立新義，以掊擊漢儒爲能。三家之遺文，遂散佚而不可復問。王應麟於咸淳之末，始掇拾殘剩，輯爲《詩考》三卷。然創始難工，多所掛漏。又增綴逸《詩》篇目，雜採諸子依託之說，亦頗少持擇。家相是編，因王氏之書重加裒益，而少變其體例。首爲《古文考異》，次爲《古逸詩》，次以三百篇爲綱，而三家佚說一一並見。較王氏所錄以三家各自爲篇者，亦較易循覽。[①]

賀廣如指出《三家詩拾遺》在清代三家《詩》輯佚史上有承先啟後之功，而范氏輯作《三家詩拾遺》的動機卻在於"使三家與毛同處於一完整的狀態，以便二者公平競爭，並凸顯《毛詩》優於三家"。[②] 范氏此一順應潮流的經學立場，充分說明了當時的三家《詩》只是以一種襯托《毛詩》的形式

---

① 紀昀總纂《四庫全書總目提要》，第 458 頁。

② 賀廣如《范家相〈三家詩拾遺〉及其相關問題》，《漢學研究》第 22 卷第 1 期，2004 年，第 247 頁。

出現。自范氏之後,整個清代的三家《詩》學都離不開輯佚。李新霖《清代經今文學述》指出:

> 乾嘉以降,考據學雖已没落,然因學者方法之精,態度之嚴,致力之勤,遂使漢以來古籍,無不爲之琢磨整理:或爲諸經著新疏、或校注古籍、或辨其真僞、或輯其佚文。其中關係今文學至鉅者,莫過於佚文之蒐輯。①

在清代中葉三家《詩》輯佚工作中,《韓詩》由於保存下來的材料較諸《魯詩》、《齊詩》豐富,因此可謂一枝獨秀。然而細考這些著述的作者與内容,我們發現《韓詩》在這個時候不過是學者鉤沈古學的對象,是他們運用輯佚考據方法治經的實踐而已,今文三家《詩》仍無法與古文《毛詩》相媲美。盧文弨在乾隆四十五年(1780)撰《增校王伯厚〈詩攷〉序》已經指出:"諸君子之勤勤掇拾者,非欲申三家以抑毛而奪朱也。"②"非欲申三家以抑毛"庶幾可以概括乾嘉諸儒掇拾《韓詩》遺說的旨趣。乾隆五十八年,作爲盧氏得意門生的臧庸輯校的《韓詩遺說》初成。根據上文的考證,臧氏除了增訂遺說外,更重要的工作,是運用考據的方法,將《三禮注》從王應麟《詩攷·韓詩》裏抉剔,以還鄭玄《詩》說的本貌。因此臧庸之重輯《韓詩》遺說,並非欲以申韓,而是與其尊崇鄭學的經學思想相關。

即使是乾隆後期,學者開始意識到三家《詩》本身的學術價值,但對於毛鄭之學依然是不敢違越半步。宋綿初(乾隆四十二年拔貢生)撰《韓詩内傳徵》,其子宋保③"以所聞于庭訓者,箸于簡末"曰:

> 毛公本通《韓詩》,後以其有未安,又見三家互有踳駁,因爲詁訓,傳于其家。自後河間獻王得而獻之,立于學官。于時學者退

---

① 李新霖《清代經今文學述》,臺灣師範大學碩士論文,1977 年,第 57 頁。
② 盧文弨著,王文錦點校《抱經堂文集》,卷二,第 15 頁。
③ 據賴貴三《清代乾嘉揚州學派經學研究的成果與貢獻》述,"宋保,字定之、小城,綿初子,能世其家學。從同里王念孫之門,究心聲音訓詁,得經義會通,不囿於漢宋門户。著《諧聲補逸》、《爾雅集注》"。賴貴三《清代乾嘉揚州學派經學研究的成果與貢獻》,《漢學研究通訊》第 19 卷第 4 期,2000 年,第 591 頁。

《韓》而宗《毛》。……鄭康成注《禮》宗《韓》，箋《詩》宗毛，其不同下
以己意，然亦間有用韓說者。義豈一端而已，夫各有所當也。……
夫訓詁生于文字，文字起于聲音，古人之文，其音同音近者，義每不
甚相遠。即《韓詩》以引而信之，觸類而求之，而聲音訓詁之道昭
然矣。①

宋氏以毛公本通《韓詩》，鄭玄箋《詩》亦間用《韓詩》爲據，證明《韓詩》與
《毛詩》關係密切，從而間接肯定《韓詩》的價值。最後更是不嫌俗套地以
當時考據學的話語，重申《韓詩》亦有助於聲韻訓詁之道的推求。這種認
同三家《詩》價值的暗流一直要到嘉道以後才逐漸浮現，例如馮登府的
《三家詩異文疏證》成稿於嘉慶十八年(1813)，②《三家詩遺說》則成稿於
道光二十年(1840)。③ 這兩部著作可以視作馮氏中年和晚年的代表作。
賀廣如比較了這兩部作品，發現"從《疏證》時對於《毛詩》與三家的持平
態度，不論高下，到《遺說》時三家勝《毛詩》多矣的說法"，④他認爲這"反
映了當時的學術趨勢"。⑤ 由此可見，由早年范家相以掇拾三家遺緒反
證《毛詩》之完整，到了嘉道年間三家《詩》的價值漸爲學者認識，三家
《詩》學漸爲學者認同經過了一個循序漸進的過程。但在這個過程中，毛
鄭之學在主流《詩經》學中的主導地位依舊穩如泰山。

---

① 宋綿初《韓詩內傳徵》，後識，第 155 頁上。
② 《馮柳東先生年譜·嘉慶十八年》記："《三家詩異文攷證》成，張堯民爲之序。"史詮編
　《馮柳東先生年譜》，《北京圖書館藏珍本年譜叢刊》，第 138 册，第 311 頁。
③ 《馮柳東先生年譜·道光二十年》記云："《三家詩遺說》八卷成。"史詮編《馮柳東先生
　年譜》，第 339 頁。筆者案：《三家詩遺說》稿本現藏中國國家圖書館，抄本藏天津圖
　書館，《續修四庫全書》據天津圖書館藏抄本影印，其中卷八末葉有李富孫題識云"壬
　寅(筆者案：道光二十二年)李富孫校過，時年七十有九，爲之泫然揮涕，亦不負故人
　病時所屬也"，故人自是指馮登府，考馮氏歿於道光二十一年，則《遺說》肯定成書此年
　以前，參照年譜，知《遺說》成於道光二十年。詳參馮登府《三家詩遺說》，《續修四庫全
　書》據天津圖書館藏清抄本影印，第 76 册，第 794 頁下。
④ 賀廣如《馮登府的三家〈詩〉輯佚學》，《中國文哲研究集刊》第 23 期，2003 年，第
　333 頁。
⑤ 賀廣如《馮登府的三家〈詩〉輯佚學》，《中國文哲研究集刊》第 23 期，2003 年，第
　334 頁。

從這個角度來看,莊存與在世時《毛詩說》雖然"秘不示人",但莊氏治《詩》不爲考據之學所囿,能够突破《序》、《傳》、《箋》說而爲己所用的自覺意識,在"家家許鄭"的乾隆時期可謂別樹一幟。如果說莊存與的《春秋》學捨《左傳》而攻《公羊》對晚清今文學的啓蒙意義早已爲學者所揭示的話,莊氏的《詩》學與衆不同,在鄭學風行的背景下敢於正面挑戰《鄭箋》權威的革新意義則一直爲學界所忽略。《毛詩說》在道光年間才刊行,其影響範圍最初大抵集中在莊氏一門,莊存與有意識地要擺脱傳統的《毛詩》正統經學觀,他對《鄭箋》的批判,在一定程度上動搖了《毛詩》學定於一尊的地位。莊氏門生子弟於是"倒影而纚演之",猶如層層剥筍,由表及裏。與此同時,三家《詩》遺文舊義經乾嘉以來考據學者竭澤而漁,粲然可觀,由是常州莊氏一門乘勢奮起,張皇三家義理,最終在道光年間,由魏源《詩古微》完成了具有方法學意義的三家《詩》學轉向。歸根究柢,此一學術流變實拜莊存與敢於非議《鄭箋》的思想,爲後來常州莊氏一門打開了質疑毛鄭釋《詩》權威的裂口所賜,而莊存與外孫劉逢祿則是此一過程中的關鍵人物。

第四節　從《毛詩說》到《詩古微》:魏源三家《詩》研究與常州莊氏之學的淵源

劉逢祿,嘉慶十九(1814)年進士。年十二,讀《左氏春秋》,"疑其書法是非多失大義。繼讀《公羊》及董子書,乃恍然於《春秋》非記事之書,不必待《左氏》而明"。[①] 年十三,"求得《春秋蕃露》,益知爲七十子微言大義,遂發憤研《公羊傳》、何氏《解詁》,不數月盡通其條例"。[②] 嘉慶十年,年三十,六月著《春秋公羊經何氏釋例》十卷。[③] 劉氏在《序》中說:

① 劉逢祿《左氏春秋考證》,《續修四庫全書》據《皇清經解》咸豐十年補刊本影印,第125冊,卷一二九四,第241頁上。
② 劉承寬《先府君行述》,載劉逢祿《劉禮部集》,《續修四庫全書》據道光十年思誤齋刻本影印,第1501冊,附錄,第209頁上。
③ 張廣慶《武進劉逢祿年譜》,第53頁。

"清之有天下百年，開獻書之路，招文學之士，以表章六經爲首，于是人恥鄉壁虛造，競守漢師家法。"①他運用考據方法，於《春秋》、董、何之言"尋其條貫，正其統紀，爲《釋例》三十篇"，②其後更有《公羊春秋何氏解詁箋》一卷。劉氏《公羊》學的重點在於闡釋何休"三科九旨"之例，張皇董仲舒（前 179—前 104）"大一統"的學說，與其外祖父都是"爲了維護封建專制，鞏固中央政權而闡揚《春秋》、發揮'微言'"。③ 在劉逢祿中進士的那一年，二十一歲的魏源隨父入都。居京之時，從劉氏問《公羊》之學，④著《董子春秋發微》。魏氏自序曰："今以本書爲主，而以劉氏《釋例》之通論大義近乎董生附諸後，爲《公羊春秋》別開闡域，以爲後之君子亦將有樂於斯。"⑤此書雖佚，但常州莊氏《公羊》學始於莊存與專主東漢何休之說，經劉逢祿而並論董、何，至魏源乃發揮西漢董仲舒的微言大義此一學術脈絡是相當清晰的。作爲莊存與的外孫，劉逢祿與常州莊氏一門的學術淵源早已爲學者所熟知；作爲魏源的老師，劉逢祿對默深學術趨向的影響亦已爲學者所揭櫫。以劉逢祿爲中介，從莊存與到魏源一脈相承的學術脈絡顯而易見。近人李柏榮的《魏源師友記》卷二即首列莊存與，李氏曰：

> 清代今文經學開山祖也。默深奉之爲宗主。雖不及親聲欬，其遺書若干卷，默深曾爲之序。……近人葉德輝撰《經學通誥》，以默深附於常州學派莊存與之後，蓋淵源固有所自也。⑥

然而受限於晚清今文學家不斷誇大、强化道光以來今古文經學對立的經學史觀，莊存與之治古文《毛詩》與魏源之治今文三家《詩》之間的關係，並沒有如二人的《公羊》學般引起學者的注意。從魏源爲莊氏遺書撰序

---

① 劉逢祿《春秋公羊釋例序》，《劉禮部集》，卷三，第 59 頁上。
② 劉逢祿《春秋公羊釋例序》，《劉禮部集》，卷三，第 59 頁下。
③ 湯志鈞《近代經學與政治》，中華書局，1995 年，第 85 頁。
④ 黃麗鏞《魏源年譜》，第 37 頁。
⑤ 魏源《魏源集》，第 135 頁。
⑥ 李柏榮《魏源師友記》，嶽麓書社，1983 年，第 14—15 頁。

來看,他熟悉莊氏的遺稿並了解莊氏的經學特色是可以肯定的。魏氏以
莊氏之學比諸西漢的董仲舒、匡衡(前 35 年封樂安侯)、劉向曰:

> 爲《周易象義》、《尚書既見》、《尚書說》、《毛詩說》、《春秋正辭》、
> 《周官記》若干卷,汋乎董江都之對天人,粹乎匡丞相之明禮制,鬱乎
> 劉中壘之陳今古,未嘗支離瓰析,如韓、董、班、徐四子所譏,是以世
> 之爲漢學者罕稱道之。①

“四子所譏”,簡單來說就是魏氏在敘中引徐幹(171—218)《中論》所指的
“務于物名,詳於器械,攷于詁訓,摘其章句,而不能通其大義,所極以獲
先王之心”的鄙儒。在魏源看來,莊氏的經學能以“大義爲先,物名爲
後”,②是繼承兩漢經術的“真漢學者”。③ 考莊氏自言深於《詩》、《書》之
學,著有《毛詩說》、《尚書說》。魏源傳世著作二十三種,④屬經學專著的
以《詩古微》、《書古微》二種最著,魏氏更以“古微堂”名其室,以示其發揚
古經微言大義以經世致用之志。此間莊、魏二人在學術志趣上的同致,
自然不能以巧合來解釋。下文筆者將從以《春秋》論《詩》以及批駁《鄭
箋》這兩方面,論證《毛詩說》與《詩古微》的淵源。

4.1　以《春秋》論《詩》的原則

　　魏源親炙於莊氏視爲能傳己學的劉逢祿,其治經由《公羊》而及三家
的取徑與方法亦深受劉氏啟發。劉氏受莊存與《春秋正辭》“《春秋》非記
事之史,不書多於書,以所不書知所書,以所書知所不書”的影響,⑤認爲
《春秋》“重義不重事”,⑥而所重之義指的自然是孔子筆削的大義。自孟
子提出“王者之迹熄而《詩》亡,《詩》亡然後《春秋》作”以來,諸經之中以

---

① 莊存與《味經齋遺書》,魏源敘,第 2 頁下。
② 莊存與《味經齋遺書》,魏源敘,第 1 頁下—第 2 頁上。
③ 莊存與《味經齋遺書》,魏源敘,第 2 頁下。
④ 夏劍欽、熊焰《魏源研究著作述要》,湖南大學出版社,2009 年,第 45 頁。
⑤ 莊存與撰,郭曉東點校《春秋要指》,《春秋正辭》,第 228 頁。
⑥ 劉逢祿《春秋論上》,《劉禮部集》,卷三,第 57 頁上。

《詩》與《春秋》最爲密切相關。漢興言詩，以三代的興衰爲歷史背景，强調三百篇的正變取決於王政的好壞，形成了以詩歌聯繫政治的《詩》學傳統。《毛詩說》的一大特色，就是以三代王者之道的廢興，推度國家的治亂存亡，寄託其對乾隆朝政治的見解，故阮元謂其"詳于變《雅》，發揮大義"。例如莊存與釋《大雅·板》曰：

> 大、小二《雅》，其正者，惟文、武；其變者，惟幽、厲，所以究王道之廢興，著善惡之殊貫，其他皆不錄之矣。厲王之惡，有《大雅》，無《小雅》；二《雅》錄宣王，著東周所以存；《小雅》思成王，因幽王而陳古焉。荀卿子曰："其辭有思，其聲有哀。"不獨此也，成王之政，率由文、武之政，不自造也。守文之君，賢者皆然，所謂禮義科指，可世世通行者，惟三代有焉。憲憲泄泄，制法則也，則詩戒之以無然也。厲王板板于上，榮公之儔，憲憲泄泄於下，文武之仁政蕩然，此王道大壞之實也。何待四夷交侵，中國倍叛哉！①

莊氏認爲幽、厲之際，文武仁政蕩然無存，孔子於是以王道廢興爲原則來刪存二《雅》的詩篇。劉逢祿沒有《詩》學專著，但從他爲《詩古微》所撰的序文來看，劉氏所持的仍舊是"《詩》亡然後《春秋》作"的立場：

> 世之說者顧曰：三家《詩》多述本事，猶之不修之《春秋》也；《毛詩》則財以聖人之義法，猶之君子修之云爾。果爾，則請以《春秋》義法核之。《詩》何以《風》先乎《雅》？著《詩》、《春秋》之相終始也。《風》者，王者之迹所存也，王者之迹息而采風之使缺，《詩》于是終，《春秋》是始。《春秋》宗文王，《詩》之四始莫不本于文王，首基之以二《南》，《春秋》之大一統也；終運之以三《頌》，《春秋》之通三統也。……孔子序《書》，特韜神恉，紀三代，正稽古，列正變，明得失，等百王，知來者，莫不本于《春秋》，即莫不具于《詩》，故曰，《詩》、《書》、《春秋》，其歸一也。此皆刪述之微言大義。②

---

① 莊存與《毛詩說補》，載氏著《味經齋遺書》，卷三，第 12 頁下—第 13 頁上。
② 劉逢祿《詩古微序》，載魏源撰，何慎怡校點《詩古微》，第 729—730 頁。

劉氏以《公羊傳》"尊王"的思想比附《詩經》,以《春秋》義法解《詩》。更進
一步藉由論證《春秋》和《詩》與孔子刪述大義的關係,質疑《毛詩》的來歷
曰:"《毛序》、《毛傳》曾有一于此乎? 則所謂子夏傳之者,不足據矣。"《詩
古微》有道光四年(1824)的二卷初刻本和道光二十年的二十卷二刻本。
魏源在二刻本《序》裏釋"詩古微"之意曰:

> 《詩古微》何以名? 曰:所以發揮齊、魯、韓三家《詩》之微言大
> 誼,補苴其罅漏,張皇其幽渺,以豁除《毛詩》美、刺、正、變之滯例,而
> 揭周公、孔子制禮正樂之用心于來世也。蓋自"四始"之例明,而後
> 周公制禮作樂之情得,明乎禮、樂,而後可以讀《雅》、《頌》;自迹熄
> 《詩》亡之誼明,而後夫子《春秋》繼《詩》之誼章,明乎《春秋》,而後可
> 以讀《國風》。①

又《王風義例篇上》曰:

> 王迹熄而《詩》亡。《詩》亡,然後《春秋》作。不其然乎? 故曰:
> "吾自衛反魯,然後樂正,《雅》、《頌》各得其所。"未嘗言增于其外,未
> 嘗言刪于其內也,正之而已。②

魏源秉持的同樣是"《詩》亡然後《春秋》作"的看法,並以《公羊》義法,鉤
抉《詩》中的微言大義。作爲文學作品的詩歌是否有微言大義,本來就見
仁見智,但自西漢諸儒以經術緣飾治術以來,五經的解說很多時候已經
脫離文本的意義,貫注了解經者不同的詮釋立場,一部《春秋》可以斷獄,
一部《詩經》可以當諫書,與其說這是解經,倒不如說是用經。清代中葉
以後,考據學風行天下,學者治《詩》一以毛鄭爲準,且多埋首於字詞訓詁
而尟發明。莊存與反其道而行,以《春秋》論《詩》,以《詩》論政,從而建立
常州莊氏一門《詩》學的特色。此一綱領經劉逢禄而爲魏源所習得,魏氏
更舉一反三:

---

① 魏源撰,何慎怡校點《詩古微》,第 99 頁。
② 魏源撰,何慎怡校點《詩古微》,第 207 頁。

　　由《春秋》以信西漢今文家法，既爲《董子春秋述例》，以闡董、胡之遺緒，又于《書》則專申《史記》、《伏生大傳》及《漢書》所載歐陽、夏侯、劉向遺說以難馬、鄭，于《詩》則表章魯、韓墜緒以匡《傳》、《箋》。①

　　不過魏源並不滿足於補苴罅漏、張皇幽渺的工作，他在自序裏指出，《詩古微》發揮三家微言大義的目的還有其政治上的意義：

　　　　精微者何？　吾心之詩也，非徒古人之詩也。無聲之樂，無體之禮，無服之喪，志氣橫乎天地，周乎寢、興、食、息，察乎人倫庶物，魚川泳而鳥雲飛也，郊天假而廟鬼享也。不反乎性，則情不得其原；情不得其原，則文不充其物。何以達性情於政事，融政事于性情乎？②

二刻本《詩古微》寫成的那一年，鴉片戰爭爆發。此前，清朝内部已經矛盾叢生。③　魏源生當亂世，他說《詩》求微言大義，正是要以儒家經典作其學說的憑藉，魏源《詩》學中的今文經學思想受劉逢祿影響甚大，但劉逢祿強調的是"大一統"，魏源關心的是西漢三家《詩》學如何有助闡明他以"變"救時的思想。他在《兩漢經師今古文家法考敍》說：

① 劉逢祿《詩古微序》，魏源撰，何慎怡校點《詩古微》，第730—731頁。
② 魏源撰，何慎怡校點《詩古微》，第100頁。
③ 美國漢學家史景遷(Jonathan D. Spence)對鴉片戰爭前後清朝内部各種矛盾及問題作了一個很簡潔的概括，他說："十九世紀前半葉，英國多次重創中國，這與中國内部萌生的不穩定互爲因果。……包括人口增長對土地造成空前未有的壓力，白銀大量外流，文士難以覓得官職，龐大鴉片吸食人口帶來的沉重負擔，八旗軍力減退，和珅與其黨羽在官僚體系中所造成的腐敗風氣，以及伴隨白蓮教亂的起落而來的廣泛影響。其他早在十八世紀末就已顯而易見的種種流弊，十九世紀初更是變本加厲。管理黃河與大運河疏濬、築堤的龐大官僚體系日益敗壞無能，……鹽政也日益敗壞。"[美]史景遷著，温洽溢譯《追尋現代中國》，時報文化出版企業股份有限公司，2001年，第205頁。筆者案：魏源生當社會問題叢生的道咸時期，企圖從學術上尋找變革的理據。近人齊思和以"漕運、鹽法"兩大端，詳細論述了魏源對這兩個問題的看法及具體補救方案，以證"魏氏之經世思想，非徒諸空言也"。齊文信而有徵，屬早期論述魏源思想之力作。詳參齊思和《魏源與晚清學風》，《燕京學報》第39期，1950年，第177—226頁。

　　西京微言大義之學，墜於東京；東京典章制度之學，絕於隋、唐；
兩漢故訓聲音之學，熄於魏、晉；其道果孰隆替哉？且夫文質再世而
必復，天道三微而成一著。今日復古之要，由詁訓、聲音以進於東京
典章制度，此齊一變至魯也；由典章、制度以進於西漢微言大義，貫
經術、故事、文章於一，此魯一變至道也。①

　　"齊一變，至於魯，魯一變，至於道"出《論語‧雍也》篇，由齊變魯，由魯變
道，道是王道，愈變愈好，由急功利、尚刑政變爲尚禮義，最終求變而致王
道。② 但魏源有不同的理解，他看重的是"變"字，而他所說的"變"可以
從兩個層次來看，第一層是學術之變，即由訓詁聲音之學變爲東漢典章
制度之學，再由典章制度之學變爲西漢微言大義之學。回復到西漢經學
有甚麼好處？ 西漢經學有微言大義，是其求變革新的理論依據，這是第
二層的變以經世。陳耀南《魏源研究》專闢一節論魏源在《默觚》裏如何
用《詩》諫世，他統計《默觚》引《詩》共 183 次，"其中二《雅》最多，尤以《大
雅‧板》詩，共引 14 次，'怨誹而不亂'的《小雅》，又較《大雅》略多"，陳氏
認爲"西漢今文家以《三百篇》當諫書，這傳統到了魏源，是繼承又擴大
了"。③ 魏源指出學術回復到西漢經學，便能通達"貫經術、政事、文章於
一"的道，這是把經術和治術結合爲一的觀念。湯志鈞說："魏源撰《書古
微》、《詩古微》，'使《詩》、《書》復於西漢'，言三統以明變革。他用的是今
文'微言大誼'，而想望的又是政治'革新'，他'以經術爲治術'，欲'貫經
術、政事、文章於一'。"④可謂一矢中的。而此一以《詩》論政的致用觀實
源自莊存與。

---

① 魏源撰，何慎怡點校《古微堂外集》，《魏源全集》，第 12 冊，第 136—137 頁。
② 朱熹《集注》云："孔子之時，齊俗急功利，喜夸詐，乃霸政之餘習。魯則重禮義，崇信
　　義，猶有先王之遺風焉。但人亡政息，不能無廢墮爾。道則先王之道也。言二國之政
　　俗有美惡，故其變而之道有難易。"顧炎武《日知錄》云："變魯而至於道者，道之以德，
　　齊之以禮。變齊而至於魯者，道之以政，齊之以刑。"程樹德撰，程俊英、蔣見元點校
　　《論語集釋》，中華書局，1990 年，第 413 頁。
③ 陳耀南《魏源研究》，第 88 頁。
④ 湯志鈞《近代經學與政治》，第 125 頁。

4.2　批駁《鄭箋》的立場

　　魏源要將經術回復到西漢，必先揭示西漢經學優於東漢經學的地方，然後才能爲其變革的經世思想尋找理據。他在《詩古微》裏首要的工作，就是張皇西漢今文三家。《齊魯韓毛異同論上》先引末學矯誣三家之說有三端：

> 曰：齊、魯、韓皆未見古序也，《毛詩》與經傳諸子合而三家無證也，《毛序》出子夏、孟、荀而三家無考也。①

魏源一一破其疑，起其墜。首先據《水經注》證"《韓詩》有序明矣"，據《上林賦注》證"《齊詩》有序明矣"，據《列女傳》證"《魯詩》有序明矣"。更提出三家同源之論曰："且三家遺說，凡《魯詩》如此者，《韓》必同之；《韓詩》如此者，《魯》必同之；《齊詩》存什一於千百，而《魯》、《韓》必同之。苟非同出一原，安能重規疊矩？"②另外，又以《經典釋文》所引《毛詩》傳授源流異說，駁斥《毛詩》出子夏的成說，魏源辯曰：

> 夫同一《毛詩》傳授源流，而姓名無一同。且一以爲出荀卿，一以爲不出荀卿；一以爲河閒人，一以爲魯人：展轉傳會，安所據依？豈非《漢書》"自謂子夏所傳"一語，已發其覆乎？以視三家源流，孰傳信，孰傳疑？③

魏源認爲《毛詩》之最不可信者在《毛序》，而《毛序》實衛宏所作。《毛詩義例篇上》云：

> 三家亡而毛傳，然毛之本義，固不盡傳於天下。夫毛之釋《詩》者非《傳》乎？其統《傳》者非《序》乎？輔《傳》者非《箋》乎？考《詩序》之說，不見於《史記》、《漢書》，即《毛傳》亦絕無"序"字。④

---

① 魏源撰，何慎怡校點《詩古微》，第123—124頁。
② 魏源撰，何慎怡校點《詩古微》，第124頁。
③ 魏源撰，何慎怡校點《詩古微》，第127頁。
④ 魏源撰，何慎怡校點《詩古微》，第157頁。

魏氏的意思是說《毛詩》最初只以《傳》釋《詩》而絕無《毛序》,其《齊魯韓毛異同論》中又曰:"《毛詩》之得者在《傳》與《序》各不相謀;其失者,在《衛序》、《鄭箋》專泥《序》以爲《傳》。"①魏源力辟《毛序》之僞,非子夏所傳。魏氏又把漢唐以來毛鄭合璧的《毛詩》系統分而別之,不但沒有否定《毛詩》、《毛傳》的價值,更認爲可與三家《詩》並存。這個觀點在初刻本《詩古微》中已有所透露:

> 《詩》之出也,魯爲早;而其亡也,韓最後。故漢初諸人所說莫多于《魯詩》,唐後諸書稱引,莫多于《韓詩》。而韓、魯又多同,……而可與毛並存也。②

與此同時,魏氏刻意離析《傳》、《箋》,著力批駁東漢鄭玄的《毛詩箋》,較諸莊存與可謂有過之而無不及:

> 古今孰不以《詩序》爲毛之祖義,《鄭箋》爲毛之功臣乎?夫《詩序》之說,不見于《史記》、《漢書》,即《毛傳》亦絕無"序"字,惟笙詩六篇《傳》云:"有其義而亡其詞。"而《後漢書》始稱衛宏"作《毛詩序》,善得《風》《雅》之旨。"成氏伯璵因以今《序》首語、次語爲別。然則今《序》首句與笙詩一例者,毛公師授之義;其下推衍附益者,衛宏所作之序明矣。……至于《鄭箋》,則一惟衛氏之《序》是守是從。故鄭訓詁異毛者不下數百,而釋《詩》異于《衛序》者無之。……予謂欲明《毛詩》之本旨,必先分《傳》與《箋》之實而後可。③

魏氏然後逐一舉例以明:如說《關雎》"《鄭箋》破'逑'爲'仇',訓'左右'爲'佐助',謂后妃欲得賢女'能和好眾妾之怨者',以佐其祭祀之事。與《毛傳》若燕越";說《凱風》"自衛宏《續序》,附會《衛》詩而爲'淫風流行'之說。《鄭箋》因之,遂使衛母受無端之惡,蒙千載之誣";說《考槃》"《續序》益以'不能繼先公之業',已非詩意;《鄭箋》又甚之,謂誓不忘君之惡,

---

① 魏源撰,何慎怡校點《詩古微》,第 132 頁。
② 魏源撰,何慎怡校點《詩古微》,第 78 頁。
③ 魏源撰,何慎怡校點《詩古微》,第 42 頁。

誓不告君以善,誓不過君之朝。而詩人遂爲慈上無禮之悖夫";說《碩鼠》"《鄭箋》亦以大鼠斥其君。夫安知非刺貪吏,而必以訕上傷詩教";說《宛丘》"《續序》直謂幽公游蕩荒淫,則與《毛傳》顯相牴牾。於是《鄭箋》不得不改毛訓,以'子'斥幽公,與詩意又相剌謬"等。[1] 魏氏歎謂:

> 故千載以來,竟未有能原《毛詩》之本意,以掃《序》、《箋》之誣,而達風人之旨者。……若夫《鄭箋》文義拘閡之失,自《關雎》、《考槃》、《碩鼠》而外,如以"亦既覯止"爲"男女構精";以"彼童而角"喻皇后;"實虹小子"斥厲王;以"既取我子,無毀我室"爲成王既誅周公黨與,周公請赦其官位土地;以《十月之交》四詩爲刺厲王,而豔妻爲厲王妃之類:後儒多能正之。惟其似是而非者則有亂真誣實之懼。夫誣毛猶可言也,誣經而使聖人垂教之本旨,不獲大白於天下,後生不獲聞性情之淵懿,則誦詞逆志者,不得而辭其責也。[2]

這些"非鄭"之辭到了二刻本中更是變本加厲,就連孔穎達的《毛詩正義》亦因爲"惟知誣毛以申鄭",不知"匡《箋》以翼毛"而受到批評,魏源更認爲相較起《鄭箋》,"三家固毛之益友"。[3] 不難發現,常州莊氏一門對於《鄭箋》的立場,已經從莊存與的"輕鄭"演變到了魏源的"反鄭"。蔡長林解釋《毛詩說》中"重毛輕鄭"的現象時指出:

> 在他的認知裏,美好的黃金古代,即經典傳統所形成的精神價值,在周衰之後,僅僅剩下一小部分保留於兩漢之間,然而東漢之後,此一價值體系已完全破滅,爲異端邪說所取代。

蔡氏認爲莊存與"以批判鄭玄、王弼、朱子及後世俗儒爲其策略,來維護他所描述的經典所言三代精神之價值體系"。[4] 若以《毛詩說》爲常州莊氏在乾隆晚年逐步由東漢經學開始轉向西漢經學的標誌,那麼劉逢祿則

---

[1]　魏源撰,何慎怡校點《詩古微》,第44—45頁。

[2]　魏源撰,何慎怡校點《詩古微》,第45—46頁。

[3]　魏源撰,何慎怡校點《詩古微》,第164頁。

[4]　蔡長林《從文士到經生:考據學風潮下的常州學派》,第155頁。

是此一進程中的過渡。艾爾曼指出,"劉逢祿堅信自己的學術紮根於莊氏經學傳統",而"劉逢祿的學術轉變標誌著他和鄭玄及東漢古文經家法的告別"。① 到了魏源的《詩古微》更是藉由張皇三家之幽渺,"申先師敗績失據之謗,箴後漢好異矯誣之疾,使遺文湮而復出,絕學幽而復明",②在道光年間完成了常州莊氏一門《詩》學的轉向。而由《毛詩》轉向三家《詩》的歷程,反映的並不是簡單的研究對象的轉變,而是對如何藉由兩漢經師探尋三代王者之道的省思與實踐。東漢鄭玄的《毛詩箋》因爲不及西漢三家可信而終爲莊氏一門所揚棄,《毛詩》、《毛傳》則因爲與三家同屬西漢《詩》學系統而不可廢。魏源在《詩古微目錄書後》明確地指出:"以漢人分立博士之制,則《毛詩》自不可廢,當以齊、魯、韓與毛並行,頒諸學宮。"因此,對於《詩古微》的經學立場,我們一方面要充分了解其極力維護三家的傾向,一方面毋須誇大其對西漢《毛詩》學的貶抑態度。咸豐五年,也就是《詩古微》二刻本刊行後的第十五年,魏源在龔橙批校本上寫了一段識語,指出自王應麟以來,輯錄三家遺說的學者"皆案而不斷,無以發《風》、《雅》、《頌》之大誼,賦、比、興之微言",所以他"沉潛研究,十載於茲,窅奧幽深,靡不洞啟,憤悱洞闢,若翼若相,神其來告,聖人復起,不易吾言,凡得書二十卷。竊冀將來庶與《毛詩》並學宮"。③ 可見西漢四家《詩》可以並存的看法是魏源晚年的定見。而"將來"一詞,更透露出魏氏所處的時代,《毛詩》之學仍然是《詩經》學的主流。在這樣的時代背景下,我們發現魏源在經學立場上繼承了莊存與以來莊氏一門以《春秋》論《詩》、批駁《鄭箋》的傳統,在具體落實到對不同《詩》學問題的研究上,運用的卻仍舊是主流考據學認可的研究方法。

　　鑒於莊存與的《毛詩說》未有遵循考據學的矩矱,"不專專爲箋注之學"而見"異於世之漢學者",魏源於是在治《詩》方法上採取以考據明義

---

① ［美］艾爾曼著,趙剛譯《經學、政治和宗族:中華帝國晚期常州今文學派研究》,第162—163頁。

② 劉逢祿《詩古微序》,魏源撰,何慎怡校點《詩古微》,第731頁。

③ 批校本現藏上海復旦大學圖書館,承蒙圖書館古籍部吳格、眭駿二位先生協助,賜寄書影,謹致謝忱。

理的策略。例如本章前文 3.2 所舉《魯頌·閟宮》一例，莊存與除了在卒章“新廟奕奕，奚斯所作”二句下批評《鄭箋》以“新廟”爲“姜嫄廟”之說“何其遼哉”外，還特別提到“齊、魯、韓三家以爲作此頌宜屬卒章以頌之”，意思是說今文三家認爲魯國大夫“奚斯所作”的是頌詩，而非《毛傳》所謂的“作是廟也”，不過莊氏在這裏採取了維護《毛傳》的方法，在沒有任何考證下，得出了“《毛傳》或傳寫于俗師，訛‘頌’爲‘廟’也”①的看法。魏源在《詩古微·魯頌韓詩發微》、《魯頌答問》裏同樣論及“奚斯所作”的問題，但與莊氏僅以一句傳寫訛誤帶過不同，魏氏列舉漢魏典籍、碑銘共十二例爲證，信而有徵地指出：

> 若謂奚斯作頌者，不但韓說，《魯詩》亦然。揚子《法言》云：“公子奚斯嘗睎正考甫矣。”班固《兩都賦序》：“皋陶歌虞，奚斯頌魯。”王延壽《靈光殿賦序》：“奚斯頌魯，歌其路寢。”鮑照《河清頌》：“藻彼歌頌”，“則奚斯吉甫之徒。”《漢綏民校尉熊君碑》：“昔周文公作頌，宋成考父公子奚斯，追羨遺迹，紀述前勛。”《費泛碑》：“感奚斯之義，旌勒厥美。”《太尉楊震碑》：“《頌》有《清廟》，故致慕奚斯之追述。”《度尚碑》：“于是故吏感《清廟》之頌，歎斯、父之詩。”（原注：奚斯、正考父。）《沛相楊統碑》：“庶考、斯之頌儀。”（原注：謂考父、奚斯。）《太尉劉寬碑》：“故吏等感殷、魯述德之頌。”（原注：考父、奚斯以臣頌君，故以比故吏。）《曹全碑》：“慕奚斯、考父之美。”《張遷表》：“奚斯贊魯，考父頌殷。”並祖魯、韓古義，曾無一及于作廟。②

“奚斯作頌”之說來自《文選》所引《薛君章句》“言其新廟奕奕然盛，是詩公子奚斯所作也”。魏氏認爲奚斯不過是“魯之誇諛臣也”，生“當莊、閔之末，僖公之初，故因立閔廟，而致祈禱之詞”，其作《閟宮》“全主于頌僖公之僭”。此一考證是要辯明《毛序》謂《閟宮》“頌僖公能復周公之宇”是“不合詩誼”，魏氏認爲後人據《毛序》“以全詩爲美修廟，由誤以奚斯作詩

---

① 莊存與《毛詩說補》，載氏著《味經齋遺書》，卷三，第 17 頁下。
② 魏源撰，何慎怡校點《詩古微》，第 324 頁。

爲作廟始"。① 類似這種以清人標準的考證文字,廣徵博引考辨詩旨、申發詩義的例子在《詩古微》裏俯拾皆是。

可以說在評價學者的主流標準依舊是考據學的道光時期,魏源明白到要有效闡發三家《詩》的微言大義,必須同時用上考據方法,這樣才能避免重蹈莊存與罕爲世之漢學者稱道的覆轍。賀廣如對此有一個很好的總結:

> 《詩古微》中的考證有兩大準則,一是發揮"《詩》亡然後《春秋》作"的義旨,二是凸顯兩漢今古文的問題,故此期的考證工作,很顯然有其目的,亦即藉由考證的手法,來闡釋所謂的"微言大義",爲義理而服務。②

洵哉斯言! 魏源此一嘗試顯然是成功的,相對於《毛詩說》被後學批評爲"臆說",《詩古微》在光緒十四年(1888)被王先謙收入《皇清經解續編》之中,躋身有清正統學術的殿堂。值得注意的是,魏源身邊的師友,不少是著重考據訓詁的《毛詩》專家,如胡承珙、陳奐等人。道光九年(1829),胡承珙在收到初刻本《詩古微》後致書魏氏曰:"前承示大著《詩古微》一册,發難釋滯,迥出意表,所評四家異同,亦多持平,不愧通人之論。"③胡氏著有《毛詩後箋》,以專宗《毛序》著稱,經學觀點與魏氏殊異,而對《詩古微》有此正面評價,庶幾與魏氏在繼承莊氏一門《詩》學的原則與立場的基礎上,順應學術潮流,由專言義理轉化爲以考據通義理的策略不無關係。

第五節 結 語

作爲近代中國學術史書寫的先驅,梁啓超的清代學術史論著至今仍爲研究清學史者的重要參考。梁氏治學博雜,加上文思泉湧,下筆成章,

---

① 魏源撰,何慎怡校點《詩古微》,第 321—324、595—596 頁。
② 賀廣如《魏默深思想探究》,第 201—202 頁。
③ 胡承珙《與魏默深書》,《求是堂文集》,卷三,第 266 頁上。

部分論點雖有啟發，但流於印象，且考論未周而引發爭議。其中《論中國學術思想變遷之大勢》、《清代學術概論》、《中國近三百年學術史》等論著以莊、劉、龔、魏等人構建的常州學派傳承譜系，以《公羊》學等同常州學派，以晚清今文學直接導源自常州學派的觀點，近年受到不少的挑戰。其中一個就是艾爾曼所謂的"事後諸葛亮"式的困局，使常州學派的學術特徵或論學宗旨，受制於以康、梁爲代表的晚清今文學的表述模式。更有甚者，在相當長的一段時間裏，學界對常州學派於《公羊》以外諸經的研究成果顯得較爲單薄，甚至可以說給邊緣化，而常州學派諸經研究的各自特色亦往往局限在以《公羊》學構建起來的後置論述框架之中。當中道光年間魏源所著的《詩古微》由於敢於批判《毛詩》而被賦予道光以後今文三家《詩》學復興、清學分裂的一大標誌。梁氏以今古文經分野作爲判別學者治經特色的做法，不僅忽視了乾嘉以來學術主流判斷學術價值的標準在於研究方法而非研究對象的本質，更忽略了早在乾隆年間莊存與的《毛詩說》已經出現了批駁毛鄭釋《詩》系統的傾向。

　　《詩經》的研究在常州學派裏算不上熱絡，魏源的《詩古微》毫無疑問是最爲耀目亮眼的一個，然而長久以來學界在以魏源《詩古微》的面世作爲清代三家《詩》學在道光以後轉向的觀點籠罩下，低估了莊存與在此一轉向過程中所起的引導作用。本章之撰，即以較少學者關注的莊存與《毛詩說》爲研究對象，嘗試在以晚清今文《公羊》學爲主的傳統論述以外，提供新的對照視角。從莊氏的具體論著入手，避免預設的書寫框架，使常州學派學術特質的討論能夠回歸到文本的分析上。其次，本章採用由源及流的歷時角度，考論莊氏撰作《毛詩說》的時代背景、經學立場以及其經學史的意義。筆者以莊氏同里後學臧庸的《韓詩遺說》爲參照，凸顯莊氏治《毛詩》未有遵循考據學的門徑，而是從致用的角度發揮詩旨中的大義微言的學術史意義。在鄭學盛行的乾隆時期，莊氏著力批判《鄭箋》，更是呈現出與學術主調格格不入的個人風格。莊氏治《詩》放棄約定俗成的研究方法，未嘗不能看作是莊氏在考據學壟斷的《詩經》學中尋找回歸西漢通經致用之學的一種嘗試。《毛詩說》要到莊氏卒後的差不多四十年，才由後人在道光七年彙集在《味經齋遺書》中刊行。從刊刻的時間來考量的話,《毛詩說》在同時代的《詩經》研究中並没有引起廣泛的關注,面世以後更因爲捨棄考據方法而被後學批評爲"臆說"。可以說莊氏的嘗試並未成功,充其量也不過是考據學主調中的一種雜音而已。然而莊氏以《春秋》論《詩》以及批判《鄭箋》的經學觀點,經由其外孫劉逢祿而被魏源所繼承與轉化,促成了《詩古微》的基本原則與立場。魏源能够突破《毛序》、《鄭箋》的藩籬,重整西漢三家《詩》學的旗鼓,莊存與不能不說是導乎先路,這也是《毛詩說》在清代《詩經》學史中最值得注意的啟蒙意義。所不同者是魏源汲取了莊存與《毛詩說》捨棄考據而見"異於世之漢學者"的教訓,充分意識到只有通過同於世之漢學者的學術標準,才能達致其發揮三家《詩》微言大義,重回西漢魯、齊、韓、毛四家並存格局的撰旨。因此,魏源非但未有如梁啟超所言分裂古今,更是在考據學的場域中游刃有餘,與充滿非常異義可怪之論的晚清今文學不可相提並論。梁啟超以晚清今文學的視角,誇大了《詩古微》批評《毛詩》的經學立場,以此作爲清學分裂的標誌更是言過其實。

第四章

復古以創新：
王先謙《詩三家義集疏》的新定位

第一節　引　言

　　《詩三家義集疏》（以下簡稱“《集疏》”）二十八卷是王先謙（字益吾，號葵園）晚年的經學代表作，自 1916 年問世以來，[1]即以其體例完善，網羅眾說，便於披覽而廣爲流布，備受關注。百年以來，學者無不以“集大成”肯定《集疏》在傳統《詩經》學史上的地位。[2] 2020 年出版的《清代漢

---

① 案：《詩三家義集疏》在 1916 年春刻成，1923 年 3 月鄭振鐸在《小說月報》上發表的《關於詩經研究的重要書籍介紹》已經提到《集疏》，稱“此書爲最近出現的很重要的著作，集諸家對於三家詩遺說所搜獲的結果，依次排列於‘詩’文之下，並加以疏釋”。詳見鄭振鐸《關於詩經研究的重要書籍介紹》，《小說月報》第 14 卷第 3 號，1923 年，1979年日本東豐書店據原書影印本，總第 22371 頁。

② 如張啟成《評王先謙〈詩三家義集疏〉》：“《詩三家義集疏》是輯集三家詩遺說的集大成之作。”（張啟成《評王先謙〈詩三家義集疏〉》，《貴州社會科學》1995 年第 4 期，第 71頁）俞豔庭《三家〈詩〉輯佚考》：“《詩三家義集疏》二十八卷，對歷代搜集、研究三家《詩》的工作做了一次大總結。該書被譽爲歷來輯集三家《詩》佚文遺說的集大成著作。”（俞豔庭《三家〈詩〉輯佚考》，載中國詩經學會編《第四屆詩經國際學術研討會論文集》，第 526 頁）戴維《詩經研究史》：“王先謙《詩三家義集疏》，是今文詩學上一部集大成的著作，在今文資料的彙輯以及今文詩義的系統闡述上成爲一部劃時代的著述。”（戴維《詩經研究史》，第 593 頁）洪湛侯《詩經學史》：“此書網羅詳備，論證精審，可謂集三家《詩》學之大成。”（洪湛侯《詩經學史》，下冊，第 607 頁）中國詩經學會、《詩經要籍集成》編輯委員會編《詩經要籍提要》：“王先謙的《詩三家義集疏》則是彙輯‘三家詩’佚文遺說集大成的一部巨著。”（中國詩經學會、《詩經要籍集成》編輯委員會編《詩經要籍提要》，學苑出版社，2003 年，第 324 頁）程嬛《王先謙〈詩三家義集疏〉的文獻價值》：“王先謙《詩三家義集疏》是晚清三家《詩》的集大成之作，他廣泛 （轉下頁）

學與新疏》彙集了八篇臺灣學界研治清人經疏的力作，[1]其中賀廣如的
《論王先謙〈詩三家義集疏〉的定位》一文，將《集疏》置於自南宋王應麟以
迄清季近七百年的三家《詩》輯佚史的脈絡之中，從學術流變的角度討論
《集疏》的"定位"（positioning）問題，並以陳壽祺、陳喬樅父子的《三家
詩遺說攷》爲參照，在異文分家與詩義解釋兩方面作了細緻的比較，作
者發現"葵園在輯佚上的貢獻，著實有限，因其輯佚幾僅限於喬樅之
書，對於其他學者的輯佚內容，存而不論，因此，若論其書之集大成，其
所集之釋義成果，顯然要較輯佚爲佳"。[2]　這是首次把王先謙在輯佚與
釋義兩方面所做的"集大成"實績作具體的價值評比，從而釐定《集疏》在
《詩經》學史上的地位。原文發表的時間雖然較早，[3]但導引之功至今
猶在。

　　爲學術著作定位，實際上就是要回答著作中哪些部分最有價值。我
們固然可以從他者的角度根據各種標準來評定著作的價值，而且往往需
要把著作放在較長時間的歷史脈絡中來進行考察、比較。不過所謂"彼
一時，此一時也"，歷史時間跨度愈大愈有失焦失真的可能，有時候反不
如直尋其本，從撰者的角度審察撰者對其著作在自身學術脈絡中所賦予

　　（接上頁）吸收前輩尤其是陳氏父子彙輯之成果，網羅佚文遺說。"（程瑩《王先謙〈詩三
　　家義集疏〉的文獻價值》，《樂山師範學院學報》2009 年第 2 期，第 68 頁）黃忠慎《王先
　　謙〈詩三家義集疏〉探義》："謂爲搜輯三家《詩》遺說的集大成之作，並不誇張。"（黃忠
　　慎《王先謙〈詩三家義集疏〉探義》，《遼寧學院學報[社會科學版]》2010 年第 5 期，第
　　132 頁）房瑞麗《清代三家〈詩〉文獻研究》："王先謙的《集疏》集今古文《詩》學之大成，
　　既總結了清代三家《詩》的成果，又融會貫通地加以運用，是清代三家《詩》的總結性
　　成果。"（房瑞麗《清代三家〈詩〉文獻研究》，第 297 頁）
[1]　《清代漢學與新疏》由臺灣學者張素卿教授主編，收錄八篇臺灣學者研治惠棟《周易
　　述》、江聲《尚書集注音疏》、陳奐《詩毛氏傳疏》、焦循《孟子正義》、胡培翬《儀禮正義》、
　　儀徵劉氏《春秋左氏傳舊注疏證》、孫詒讓《周禮正義》、王先謙《詩三家義集疏》等著作
　　的論文，並在 2020 年 1 月由臺北五南圖書出版股份有限公司出版。
[2]　賀廣如《論王先謙〈詩三家義集疏〉之定位》，收入張素卿主編《清代漢學與新疏》，五南
　　圖書出版股份有限公司，2020 年，第 322 頁。
[3]　賀廣如《論王先謙〈詩三家義集疏〉之定位》，《人文學報》第 28 期，2003 年，第 87—
　　124 頁。

的意義,更能凸顯著作的本色。換言之,探求撰者對著作的定位,就是要
回答著作中哪些是撰者個人意志中最爲看重的部分,也就是回答撰者爲
何而作的問題。《集疏》正文前有《序例》一篇,王氏序曰:

> 有宋才諝之士以《詩》義之多未安也,咸出己見,以求通於《傳》、
> 《箋》之外,而好古者復就三家遺文異義爲之攷輯。近二百數十年
> 來,儒碩踵事搜求,有斐然之觀,顧散而無紀,學者病焉。余研覈全
> 經,參匯眾說,於三家舊義采而集之,竊附己意,爲之通貫;近世治
> 《傳》、《箋》之學者,亦加擇取,期於破除墨守,暢通經恉。毛、鄭二
> 注,仍列經下,俾讀者無所觖望焉。書成,名之曰《集疏》,自愧用力
> 少而取人者多也。[①]

有宋以來三家《詩》遺文舊義的考輯已有斐然之觀,從王氏的角度來說,
除非有新材料的發現,否則在輯佚上可以突破的空間相當有限。王氏不
可能也沒有必要再"踵事搜求",因此王氏在"輯佚上的貢獻著實有限"亦
無可厚非。序文謂"自愧用力少而取人者多也",表明王氏並不認爲集輯
佚之大成是《集疏》的意義所在。相對輯佚而言,解釋遺文舊義對王氏來
說顯得更爲靈活,因爲面對散而無紀的三家《詩》材料,如何參匯眾說,如
何暢通經恉很大程度上端賴王氏的識斷與選擇,是王氏發揮一家之言的
理想空間。而王氏的一家之言直接體現在其"己意"上,包括《集疏》正文
前闡明成書緣起、敘述學術源流、申明全書體例的《序例》,王氏書信、年
譜、文集中與《集疏》直接相關的記錄,以及王氏在《集疏》中以"案"、"愚
案"、"愚謂"等語標示的案語。

　　誠如賀廣如所言,王氏的個人意見並"不每段均標'愚案'二字",[②]
《集疏》中這近九百條的案語卻無可否認是書中芸芸"眾說"中最能呈現
王氏個人觀點也是著作權最不成疑問的材料,在探論王氏對《集疏》的定
位問題上有著無可替代的價值。由於案語散見於近百萬字的《集疏》之

① 王先謙撰,吳格點校《詩三家義集疏》,序例,第1頁。
② 賀廣如《論王先謙〈詩三家義集疏〉之定位》,收入張素卿主編《清代漢學與新疏》,第
　 300頁。

中,搜討費時,加上過去學者反覆强調《集疏》在"集大成"上的貢獻因而缺乏案語的相關研究,致使王氏的一家之言潛形匿迹,不够突出。本章將以筆者從《集疏》翻檢所得的 878 條王氏案語爲本,配合可以判定爲王氏個人意見的《序例》、書信文集等材料,分別從《集疏》撰作過程中對書題與體例的選定,對三家《詩》材料的剪裁與詮釋以及王氏晚年學術思想的脈絡等方面,考論王氏對《集疏》的定位,並藉由王氏的視角加深我們對《集疏》内容與價值的理解。最後嘗試以《集疏》的定位爲突破口重探王氏晚年的學術思想與政治主張的關係。

第二節　《集疏》成書考：從《三家詩義通繹》 到《詩三家義集疏》

"定位"一詞出自《韓非子·揚權篇》"審名以定位,明分以辯類",舊《注》曰:"審察其名,則事位自定。"①因此從王氏對書題的擬定作爲切入點未嘗不是一個直接審察《集疏》定位的方法。王氏對書題的擬定經歷了一個演變的過程,這與《集疏》綿歷近三十年的撰作歷程又密切相關。

《集疏》的《序例》寫於 1913 年冬,但《集疏》要到 1915 年夏天才開始刊刻。王先謙在《序例》裏没有交代撰寫《集疏》的具體經過,其《自訂年譜》也只有一處提及《集疏》成書的情況。《葵園自訂年譜》"癸丑(1913)七十二歲"曰:

> 移寓平江縣城。六月,省垣倡言獨立,風聲甚惡,余移寓西鄉距城五里之黄甲山。自是往來城鄉以爲常。早歲爲《詩三家義集疏》,至《衛風·碩人》而輟業。自至平江,廣續爲之,漸有告成之望。②

① 王先慎撰,鍾哲點校《韓非子集解》,中華書局,2007 年,第 47 頁。
② 王先謙著,梅季標點《葵園四種》,嶽麓書社,1986 年,第 826 頁。

由此可見《集疏》並非一氣呵成，而王氏晚年移居岳陽平江之前，已經寫到《衛風·碩人》篇，其後再賡續成書，但"早歲"具體所指何時則不得而知。關於《集疏》成書的經過，吳格最先提出《集疏》"屬稿始於中年，時在江蘇學政任上，然僅至《衛風·碩人》而中輟"之說，[1]其後學者多沿襲吳說，[2]但對於《集疏》從屬稿到成書的具體情況，則多略而不談。關於這個問題，筆者從繆荃孫（1844—1919）《藝風堂友朋書札》（以下簡稱"《書札》"）載錄的七十二通王先謙致繆氏的書信中找到了極爲有用的綫索，但正如《書札》整理者所言："繆氏裝裱時未能按時編排，致前後時序頗多錯亂，今難考正。"[3]因此筆者首先以繆氏《藝風老人日記》所載日事爲軸，兼及王氏《葵園自訂年譜》，將相關書信繫年，然後據此考證《集疏》成書的具體經過。

2.1　撰作的緣起

《書札》第三十通曰："昨枉顧暢譚爲快。拙撰《三家詩義通繹》，鈔得《衛風》數篇呈上，務望詳加糾正，勿稍客氣。"[4]又曰："《江左制義輯存》刊成，並呈一部。"[5]此函未署日期，但《江左制義輯存》在光緒十四年（1888）年六月刊刻，[6]則此信肯定寫於此年之後。據繆氏《藝風老人日記》"戊子九月廿六日（1888 年 10 月 30 日）"記曰："謁長沙師。"[7]翌日記

---

① 王先謙撰，吳格點校《詩三家義集疏》，點校說明，第 3 頁。

② 如鄒鳳禮《〈詩三家義集疏〉評述》，《江蘇教育學院學報》1998 年第 3 期，第 94 頁；張政偉《王先謙〈詩三家義集疏〉對詩旨的擬定》，收入朱漢民主編《清代湘學研究》，湖南大學出版社，2005 年，第 252 頁；趙茂林《王先謙與陳喬樅三家〈詩〉研究比較》，《廣西社會科學》2004 年第 4 期，第 127 頁。

③ 顧廷龍校閱《藝風堂友朋書札》，上海古籍出版社，1980 年，出版說明，第 2 頁。

④ 顧廷龍校閱《藝風堂友朋書札》，第 23 頁。

⑤ 顧廷龍校閱《藝風堂友朋書札》，第 24 頁。

⑥ 案：《葵園自訂年譜·光緒十四年戊子·四十七歲》曰："余按歲、科兩試所得佳文，刊爲《清嘉集》初、二、三篇，復選嘉慶以來名人時義刊爲《江左制義輯存》。"（王先謙著，梅季標點《葵園四種》，第 735 頁）《江左制義輯存序》末記"光緒十四年夏六月"（王先謙著，梅季標點《葵園四種》，第 70 頁）。

⑦ 繆荃孫《藝風老人日記》，第 70 頁。

曰:"長沙師贈《江左人^①制藝輯存》,又見昳自注三家《詩》,名曰《三家詩義通繹》,《衛風》一卷。"^②王、繆二人"暢譚"在九月二十六日,準此則此函寫在光緒十四年九月二十七日(1888 年 10 月 31 日)。

是年王先謙四十有七,仍在江蘇學政任上,吳格即據此函謂《集疏》"屬稿始於中年,時在江蘇學政任上"。那麼王氏此時何以有撰述《集疏》之志呢? 王氏在《序例》中敘其撰旨曰:

> 近二百數十年來,儒碩踵事搜求,有斐然之觀,顧散而無紀,學者病焉。余研覈全經,參匯眾說,於三家舊義采而集之,竊附己意,爲之通貫。^③

本書第二章清楚印證了王氏所謂清代三家《詩》研究"有斐然之觀"的實況。乾隆二十五年(1760)范家相的《三家詩拾遺》刊刻,其後宋綿初的《古韓詩說證》《韓詩內傳徵》、沈清瑞的《韓詩故》、郝懿行的《韓詩外傳考證》、丁晏的《詩攷補注》、魏源的《詩古微》、馮登府的《三家詩異文疏證》、李富孫的《詩經異文釋》、陳喬樅的《三家詩遺說攷》等書陸續刊刻,就中著述既有輯佚亦有考證,斐然可觀,這還不包括那些僅有稿本、抄本的著述,如盧文弨的《增校詩攷》、邵晉涵的《韓詩內傳考》、馮登府的《三家詩遺說》《三家詩遺說翼證》、陳慶鏞的《三家詩考》等。王先謙生當清季,目驗了如此豐碩的三家《詩》研究成果,於是萌生參匯眾說,爲之通貫之志。可以說時間因素在《集疏》的撰述過程中起了關鍵的作用,因爲前此如果沒有碩果纍纍的三家《說》學著述,王氏不可能獨力撰就這部卷帙如此浩繁的著作,而推波助瀾的是王氏在江蘇學政任上刊刻《皇清經解續編》一事。

王先謙任江蘇學政在光緒十一年八月初一,九月初九後啟程,十月

---

① 案:"人"字疑衍。
② 繆荃孫《藝風老人日記》,第 70 頁。
③ 王先謙撰,吳格點校《詩三家義集疏》,序例,第 1 頁。

二十六日抵江陰官署。① 十一月在南菁書院内設南菁書局，②"彙刻先哲
箋注經史遺書，捐千金爲倡，期以三年成之"。③ 十二年六月十九日，上
奏彙刊《皇清經解續編》云：

> 臣昔於阮元所刊《經解》外，搜採説經之書，爲數頗多。抵任後，
> 以蘇省尤人文薈萃之區，檄學官於儒門舊族，留心蒐訪，時有采獲，
> 共得書近二百種都一千數百卷。類皆發明經義，爲學者亟應研究之
> 書。稔知甯、蘇兩書局近來經費不甚充裕，未能刊此巨帙。因就近
> 於江陰南菁書院設局彙刊。④

七月二十六日奉旨准奏，以其從弟長沙王先慎（1859—1922）爲總輯，仁
和葉維幹（生卒年不詳）、長沙王賓（？—1909）爲監刻。十三年八月，王
氏曾致書李慈銘，並寄"《皇清經解續編》目錄"徵求意見。據李氏《荀學
齋日記》"光緒十三年八月三十日"記云："夜作復益吾學使書，言刻《續經
解》略例。"⑤ "九月乙卯朔（筆者案：即九月初一日）"記云："閲王祭酒擬

---

① 案：《葵園自訂年譜·光緒十一年乙酉》記云："八月初一日，奉旨：江蘇學政著王
　　先謙去。欽此。次日，具摺謝恩。十八日，請訓，蒙召見一次，束裝就道。十月二
　　十六日，抵江陰，駐署。"（王先謙著，梅季標點《葵園四種》，第731頁）考光緒十一
　　年八月初一日内閣奉上諭云："本年值更換學政之期。……江蘇學政，著王先謙
　　去。"（中國第一歷史檔案館編《光緒宣統兩朝上諭檔》，廣西師範大學出版社，
　　1996年，第11册，第179頁上）又李慈銘《荀學齋日記·光緒十一年乙酉九月初
　　九日》記云："下午同詣崇效寺，有祭酒、盛昱伯羲等三十人餞。"《九月十六日》記
　　云："乙酉重九偕袁、沈、繆三子宴集崇效寺登西來閣，餞益吾祭酒視學江左二
　　首。"（李慈銘《越縵堂日記·荀學齋日記》庚集下，廣陵書社，2004年，第15册，第
　　10881、10889頁）據此則初九日所記爲餞王先謙行宴，而王氏亦當於此日後啓程
　　赴任。
② 《江陰縣續志·學校·書院·南菁書院》："十一年，王先謙繼任院課，均遵舊章。奏准
　　在院中設局。"見陳思等修，繆荃孫等纂《江陰縣續志》，《中國地方志集成·江蘇府縣
　　志輯》據民國十年刻本影印，江蘇古籍出版社，1991年，第26册，卷六，第91頁下。
③ 王先謙著，梅季標點《葵園四種》，第731頁。
④ 王先謙著，梅季標點《葵園四種》，第732頁。
⑤ 李慈銘《越縵堂日記·荀學齋日記》壬集上，第16册，第11539頁。案：李氏復函見
　　《越縵堂文集》卷五《復王益吾祭酒書》。

刻《皇清經解續編》目錄，爲之攷訂，擬去五種，增四十七種，皆已刻已見之書，家法謹嚴，必當讀者。"①編纂一部卷帙如此宏富的經解著作，正如王氏自己所說的"非友朋佽助之力，不克至此"，②然而王氏在整個過程裏肯定起了積極的推動作用。王氏收到李慈銘對《續編》目錄的意見後，雖然刊刻工作已經接近尾聲，但仍然接納李氏的建議，稍作增删，例如删去了宋世犖（1765—1821）《周禮故書疏證》③、戴望（1837—1873）《論語注》④、桂馥（1736—1805）《說文解字義證》⑤等，增入張成孫（生卒年不詳）《說文諧聲譜》⑥、莊述祖（1750—1816）《五經小學述》、陳澧《東塾讀書記》⑦等，可見王先謙始終留意《續編》的編纂工作。光緒十四年（1888）六月，《續編》刊成，七月王氏具奏云：

> 首尾三載，幸獲有成。爲書二百九部，都一千四百三十卷，體例一仿前大學士臣阮元所刊《皇清經解》，名曰《皇清經解續編》。蕆事後，板存書院，刷印流傳，俾藝林承學之士，宏觀覽而

---

① 李慈銘《越縵堂日記・荀學齋日記》壬集上，第 16 册，第 11541 頁。

② 王先謙著，梅季標點《葵園四種・葵園自定年譜》，第 734 頁。

③ 李慈銘《復王益吾祭酒書》云："宋确山（筆者案：宋世犖）《周禮故書疏證》，趂所發明，見聞亦隘，較之金壇段氏《周禮漢讀攷》相去遠甚，似可不刻。"李慈銘《越縵堂文集》，《續修四庫全書》據民國北平圖書館鉛印本影印，第 1559 册，卷五，第 192 頁上。

④ 《復王益吾祭酒書》云："戴子高（筆者案：戴望）《論語注》怪誕謬悠，牽引《公羊》，拾劉申甫遺唾，支離益甚，且多掩舊注以爲己說而没其名，此兩種者（引案：除戴望《論語注》外，尚有邵懿辰的《禮經通論》，惟《續編》最後保留邵書），宜從删汰。"李慈銘《越縵堂文集》，卷五，第 192 頁上。

⑤ 《復王益吾祭酒書》云："桂氏（筆者案：桂稷）《說文義證》，書太繁重，又湖北已有刻本，其書亦無甚精義。"李慈銘《越縵堂文集》，卷五，第 192 頁上。

⑥ 《復王益吾祭酒書》云："張皋文（筆者案：張惠言）《說文諧聲譜》其子成孫續補，共五十卷，近聞亦有刻之者。……以上諸書皆宜隨地訪求，依類增入。"李慈銘《越縵堂文集》，卷五，第 192 頁下—第 193 頁上。

⑦ 《復王益吾祭酒書》云："至經總類則莊葆琛（筆者案：莊述祖）《五經小學》，……陳蘭浦（筆者案：陳澧）《東塾讀書記》，……似皆宜刻入，不可少也。"李慈銘《越縵堂文集》，卷五，第 193 頁上。

備研摩。①

“觀覽”而“研摩”的承學之士自然包括王先謙本人，而王氏亦能藉此機會，董理清初至光緒十四年(1888)這二百四十四年間經學研究的主要成果。王氏面對斐然可觀但散而無紀的三家《詩》學著述，於是有撰述《集疏》的想法。

2.2　書題的更易

根據上文考證，王先謙在《年譜》中所謂的“早歲”指的就是光緒十一年至十四年之間，而從王氏抄贈《衛風》數篇給繆荃孫一事看來，《集疏》始撰肯定早於光緒十四年九月，初名爲《三家詩義通繹》，至卷三《衛風·碩人》而止，以《集疏》後來成書二十八卷計算，此時王氏只完成了一成多的工作。

《書札》第五十通曰：“承賜寄各稿領到，大箸駢文敬登十一篇。……舊爲《詩三家義疏》，至《衛風·碩人》，年來擱置慮遺失，刻之，以一份呈求教正。”②此函下款日期爲“冬至前一日”。考《藝風老人日記·壬寅正月十三日（筆者案：1902 年 2 月 20 日）》記云：“接長沙師信，寄《三家詩疏證》二冊。”③案王氏向繆荃孫索文之事，始見《書札》第四十九通，王氏云：“吾弟（筆者案：指繆荃孫）駢文，務寄數篇或十數篇惠我，書成必速，切盼來函。”④此函下款日期爲四月廿八日，《日記·辛丑六月十四日》記云：“接長沙師函，索駢文。”⑤可見第四十九通寫在光緒二十七年辛丑四月廿八日，繆氏在六月十四日收到第四十九通書札後當曾將文稿寄呈王

---

① 王先謙著，梅季標點《葵園四種》，第 734 頁。另《江陰縣續志·學校·書院·南菁書院》：“奏准在院中設局彙刊《皇清經解續編》，於院西長江水師協鎮署故址，建屋兩進爲刊書局，越兩載，全書告成，都一千四百三十卷，一萬七千三百六十二板，體例一仿阮刻《皇清經解》。”陳思等修，繆荃孫等纂《江陰縣續志》卷六，第 26 冊，第 91 頁下。

② 顧廷龍校閱《藝風堂友朋書札》，第 34 頁。

③ 繆荃孫《藝風老人日記》，第 1434 頁。

④ 顧廷龍校閱《藝風堂友朋書札》，第 33 頁。

⑤ 繆荃孫《藝風老人日記》，第 1371 頁。

先謙,此函即王氏妥收文稿後的復函,其寫作時間在光緒二十七年辛丑十一月十一日(1901 年 12 月 21 日),即該年冬至前一日。

從光緒十四年至光緒二十七年這約十三年間,《集疏》撰述的工作基本上是停滯不前的,王先謙爲免草稿久擱遺失,於是將之先行鏤板並寄贈繆荃孫。

《書札》第六十四通曰:

> 僕自到平江,……兩年以來,將《後漢集解》纂成,《三家詩》稿,《風詩》已畢,《雅》《頌》久閣,擬賡續成之。……私計《詩》、《鑑》(筆者案:《外國通鑑》①)成書,即當飾巾待盡,不知蒼蒼者假我數年否?②

此函下款日期爲"四月十二日"。考王先謙《年譜》"宣統三年辛亥(筆者案:1911 年)"記云:"八月,聞湖北新軍據鄂省,湖南人心動搖,訛言日起,紛紛徙避。二十八日,予亦啟行赴平江。三十日,抵縣。"③是王氏於辛亥年八月二十八日"啟行赴平江"。王氏在信中既謂"兩年以來",則此函寫於兩年後,即癸丑年四月十二日(1913 年 5 月 17 日),而《藝風老人日記·癸丑四月二十七日》亦記云:"接土一師信。"④當指此函。

王先謙避居平江在辛亥年八月二十八日,則其重新撰述《集疏》的工作亦始於此年,至癸丑年四月已完成了整個《國風》的部分,並有意賡續成書。同年冬,王氏撰就《序》文,⑤但此時《集疏》的撰述工作並未完成。孫玉敏在其專著《王先謙學術思想研究》指出:"《詩三家義集疏》正式刊成於癸丑年(1913),在此之前已經改訂二次。"⑥孫氏並沒有交代此說的

---

① 案:《外國通鑑》最終都沒有刻成,王先謙的手稿藏湖南圖書館善本書庫,全國圖書館文獻縮微複製中心 1997 年曾複印出版,題爲《〈外國通鑑〉稿》,共三冊。
② 顧廷龍校閱《藝風堂友朋書札》,第 43 頁。
③ 王先謙著,梅季標點《葵園四種》,第 813 頁。
④ 繆荃孫《藝風老人日記》,第 2597 頁。
⑤ 案:《序》文下款記"癸丑冬平江旅次"。
⑥ 孫玉敏《王先謙學術思想研究》,黑龍江人民出版社,2008 年,第 114 頁。

根據，疑其據《序》文撰就的年份推斷。案《序》文寫作的時間並不一定跟《集疏》刊刻成書同時。筆者在《書札》中發現一通吳慶坻（1848—1924）致繆荃孫的書札，吳氏云："昨接葵師手函，有《三家詩義集疏序》稿一首，屬呈執事，其書已纂至《大雅》，年內尚未能卒業。"[1]吳氏明言王先謙撰寫《序》文時，《集疏》只"纂至《大雅》"，是以孫氏謂《集疏》"刊成於癸丑年"之說並不成立。

《書札》第七十一通曰：

> 乃荷翰怡（筆者案：劉翰怡[2]）兄厚詒書幣，實用慚顏耳。……刻下經營未就者，《三家詩》、《范史》（筆者案：《後漢書集解》）、《外國通鑑》三書。《三家詩》明歲可成，先呈教正。已改訂二次。惜彼此隔越，不能隨時請益也。翰怡兄處附上謝函，乞代達。[3]

此函下款日期爲"臘月十二"。陳致認爲此函"寫於乙卯（1915 年）十二月十二日"。[4]"乙卯十二月十二日"當爲 1916 年 1 月 16 日。《集疏》在1915 年仲夏付梓，如果根據陳氏的繫年，王先謙在此函謂《集疏》"經營未就"顯得不太合理。陳氏亦覺可疑，故提出"疑葵園既將書稿付刻工，復覺義有未安，改訂二次，故至丙辰（1916 年）始刊出"之說。[5]陳氏既有疑辭卻仍將此函繫於乙卯年的原因，可能跟陳氏依照《書札》編次繫年有關。六通提及《集疏》的書札中，此函排在第六十四、六十九通之後，前二函均寫在乙卯年，按理此函也應該寫在乙卯年。但如果我們能夠證明此函寫在乙卯年之前的話，牴牾的問題就能解決，而關鍵就在王氏請繆荃孫將謝函轉達劉承幹（1882—1963）一事上。考劉氏在甲寅年九月嘗託

繆氏請王先謙代撰雙親墓志銘,[①]十一月王氏撰文寄達,[②]十二月繆氏致復函,[③]就中可能夾附劉承幹寄給王氏的"書幣",而王氏亦即月發函以謝劉氏"厚詒書幣",並託繆氏轉交謝函。《藝風老人日記·乙卯正月十日》記云:"接長沙師信。"[④]翌日記云:"送長沙師信與劉翰儀。"[⑤]可見王氏此函在乙卯年正月十日寄達,繆氏翌日亦將謝函轉交劉氏。準此,王氏此函寫於甲寅年十二月十二日(1915 年 1 月 26 日),距《集疏》梨棗尚有半年,故函中有"經營未就"、"明歲可成"之語亦不足爲怪。

《書札》第六十六通曰:"七八年前曾輯《新舊唐書合注》,後復携至平江,校訂商量,所得不少。暮景逾迫,亦思趁此付刊。現刻《三家詩》、《范史》,明春可成。再以呈教。"[⑥]此函下款爲"六月廿四",考《藝風老人日記·乙卯八月三日》記云:"王長沙師來書,並寄《新舊唐書合鈔》樣本。"[⑦]準此,此函寫在乙卯年六月廿四日(1915 年 8 月 4 日),而《集疏》亦經擺印,《集疏》原家刻本[⑧]有牌記云"乙卯虛受堂刊"可證。

《書札》第六十九通曰:"寄還《唐書》收到。……前爲《詩三家義集疏》,勉力成書,輒付剞劂,欲待奉寄求教,而永匠積遲,未能同上。"[⑨]此函下款日期爲"十月十三日"。《藝風老人日記·乙卯九月十日》記云:

---

①　《藝風老人日記·甲寅九月七日》記云:"發長沙師信,寄翰怡所託志錄事略。"繆荃孫《藝風老人日記》,第 2760 頁。

②　《藝風老人日記·甲寅十一月廿一日》記云:"止脩送長沙師劉氏雙志來。"翌日記云:"交長沙師文及家傳與劉翰怡。"案:止脩即吳慶坻,《日記》"止"或作"子","脩"或作"修"。繆荃孫《藝風老人日記》,第 2780—2781 頁。

③　《藝風老人日記·甲寅十二月七日》記云:"上一梧師箋。"繆荃孫《藝風老人日記》,第 2785 頁。

④　繆荃孫《藝風老人日記》,第 2811 頁。

⑤　繆荃孫《藝風老人日記》,第 2812 頁。案:《日記》"怡"或作"儀"。

⑥　顧廷龍校閱《藝風堂友朋書札》,第 45 頁。

⑦　繆荃孫《藝風老人日記》,第 2867 頁。

⑧　案:《集疏》家刻本有原刻和增刻之分,兩本的分別只在於增刻本《卷首·序例》之前,增刻了《南書房壬戌二月初十日欽奉諭旨》、《陳君進呈稿》、《南書房覆奏稿》三篇,其他的都沒有差別。增刻本增刻部分於 1922 年 3 月 8 日以後剜補。

⑨　顧廷龍校閱《藝風堂友朋書札》,第 47 頁。

"上王長沙師箋,寄還《新舊唐書合注》、《辛壬集讀書記》。"①則此函爲王氏收到繆氏寄書後的復函,因此此函當寫於乙卯年十月十三日(1915年11月19日)。至此,《集疏》尚未刻就。

　　丙辰年(1916)春,《集疏》刻竣,全書二十八卷。版式爲黑口、單欄、單魚尾。半葉十一行,行二十四字,小字雙行。魚尾上題"詩三家義集疏",下題"卷數、卷次、頁數"。《藝風老人日記·丁巳四月八日》記云:"沈醉愚來,帶來王一師信,並《三家詩注》。"②是繆氏在丁巳年(1917)收到《集疏》的刻本。《集疏》從草創到成書,前後綿歷近三十年,而其成書經過已考證如上。值得注意的是《集疏》原稱《三家詩義通繹》,後來改稱《詩三家義疏》,最後才定名爲《詩三家義集疏》。書題改動或與《集疏》屬賡續成書,非一氣呵成有關。但從初名《三家詩義通繹》到定名《詩三家義集疏》,就中的改動會否反映了王氏撰作旨趣的嬗遞呢?

　　書題前後很明顯地有兩處不同:其一是由"三家詩"更易爲"詩三家",其二是由"通繹"更改爲"疏"。如果我們以嘉道以來的《詩經》專著比較,就會發現這兩個書題與馬瑞辰(1777—1853)的《毛詩傳箋通釋》和陳奐的《詩毛氏傳疏》近似,兹表解如下:

王先謙	三家詩義	通繹
馬瑞辰	毛詩傳箋	通釋

王先謙	詩三家義	疏
陳　奐	詩毛氏傳	疏

《召南·采蘩》"被之僮僮,夙夜在公",王氏曰:"下言'僮僮',則被上盛飾

---

① 　繆荃孫《藝風老人日記》,第 2877 頁。

② 　繆荃孫《藝風老人日記》,第 3060 頁。

自見，……繹詩'被之'之字義固如是。"①"繹詩"即"釋詩"。準此，書題中的"通繹"猶言"通釋"。根據上表，"三家詩義"或"詩三家義"對應的是"毛詩傳箋"或"詩毛氏傳"，書題中的"義"字對應的就是"傳箋"或"傳"，即《毛詩》的"注"。因此"三家詩義"或"詩三家義"就是三家《詩》的"注"，即南宋以來學者考輯所得的三家《詩》遺文舊義。前後書題皆有"義"字，可見釋義是王氏三家《詩》學中始終關心的部分，只是釋義的體例有所改變而已。

2.3　體例的選定

《毛詩傳箋通釋》最爲重要的特點就是在宗《毛詩》的原則下，諟正了不少《毛傳》、《鄭箋》的誤解，且"凡三家遺說有可與《傳》、《箋》互相證明者，均各廣爲引證，剖判是非，以歸一致"。② 不過馬氏此書不列經文，以所釋詩句爲題，下列考釋文字，不列《詩序》，體例與傳統經疏不同。《詩毛氏傳疏》則採用注疏之體，每篇之前先列《詩序》，每章詩句之下，列《毛傳》文字，再列疏文逐字逐句加以訓釋。如果說《毛詩傳箋通釋》在一定程度上是馬瑞辰嘗試摒除《詩》今古文門户宗派之爭的話，陳奐的《詩毛氏傳疏》則顯然是宗主古文、壁壘分明的《毛詩》經疏之作。陳氏在序文中申明撰旨曰：

> 三家雖自出於七十子之徒，然而孔子既没，微言已絕，大道多岐，異端共作，又或借以諷動時君，以正詩爲刺詩，違詩人之本志。故齊、魯、韓可廢，毛不可廢，齊、魯、韓且不得與毛抗衡，況其下者乎？……鄭康成殿居漢季，初從東郡張師張恭祖學《韓詩》，後見《毛詩》義精好，爲作《箋》，亦復閒雜《魯詩》，並參己意。固作《箋》之旨，實不盡同毛義。③

---

① 王先謙撰，吳格點校《詩三家義集疏》，第73頁。
② 馬瑞辰撰，陳金生點校《毛詩傳箋通釋》，中華書局，2008年，例言，第1頁。
③ 陳奐撰，滕志賢整理《詩毛氏傳疏》，鳳凰出版社，2018年，敍，第1頁。

在陳氏看來，三家不但無法與《毛詩》"抗衡"，而且可以廢棄。而曾習《韓詩》的鄭玄箋注《毛詩》時"閒雜《魯詩》，並參己意"，是"不盡同毛義"，只是後來治《毛詩》者強合毛鄭。陳氏對此並不滿意，《詩毛氏傳疏》"置《箋》而疏《傳》"正好反映了陳氏篤守《毛詩》不雜三家的經學立場，即使招來"墨守之譏亦所不辭"。①

王先謙在《序例》裏對三家與《毛詩》之間的優劣與此消彼長的因由跟陳奐有截然不同的看法：

> 東漢之季，古文大興，康成兼通今古，爲毛作箋，遂以翼毛而凌三家。蓋毛之詁訓，非無可取，而當大同之世，敢立異說，疑誤後來，自謂子夏所傳，以掩其不合之迹，而據爲獨得之奇，故終漢世少尊信者。魏晉以降，鄭學盛行，讀《鄭箋》者必通《毛傳》。其初，人以信三家者疑毛，繼則以宗鄭者暗毛，終且以從毛者屏三家，而三家亡矣。……秦漢之際，經亦幾亡，《毛傳》乘隙奮筆，無敢以爲非者，古文勃興，永爲宗主。幸三家遺說猶在，不可謂非聖經一綫之延也。②

在王氏看來，鄭玄爲《毛詩》作《箋》是漢初信三家而疑毛發展到魏晉以來從毛而屏三家的轉捩點，而《毛詩》之所以能夠乘隙勃興、特起孤行，不過拜鄭玄扶翼所賜。與自謂子夏所傳實質來歷不明的《毛詩》相比，魯、齊、韓三家才是孔門"聖經一綫之延"。如今三家遺文舊義猶在，尊信三家的王氏首要面對的問題是如何梳理這些散而無紀的材料。在清儒之中，陳奐尊主《毛詩》貶抑三家的立場與王氏最爲不同，因此相較《毛詩傳箋通釋》，"能專爲毛氏一家之學"③的《詩毛氏傳疏》對王氏來說更具有對話與抗衡的意義。所謂以子之矛，攻子之盾。王氏從屬稿到成書前後近三十年，最終選定了與尊主一家的《詩毛氏傳疏》相同的體例，絕非偶然。

---

① 陳奐撰，滕志賢整理《詩毛氏傳疏》，敘，第 3 頁。

② 王先謙撰，吳格點校《詩三家義集疏》，序例，第 1、17 頁。

③ 皮錫瑞《經學通論》，第 66 頁。

《詩毛氏傳疏》書影　　　　　　　　《詩三家義集疏》書影

從上列書影可見，二書皆以大字先列經文，然後以中字、小字細分"傳"、"疏"或"注"、"疏"二目。《集疏》的"注"相當於《詩毛氏傳疏》的"傳"。王先謙置三家遺義舊義於"注"文之中，用意即在於把三家《詩》的注——"三家義"和《毛詩》的注——《毛氏傳》等量齊觀，分庭抗禮。稍有不同的是，王氏爲了要暢通三家經旨，對"近世治《傳》、《箋》之學者，亦加擇取，期於破除墨守"。① "墨守"之譏所指明顯，而更重要的是屬於《毛詩》系統的《傳》、《箋》之學在《集疏》裏——置於疏文之中，與注文中的三家義不相闌雜，高下判然，這是王氏在體例上揚屬三家的另一表現。而王氏此一經學立場在《集疏》案語中尤爲明顯。

第三節　以揚屬三家爲主的案語

　　《集疏》中王先謙的案語共 878 條，當中涉及的內容相當廣泛，諸

---

① 　王先謙撰，吳格點校《詩三家義集疏》，第 1 頁。

如通貫詩旨、詮釋句意、訓釋詞義、解釋名物、判斷家數、臧否舊說、發明新見、揭櫫體例、借題發揮等。細審這些案語的内容，我們發現通貫詩旨、詮釋句意出現的頻率最高，過去學者一直强調與《集疏》密切相關的《三家詩遺說攷》在案語中出現的頻率反而不高，這個現象與本章提出王氏並未以輯佚作爲《集疏》定位的看法頗爲吻合。《三家詩遺說攷》的撰旨是輯佚與考證，對於三家與《毛詩》很少作價值的判斷。因此在王氏眼中，陳氏父子此書只是其通釋三家遺文舊義的材料來源，與其尊信三家的立場關係不大甚至有所相違背。其中一個最爲明顯的不同是陳氏父子對於三家遺說是分而別之，《三家詩遺說攷》實際分爲《魯詩遺說攷》二十卷、《齊詩遺說攷》十二卷、《韓詩遺說攷》十七卷。王氏對於三家遺說則是合而併之，並以强調三家一致的方法構建三家一體的今文解經系統，以與《毛詩》解經系統抗衡。《毛詩》解經系統指以《詩序》、《毛傳》、《鄭箋》、《孔疏》爲代表的詩旨、句意、詁訓詮釋系統。《毛詩》雖然較今文三家晚出，但漢初已有毛亨的《毛詩故訓傳》，與《詩序》並爲解釋《毛詩》之作。東漢之季鄭玄作《毛詩傳箋》，由是《毛詩》獨尊，三家《詩》學日趨式微。唐高宗永徽四年（653）頒布孔穎達的《毛詩正義》，是書融貫了漢魏六朝以來《詩經》研究的成果，遵從"疏不破注"的原則，又是當時明經取士的唯一標準，因而形成了定於一尊的《毛詩》解經系統。王氏案語中明顯揚屬三家的立場，就是要挑戰這個千多年來居於《詩》學正統的《毛詩》解經系統。不過值得注意的是，在尊信三家的原則下，王氏案語對《毛詩》解經系統内部的取態並不相同，即否定《詩序》，貶抑《毛傳》、《孔疏》，對《鄭箋》卻另眼相看。

3.1　强調三家一致

3.1.1　通貫三家詩旨

"三家詩旨"相當於《毛詩》的《詩序》，用以說明背景，括舉詩意。一般來說，凡是三家於詩旨有說的，王先謙都在各篇篇題下的注文中一一羅列，加以通貫。例如：

[1]《邶風①·靜女》篇題下注文曰:

> 齊說曰:季姬踟躕,結衿待時。終日至暮,百兩不來。又曰:季姬踟躕,望我城隅。終日至暮,不見齊侯。居室無憂。又曰:踟躕踟躕,撫心搔首。五晝四夜,睹我齊侯。

注中諸說皆引西漢焦延壽的《焦氏易林》,王先謙定爲齊說,②並謂"焦氏多見古書,當日皆有事實足徵,而今無可攷,此詩爲望媵未至時作也"。③王氏在疏文之中引戴震《毛鄭詩攷正》、徐璈《詩經廣詁》等疏通《易林》的文字,並據此推斷《靜女》爲齊桓公夫人長衛姬迎接媵妾少衛姬所作。王氏案曰:

> 《易林》"望我城隅",即詩之"俟我城隅"也。又作"待孟城隅",明"我"爲孟姬自稱,則媵是少衛姬,而"孟"爲長衛姬矣。同是一國之女,又夙相見,故先有貽管歸荑之事。及孟已至國,季在城隅,孟思戀企望,願其早見齊侯,共承恩遇。合《詩》與《易林》觀之,情誼顯見。④

[2]《王風·黍離》篇題下注文曰:"韓說曰:'昔尹吉甫信後妻之讒而殺孝子伯奇,其弟伯封求而不得,《黍離》之詩。'"此說出自《太平御覽》九百九十三《羽族部》所引曹植(192—232)《令禽惡鳥論》。由於王氏認爲"植,《韓詩》家也",故《集疏》定爲韓說。鄭玄《詩譜》以來,傳統的看法

---

① 案:《集疏》全書二十八卷,《邶》、《鄘》、《衛》合爲一卷,再分上、中、下。考石經《魯詩》第17有"國第六"三字,馬衡指此三字"爲王風篇題"(馬衡《漢石經集存》,科學出版社,1957年,下冊,第4頁下)。案《王風》在《衛風》之後,如果《魯詩》是《邶》、《鄘》、《衛》合而爲一的話,則石經當云"(王)國第四",換言之,只有《邶》、《鄘》、《衛》三分,即"邶國第三"、"鄘國第四"、"衛國第五",石經始能云"(王)國第六"。準此,王氏將《邶》、《鄘》、《衛》合而爲一至少不符合漢代《魯詩》的實況,故本書不從《集疏》的分合。
② 《序例》引《齊詩遺說攷》:"孟喜從田王孫受《易》,得《易》家候陰陽災異書,喜即東海孟卿子、焦延壽所從問《易》者,是亦齊學也。故焦氏《易林》皆主《齊詩》說。"王先謙撰,吳格點校《詩三家義集疏》,序例,第9頁。
③ 王先謙撰,吳格點校《詩三家義集疏》,第204頁。
④ 王先謙撰,吳格點校《詩三家義集疏》,第204頁。

是《王風》十篇皆成於周平王東遷以後，因此胡承珙《毛詩後箋》不同意《韓詩》將《黍離》一詩比附西周宣王時期尹吉甫父子的事迹，原因是"尹吉甫在宣王時，尚是西周，不應其詩列於東周"。王先謙引用胡說後案曰：

> 吉甫放逐，伯奇出亡，自是西周之事，年歲無考，存殁不知，蓋有傳其亡在王城者。及平王東遷，伯封過來，求兄不得，揣其已殁，憂而作詩，情事分明，此不足以難韓說也。①

相傳尹吉甫卒於周幽王七年（前775），而伯封在公元前770年隨平王東遷。王氏巧妙地利用伯封生活時間的跨度，爲韓說尋找理據，從而暢通詩旨。

由於王先謙以魯、齊、韓三家爲一個整體，以與《毛詩》形成二元對立的系統，因而《集疏》往往以"當同"來強調三家詩旨一致。例如：

[3]《鄭風·出其東門》篇題下注文曰："齊說曰：鄭男女亟會，聲色生焉，故其俗淫。《鄭詩》曰：'出其東門，有女如雲。'又曰：'溱與洧，方灌灌兮，士與女，方秉蕑兮，恂盱且樂。惟士與女，伊其相謔。'此其風也。"齊說出自《漢書·地理志》，王氏曰："詩乃賢士道所見以刺時，而自明其志也。魯、韓當同。"②

[4]《小雅·魚麗》篇題下注文曰："齊說曰：《采薇》《出車》，《魚麗》思初。上下促急，君子懷憂。"齊說出自《易林·睽之小過》，王氏曰："當采薇出車之時，上下促急，故君子憂時而作是詩。'思初'，猶言'思古'也。此齊說。《儀禮·鄉飲酒》鄭注：'《魚麗》，言太平年豐，物多也。物多酒旨，所以優賢也。'亦齊說。魯、韓當同。"③

[5]《周頌·載見》篇題下注文曰："魯說曰：《載見》一章十四句，諸侯始見於武王廟之所歌也。"王氏曰："'載見'至'歌也'，蔡邕（133—192）《獨斷》文，魯說也。齊、韓當同。"④

---

① 王先謙撰，吳格點校《詩三家義集疏》，第315頁。
② 王先謙撰，吳格點校《詩三家義集疏》，第367頁。
③ 王先謙撰，吳格點校《詩三家義集疏》，第590頁。
④ 王先謙撰，吳格點校《詩三家義集疏》，第1031頁。

　　至於三家於詩旨無說時，王先謙則只會在疏文中列出《詩序》，並以
"三家義未聞"、"三家無異義"等來表達。例如：

　　[6]《邶風·雄雉》篇題下只列疏文曰：

　　　　《毛序》："刺衛宣公也。淫亂不恤國事，軍旅數起，大夫久役，男
　　女怨曠，國人患之而作是詩。"《箋》："淫亂者，荒放於妻妾，烝於夷姜
　　之等。國人久處軍役之事，故男多曠，女多怨也。男曠而苦其事，女
　　怨而望其君子。"案，《序》"大夫多役，男曠女怨"，正此詩之恉。宣公
　　云云，乃推本之詞，詩中未嘗及之。《箋》於首、次章牽附淫亂之事，
　　殆失之泥。三家義未聞。①

　　[7]《衛風·竹竿》篇題下只列疏文曰：

　　　　《毛序》："衛女思歸也。適異國而不見答，思而能以禮者。"愚
　　案：古之小國數十百里，雖云異國，不離淇水流域。前三章衛之淇
　　水，末章則異國之淇水也。三家無異義。②

　　[8]《鄭風·有女同車》篇題下只列疏文曰：

　　　　《毛序》："刺忽也。鄭人刺忽之不昏于齊。太子忽嘗有功于齊，
　　齊侯請妻之齊女。賢而不取，卒以無大國之助至於見逐，故國人刺
　　之。"《箋》："忽，鄭莊公世子，祭仲逐之而立突。"案，昭公醳昏見逐，
　　備見《左傳》隱八年，如陳逆婦媯，詩所為作。三家無異義。③

　　張政偉認為王先謙的"三家無異義"並"不是積極地與《毛序》站在同
一陣綫，只是消極地描述目前三家《詩》尚無足夠證據可以反對或推翻
《毛序》的說解"，④而"三家義未聞"更是從另一個角度指出《詩序》不可
信，只是"現存的三家《詩》輯佚成果的證據力卻又不足以改動《毛序》，無

---

①　王先謙撰，吳格點校《詩三家義集疏》，第159頁。

②　王先謙撰，吳格點校《詩三家義集疏》，第299頁。

③　王先謙撰，吳格點校《詩三家義集疏》，第353頁。

④　張政偉《王先謙〈詩三家義集疏〉對詩旨的擬定》，收入朱漢民主編《清代湘學研究》，第
　　267頁。

法提出異於《毛序》的論述"而已。① 這個看法頗能印證王先謙在《序例》中反覆强調《詩序》不可取信的論調。然而魯、齊、韓、毛四家雖然壁壘分明，但在傳授的過程中三家與《毛詩》不可能没有互相影響的地方，因此案語中這兩個術語的運用，未嘗不可以看作是王先謙面對三家詩旨容或與《詩序》相合，或詩旨材料不足的情況下，一種既能保持三家詩旨的完整性，又不違反尊信三家立場的折中辦法。"三家無異義"與"三家義未聞"都是王氏以三家爲本位，對《詩序》的辨裁，前者謂辨裁後證明《詩序》與三家詩旨相合，後者指三家詩旨闕如無法裁決。

3.1.2　詮釋三家句意

"三家詩句意"指三家舊義中對具體詩句的闡發，性質相當於《毛傳》、《鄭箋》中對《毛詩》句意的說解。《集疏》詮釋句意與通貫詩旨的方法相同，就是强調三家一致，例如：

[9]《周南·兔罝》"肅肅兔罝，椓之丁丁"句下注文曰："魯說曰：兔罝，網也（筆者案：當作"罝，兔網也"）。又曰'肅肅兔罝，椓之丁丁'，言不怠於道也。齊說曰：兔罝之容，不失其恭。"魯說的"不怠於道"與齊說的"不失其恭"就是對"肅肅兔罝，椓之丁丁"句意的闡發。王先謙首先指出三家句意的來源：

> "罝，兔網也"，《吕覽·季春紀》高注文，引《詩》首句爲釋。《淮南·時則訓》注同。《釋器》："兔罟謂之罝。""網"、"罟"義同。"肅肅兔罝"，言設此兔罝之人，雖託業微賤，能持恭敬之道。"肅肅"至"道也"者，《列女傳·楚接輿傳》云："夫安貧賤而不怠於道者，惟至德能之。《詩》曰：'肅肅兔罝，椓之丁丁。'言不怠於道也。""兔罝之容不失其恭"者，《易林·坤之困》文。據此，魯、齊、韓釋"肅肅"義同。②

疏文中"能持恭敬之道"云云是王氏融貫魯、齊二家就"肅肅兔罝"一句的

---

① 張政偉《王先謙〈詩三家義集疏〉對詩旨的擬定》，收入朱漢民主編《清代湘學研究》，第271頁。
② 王先謙撰，吴格點校《詩三家義集疏》，第44頁。

闡發。《韓詩》雖無明文說解此句,但《集疏》在《兔罝》篇題下注文曰:"韓說曰:殷紂之賢人退處山林,網禽獸而食之。文王舉閎夭、泰顛於罝網之中。"疏曰:

> 《文選》桓溫《薦譙元彥表》"兔罝絕響於林中",劉良注云:"罝,兔網也。殷紂之賢人退處山林,網禽獸而食之。"唐惟《韓詩》存,劉注本韓說也。"文王舉閎夭、泰顛於罝網之中"者,《墨子·尚賢》篇文。下云:"授之政,西土服。"據此,劉注所稱"殷紂之賢人"即閎夭、泰顛。①

可見王氏乃據《韓詩》詩旨來推斷三家句意相同,故案語曰:

> 習勞苦之事,則易生慢易之容,今此賢人椓杙入地,勞云至矣,而終始持以肅肅,故劉(筆者案:指劉向《列女傳》的魯說)云"不息",焦(筆者案:指焦延壽《易林》的齊說)云"不失",深美之也。夭、顛隱居山林,網兔爲食。王充《論衡·宣漢篇》云"猶守株待兔之蹊,藏身破罝之路也",趙岐《孟子章指》云"兔罝窮處",並用此事,與劉良說合。王、趙皆學《魯詩》,明魯、韓義同。②

王氏據三家舊義,以史證詩,將詩中張設兔網,敲打木樁的武士具體落實指閎夭、泰顛之輩,雖然與《詩序》"后妃之化"的說法同樣有附會穿鑿之弊,但就通貫三家舊義而言,王氏的疏解確實能夠自圓其說。

《集疏》案語中詮釋句意跟通貫詩旨有一個比較明顯的不同,就是三家於句意無說時,王先謙多數會緣《毛傳》、《鄭箋》加以發揮,未見有"三家無異義"、"三家義未聞"等說法。例如:

[10]《魏風·園有桃》篇題下無注,疏文引《詩序》"刺時也。大夫憂其君,國小而迫,而儉以嗇,不能用其民,而無德教,日以侵削,故作是詩也"曰:"三家無異義。"首章"園有桃,其實之殽"二句下亦只有疏文曰:

① 王先謙撰,吳格點校《詩三家義集疏》,第43頁。
② 王先謙撰,吳格點校《詩三家義集疏》,第44頁。

《傳》："興也。園有桃，其實之食。國有民，得其力。"《箋》："魏
君薄公稅，省國用，不取於民，食園桃而已，不施德教，民無以戰，其
侵削之由由是也。"①

可見三家於此二句句意亦無解說，王氏於是緣《毛傳》而案曰："園有桃則
食其實，以興國有民則得其力，至君不能用其民，則國與無民等矣。"②

　　[11]《小雅·正月》篇題下無注，疏文引《詩序》"大夫刺幽王也"曰：
"三家無異義。"③十二章"彼有旨酒，又有嘉殽。洽比其鄰，昏姻孔云。
念我獨兮，憂心慇慇"六句下亦只有疏文曰：

《傳》："言禮物備也。洽，合。鄰，近。云，旋也。是言王者不能
親親以及遠，慇慇然痛也。"《箋》："彼，彼尹氏大師也。'云'，猶'友'
也。言尹氏富，與兄弟相親友爲朋黨也。此賢者孤特自傷也。"

三家於此章句意亦無說，王氏融會《毛傳》、《鄭箋》而案曰："詩言小人朋
黨，飲食宴樂，合和鄰近，周旋昏姻，惟我孤特自傷，憂心慇慇然痛也。"④

　　筆者認爲這個現象與王先謙極力排斥《詩序》的經學立場密切相關。
王氏在《序例》裏對《詩序》反覆撻伐："毛於《關雎》、《騶虞》別創新說，又
以《騶虞》配《麟趾》爲《鵲巢》之應，私意牽合，一任自爲，其居心實爲妄
繆"，"《毛詩》則詭名子夏，而傳授茫昧，姓名參錯，其大恉與三家歧異者
凡數十，即與古書不合者亦多"，"攷毛之不爲人信者，以《序》獨異故"，
"《毛傳》巨繆，在僞造周召二《南》新說，羼入《大序》之中"。⑤ 因而即使
三家於詩旨無說，王氏亦以"三家無異義"表示暫且同意《詩序》的說法，
"三家義未聞"更是反對《詩序》卻苦無證據的一種表述。相對而言，王氏
認爲"毛之訓詁，非無可取"。詞句的訓詁是闡發句意的基礎，因此我們
未嘗不可以據此理解爲：在王氏看來，《毛傳》對句意的解說在不違反三

①　王先謙撰，吳格點校《詩三家義集疏》，第 403 頁。
②　王先謙撰，吳格點校《詩三家義集疏》，第 403 頁。
③　王先謙撰，吳格點校《詩三家義集疏》，第 665 頁。
④　王先謙撰，吳格點校《詩三家義集疏》，第 672—673 頁。
⑤　王先謙撰，吳格點校《詩三家義集疏》，序例，第 2、5、16、17 頁。

家詩旨或三家詩旨無說的情況下亦"非無可取"。至於兼通今古的鄭玄，
王氏對其《毛詩傳箋》更是另眼相看。

3.2　否定《詩序》

王先謙對三家詩旨是暢而通之，對《詩序》則是駁而斥之。王氏治
《詩》之所以重三家而抑《毛詩》，一個主要原因是《詩序》不可取信。《虛
受堂文集》有《顧竹侯所著書序》一篇，王氏序曰："毛公爲《詩》，本不在孔
壁古文之數，自謂傳自子夏，當時已不尊信，以獻王所好，依附幸存，然漢
人罕稱道者。"又曰：

> 不以周南、召南爲地名，而强釋數語，廁之卜氏之序，致上下文
> 義不通，用心至爲謬妄。《桑中序》誤解《禮記》，《碩人序》誤讀《左
> 傳》，則影附古文，而實不明古文。①

結合《序例》"《毛傳》巨謬，在僞造周召二《南》新說"諸語，我們大致可以
歸納出王氏不信《詩序》的兩個主要原因：

其一是《詩序》影附古文經書，實則誤讀古書。《鄘風·桑中·詩
序》："刺奔也。衛之公室淫亂，男女相奔，至於世族在位，相竊妻妾，期於
幽遠，政散民流而不可止。"《集疏》引《禮記·樂記》"鄭衛之音，亂世之音
也，比於慢矣。桑間、濮上之音，亡國之音也，其正散，其民流，誣上行私
而不可止也"，指出"數語《毛序》所本"。但王氏同時指出："特《記》舉鄭、
衛與桑、濮並論，不得謂《桑中》之詩即'桑間之音'。至政散民流而不可
止，《記》意明指桑、濮，無關鄭、衛，而毛用其文，涊'桑間之音'於《衛詩》，
斯爲謬耳。"②意思是《詩序》誤讀《樂記》又以此比附《桑中》一詩的詩旨。
又《衛風·碩人·詩序》："閔莊姜也。莊公惑於嬖妾，使驕上僭。莊姜賢
而不答，終以無子，國人閔而憂之。"《集疏》引隱公三年《左傳》"衛莊公娶
於齊東宮得臣之妹，曰莊姜，美而無子，衛人所爲賦《碩人》也"，指出"此

---

① 王先謙撰，梅季標點《葵園四種》，第103頁。
② 王先謙撰，吳格點校《詩三家義集疏》，第231頁。

《序》義所本"。但根據屬於魯說的《列女傳·母儀·齊女傅母》所記，《碩人》一詩是莊姜傅母因見莊姜往衛，"操行衰惰，有冶容之行，淫佚之心"，欲以"砥厲女之心以高節"而作。王氏因而認爲《左傳》"衛人所爲賦《碩人》"是指"當日曾爲莊姜賦詩，非謂詠其無子，此自左氏行文之法如是，與'高克奔陳，鄭人爲之賦《清人》'句例略同，不得執此爲'閔憂無子'之證，毛似誤會《左》意"。又謂"詩但言莊姜族戚之貴，容儀之美，車服之備，媵從之盛，其爲初嫁時甚明"。①

其二是《詩序》不以二南爲國名而僞造"南化"新說。《周南·關雎》篇題下注文曰："魯說曰：古之周南，即今之洛陽。又曰：洛陽而謂周南者，自陝以東，皆周南之地也。"王氏引《史記》、《方言》、《漢書》、《水經注》等，嘗試考定出周南的國界：西與周都接，以陝爲界。東北與召南接，以汝南郡汝陰縣爲界。東南與陳接。東與楚接。又謂：

> 蓋周業興於西岐，化被於江漢汝蔡，江漢所爲詩，並得登於《周南》之篇，其地在周之南，故以周南名其國。……迨文王受命稱王，召公代行方伯之職，南土日闢，故別爲召南國名。②

從而得出"《周南》是歸美文王，故云'王者之風'；《召南》則兼美召伯，故云'諸侯之風'。總覽詩恉，憭然易明"的結論。王氏隨後引出《詩序》異說曰：

> 乃《毛詩大序》云："然則《關雎》、《麟趾》之化，王者之風，故繫之周公。南，言化自北而南也。《鵲巢》、《騶虞》之德，諸侯之風也，先生之所以教，故繫之召公。"

然後案曰：

> 《周南》之詩，不及周公一語，曷爲繫之於公？若以公爲周聖人，然則文王非周乎？抑非聖乎？文王之先，起自諸侯，召公分土，亦任

---

① 王先謙撰，吳格點校《詩三家義集疏》，第277頁。
② 王先謙撰，吳格點校《詩三家義集疏》，第1頁。

方伯之職,既云繫之召公,曷爲以諸侯之風歸之太王王季乎?且兩言之中,析周、召言人,二"南"言化,杜撰不辭,聖門親授之恉,殆不若是。(原注:"然則"八句,語意難通,且與上"詩之至也"不相貫注。)①

至此我們大致明白王氏在《序例》中所謂"僞造周召二《南》新說"指的是《詩序》將"周南"之"周"繫之"周公",又把二《南》的"南"字作動詞"化"解,與《魯詩》以"南"爲"南國"之說不符。考二《南》諸詩,《漢廣》言"江之永矣"、"漢有游女","江"指長江、"漢"指漢水;《汝墳》言"遵彼汝墳","汝"指"汝水";《江有汜》言"江有沱","沱"指梁沱,凡此皆在黃河、長江之間,即王先謙所說周南、召南的國界內。1902年陝西省岐山縣劉家原的召公祠,出土了一件"太保玉戈",玉戈上有二十七字銘文,分作兩行:"六月丙寅,王在豐,命太保省南國,帥漢,遂殷南,命濮侯辟,用顨走百人。"②據徐錫臺、李自智的考釋,"'王'即周成王,'豐'即周都豐京,'太保'即輔佐成王的太保召公奭","'南國'亦即古文獻中所說的周朝'南土',指分布在江漢流域的包括巴、濮、楚、鄧等眾諸侯國。《詩·小雅·四月》'滔滔江漢,南國之紀'"。③銘文中"帥漢"的"漢"指漢水,"命濮侯辟"的"濮"即濮國,皆在漢水附近。④"命太保省南國",便是命召公省視

---

① 王先謙撰,吳格點校《詩三家義集疏》,第2頁。

② 徐錫臺、李自智《太保玉戈銘補釋》,《考古與文物》1993年第3期,第73頁。本章所引釋文主要據《太保玉戈銘補釋》,惟"遂殷南"從李學勤說,李氏說:"'殷'意爲殷見,即諸侯會集向王朝見。……'殷'的主語是'王',不是太保。……由此可見,成王命召公巡省南國,沿漢而下,是爲了召集當地諸侯來朝之事。"李氏最後說:"周人的影響從文王時已南及江漢,以至武王、成王時,召公在其間起了較大的作用,這和太保戈銘文完全符合。"以上參見李學勤《太保玉戈與江漢的開發》,收入楚文化研究會編《楚文化研究論集》第二集,湖北人民出版社,1991年,第5—10頁。

③ 徐錫臺、李自智《太保玉戈銘補釋》,第73—74頁。

④ 徐中舒《殷周之際史蹟之檢討》以傳世文獻及出土鐘鼎彝器,詳細分析了周人立國的經過,徐氏強調:"漢水流域有甚多姬姓之國。""就周人在南土之史蹟言,此諸姬立國,必不在武王以後。案姬姓之國在淮汝流域者,其立國次第多有可徵。"徐氏認爲周初經營南土之事,不但有舊籍可據,而且有出土青銅器可證,如他舉薛尚功《歷代鐘鼎彝器款識》著錄的兩件中鼎,一件父乙甗,認爲"是武王時周之國力已遠及江漢流域之證"。此外,徐文亦一一考證《尚書·牧誓》中稱從武王伐紂的"庸、蜀、羌、髳、（轉下頁）

南方的諸侯國。由此可見王氏據魯說釋"二南"之南爲國名，較諸《詩序》更爲近實。

3.3　强調三家多用正字

清人尊崇漢學，推崇漢人的經傳箋注，以其去古未遠。清初顧炎武提出讀經始於考文的主張，[①]後經乾嘉學者揚厲實踐，[②]逐漸形成清人治經的共識，而許慎的《說文解字》也因此特別受重視。江沅（1767—1838）《說文解字注·後敘》謂"經史百家，字多叚借，許書以說解名，不得不專言本義者也。本義明而後餘義明，引申之義亦明，叚借之義亦明。形以經之，聲以緯之"。[③]《說文》本屬文字之學，清人卻以之爲解經的訓詁依據，並賴之以讀破經籍中的假借，以《說文》爲本字、本義之津梁，段玉裁在其《說文解字注》中即反覆强調《說文》用本字。[④]

（接上頁）微、盧、彭、濮"諸族的所在地，其中提到濮人時，徐氏說："至百濮離居者，蓋散居楚之近境。《左傳》昭九年云'巴濮楚鄧吾南土也'，又云'吳濮有釁，楚之執事，豈其顧盟'；《爾雅·釋地》'南至于濮鈆'；《周書·王會篇》'正南百濮'；先秦書所謂南即楚地所有，亦當去漢水不遠。"以上參見徐中舒《殷周之際史蹟之檢討》，《歷史語言研究所集刊》第 7 本第 2 分，1936 年，江蘇古籍出版社 1999 年重印本，第 6 册，第 144—156、152 頁。

① 顧炎武在給李因篤的一通信中，具體提出讀經的途徑："愚以爲讀九經自考文始，考文自知音始，以至諸子百家之書，亦莫不然。"（顧炎武《答李子德書》，《亭林文集》，《續修四庫全書》據清刻本影印，第 1402 册，卷四，第 6 頁）又《與人書四》中說："經學自有源流，自漢而六朝，而唐而宋，必一一攷究，而後及於近儒之所著，然後可以知其異同離合之指。如論字必本於《說文》，未有據隸楷而論古文者也。"（顧炎武《與人書四》，《亭林文集》，卷四，第 17 頁）

② 如戴震《與是仲明論學書》中云："經之至者道也，所以明道者其詞也，所以成詞者字也。由字以通其詞，由詞以通其道，必有漸。求所謂字，考諸篆書，得許氏《說文解字》，三年知其節目，漸睹古聖人制本之始。"（戴震撰，張岱年主編《戴震全書》，第 6 册，第 370 頁）案：是鏡，字仲明，生卒年不詳。

③ 江沅《說文解字注·後敘》，段玉裁《說文解字注》，第 788 頁下。

④ 段氏《說文》學其中一個特點是以爲《說文解字》必用本字，例如《說文·大部》"夸，奢也"下，《段注》云："漢人作《傳》、《注》，不外轉注、假借二者，必得其本字而後可說其假借，欲得其本字，非許書莫由也。"（《說文解字注》，卷十下，第 492 頁下）又如《說文·阜部》"陟，登也"下，《段注》云："許此作'登'，不作'升'者，許書說解不用叚借字也。漢人用同音字代本字，乃不知有本字。"（段玉裁《說文解字注》，卷十四下，第 732 頁下）

　　詩句異文是《毛詩》與三家《詩》分別比較明顯的地方,《毛詩》經字多假借,故《毛傳》釋《詩》,先通假借,例如陳奐替《毛詩》、《毛傳》作《疏》,首要的工作也在於闡明《毛傳》通假借之例,並一一指出經文所借之本字爲何。如《周南·采蘋》"于以湘之",《毛傳》:"湘,亨也。"陳氏《傳疏》曰:

　　　　"湘"讀爲"鬺",假借字也。……引《韓詩》"于以鬺之",《史記·封禪書》字亦作"鬺"。《說文》:"鬵,煑也。"不錄"鬺","鬺"即"鬵"也。"亨"與"煑"同義。①

《毛詩》用假借字"湘",《韓詩》用本字"鬺","鬺"與《說文》"鬵"同。《毛傳》以"亨"釋"湘"是以本字的字義訓釋假借字。又例如《周南·兔置》"公侯干城",《毛傳》:"干,扞也。"《傳疏》曰:"《左傳》釋《詩》'干城'即'扞城','干',古文假借字。"②《毛傳》以本字訓釋假借字。相對《毛詩》來說,三家《詩》經文多用本字,王先謙在《集疏》裏需要讀通假借的地方也較少,因而《集疏》裏強調三家多用本字的案語俯拾皆是。在訓詁學術語裏,跟"假借字"、"借字"相對的概念是"本字",但"本字"在《集疏》裏則多稱作"正字",且多以《說文》爲據。

3.3.1　强調《說文》引《詩》三家爲多

　　《說文》固然是用以分析漢字形音義的著作,但清人普遍認爲號稱"五經無雙"的許慎在《說文》裏也貫注了他的經學思想,段玉裁在《說文解字注》"久"字注下說得很清楚:

　　　　許所偁作久,與《禮》經用字正同。許蓋因經義以推造字之意,因造字之意以推經義,無不合也。③

這是說許慎在《說文》裏將經學與小學結合起來,而段氏注釋《說文》的方

---

① 陳奐撰,滕志賢整理《詩毛氏傳疏》,第51—52頁。
② 陳奐撰,滕志賢整理《詩毛氏傳疏》,第26頁。
③ 段玉裁《說文解字注》,卷五下,第237頁下。

法也是這樣，即所謂"以字考經，以經考字"。① 清人也特別重視《說文》
與經學的關係，據以說經。《說文・敘》云："其偁《易》孟氏、《書》孔氏、
《詩》毛氏，《禮》、《周官》、《春秋》、《左氏》、《論語》、《孝經》，皆古文也。"段
玉裁於"《詩》毛氏"下注云："毛氏者，許學之宗也。"②意即《說文》宗《毛
詩》之學。治今文《詩》學的學者對此則有不同的看法，魏源《詩古微・齊
魯韓毛異同論上》曰：

> 許君《說文敘》自言《詩》稱毛氏，皆古文家言，而《說文》引《詩》，
> 什九皆三家。③

皮錫瑞《經學通論》引魏說並案曰："三家亡，《毛傳》孤行，多信毛而疑三
家。魏氏辨駁分明，一掃俗儒之陋。"④王先謙的《序例》也引魏說並云：
"魏說明快，足破近儒墨守之陋習。"⑤王氏釋《豳風・東山》"零雨其濛"
一句，據《說文》"霝"下引《詩》作"霝雨其濛"，得出"'霝'正字"的結論，復
引陳喬樅"許所偁《詩》，蓋毛氏也。今毛作'零雨'，非舊文"之說而加案
語曰："《說文》引《詩》，三家爲多，偁引古文，特崇時尚，陳說非也。"又云：
"《說文》之'霝'，蓋齊、韓所載矣。"⑥王氏以《說文》引《詩》分屬三家的例
子還見於：

[12]《召南・甘棠》"召伯所茇"，《說文》引作"召伯所废"，王氏曰：

> 據《說苑》、《法言》、《白虎通》、《韋玄成傳》、《韓詩外傳》所引，明
> 魯、韓用借字作"茇"，與毛同。許引作"废"，《齊詩》文也。⑦

---

① 筆者案：陳奐《〈說文解字注〉跋》云："奐聞諸先生曰：'昔東原師之作，僕之學不外以
字攷經，以經攷字。余之注《說文解字》也，蓋竊取此二語而已。'"陳奐《說文解字注・
跋》，第789頁上。

② 段玉裁《說文解字注》，卷十五上，第765頁上。

③ 魏源撰，何慎怡校點《詩古微》，第160—161頁。

④ 皮錫瑞《經學通論》："論三家亡而《毛傳》孤行，人多信毛疑三家。魏源駁辨明快，可謂
定論。"皮錫瑞《經學通論》，第18頁。

⑤ 王先謙撰，吳格點校《詩三家義集疏》，序例，第16頁。

⑥ 王先謙撰，吳格點校《詩三家義集疏》，第533頁。

⑦ 王先謙撰，吳格點校《詩三家義集疏》，第88頁。

[13]《邶風·新臺》"新臺有泚"，《說文》引作"新臺有玭"，王氏曰：

　　許引三家，正字，毛借字。①

[14]《衛風·淇奧》"綠竹猗猗"，《說文》引作"菉竹猗猗"，王氏曰：

　　許引作"菉"，亦《魯詩》文。②

[15]《魯頌·泮水》"鸞聲噦噦"，《說文》引作"鑾聲鐬鐬"，王氏曰：

　　"鑾"既从"鸞"省，是"鑾"正字，"鸞"借字。許引《詩》亦作"鑾"，明三家皆作"鑾"。③

王先謙採信魏源的看法，認爲"《說文》引《詩》，三家爲多"，因此凡《說文》引《詩》文字與《毛詩》相異者，一律歸入三家《詩》。在王氏看來，許慎引《詩》多屬三家，而《說文》稱引《毛詩》，只是受東漢古文經學勃興的風氣影響，所以《說文》與三家《詩》的關係較《毛詩》的密切。有了這一層認識，王先謙以《說文》收錄的漢字爲據，證明三家《詩》經字多正字便顯得順理成章。

3.3.2　據《說文》強調三家《詩》多用正字

王先謙以《說文》爲據，強調三家《詩》經文多正字，例如：

[16]《周南·桃夭》"桃之夭夭"，魯、韓"夭"作"枖"，王氏曰：

　　《說文》："枖，木少盛貌。从木，夭聲。《詩》曰：'桃之枖枖。'"……《九經字樣·木部》出"枖"、"夭"二字，《注》云："音妖，木盛貌。《詩》云：'桃之枖枖。'上《說文》，下經典，相承隸省。"據此，"枖"正字，"夭"淆字。④

[17]《召南·殷其靁》"莫或遑處"，《韓詩》"遑"作"皇"，王氏曰：

　　"韓遑作皇"者，《眾經音義》六引《詩》曰："莫或皇處"，"遑"作

***

① 王先謙撰，吳格點校《詩三家義集疏》，第 210 頁。
② 王先謙撰，吳格點校《詩三家義集疏》，第 266 頁。
③ 王先謙撰，吳格點校《詩三家義集疏》，第 1071 頁。
④ 王先謙撰，吳格點校《詩三家義集疏》，第 41 頁。

“皇”。陳喬樅云玄應用《韓詩》者，據《韓詩》推此上二章，“遑”亦當
爲“皇”。

案“莫或遑處”見《殷其靁》卒章，首章云“莫敢或遑”，次章云“莫敢遑息”，
王氏引陳喬樅說以末章《韓詩》“遑”作“皇”，推論《韓詩》三章皆作“皇”。
而王氏於首章“莫敢或遑”下云：“《說文》無‘遑’、‘徨’、‘偟’三字，當正作
‘皇’。”①準此則《韓詩》作“皇”是用正字。

　　[18]《邶風·柏舟》“覯閔既多”，魯、齊“閔”作“愍”，王氏案曰：

　　　　《說文》：“愍，痛也。”“閔，弔者在門也。”魯、齊正字，毛借字。言
　　遇傷痛之事既多，受人之輕侮亦不少。②

　　[19]《邶風·匏有苦葉》“卬須我友”，《魯詩》“須”作“頦”，王氏
案曰：

　　　　《說文》：“須，面毛也。”“頦，待也。”魯正字，毛借字。人皆涉，我
　　獨不然，所以如此者，我待我友而後涉耳。③

　　[20]《鄘風·牆有茨》“牆有茨”，齊、韓“茨”作“薺”，王氏曰：

　　　　《說文》：“薺，蒺藜也。從艸，齊聲。《詩》曰：‘牆有薺。’”蓋齊、
　　韓本如此。“茨”、“薺”古通，故《禮·玉藻》鄭《注》引《詩》“楚楚者
　　茨”作“楚薺”。《毛傳》、《郭注》不以茨爲蓋屋之茅，而訓爲蒺藜，與
　　《說文》“薺”注合，明“薺”正字，“茨”借字。④

　　有時候《毛詩》和三家《詩》異文並見於《說文》，王先謙仍然會以三家
異文爲正字，例如上舉例[18]中，《邶風·柏舟》“覯閔既多”，魯、齊“閔”
作“愍”，王氏引《說文》“愍，痛也”、“閔，弔者在門也”，指出作魯、齊作
“愍”是正字，毛作“閔”是借字。⑤　又例如：

---

[21]《鄘風·君子偕老》"是紲袢也",三家"紲"作"褻",王氏曰:

　　《說文》"褻"下云:"私服。《詩曰》:'是褻袢也。'""袢"下云:
"《詩》曰:'是紲袢也。'"作"紲"者用《毛詩》,則"褻"是三家文。"褻"
正字,"紲"借字。褻,謂親身之衣也。①

[22]《衛風·河廣》"跂予望之",魯、齊"跂"作"企",王氏曰:

　　《說文》"企"下云:"舉踵也。""跂"下云:"足多指也。"魯、齊正
字,毛同音叚借字。②

[23]《鄭風·風雨》"雞鳴膠膠",三家"膠"作"嘐",王氏云:

　　《說文》云:"喌,嘐也。"是三家作"嘐","嘐"正字。《毛詩》作
"膠","膠"借字。③

3.3.3　以《說文》證明《毛詩》多假借字

王先謙一方面以《說文》爲據,強調三家多用正字,另一方面以《說
文》爲準,替《毛詩》經字找出正字,從側面說明三家較《毛詩》多正字,
例如:

[24]《召南·采蘋》"南澗之濱",三家經文未見。王氏曰:

　　《說文》無"濱","瀕"下云:"瀕,水厓,人所賓附。頻顣不前而
止。从頁,从涉。"據此,"瀕"正字,"濱"俗字。④

[25]《秦風·終南》"有條有梅",三家經文未見。王氏案曰:

　　《說文》"梅"下云:"柟也。""某"下云:"酸果也。"蓋酸果之稱,以
"某"爲正字,作"梅"者借字耳。⑤

[26]《豳風·七月》"四之日其蚤",三家經文未見。王氏曰:

---

① 王先謙撰,吳格點校《詩三家義集疏》,第 229 頁。
② 王先謙撰,吳格點校《詩三家義集疏》,第 305 頁。
③ 王先謙撰,吳格點校《詩三家義集疏》,第 363 頁。
④ 王先謙撰,吳格點校《詩三家義集疏》,第 78 頁。
⑤ 王先謙撰,吳格點校《詩三家義集疏》,第 450 頁。

《說文》："早，晨也。从日，在甲上。""早"正字，"蚤"借字。①

[27]《大雅·泂酌》"可以濯溉"，三家經文未見。王氏案曰：

據《說文》，則"摡"爲正字。②

上揭諸例足證王先謙明辨《毛詩》和三家《詩》中的正字和借字，而王氏辨明假借，讀以本字的依據主要來自《說文》。用字假借在經籍中是常見的現象，注釋者在解釋詞義之際，辨明假借，讀以本字完全符合訓詁學上的要求。王氏在《集疏》裏如此強調三家《詩》經文多用正字，究竟是純粹交代客觀事實，還是另有原因呢？這裏我們不妨再以陳奐的看法作對照。陳氏在《傳疏》中具體交代了《毛詩》經文裏哪些是假借字，以及其假借的本字，在他看來，《毛詩》是古文，其經字類多假借，這只不過反映了"古人字少，義通乎音"的事實，③至於三家《詩》多本字的現象，陳氏另有見解。考王引之《王文簡公文集》中收錄了一通王氏致陳奐的復函：

尊說又言三家《詩》多用本字，疑以己意讀經，不必盡是師傳本子不同，如司馬遷以訓詁字代經之比。④

從王引之的復函看來，陳奐曾經懷疑三家《詩》多用本字的現象可能是經師在傳三家《詩》的過程中"以己意讀經"的結果，情況就好像司馬遷撰寫《史記》時以訓詁字翻譯難懂的經籍文字一樣。在陳氏眼中，《毛詩》多用假借毋庸置疑，但三家《詩》裏那些異於《毛詩》的所謂本字的來源則大可商榷。陳奐如果能夠論證三家《詩》經文本字是經師改經之字，非三家《詩》經文原貌，那麼三家《詩》經字與《說文》本字的關係便不見得如此密切。如果三家《詩》多本字是傳經者"以己意讀經"，易字訓釋的結果，那

---

① 王先謙撰，吳格點校《詩三家義集疏》，第 523 頁。

② 王先謙撰，吳格點校《詩三家義集疏》，第 905 頁。

③ 案：《傳疏》刻成後，同年陳氏有《毛詩說》一卷成書，分十七例，是陳奐爲《傳》作《疏》後，爲了供"學者省覽"而整理歸納出來的心得，其中"假借說"指出"凡字必有本義，古人字少，義通乎音"（陳奐《毛詩說》，《續修四庫全書》據清道光二十七年武林愛日軒刻本影印，第 70 冊，第 11 頁上）。

④ 王引之《王文簡公文集》，載羅振玉輯印《高郵王氏遺書》，卷四，第 207 頁上。

麼三家《詩》經文的價值便很成疑問。陳奐這個看法是在清人尊崇《說文》的學術背景下，爲了維護《毛詩》、《毛傳》的經學立場而提出來的。清人以《說文》爲本字本義之淵藪，學者治經、治小學，都重視從《說文》裏推求經文本字、本義，而經文多本字的三家《詩》較諸經文多借字的《毛詩》，明顯更容易與《說文》收錄的本字本義互相發明，陳氏既然無法改變《毛詩》多借字的事實，那麼只能懷疑與《說文》本字本義互相發明的三家《詩》經文是否本來如此。我們有了這一點認識，再來看王先謙在《集疏》裏強調三家多正字的做法，便知道王氏此舉除了交代三家《詩》經字多用本字這個事實外，還有其經學上的目的——突出三家《詩》的價值。因爲在好求本字、正字的清代學術環境下，《毛詩》不如三家《詩》多用正字的事實，成了王先謙用以突出三家《詩》較《毛詩》優勝的重要證據。

3.4　貶抑《毛傳》、《孔疏》

王先謙雖然認爲《毛傳》的訓詁非無可取，但由於毛亨開宗明義是爲《毛詩》作傳，且毛亨是漢初《毛詩》古學傳授的源頭，所謂一脈相承，是故《集疏》對《毛傳》總體來說仍然採取一種貶抑的態度。至於《孔疏》全書基本上依《傳》立說，疏不破注，自是等而下之，因此《集疏》對《孔疏》的評價也不高。以下分別舉例說明：

[28]《周南·卷耳》次章"我姑酌彼金罍"，《毛傳》曰："人君黃金罍。"韓說曰："金罍，大器也。天子以玉，諸侯、大夫皆以金，士以梓。"王氏案曰：

> 《周南》之詩，是文王未稱王時作，無嫌於金罍爲諸侯之制。《毛傳》統言"人君"，所以成其曲說，不若韓之得實也。……故知不通三家，未可言《詩》也。①

王氏據韓說天子以玉飾罍，諸侯以金，批評《毛傳》天子、諸侯不別。

[29]《邶風·柏舟》三章"威儀棣棣，不可選也"，《毛傳》曰："棣棣，

---

① 王先謙撰，吳格點校《詩三家義集疏》，第 27 頁。

富而閑習也。"魯說曰："棣棣，富也。"王氏案曰：

> "棣棣"猶"優優"。《說文》："優，饒也。"富、饒同義。《說文》："逮，唐逮，及也。""隶，及也。""及，逮也。""棣，及也。"是"隶"、"逮"、"棣"、"及"並轉相訓。……"逯"爲相及並進之義，引申之，即爲衆多之義。《史記‧韓信傳》"魚鱗雜逯"，《文選‧洞簫賦》"騖合逯以詭譎"，"雜逯"，"合逯"皆衆多意。"逮"、"逯"字同義通，故"逮逮"訓爲"富"也。《毛傳》"棣棣，富而閑習也"，"富而閑習"四字文不成義，竊取連綴之迹顯然。[①]

王氏據故訓批評《毛傳》增字爲訓，文不成義。

[30] 卷一"周南關雎第一　詩國風"下，《集疏》引《孔疏》：

> 孔云："據今者及亡詩六篇，凡有三百十一篇。""云'三百五篇'者，闕其亡詩，以見在爲數也。《樂緯動聲儀》、《詩緯含神霧》、《尚書璿璣鈐》皆云'三百五篇'者，漢世毛學不行，三家不見《詩序》，不知六篇亡失，謂其唯有三百五篇。讖緯皆漢世所作，故言三百五耳。"

《詩》三百零五篇，另外有其義而亡其辭六篇，[②]故有"三百五篇"、"三百十一篇"兩個不同稱法。《孔疏》以漢世毛學不行，三家不見《詩序》故不知原有三百十一篇之數。王氏對此不以爲然：

> 愚案：《史記‧孔子世家》云："古者詩本三千餘篇，去其重，取其可施於禮義者三百五篇。"……《漢書‧儒林傳》王式云："臣以三百五篇諫。"遷、式皆學《魯詩》者。《漢書‧藝文志》："孔子純取周詩，上采殷，下取魯，凡三百五篇。"班氏學《齊詩》者，是魯、齊二家皆言"三百五篇"。《韓詩》無考，而孔云"三家謂唯三百五篇"，《韓傳》後亡，孔猶及見，知韓與魯、齊同也。六篇亡失，應以見在爲數。孔謂毛學不行所致，然班志藝文兼收《毛傳》，並非不知毛學，亦云"三

---

①　王先謙撰，吳格點校《詩三家義集疏》，第 130—131 頁。

②　這六篇分別是《南陔》、《白華》、《華黍》、《由庚》、《崇丘》、《由儀》。

百五篇”，是“三百五”者，漢儒通論稱之如此。孔用以尊毛而抑三
家，非也。①

王氏認爲《孔疏》之說純粹是“尊毛而抑三家”的心態作祟。三家以“以見
在爲數”，《漢志》兼收《毛傳》證明習《齊詩》的班固“並非不知毛學”，《漢
志》仍稱“三百五篇”是漢儒通稱。

　　[31]《召南·采蘋》首章“于以采藻？于彼行潦”，《毛傳》曰：“行潦，
流潦也。”王氏曰：

　　《說文》：“潦，雨水大皃。”《漢書·司馬相如傳》注引張揖曰：
“潦，行潦也。”《泂酌》毛傳：“行潦，流潦也。”足證“行潦”二字相連爲
義。行之爲言流也，雨水流行，渟蓄汙下之處，其水無原，故曰
“行潦”。

又引《孔疏》“行者道也。潦，雨水也。行潦，道路之上流行之水”，案曰：
“‘行’雖有‘道’義，但雨水道路流行，豈遂有藻可采？《孔疏》非也。”②
“潦”爲雨水，本無流行之意，《孔疏》既訓“行”爲道，又要牽合《毛傳》“流
潦”之訓，於是增字解“潦”爲“流行之水”，反覺窒礙難通。

　　[32]《鄘風·柏舟》篇題下疏曰：

　　《毛序》：“共姜自誓也。衛世子共伯蚤死，其妻守義，父母欲奪
而嫁之，誓而弗許，故作是詩以絶之。”《箋》：“共伯，僖侯之世子。”

據《史記·衛世家》所記，“釐侯卒，太子共伯餘立爲君。共伯弟和襲攻共
伯於墓上，共伯入釐侯羨自殺。衛人因葬之釐侯旁，謚曰共伯，而立和爲
衛侯，是爲武公”，“釐侯”即衛僖侯，卒於周宣王十五年（前813），由太子
伯餘繼位，翌年伯餘爲弟和偷襲而在僖侯墓道自殺。《詩序》謂《柏舟》爲
伯餘早死其妻共姜守義自誓之詞，與《史記》所載不合。《孔疏》更進一步
推衍序意，謂“言早死者，謂早死不得爲君，不必年幼”。王氏對此相當不

---

① 　王先謙撰，吳格點校《詩三家義集疏》，第3頁。
② 　王先謙撰，吳格點校《詩三家義集疏》，第79頁。

滿，批評《孔疏》"遷就其詞"，"曲爲《序》解"，並案曰："共伯事當以史爲正，《毛序》不合，無庸強爲牽附。三家詩義與史同。"[1]案語中"強爲牽附"指的就是《孔疏》。

3.5　對《鄭箋》另眼相看

王先謙在《集疏》裏一共七次提到鄭玄注三《禮》在箋《詩》之前，故三《禮》鄭《注》用三家《詩》義：

> 鄭注《昏禮》，在未見《毛詩》前。[2]
>
> 鄭注《周禮》時，……，是用三家義。[3]
>
> 鄭注《禮》時書三家《詩》。[4]
>
> 鄭注《禮》在箋《詩》前，此蓋據《齊詩》爲說。[5]
>
> 鄭先通《韓詩》，注《禮》則用《齊詩》。[6]
>
> 鄭注《禮》時未見《毛詩》。[7]
>
> 鄭注《禮》時未見《毛詩》。[8]

筆者認爲王先謙如此強調鄭玄注《禮》時未見《毛詩》的用意在於揭示《鄭箋》並非完全是《毛詩》說，當中有異於毛而同於三家之處。例如：

[33]《周南·關雎》"君子好逑"句下，王氏曰：

> 《箋》云"言后妃之德和諧，則幽閒處深宮。貞專之善女，能爲君子和好眾妾之怨者，言皆化后妃之德，不嫉妒"，係用魯說改毛。[9]

[34]《召南·鵲巢》"百兩成之"句下，王氏案曰：

---

[1]　王先謙撰，吳格點校《詩三家義集疏》，第 216 頁。
[2]　王先謙撰，吳格點校《詩三家義集疏》，第 68 頁。
[3]　王先謙撰，吳格點校《詩三家義集疏》，第 223 頁。
[4]　王先謙撰，吳格點校《詩三家義集疏》，第 291 頁。
[5]　王先謙撰，吳格點校《詩三家義集疏》，第 498 頁。
[6]　王先謙撰，吳格點校《詩三家義集疏》，第 902 頁。
[7]　王先謙撰，吳格點校《詩三家義集疏》，第 911 頁。
[8]　王先謙撰，吳格點校《詩三家義集疏》，第 942 頁。
[9]　王先謙撰，吳格點校《詩三家義集疏》，第 11 頁。

“之”者夫人,則“成之”是成夫人,非謂能成百兩之禮。《箋》意
與《易林》合,知鄭參用《齊詩》義也。①

[35]《邶風·終風》“願言則疐”句下,王氏案曰:

據《玉篇》引《詩》直作“嚏”字,在《唐石經》前,顧(筆者案:顧野
王)用《韓詩》,所據即韓文,鄭讀“疐”爲“嚏”,(筆者案:《箋》云:
“疐,讀當爲不敢嚏咳之嚏。”)用韓改毛也。②

[36]《鄘風·相鼠》“相鼠有體”句下,王氏案曰:

《毛傳》“體,支體”,鄭以體爲身體,謂全體也,蓋本三家,與毛
訓異。③

[37]《大雅·生民》“以弗無子”句下,王氏案曰:

“以祓無子”,當即《周禮》女巫祓除所由昉。《鄭風·溱有篇》,
《韓詩》以爲上已祓除,亦此類也。《鄭箋》以“祓”釋“弗”,正據三家
改毛。④

準此,《鄭箋》由於跟三家有不少可以互相發明的地方,在《毛詩》解經系
統中最爲王氏所青睞。例如:

[38]《邶風·谷風》“我躬不閱,遑恤我後”,《箋》曰:“我身尚不能自
容,何暇憂我後所生子孫也。”王氏案曰:

《列女傳·王陵母傳》云:“君子謂王陵母能棄身立義,以成其
子,《詩》云:‘我躬不閱,遑恤我後。’終身之仁也。陵母之仁及五世
矣。”“仁及五世”反對“遑恤我後”言,是《魯詩》家亦以“後”爲“子
孫”。《箋》用三家,遠承古訓。⑤

① 王先謙撰,吳格點校《詩三家義集疏》,第69頁。
② 王先謙撰,吳格點校《詩三家義集疏》,第149頁。
③ 王先謙撰,吳格點校《詩三家義集疏》,第250頁。
④ 王先謙撰,吳格點校《詩三家義集疏》,第876—877頁。
⑤ 王先謙撰,吳格點校《詩三家義集疏》,第176頁。

[39]《小雅·都人士》"匪伊垂之，帶則有餘，匪伊卷之，發則有旟"，《箋》曰：

> 伊，辭也。此言士非故垂此帶也，帶於禮自當有餘也。女非故卷此髮也，髮於禮自當有旟也。旟，枝旟揚起也。盱，病也。思之甚，云何乎我今已病也。

王氏案曰："'匪伊垂之'四句，說者頗多，然《箋》義自長。"①

[40]《大雅·既醉》"孝子不匱，永錫爾類"，《毛傳》曰："類，善也。"《箋》曰："永，長也。孝子之行非有竭極之時，長以與女之族類。謂廣之以教道天下也。《春秋傳》曰：潁考叔純孝也，施及莊公。"王氏案曰：

> 魯訓"類"爲"法"，與毛訓"善"異而意同。《箋》釋爲"與女族類"，與《左傳》合，義更宏大。②《韓詩外傳》八："孔子燕居，子貢攝齊而前曰：'弟子事夫子有年矣，才竭而智罷，振於學問，不能復進。請一休焉。'孔子曰：'賜也，欲焉休乎？'……曰：'賜休於事父。'孔子曰：'《詩》云："孝子不匱，永錫爾類。"爲之若此其不易也，如之何其休也？'"推聖人之意，亦是廣及族類，故云"爲之不易"。《箋》蓋用韓義易毛也。③

王氏認爲《鄭箋》較之"義更宏大"主要有三個原因：其一是《鄭箋》與隱公元年《左傳》相合。其二是《鄭箋》與《韓詩外傳》所載舊義相合。其三是用《外傳》易《毛傳》的《鄭箋》較《毛傳》更合乎孔子（前551—前479）的"聖人之意"。

　　《集疏》案語有明顯尊信三家貶抑《毛詩》的傾向，這種鮮明的經學立場是否意味著揚厲三家就是王先謙對《集疏》的定位呢？筆者認爲我們在下這個結論以前需要考慮一個容易爲人忽略的現象：王氏在肯定三家的同時，偶爾會以"推演"或"推衍"一語來衡量所引諸書的三家舊義與

---

① 王先謙撰，吳格點校《詩三家義集疏》，第804頁。
② 王先謙撰，吳格點校《詩三家義集疏》，第890頁。
③ 王先謙撰，吳格點校《詩三家義集疏》，第216頁。

詩旨、句意的相合程度。據筆者翻檢所得,這類例子在《集疏》全書約有
五十個,例如:

　　[41]《邶風·靜女》首章"愛而不見,搔首踟躕"二句疏文下,王氏案
曰:"《韓詩外傳》一略言不肖者縱欲天年,賢者精氣闌溢而後傷,時不可
過。引'懷昏姻也'(筆者案:見《鄘風·蝃蝀》)及此詩爲證。《說苑·辨
物篇》引詩同,並推演之詞。"①

　　[42]《周頌·臣工》引據蔡邕的《獨斷》定此詩"諸侯助祭,遣之於廟
之所歌也",首章"嗟嗟保介,維莫之春,亦又何求? 如何新畬"四句疏文
下,王氏案曰:"《韓詩外傳》三載楚莊王寢疾一條,末引《詩》'嗟嗟保介',
乃推衍之義。"②

　　"推演"與"推衍"同,謂推論引申,且往往見於詩句的疏文之下,
可見王氏認爲三家舊義於句意的引申較爲常見。判斷句意引申與
否則以詩旨作爲準則,例如據前文例[1]所述,王氏據《易林》而定
《邶風·靜女》一詩爲齊桓公夫人長衛姬迎接媵妾少衛姬所作,因此
例[41]所引案語中,王氏據此詩旨指出《外傳》、《說苑》所釋句意乃
"推演之詞"。換言之,在王氏眼中,推論引申不是詩句的原意,甚至
與詩旨無關。例如:

　　[43]《邶風·柏舟》四章"憂心悄悄,慍于羣小"二句疏文下,王
氏曰:

　　　　《孟子·盡心篇》引此二語以況孔子,最合詩怡。《荀子·宥坐
　　篇》、《劉向傳》上封事、《說苑·至公篇》、《韓詩外傳》一、趙岐《孟子
　　章句》十四引《詩》,皆推演之語,非本詩義。③

　　[44]《邶風·日月》首章"胡能有定,寧不我顧"二句疏文下,王
氏曰:

---

① 王先謙撰,吳格點校《詩三家義集疏》,第 207 頁。
② 王先謙撰,吳格點校《詩三家義集疏》,第 1020 頁。
③ 王先謙撰,吳格點校《詩三家義集疏》,第 132 頁。

“定”之言“止”，《新序》所謂“壽止仮”也，詩代仮言：壽雖止我，我奉命而往，何能有止乎？胡不顧念我言而先往也。《說文》：“顧，還視也。”引申爲“回念”之義，故《箋》云：“顧，念也。”《韓詩外傳》九引“胡能有定”一語推演之，不關詩惜。①

王氏判斷三家詮釋句意推演與否的標準是詩旨本義，而詩旨本義的來源顯然又是據三家舊義。如例［41］據《易林》、例［42］據《獨斷》、例［43］據《列女傳》、例［44］據《新序》等（說見《集疏》各詩詩旨疏文）。因此王氏即使不取小部分推演句意的三家舊義，大體而言仍然尊信三家，而且這小部分有推演之詞的三家舊義大多來自《韓詩外傳》一書。即便如此，王氏還是認爲多推衍之詞的《外傳》相較《詩序》更貼近詩旨。例如：

［45］《魏風·汾沮洳》篇題疏文下，王氏引《詩序》“刺儉也”，又引《韓詩外傳》“君子有主善之心，而無勝人之色，德足以君天下而無驕肆之容，行足以及後世而不以一言非人之不善”云云而案曰：

> 《外傳》雖多推衍之詞，然皆依文順惜，從無與本詩相反者。《汾沮洳》果爲刺詩，韓在當時不容不知，何必取而曲暢其說，此智者所不爲，豈經師而昧此理邪？魯、齊當同韓義。②

由此可見，上舉諸例與《集疏》案語尊主三家的立場並無矛盾。不過這些在《集疏》裏爲數不多的例子，正好說明了王氏並未因爲尊信三家而不問是非，對三家舊義通盤接受。賀廣如注意到《集疏》中此一現象並舉《邶風·柏舟》“我心匪石，不可轉也”二句下的疏文爲例曰：

> 在此二詩句之下陳列的諸多魯《詩》與韓《詩》佚說，葵園並非照單全收，而是有取，有不取，不取者，便明言其乃“斷章推演之詞，非詩本義”，相當直捷。此舉在釋義上實極有意義，尤其是在葵園大量吸納喬樅成果，且肯定三家《詩》義的情況之下，不論葵園此中分辨是否完足無誤，至少已呈現葵園在揀擇資料上的獨立思考，可視爲

---

① 王先謙撰，吳格點校《詩三家義集疏》，第 144 頁。
② 王先謙撰，吳格點校《詩三家義集疏》，第 400—401 頁。

個人獨特之見解。①

賀氏指出王氏在揀擇資料上有獨立思考是相當正確的,但如果我們能夠擺脫《集疏》以集大成爲定位這個舊有的論述框架,從王氏本身來看的話,就會發現王氏關心的並不是陳氏父子的輯佚成果,因此王氏對於陳氏父子輯佚所得的三家舊義有所取有所不取並不特別令人意外。不僅是資料的揀擇,王氏在書題與體例的選定,三家遺文舊義的剪裁乃至於對三家舊義是否合乎詩旨的判斷等方面都透露了王氏的個人見解。筆者認爲上舉諸例極有意義的地方,在於揭示了揚屬三家並不是王氏撰作《集疏》的目的而是手段。《周南·關雎》"琴瑟友之"、"鍾鼓樂之"二句,王氏認爲《毛傳》、《鄭箋》據《詩序》推衍此二句寫祭祀之樂的說法不合詩旨本義。王氏於是據《韓詩》"鍾鼓樂之"作"鼓鍾樂之"而案曰:

> 《韓詩》"鍾鼓"一作"鼓鍾",知琴瑟與鍾皆房中所用,可無祭樂之疑。賴此孤證,袪《毛傳》千年之惑,誠古經之幸矣。②

又曰:

> 孔子曰"《關雎》樂而不淫",云"樂"、云"不淫",明指房中言,即此語推之,知聖人所見《詩經》必作"鼓鍾",而"鍾鼓"乃後出誤本。③

王氏通過今文三家經師保留下來的遺文舊義嘗試復元千多年來因《毛詩》獨尊而失落的古經真貌,可見王氏的目光並沒有停留在兩漢,而是遠眺先秦,因此揚屬今文三家並不是王氏對《集疏》的定位。

第四節　以復古爲定位的《集疏》

《集疏》雖然屬稿於王氏江蘇學政任上,但撰述工作從光緒十四年

---

① 賀廣如《論王先謙〈詩三家義集疏〉之定位》,收入張素卿主編《清代漢學與新疏》,第316—317頁。
② 王先謙撰,吳格點校《詩三家義集疏》,第14頁。
③ 王先謙撰,吳格點校《詩三家義集疏》,第16頁。

(1888)起就停滯不前,直至宣統三年(1911)才完成整個《國風》的部分。民國三年四月十二日(1913 年 5 月 17 日),王氏致書繆荃孫曰:

> 兩年以來,將《後漢集解》纂成,《三家詩》稿,《風詩》已畢,《雅》、《頌》久閣,擬賡續成之。①

就在王氏肆力於這部結穴之作的前十年,王氏晚年另一部經學著作——《尚書孔傳參正》——在光緒三十年(1904)刻成。《詩》、《書》二經在兩漢同樣有今古文之爭的問題,以《尚書孔傳參正》作爲參照,或許可以讓我們從王氏晚年的學術脈絡中觀察其對《集疏》的定位。

4.1　在王氏晚年學術脈絡觀照下以復古爲定位的《集疏》

光緒三十年,王氏刊刻《尚書孔傳參正》(以下簡稱"《參正》"),是書"自《史》、《漢》、《論衡》、《白虎通》諸書,迄於《熹平石經》,可以揮發三家經文者,采獲略備,兼輯馬、鄭《傳》、《注》,旁徵諸家義訓,其有未達,間下己意。今、古文說,炳焉著明"。② 所謂"三家",指傳自伏生,兩漢立於學官的《今文尚書》歐陽、大、小夏侯三家,而馬、鄭傳、注則指東漢馬融、鄭玄爲《古文尚書》所作的注解。與《集疏》相同,《參正》同樣是把有宋以迄清季"散而無紀"③的"眾家疏解,冶爲一鑪","以暢經怡"。④ 因此皮錫瑞的《經學通論》稱《參正》"兼疏今、古文,詳明精確,最爲善本"。⑤

皮錫瑞是清季今文經學家,以《古文尚書》沒有師承而不信從,其《經學通論》專闢一節"論古文無師說,二十九篇之古文說,亦參差不合,多不可據",又謂"今文早出有師說,古文晚出無師說",⑥"蓋古文本無師授,所以人自爲說,其說互異,多不可據"。⑦ 皮氏著有《今文尚書考證》三十

---

① 顧廷龍校閱《藝風堂友朋書札》,第 43 頁。

② 王先謙撰,何晉點校《尚書孔傳參正》,中華書局,2011 年,序例,第 1 頁。

③ 王先謙撰,何晉點校《尚書孔傳參正》,序例,第 1 頁。

④ 王先謙撰,何晉點校《尚書孔傳參正》,序例,第 9 頁。

⑤ 皮錫瑞《經學通論》,第 104 頁。

⑥ 皮錫瑞《經學通論》,第 60 頁。

⑦ 皮錫瑞《經學通論》,第 61 頁。

卷。前二十九卷考證二十九篇《今文尚書》,第三十卷考證今文《書序》。皮氏在書中貫徹其不信《古文尚書》的立場,如謂"疏通古義,當據舊文。俗儒不知,妄說斯啟。是末師而非古,執誤本以疑經",自注曰:"如《索隱》據《僞孔》以詆史公,近人據馬、鄭以詆伏生皆是。"①又謂而"漆書一卷,出自西州……文惟崇古,義乃戾今。……且孔壁文多譌脫,不如伏書遠有師承",②揚今抑古之意甚爲明顯。王先謙在光緒二十三年(1897)替皮氏此書所撰序文中,一方面推許此書"條理今文,詳密精審,兼諸大儒之長,而去其蔽。後之治今文者,得是編爲前導,可不迷於所往",一方面對皮氏一面倒貶抑古文的態度"反求於心而未能釋然"。③ 王氏曰:

> 《漢書》稱今文徒眾,或善修章句,或增多師法,未嘗不各自爲說。若古文當日之不泯,亦非獨文字古也。史遷從孔安國問故,明孔氏嘗爲故矣。遷書載《堯典》諸篇,多古文說,是古文有說矣。④

又曰:"本朝碩學朋興,今古文界域始明,而弊亦因之。曲阿高密,強刓今文,蔽一。專尚古文,故抑《伏傳》,蔽二。不信《史記》,擯斥舊聞,蔽三。"⑤這種調和今古的論調在七年後成書的《參正》中亦有所反映。《序例》曰:

> 向疑賈、馬、許、鄭皆大儒,何以必舍今從古? 及觀石經、漢碑,文字多譌,乃知今文因當時通行,不免譌俗,諸君好古,故鄙棄今學也。但今文有譌俗,不妨以古文參考,古文無說解,仍兼采三家所長,庶爲盡善。乃諸君詆諆今文,別張幟志,學官未立,微顯不常,王肅輩得乘其隙,偽造孔安國傳,後人誤信之,而東漢古文與西漢今文,同歸於盡。⑥

---

① 皮錫瑞撰,盛冬鈴、陳抗點校《今文尚書考證》,中華書局,1998 年,第 3 頁。
② 皮錫瑞撰,盛冬鈴、陳抗點校《今文尚書考證》,第 4—5 頁。
③ 皮錫瑞撰,盛冬鈴、陳抗點校《今文尚書考證》,王先謙序,第 2 頁。
④ 皮錫瑞撰,盛冬鈴、陳抗點校《今文尚書考證》,王先謙序,第 1 頁。
⑤ 皮錫瑞撰,盛冬鈴、陳抗點校《今文尚書考證》,王先謙序,第 2 頁。
⑥ 王先謙撰,何晉點校《尚書孔傳參正》,序例,第 8—9 頁。

王氏的意思簡單來說就是今古文《尚書》在文字、經解上可以互補。王氏之所以與皮錫瑞對古文的看法有別，原因有二：其一是據實物爲證，用今天的話，就是以出土文字材料證明《今文尚書》有訛字、俗字，不若《古文尚書》存古。其二是《古文尚書》亦淵源有自。王氏曰：“自伏生脫秦燼，發壁藏，以延三代聖經一綫之脈，厥功甚鉅。”①又曰：

> 漢、魏人無謂伏《書》爲今文者，晉、宋之間始有之。……《說文序》云：“宣王太史籀箸《大篆》十五篇，與古文或異。至孔子書六經，左丘明述《春秋傳》，皆以古文。”蓋古文乃《書》之本文，如今所摹鐘鼎款識籀篆，則周代通俗文字與古文兩體並行。……孔子以古文書六經，不用時字，蓋尊經之意。安國以今文讀《尚書》，其古文真本固在，實有專稱，通儒傳授，不沒其本來。②

換言之，無論是伏生抑或孔安國所傳《尚書》其原本皆來自孔子故宅壁中，因此今古同源。由此可見王氏注目的並不是東漢古文與西漢今文，而是孔子時代的聖經真本。無論是歐陽、大、小夏侯今文三家，抑或捨今從古的賈、馬、許、鄭，甚至是“發千古爭鬨”③的僞經、僞傳都一一保留在《參正》之中，目的都在於辨明“真僞古今”，④以復元古經真貌。

　　比類而觀，《參正》“以延三代聖經一綫之脈”與前揭《集疏·序例》“不可謂非聖經一綫之延也”之說實爲異曲同調。《詩經》三家遺說猶如《尚書》諸家今古文說，皆傳習本經且來歷分明，是孔門聖經一綫之延，因此是王氏復原古經真貌可以取信的遺文舊義。至於在王氏認知當中來歷不明、僞造新說的《毛詩》一系，在以復古爲定位的《集疏》中屢爲王氏駁斥、貶抑自是理所當然。可以說在二十世紀初年，王氏突破、擺脫了肇始於兩漢，延蔓於清季的經今古文門户之爭，形成了以直尋元典、復古求真爲目標的一家之言。

---

① 王先謙撰，何晉點校《尚書孔傳參正》，序例，第 1 頁。
② 王先謙撰，何晉點校《尚書孔傳參正》，序例，第 5—6 頁。
③ 王先謙撰，何晉點校《尚書孔傳參正》，序例，第 1 頁。
④ 王先謙撰，何晉點校《尚書孔傳參正》，序例，第 1 頁。

　　上文第三節提到《虛受堂文集》中收錄了一篇王氏替顧震福①(字竹侯)所撰寫的《顧竹侯所著書序》。序文未署年份,但據文末"《釋名》余刻有成書,未知于竹侯所撰有合否也"云云,知此序必作於王氏《釋名疏證補》刻成,即光緒二十二年(1896)以後,也就是王氏《集疏》撰作過程的後期。此時王氏已經對《毛詩》之學大張撻伐:

> 　　毛公爲《詩》,本不在孔壁古文之數,自謂傳自子夏,當時已不尊信,以獻王所好,依附幸存,然漢人罕稱道者。劉子駿欲牽引以張不傳之學,頗議立之,而《移太常博士書》不及一字,足以推見至隱,其析《邶》、《鄘》、《衛》爲三卷,不以周南、召南爲地名,而強釋數語,廁之卜氏大序,致上下文義不通,用心至爲謬妄。⋯⋯徒以鄭君騖博,爲之作箋,鄭學盛而《毛傳》行,三家遂陵夷漸滅,無復片簡之存。②

這段序文與《集疏》的《序例》可謂如出一轍,顯然是王氏晚年定見之作。序文末段王氏曰:"惜哉惜哉! 自今以後,謂無有志復古者起而正之,吾不信已。"王氏期許能有"有志復古者起而正之"的願望最終由自己達成。

4.2　《集疏》以復古爲定位的現實意義

　　姑勿論王氏的研治成果有多大程度上需要修正的必要,就以復古此一思想來說,王氏在二十世紀初中國學術思想發展的潮流中肯定是一個入流的人物。梁啟超在《清代學術概論》中總結清代學術思想發展的趨勢曰:

> 　　綜觀二百餘年之學史,其影響及於全思想界者,一言蔽之,曰"以復古爲解放"。第一步,復宋之古,對於王學而得解放。第二步,復漢唐之古,對於程朱而得解放。第三步,復西漢之古,對於許鄭而

---

① 　案:顧震福爲清末民初學者,曾據《玉篇》殘卷、《玉燭寶典》、慧琳《一切經音義》等書,詳爲採輯,成《韓詩遺說續攷》四卷。又著有《毛詩別字》六卷、《小學鉤沈續編》八卷等。

② 　王先謙著,梅季標點《葵園四種》,第 103 頁。

得解放。第四步，復先秦之古，對於一切傳注而得解放。①

以梁啓超這個標杆式的總結來看，王先謙的三家《詩》研究可以說已經走向"復先秦之古"這一步了。

"以復古爲解放"換個說法就是康有爲所謂的"以復古爲更新"。②王國維（1877—1927）在《沈乙盦七十壽序》中這樣評價清代學術："國初之學大，乾嘉之學精，道咸以降之學新。"三百年間學術三變的原因，據王氏的觀察主要是：

> 順康之世，天造草昧，學者多勝國遺老，離喪亂之後，志在經世，故多爲致用之學，求之經、史，得其本原，一掃明代苟且破碎之習，而實學以興。雍乾以後，紀綱既張，天下大定，士大夫得肆意稽古，不復視爲經世之具，而經、史、小學專門之業興焉。道咸以降，塗轍稍變，言經者及今文，考史者兼遼、金、元，治地理者逮四裔，務爲前人所不爲。雖承乾嘉專門之學，然亦逆睹世變，有國初諸老經世之志。③

王氏對道咸以來新學回歸經世致用的洞見相當適合用來詮釋王先謙晚年以復古爲革新此一學術思想的現實意義。王氏的學術著作於四部均有創獲，言經者有《參正》、《集疏》及於今文，考史者有《漢書補注》、《後漢書集解》、《新唐書集注》而兼《元史拾補》，治地理者有《日本源流考》、《五洲地理志略》、《外國通鑑》等逮諸四裔。可見王氏身處世情丕變的清末，雖承乾嘉專門之學而有所革新，以實現其經世之志。

王先謙主張變法，更是晚清湖南新政初期的積極參與者。光緒二十四年五月二十二日（1898 年 7 月 10 日）因領銜聯署《湘紳公呈》要求整頓時務學堂而被視爲反對康梁新政的湖南守舊派領袖，頗遭物議，以致

---

① 梁啓超《清代學術概論》，第 7 頁。

② 康有爲《萬木草堂所藏中國畫目》，收入姜義華、張榮華編校《廣藝舟雙楫（外一種）》，中國人民大學出版社，2010 年，第 105 頁。

③ 王國維撰，謝維揚、房鑫亮主編《王國維全集》，浙江教育出版社，2009 年，第 8 卷，第 618 頁。

因言廢人，因人廢學。在相當長的一段時間裏，先入爲主成爲了研究王氏學術、政治思想的主調。幸而二十世紀八十年代以來，隨著對戊戌維新期間不少史實的澄清，學界對王氏負面的評價開始有所改變。羅志田最先指出"王先謙素主變法，他到民國時仍指出：晚清'外患紛乘，羣思變法，可謂有大順之機矣'；可惜清廷'任非其人'，方法也不對，終致覆亡"。① 又謂"從當時（筆者案：指光緒二十二年［1896］王先謙領銜上奏《湖南紳士請辦内河小火輪船稟稿》）已具新舊象徵意義的輪船公司的興辦，也可見王先謙比一些主要新派人物的觀念還要更'新'"。② 實爲知人之論。

《集疏·序例》中有一段頗堪細味的話：

> 其初，人以信三家者疑毛，繼則以宗鄭者暗毛，終且以從毛者屏三家，而三家亡矣。眾煦漂山，聚蚉成雷，乃至學問之途，亦與人事一轍。君子觀於古今盛衰興亡之故，可不爲長太息哉！③

"眾煦漂山，聚蚉成雷"語出《漢書·中山靖王劉勝傳》，下二句爲"朋黨執虎，十夫橈椎"，《漢書補注》曰："執，固執也，謂執言有虎，喻人口多則僞可使真，直可使曲。"④意謂眾口呵氣足以移山，眾蚊之聲可大如雷，王氏借此以喻積讒致惑，流言成謗。王氏在序文中借用《漢書》的典故來說明"學問之途，亦與人事一轍"，今昔之比相當明顯。"學問"指的是三家《詩》與《毛詩》的消長關係，而"人事"指的就是自己晚年因爲反對康梁新政而遭受的物議。《虛受堂文集》有《太息論》一篇，寫於 1912 年以後，⑤

---

① 羅志田《思想觀念與社會角色的錯位：戊戌前後湖南新舊之爭再思——側重王先謙與葉德輝》，《歷史研究》1998 年第 5 期，第 59 頁。

② 羅志田《思想觀念與社會角色的錯位：戊戌前後湖南新舊之爭再思——側重王先謙與葉德輝》，《歷史研究》1998 年第 5 期，第 60 頁。

③ 王先謙撰，吳格點校《詩三家義集疏》，序例，第 1 頁。

④ 王先謙《漢書補注》，《二十四史考訂叢書專輯》據清光緒二十六年王氏虛受堂刻本影印，書目文獻出版社，1995 年，中册，第 468 頁下。

⑤ 案：《虛受堂文集》裏的文章沒有標明寫作的日期，但因爲《太息論》有"宣統四年以後，余親見軍人之樸魯者"等語，據此知此文成於 1912 年或之後。

是王氏借總結清代覆亡之由，重提維新變法之弊：

> 或曰：“清失天下，以法外洋故。”不知西人工藝，今日有必學之
> 理勢，而爲堂以聚學者，其事本與中學無關。且日本學之，有利無
> 害，國以富理。明明前軌可循，棄而不用，而出此予智自雄之政策，
> 使中學並受其殃。又招集徒手之民，逸居無教，遍於行省，自謂師西
> 人通國皆兵之意，別立新法。行此二者，不恤殫天下之財力以成之。
> 嗟乎！祖宗培植經營，無事不其難其慎，亦既有百密而無一疏。及
> 外患紛乘，羣思變法，可謂有大順之機矣，乃以任非其人而誤。可惜
> 也夫！可慟也夫！①

誠如羅志田所言，王氏顯然不反對變法革新，而王氏革新的政治主張與
其復古的學術思想更是一體兩面，互爲表裏。維新運動以失敗告終，而
王氏對變法“任非其人”的觀察在今天看來未嘗不可以謂之有先見之明。

第五節　結　語

《詩三家義集疏》是清代《詩經》學史中最後一部經疏著作，1916 年
面世以來即以其體例博洽、廣集自宋至清數十家《詩經》論說而備受學者
贊譽，而其在《詩經》學史上的貢獻亦往往被“集大成”一語一筆帶過。本
章全面梳理了《集疏》中近九百條可以判斷爲王先謙個人意見的案語，從
作者本身的角度審察王氏個人對《集疏》在其自身學術脈絡中的定位，發
現學者一直強調《集疏》集大成的主要來源——《三家詩遺說攷》並不是
案語內容的核心，相反揚厲三家、貶抑《毛詩》的內容比比皆是，集大成顯
然不是王氏個人最爲關切，也不是王氏認爲《集疏》最有價值的部分。筆
者循此以進，藉由《集疏》撰作過程中書題的遞易、體例的選定、案語內容
的釐清以及王氏晚年學術脈絡的考察，發現揚厲三家也不是王氏撰作
《集疏》的目的，王氏只是通過今文三家經師保留下來的遺文舊義嘗試復

---

① 王先謙著，梅季標點《葵園四種》，第 16 頁。

元千多年來因《毛詩》獨尊而失落的古經真貌,因此復古才是王氏對《集疏》的定位。王氏把目光由兩漢轉到先秦,突破、擺脫了肇始於兩漢,延蔓於清季的經今古文門户之爭,以直尋元典、復古求真爲目標。

自從梁啓超提出清人"以復古爲解放"此一經典名言後,學者亦嘗試從不同的角度來解釋清代學術轉型的理路,例如艾爾曼認爲清代學術由理學轉向樸學與江南繁榮的經濟密不可分,因爲當時許多的學術研究都得到官方和民間大量的經濟支持。[1] 余英時則從明末清初思想變化的內在理路入手,指出樸學之興是宋明理學內在矛盾衝突的結果。[2] 經濟因素只是外部因素,未足以說明學術思想變遷的內部原因。趙剛以反對陸王心學,對程朱理學體系亦持批判態度的顧炎武爲例,指出余英時的內在理路無法解釋清代學術思想的流變,原因是清初學者對宋明理學的對錯已經沒有太大的興趣。[3]

金觀濤、劉青峰提出清代"考據之風興起與明末清初儒者修身方式巨變密切相關",即"取消道德境界層面,思考道德是甚麼的過程就變成對經典和聖人之言的考據"。[4] 而判斷經典與聖人之言的真僞必須在常識理性高度發達的情況下才能達致。金、劉二氏認爲清代自顧炎武提出以小學通經學的方法論推動下,清代學者的常識理性高度發達,加上修身方式由天理境界的冥想轉化爲對經典的考證,因而導致清代考據學的興起。[5] 這個理論與梁啓超"以復古爲解放"的看法本質上並無矛盾,而且相當適合用來解釋道咸以後學者致力"復西漢之古"、"復先秦之古"的原因:

> 因爲以常識理性的方法來看,越是接近聖人生活年代的經典就越可靠,那麼,隨著考證的深入,就會再次産生對古文經的懷疑。古

---

[1] Benjamin A. Elman, *From Philosophy to Philology: Intellectual and Social Aspects of Change in Late Imperial China*, pp. 137‐149.

[2] 余英時《清代思想史的一個新解釋》,載氏著《歷史與思想》,第 139—151 頁。

[3] 趙剛《告別理學:顧炎武對朱學的批判》,《清華學報》第 25 卷第 1 期,1995 年,第 1—25 頁。

[4] 金觀濤、劉青峰《中國現代思想的起源》,第 207 頁。

[5] 金觀濤、劉青峰《中國現代思想的起源》,第 210 頁。

文經是東漢末年儒者批判今文經的憑藉，對其真偽一直有爭議。從被儒生信奉的前後順序來說，今文經學比古文經學更古老，也更接近於生活在先秦時代的聖人。魏源認爲，西漢以董仲舒爲主的今文學家是最接近六經原意的，因而只有通過今文經才能接近聖人，孔子之道才能大明。陳壽祺（原注：字恭甫，1771—1834）告誡其子陳喬樅（原注：字樸園，1809—1869），說今文經之所以值得輯存，因爲它是古文經的前驅。[①]

準此，我們就不難理解王先謙經學思想晚年偏重三家的因由，也不難理解王氏晚年結穴之作的《集疏》尊主今文是其經學思想中"復先秦之古"的必然結果。《集疏》中揚厲三家的案語只是王氏用來達致復古目的的手段，即以經旨、句意一致的今文三家系統抗衡由來歷不明、真偽莫辨的《詩序》、《毛傳》構成的《毛詩》古文系統。唯其如此，聖人的原意才能得以彰顯，這是王氏賦予《集疏》的意義所在，也是《集疏》在王氏學術脈絡中的定位。

張舜徽在《愛晚廬隨筆·清人之書雖多仍當分別觀之》裏指出，清人著作雖夥，然當以"作"、"述"爲標準分別細審，不宜等量齊觀：

> 蓋必有所發明、有所發現而自抒所得者，然後謂之作；憑藉前人之作，續有申衍者，然後謂之述。作與述，若是其不可混同也。其後集解、纂輯之業日興，但以撮鈔爲事，愈不足以與於著述之林矣。

是"集解"、"纂輯"之事，又在"述"業之下，張氏特別舉王先謙爲例曰：

> 大抵爲集解者，撮錄前人之言爲多，自抒心得之語甚少。成書甚易，可以炫俗，故人皆樂爲之。吾湘先正王先謙，一生從事於此最勤，成書雖富，適爲盛業之累耳。[②]

蓋張氏以"撮錄多"、"心得少"、"成書易"概括王先謙的集解之學。王氏

---

① 金觀濤、劉青峰《中國現代思想的起源》，第212—213頁。
② 張舜徽《愛晚廬隨筆》，華中師範大學出版社，2005年，第310頁。

一生著述繁富，且誠如張氏所言大抵屬集解、集纂一類。以"集"名書，突顯了著作本身主於捃摭前說，"撮錄多"自是理所當然。至若"心得少"則宜分別觀之，首先，集解類著作，既多綜錄各家成說，那麼著者的個人意見很自然散見全書，尋檢不易。其次，同是集解類著作，限於著者不同，識見、心得容或不同，不宜一視同仁。即使著者相同，其著作往往因爲體例、著述目的等因素的影響而有不同的學術價值。王先謙的《荀子集解》、《釋名疏證補》、《漢書補注》、《後漢書集解》等書至今仍爲學者推重，顯然不獨是王書體例完備、資料翔實而已，更重要的是王氏善於鎔裁，間下己意。《詩三家義集疏》初創於王先謙在任江蘇學政，是王氏早年未竟的舊作，辛亥避亂，移寓平江，賡續成書，從草創到成書，前後歷時近三十年，成書之難，歷時之久，自非如張氏所謂"成書甚易，可以炫俗"之流。清人三家《詩》輯佚材料至陳壽祺、陳喬樅父子成《三家詩遺說攷》最爲廣備，王先謙研究三家《詩》，自當以陳書爲基礎此外，王氏對於"近世治《傳》《箋》之學者，亦加擇取"，"期以破除墨守，暢通經恉"，確是"撮錄前人之言多"。陳氏父子於三家《詩》材料的搜求，用力甚勤，但對搜集的材料，較少發明，王氏則多能參匯眾說，疏解三家《詩》義。《集疏》採用陳書的地方雖然很多，但對陳氏父子論述失當或未盡詳備之處，也能加以糾正或補充。而王氏的"己意"則散見全書，並以"案"、"愚案"、"愚謂"的形式領起，可以說是王氏"自抒心得之語"。而通過本章對《集疏》中王氏案語的研究，筆者認爲王氏選定經疏的體例，目的是要構建一個可以與《毛詩》比肩而立的三家《詩》詮釋體系，而案語處處貶抑《毛詩》，揚屬三家，強調三家一致，目的是要抬高三家遺文舊義的價值，從要把儒家《詩》學從東漢《毛詩》系統中解放出來，通過西漢直尋先秦，這是《集疏》在學術史上的定位與價值，也是王先謙三家《詩》學創新之所在。

　　洪湛侯《詩經學史》將《集疏》比諸《毛詩正義》，洪氏曰："《毛詩》之學，至唐代而有孔氏《正義》，三家之學，至清末而有王氏《集疏》，古文詩派、今文詩派皆有總結性著作見存。"①此一觀察實際上是建基於《集疏》

---

① 洪湛侯《詩經學史》，第 607 頁。

是宋代以來三家《詩》學中唯一一部注疏體裁的著作，這除了因爲王先謙有復古革新的撰志外，還有一個很重要的條件，那就是由宋代王應麟以來，歷代學者，特別是清代學者從輯錄三家《詩》佚文的經驗中逐漸發展而來出來的三家《詩》遺文舊義分類理論，這個理論的建立大大方便了三家遺文舊義的歸屬，從而使今文三家有斐然可觀的經文、經注可以構成足以與古文《毛詩正義》比肩的注疏體系。可以說三家《詩》輯佚材料的分類理論是清代三家《詩》學的一大創獲，但由於這個理論存在不少謬誤的地方，因此也是現代學者最爲詬病的地方，下一章筆者將就此問題詳加探析。

第五章
謬誤的體系：
清代三家《詩》歸屬理論的新檢討

第一節　引　言

　　清代三家《詩》學與三家《詩》佚文遺說輯佚工作相輔相成。漢代《詩經》傳授有魯、齊、韓、毛四家可考，東漢之季，鄭玄箋《毛詩》，由是《毛詩》獨尊，三家《詩》學日趨式微。《齊詩》亡於魏，《魯詩》亡於西晉，[①]《韓詩》亡於南、北宋間。由於三家《詩》的文字和詩說皆已散佚，所以學者研究三家《詩》首先要從輯佚開始。三家《詩》輯佚的工作，始於南宋王應麟的《詩攷》，後經范家相、阮元、陳壽祺、陳喬樅父子等人窮搜博考，成果豐碩，兩漢三家《詩》佚文遺說於是蔚然可觀，王先謙《詩三家義集疏》的三家《詩》材料就主要襲用陳氏父子的《三家詩遺說攷》而有所增益，是有清一代三家《詩》輯佚成果的總彙。

　　學者面對材料眾多的三家《詩》經文《詩》說，分門別類是首要的工作。所謂"歸屬"，指的就是將輯錄自他書的《詩經》佚文遺說，分別歸入魯、齊、韓三家。舉例來說，輯自《文選注》引《韓詩》、《韓詩章句》的材料，便歸入《韓詩》一類去，本章稱爲"直引法"，[②]這類注明家數的材料最可

---

① 魏徵等《隋書》，第 918 頁。

② 筆者案：賀廣如歸納清人三家《詩》輯佚分類方法爲"直引法"、"師承法"、"推臆法"和"删去法"，釋義明晰，所論甚詳，本章所論歸屬方法即據賀氏的說法，詳參賀氏《馮登府的三家〈詩〉輯佚學》，《中國文哲研究集刊》第 23 期，2003 年，第 305—336 頁；又賀廣如《論王先謙〈詩三家義集疏〉之定位》，《人文學報》第 28 期，2003 年，第 87—124 頁。

靠。然而清人輯佚得來的材料，很多是沒有注明家數的。那麼爲甚麼以
《詩三家義集疏》爲代表的清代三家《詩》歸屬理論體系裏能夠家數分明
呢？這得靠自王應麟以來，三家《詩》學自成體系的歸屬方法所賜。除
"直引法"外，清人基於漢儒治經專守師說的認識，發展出以"師承法"爲
標準的歸屬方法。舉例來說，清人以劉向家學《魯詩》，故凡與劉向有關
的作品、言論徵引或說解《詩經》的材料，都歸入《魯詩》佚文遺說裏。"師
承法"的建立，大大促進了輯佚材料歸屬的進度，因爲學者確立了傳經譜
系之後，其他不能以"直引法"、"師承法"歸屬的材料，都可以用類推或排
除的方法來歸類。如劉向《詩》說既屬《魯詩》，那麼其他古籍引《詩》說
《詩》材料與劉氏《詩》說相合的，便可類推論定爲《魯詩》，這種方法叫作
"推臆法"；相反，相關材料與劉氏《詩》說相反，則可以排除在《魯詩》說之
外，這種方法叫"刪去法"。從理論上來說，這種歸屬方法是合理的，如果
以"直引法"、"師承法"歸類的材料可靠的話，建基於這兩種方法之上的
"推臆法"和"刪去法"便相對可信。換言之，推臆、刪去二法是否可靠端
賴根據"直引法"和"師承法"歸屬的輯佚材料是否可信。"直引法"由於
來源明確，問題不大，值得探究的是"師承法"，因爲它是三家《詩》歸屬理
論的關鍵。

　　陳喬樅《〈魯詩遺說攷〉自序》云：

　　　　攷《楚元王傳》言："元王好《詩》，諸子皆讀《詩》，王子郢客與申
　　公俱卒學。申公爲《詩傳》，元王亦次之《詩傳》，號《元王詩》。"向爲
　　元王子休侯富曾孫，漢人傳經，最重家學，知向世修其業，著《說苑》、
　　《新序》、《列女傳》諸書，其所稱述，必出於《魯詩》無疑矣。①

王先謙《詩三家義集疏》於三家《詩》遺說襲用陳書，亦以爲劉向習《魯
詩》。陳、王二家判定劉向《詩》學宜屬何家的過程是這樣的：首先確立
漢人傳經最重家學這個總原則，然後根據《漢書・楚元王傳》關於劉向先
祖習《詩》的記載，認定楚元王劉交所習爲《魯詩》，進而利用漢人重守家

─────────

①　陳壽祺撰，陳喬樅述《三家詩遺說攷・魯詩遺說攷》，自序，第 1178 頁下。

法的前設,得出劉向必習《魯詩》的結論,從而推斷《說苑》、《新序》、《列女傳》諸書所稱述的《詩經》材料必定是《魯詩》經文、《詩》說。就論證步驟來說,陳、王二家這種層層遞進的論證方法是可以自圓其說的,問題是每一個步驟必須先證實是對的,才可以有下一步的推論。筆者的問題是:第一,漢人傳經是否必守家法? 第二,《楚元王傳》有沒有明文說劉交習《魯詩》,又有沒有交代劉向是否習《魯詩》? 第三,《說苑》、《新序》、《列女傳》是否劉向所著? 如果我們不能論證漢人傳經必守家法,那麼劉向習《魯詩》之說就沒有確切依據,以"師承法"來歸屬的方法至少在劉向身上行不通。即使劉向習《魯詩》,如果《說苑》等書只是劉向編纂而非撰著,把《說苑》等書引《詩》說《詩》的材料歸入《魯詩》的做法又是否恰當呢?在此基礎上所作的"推臆"、"删去"方法更不用說了。本章之撰,旨在以劉向及《說苑》爲例,重新探討三家《詩》歸屬理論中的"師承法",藉以小見大之法,指出以《詩三家義集疏》爲代表的清代三家《詩》歸屬理論有重新檢討的必要。

另一方面,清人輯錄的三家《詩》材料不少來自《爾雅》、《說文》、《方言》、《廣雅》、《玉篇》等語文專書,這些專書彙集大量故訓資料,清人往往將其看作是兩漢以來三家《詩》學者對《詩經》經文字詞的訓釋材料。例如清人認爲《爾雅》屬《魯詩》之學,舉凡他們認爲《爾雅》某條訓釋與《詩》相關的,即認定爲《魯詩》家的訓釋。不過這些語文專著明確引《詩》並加訓釋的例子並不多,更沒有注明所釋何家。《詩三家義集疏》卻繼承前說,以"師承"、"推臆"、"删去"三法將《爾雅》、《方言》歸入《魯詩》,《玉篇》歸入《韓詩》,《說文》則泛屬三家。這樣的歸屬到底有沒有問題呢?《爾雅》爲《魯詩》之學清人的看法最一致,王先謙在《集疏》裏徵引的《爾雅》文字也相當多,本章擬以《爾雅》爲例,評價清人"《爾雅》,魯詩之學"①的論斷。

總括來說,本章通過具體研究劉向《詩》學,《說苑》、《爾雅》是否《魯詩》之學等問題,重新探討三家《詩》歸屬理論中若干值得商榷且關係整

---

① 　王先謙撰,吳格點校《詩三家義集疏》,序例,第16頁。

個歸屬理論是否可信的問題，並指出今後我們運用《詩三家義集疏》所錄三家《詩》佚文遺說時應該注意的地方。底下筆者先簡單介紹自王應麟至王先謙，三家《詩》輯佚歸屬工作的進程。

第二節 三家《詩》輯佚簡史

2.1 王應麟《詩攷》

在王應麟之前，曹粹中、董迴等人已經開始了零星的三家《詩》研究，但第一個真正系統輯錄三家《詩》的是王應麟。[①]《詩攷》先將三家《詩》分而別之，按次爲"韓詩"、"魯詩"、"齊詩"，然後各以《詩經》篇名爲綱，再以《詩》句爲領，把輯錄所得歸類，至於那些王氏未能判定家數的三家《詩》說，則置於"詩異字異義"一項下。同是三家《詩》遺說，爲甚麼有些家數判然可辨，有的則只能泛屬三家呢？ 王應麟是怎樣輯錄遺說，他又根據甚麼原則判定家數呢？ 回答這兩個問題，有助我們繼續探論王氏以後諸家輯佚及歸屬的特色。

王應麟《詩攷序》云：

> 文公語門人：《文選注》多《韓詩章句》，嘗欲寫出。應麟竊觀傳記所述，三家緒言尚多有之，罔羅遺軼，傅以《說文》、《爾雅》諸書，粹爲一編，以扶微學，廣異義，亦文公之意云爾。讀《集傳》者，或有攷於斯。[②]

據此可知朱熹曾經想把李善《文選注》中引東漢薛漢（生卒年不詳）《韓詩章句》的材料寫出，終未成事。《隋志·詩類》著錄《韓詩章句》二十二卷，[③]是書以《韓詩》爲訓。唐人李善尚及見之，故注《文選》時曾加徵引。但到了朱熹的時候已經看不到這本書，所以只好從《文選注》中輯錄出《韓詩章句》的文字，賀廣如說："某書的作者由於及見三家《詩》未亡佚時

---

① 戴維《詩經研究史》，第 389 頁。
② 王應麟《詩攷》，第 2 頁。
③ 魏徵等《隋書》，第 918 頁。

之原貌，故直接引述三家《詩》中原來的内容”，他把輯録這些古籍直接引述的三家《詩》材料的方法稱做“直引法”。①“直引法”所得的三家《詩》說最穩當，也最容易判定家數。王應麟受朱熹啓發，著手輯録三家緒言，“直引法”是他用得最多的方法，如王氏把《文選注》引《韓詩章句》“雎，耿介之鳥也”一句，置於《韓詩·雄雎》下，②又如《韓詩·小旻》下有“謀猶回歑”一句，《毛詩》作“謀猶回遹”，《詩攷》即據陸德明《經典釋文》引《韓詩》異文而定《韓詩》此句“遹”作“歑”。③《韓詩》亡佚最晚，古籍直接引述的也較多，故《詩攷》以“直引法”輯録的《韓詩》遺說最多。

利用“直引法”輯録所得的佚文遺說雖然較可靠，但所得始終有限，且多是《韓詩》材料，魯、齊二家幾近闕如，但古籍所載與《毛詩》文字或詩義相異的材料所在多是，該如何輯録這些材料呢？底下筆者以劉向爲例，看看王應麟如何將題爲劉氏撰著的《列女傳》、《新序》引《詩》的材料歸到《魯詩》去。《詩攷·後序》云：

> 劉向《列女傳》謂蔡人妻作《芣苢》，周南大夫妻作《汝墳》，申人女作《行露》，衛宣夫人作《邶·柏舟》，定姜送婦作《燕燕》，黎莊公夫人及其傅母作《式微》，莊姜傅母作《碩人》，息夫人作《大車》。《新序》謂伋之傅母作《二子乘舟》，壽閔其兄作憂思之詩，《黍離》是也。楚元王受《詩》於浮丘伯，向乃元王之孫，所述蓋《魯詩》也。④

王氏的結論是劉向述《魯詩》，史籍没有明言劉氏習《魯詩》，這個結論根據的是劉氏先祖受《詩》於傳《魯詩》的浮丘伯這個間接論據。這種預先

---

① 賀廣如《馮登府的三家〈詩〉輯佚學》，《中國文哲研究集刊》第 23 期，2003 年，第 314 頁。

② 王應麟《詩攷》，第 12 頁。

③ 王應麟《詩攷》，第 31 頁。筆者案：陸德明之時，《韓詩》見存，《經典釋文》保存了不少《韓詩》文字，如此條見《小雅·小旻》“回遹”條下，陸氏云：“《韓詩》作‘歑’，義同。”（第 81 頁下）又如《邶風·終風》“終風”條，《毛詩音義》云：“終日風也。《韓詩》云‘西風也’。”（第 57 頁下）《小雅·大東》“佻佻”條，《毛詩音義》云：“《韓詩》作‘嬥嬥’。”（第 83 頁下）見陸德明撰，黃焯斷句《經典釋文》。

④ 王應麟《詩攷》，第 128—129 頁。

設定學者習《詩》的譜系，然後再據此輯錄三家《詩》說的方法，可以稱爲
"師承法"，即"就諸書作者的學術背景，如師承或家學淵源，便可推敲其
人與三家《詩》的種種關連，並進一步論斷其說應屬三家《詩》中的某一
家"。① 王氏雖然構思了"師承法"，卻很少利用。《詩攷·魯詩》一項下
竟無一條劉向《列女傳》、《新序》說《詩》的材料，而《後序》具列的例子，反
而置諸未能判斷家數的"詩異字異義"一項下。這說明王氏對"師承法"
尚有保留，並未如清儒般大量運用於輯佚工作上。

2.2 范家相《三家詩拾遺》

王應麟之後，三家《詩》輯佚工作停滯不前，至范家相始見中興。范家
相《三家詩拾遺》(下簡稱"《拾遺》")十卷，《四庫全書總目提要》撮其要旨云：

> 王應麟於咸淳之末，始掇拾殘剩，輯爲《詩攷》三卷。然創始難
> 工，多所掛漏。又增綴逸《詩》篇目，雜採諸子依託之說，亦頗少持
> 擇。家相是編，因王氏之書重加衷益，而少變其體例。首爲《古文考
> 異》，次爲《古逸詩》，次以三百篇爲綱，而三家佚說一一並見。較王
> 氏所錄以三家各自爲篇者，亦較易循覽。②

家相本《詩攷》之旨，蒐補刪正之意甚明，而《拾遺》與《詩攷》在體例上差
異最大的是《拾遺》改變了王應麟以魯、齊、韓分類的方法，改以三百篇爲
綱，然後於篇目下具列三家遺說，於家數判然可考者標明爲《魯詩》、《齊
詩》或《韓詩》，於家數不可考者則泛屬三家。是書分"文字考異"、"古逸
詩"及"三家《詩》遺說"三個部分。③ 范氏於"凡例"清楚說明了各部分的
收錄原則，兹引述如下：

---

① 賀廣如《馮登府的三家〈詩〉輯佚學》，《中國文哲研究集刊》第 23 期，2003 年，第
315 頁。
② 紀昀總纂《四庫全書總目提要》，第 457—458 頁。
③ 筆者案：《三家詩拾遺》卷一爲"文字考異"，卷二爲"古逸詩"、卷三至卷十爲三家《詩》
遺說，"文字考異"和"古逸詩"二標題爲原書所定，惟卷三至卷十則無標題，現據其内
容擬"三家詩遺說"一題以統攝。

　　一、三家文字異者，與經書子史所引古文奇字統爲一卷，列之於首，以廣見聞。其三家文字既異，仍別有意義者，重錄於各章各句之下，書曰"某作某"，然後可覽其說焉。其文字異而義同者，不重出。

　　一、古逸《詩》或爲孔筆所删，或删後之《詩》皆見經傳子史之引述三家，如《雨無正》、《鼓鐘》般。諸篇句有逸出《毛詩》者，皆當輯錄，故統爲一卷，次於"文字考異"後。

　　一、三家《齊詩》存者絕少，《魯訓詁傳》亦復無多，唯《韓詩》亡於北宋，所存頗見一斑，凡所輯錄必注明出於何書。

　　一、魯之孔安國、劉向，齊之匡衡、翼奉，韓之王吉諸人，皆傳一家之學無所出入。其董江都、賈長沙、班孟堅諸說，未知的出何家者，則但標其名。①

值得注意的是最後兩個條例，前者利用"直引法"輯錄遺說，後者則利用"師承法"。"直引法"問題最少，輯佚所得也最可靠。"師承法"在《詩攷》裏已經提了出來，但王應麟始終沒有實踐。那麽范家相會否如王氏般只提其法而未加利用呢？筆者再以劉向爲例，考察一下《拾遺》如何整理劉向《列女傳》、《說苑》、《新序》的《詩》說。

《拾遺》在"凡例"之前有一篇題爲"三家詩源流"的文字，是篇先總論三家，復據史籍明文，以魯、齊、韓爲次，分論三家《詩》的傳授經過。至於史籍未著傳授者，則附論於後，題"漢魏說詩不著傳授者"，而劉向即繫於此。家相這樣說：

　　劉向《列女傳》，曾南豐（筆者案：即曾鞏，1019—1083）譏其說《詩》多乖異，不知向家世《魯詩》也。《說苑》、《新序》亦然。向子歆好《春秋左傳》及《毛詩》，其與毛異者皆《魯詩》。②

此前范氏論《魯詩》傳授時，已據《漢書·楚元王傳》論定劉交習《魯詩》，故於此有"向家世《魯詩》也"之論。不獨如此，范氏更將他對劉向三書存

---

① 　范家相《三家詩拾遺》，凡例，第505頁。
② 　范家相《三家詩拾遺》，三家詩源流，第504頁上。

《魯詩》的想法貫徹在《拾遺》裏，如《拾遺》卷三論《關雎》詩序，范氏云：

> 《魯詩》：司馬遷曰："周道缺，詩人本之衽席，《關雎》作。"①又曰："周室衰而《關雎》作。"②劉向曰："周之康王夫人晏而出朝，《關雎》起興，思得淑女以配君子，夫雎鳩之鳥，未嘗見其乘居而匹處也。"（原注：《列女傳》）③……孔安國、司馬遷、劉向、揚雄諸人，皆宗《魯詩》。④

又卷七《魚麗》"物其有矣，維其時矣"句下引《說苑》云：

> 《魯詩》：劉向曰："物之所以有而不絕者，以其時也。"（原注：《說苑》）⑤

《說苑》文見《辨物》篇。⑥ 范氏將劉向三書《詩》說繫於《魯詩》之例比比皆是，可以說《拾遺》是真正利用"師承法"輯錄三家《詩》遺說並將之歸類的著作。

2.3 阮元《三家詩補遺》

《三家詩補遺》三卷，阮氏生前並未付梓，其後葉德輝購得手稿並刊刻。⑦

---

① 見司馬遷《史記・十二諸侯年表》，中華書局，1959 年，第 509 頁。
② 見司馬遷《史記・儒林列傳》，第 3115 頁。
③ 見《古列女傳・仁智傳・魏曲沃負》，今本"周之康王夫人晏而出朝"一句無"而"字，"未嘗見其乘居而匹處也"一句上有"猶"字，而句中無"其"字。何志華、朱國藩、樊善標編著《〈古列女傳〉與先秦兩漢典籍重見資料彙編》，中文大學出版社，2004 年，第 90 頁。
④ 范家相《三家詩拾遺》，卷三，第 529 頁下。
⑤ 范家相《三家詩拾遺》，卷七，第 563 頁下。
⑥ 《說苑・辨物》："故天子南面視四星之中，知民之緩急，急則不賦藉，不舉力役。《書》曰：'敬授民時。'《詩》曰：'物其有矣，維其時矣。'物之所以有而不絕者，以其動之時也。"劉殿爵、陳方正主編《說苑逐字索引》，香港商務印書館，1992 年，第 151 頁。此書據抱經堂本《說苑》、漢魏叢書本《說苑》、向宗魯《說苑校證》、趙善詒《說苑疏證》、金嘉錫《說苑補正》、左松超《說苑集疏》、王念孫《讀書雜志》、孫詒讓《札迻》等五十七種書籍，參校互證，堪稱《說苑》善本。
⑦ 葉德輝於《阮氏〈三家詩補遺〉》敘記其得書始末云："余從京師廠肆得阮氏手槀三卷，朱墨鉤乙，或間附紙簽，大題下無結銜，有'阮元伯元父印'六字朱文記，以平日所見題跋證之，蓋六十以後之作。"阮元《三家詩補遺》，第 2 頁上。

是書無阮氏自序，知其爲未竟之書。李智儔《阮元〈三家詩補遺〉跋》論《補遺》撰旨說：

> 所謂補遺者，蓋補王氏《詩攷》之遺而作也。或補錄其異文，或鉤攷其遺說，閒有與《詩攷》重見者，又有從"異字異義"分出列入三家者。①

李氏所論甚是。《補遺》體例與《詩攷》相同，同以三家《詩》爲綱，《魯詩》、《齊詩》、《韓詩》遺說分屬三卷。《詩攷》輯錄之遺說以《韓詩》最多，而《補遺》則以《魯詩》爲主，這是因爲王應麟以"直引法"輯錄遺說，此法輯錄所得端乎典籍明引某家《詩》之材料，《韓詩》亡佚最晚，故其見存典籍也最多。阮元則以"師承法"補苴遺說。以劉向爲例，《補遺·魯詩·甘棠》引《說苑·貴德》"召公述職，當桑蠶之時，不欲變民事，故不入邑中，舍于甘棠之下而聽斷焉。陝閒之人，皆得其所，是故後世思而歌詠之"以見《詩》義。② 又如《補遺·魯詩·谷風》引《新序·雜事五》所引《詩》句"將安將樂，棄我如遺"以明《魯詩》與《毛詩》"棄予如遺"異。③ 是文達以爲劉向用《魯詩》之意昭然若揭。

2.4　陳壽祺、陳喬樅《三家詩遺說攷》

《三家詩遺說攷》（下文簡稱"《遺說攷》"）五十一卷，分《魯詩遺說攷》二十卷及敘錄一卷，《齊詩遺說攷》十二卷及敘錄一卷，《韓詩遺說攷》十四卷及敘錄一卷，另附錄及補遺各一卷，明以三家《詩》爲綱。陳喬樅《〈魯詩遺說攷〉自序》論劉向云：

> 攷《楚元王傳》言："元王好《詩》，諸子皆讀《詩》，王子郢客與申公俱卒學。申公爲《詩傳》，元王亦次之《詩傳》，號《元王詩》。"向爲元王子休侯富曾孫，漢人傳經，最重家學，知向世修其業，著《說苑》、

---

① 阮元《三家詩補遺》，跋，第 39 頁上。
② 阮元《三家詩補遺》，第 3 頁上。
③ 阮元《三家詩補遺》，第 17 頁上。

《新序》、《列女傳》諸書，其所稱述，必出於《魯詩》無疑矣。①

陳喬樅既判定了劉向習《魯詩》，那麼他認爲是劉向著的《說苑》自然歸到《魯詩遺說攷》裏。筆者根據輯錄的《說苑》引《詩》文字，逐條比對《魯詩遺說攷》，發現絕大多數都見於陳書，②而陳氏稱引《說苑》的方法有兩種：一種是引錄《說苑》的文字，這是最常見的；另一種情況是陳氏只標出《說苑》的篇名，並指出所引《詩》句，如《魯詩遺說攷·柏舟》下，陳氏加案語說："《說苑·至公》篇（筆者案：當爲《指武》篇）引'憂心悄悄'二句文同。"③賀廣如指出，清人三家《詩》歸屬法，到了陳喬樅更發展出"推臆法"，他舉例說：

> 劉向因師承法而被歸入《魯詩》學派。在陳喬樅《魯詩遺說攷》中，便因張衡(78—139)《東京賦》美《斯干》之語，與《漢書》中劉向上疏所諫內容相合，因此喬樅便定張衡亦屬《魯詩》學派；而王逸《楚詞注》中所言，亦因與《列女傳》歌詩事同，亦以推臆法歸入《魯詩》。④

賀氏所說的"推臆法"是一種類推的方法。在直引法、師承法都無法判斷材料家數的時候，便根據家數清楚的內容，以類相推。按"推臆法"的邏輯，某條材料家數未明，但其內容與已知家數的材料相同或相近，那麼這條材料便有類可推了。但如果情況是其內容與已知家數的材料不同，這該如何處理呢？王先謙《詩三家義集疏》運用了"删去法"來處理。

2.5　王先謙《詩三家義集疏》

王先謙《詩三家義集疏·序例》云：

> 撫今者溯往事而不平，望古者覩遺文而長歎，是以窮經之士討

---

① 陳壽祺撰，陳喬樅述《三家詩遺說攷·魯詩遺說攷》，自序，第 1178 頁下。
② 闕引的只有兩條：1.《貴德》篇引《小明》"靖恭爾位，好是正直，神之聽之，介爾景福"。2.《奉使》引《卷阿》"維君子使，媚于天子"。
③ 陳壽祺撰，陳喬樅述《三家詩遺說攷·魯詩遺說攷》，卷二，第 1191 頁上。
④ 賀廣如《論王先謙〈詩三家義集疏〉之定位》，收入張素卿主編《清代漢學與新疏》，第 292 頁。

論三家遺說者，不一其人，而侯官陳氏最爲詳洽。……其文其義，散具篇章。①

《集疏》雖然襲用陳氏《遺說攷》的成果，但在體例上卻改以《詩》爲綱，以三百篇爲次，先列《詩》題，次列經文，經文之下，臚陳三家異文異說。《集疏》承《遺說攷》而來，三家《詩》歸屬的方法跟《遺說攷》也大同小異。如《遺說攷》引錄《說苑》的材料，在《集疏》裏都出現了，而王氏更有兩次引陳喬樅的案語，例如《皇皇者華》"駪駪征夫，每懷靡及"下用陳喬樅《魯詩遺說攷》定《魯詩》"駪駪"作"侁侁"，並認爲《說苑》作"莘莘"，是後人所改。②

《集疏》繼承了直引、師承、推臆等歸屬方法，並用"删去法"，把前三種方法仍未能判定家數的材料歸屬。所謂"删去法"，指"根據先前已判別的《詩》家内容，先删除與此佚文不合的家數，如此則知此佚文不可能爲某家，故其可能的家數範圍便因是縮小一家或兩家，如果可以删去者有兩家，那麼三家中僅餘一家有可能，如是便將此佚文歸入僅餘的這一家"。③ 舉例來說，《集疏·羔羊》"素絲五緎"下引《說文》："䵂，羔羊之縫。從黑，或聲。"此前，王先謙先引《爾雅·釋訓》"緎，羔羊之縫也"定爲《魯詩》，後復引《玉篇·系部》"緎，數也"定爲《韓詩》。在他看來，《魯詩》、《韓詩》都應該跟《毛詩》相同，作"素絲五緎"，所以他說："此（筆者案：指《說文》）三家異文，魯、韓與毛同，則作'䵂'者爲《齊詩》。"④又如《集疏·皇矣》"敬恭明神"下引李富孫云："《文選》陸機《答張士然詩》、江淹《雜詩》李注並引作'明祀'，《後漢·章帝紀》、《黃瓊傳》並有'敬恭明祀'之文。《孔龢碑》、樊毅《華山亭碑》、《白石神君碑》亦同作'明祀'，當是三家本。"李氏只說是"三家本"，但王氏根據張衡《東京賦》"爰敬恭於明神"，定《魯詩》與《毛詩》同作"明神"，删去了《魯詩》作"明祀"的可能，

----

① 王先謙撰，吳格點校《詩三家義集疏》，序例，第5頁。
② 王先謙撰，吳格點校《詩三家義集疏》，第560頁。陳說見陳壽祺撰，陳喬樅述《三家義遺說攷》，第1223頁上。
③ 賀廣如《論王先謙〈詩三家義集疏〉之定位》，收入張素卿主編《清代漢學與新疏》，第292—293頁。
④ 王先謙撰，吳格點校《詩三家義集疏》，第98頁。

所以他說："作'明祀'者當爲齊韓也。"①

"删去法"還有一種情況是根據材料出處的成書時間來歸屬，比方來說，《玉篇·見部》引《關雎》曰："'左右覭之'，覭，擇也。"王先謙說："顧野王時惟《韓詩》存，而引字作'覭'，與毛異，證以《玉篇》中它所引《詩》，知顧用《韓詩》也。"②又如《集疏·野有死麕》引劉昫（887—946）《舊唐書·禮儀志》文，王氏定爲《韓說》，並云："劉，唐末人，所用《韓詩》義也。"③這種歸屬方法也是先排除其他可能的家數，然後把佚文歸入尚餘的一家，所以也屬"删去法"。

2.6　小結

綜上所論，以《詩三家義集疏》爲代表的三家《詩》歸屬方法，可以分爲直引法、師承法、推臆法、删去法。推臆法和删去法都以直引和師承二法判斷得來的成果爲基礎，換言之，推臆、删去二法是否可靠端賴根據直引法和師承法歸屬的輯佚材料是否可信。承前論，直引法所得的三家佚文遺說是諸法中最可靠的，須要檢討的是師承法，當中我們至少要考慮兩個問題：第一，師承法的理據是甚麼？第二，這種理據是否可信？下文筆者將結合學者的研究成果，並以劉向《詩》學師承問題爲例，重新評價三家《詩》歸屬理論中的"師承法"。

第三節　以劉向《說苑》爲例論三家《詩》歸屬理論中的"師承法"

3.1　"師承法"的根據

葉國良在《〈詩〉三家說之輯佚與鑒別》一文裏指出，"傳經宗派、師承授受的研究"是清人輯三家遺說進展較前爲大的原因之一。他說：

---

① 王先謙撰，吳格點校《詩三家義集疏》，第 958 頁。

② 王先謙撰，吳格點校《詩三家義集疏》，第 14 頁。

③ 王先謙撰，吳格點校《詩三家義集疏》，第 111 頁。

　　從宋代章如愚的《山堂考索》開始,經明代朱睦㮮的《授經圖》、清代朱彝尊的《經義考》、萬斯同的《儒林宗派》,到洪亮吉的《傳經表》,已經趨於完密,一編在手,宗派了然,對輯佚自然有很大的幫助。①

所謂宗派,指學者根據史籍記載,以師法、家法爲斷,分辨兩漢經學家的派別。以《詩》爲例,宗派了然,自然容易將魯、齊或韓家經學家著作中引《詩》、釋《詩》的材料輯錄,並據此判定家數。關於兩漢三國經學宗派的研究,清末學者唐晏(1857—1920)的《兩漢三國學案》無疑是這方面的代表作。是書按《周易》、《尚書》、《詩》、《禮》、《樂》、《春秋》、《論語》、《孝經》、《孟子》、《爾雅》爲次,主要摘取《史記》、《漢書》、《後漢書》、《三國志》的記載,依據師承關係、時代先後,以經爲綱,以派爲目,將相關經學家分門別類。《詩》分魯、齊、韓、毛四派,《魯詩》派 60 人,《齊詩》派 26 人,《韓詩》派 55 人,《毛詩》派 38 人,不詳其宗派者 11 人。②

　　《兩漢三國學案·詩》將劉向定爲《魯詩》派,唐氏云:"《列女傳》引《魯詩》說"、③"《說苑》、《新序》引《魯詩》說"。④ 劉向習《魯詩》已經成爲了清代三家《詩》學的定論,前揭陳喬樅《〈魯詩遺說攷〉自序》"向爲元王子休侯富曾孫,漢人傳經,最重家學,知向世修其業,著《說苑》、《新序》、《列女傳》諸書,其所稱述,必出於《魯詩》無疑矣"數語最爲明了。又陳氏《〈齊詩遺說攷〉自序》引陳壽祺言漢儒重家法說云:

　　　　先大人嘗言:漢儒治經最重家法,學官所立,經生遞傳,專門命氏,咸自名家,三百餘年,顯於儒林。雖《詩》分爲四,《春秋》分爲五,文字或異,訓義固殊,要皆各守家法,持之弗失,寧固而不肯少變。⑤

---

① 葉國良《〈詩〉三家說之輯佚與鑒別》,《編譯館館刊》第 9 卷第 1 期,1980 年,第 98 頁。案:此文又見載葉國良《經學側論》,臺灣清華大學出版社,2005 年,第 81—100 頁。
② 唐晏著,吳東民點校《兩漢三國學案》,中華書局,1986 年,第 211—213 頁。數據據筆者統計。
③ 唐晏著,吳東民點校《兩漢三國學案》,第 225 頁。
④ 唐晏著,吳東民點校《兩漢三國學案》,第 231 頁。
⑤ 陳壽祺撰,陳喬樅述《三家詩遺說攷·齊詩遺說攷》,自序,第 1280 頁上。

換言之，劉向習《魯詩》這個結論是清人基於"漢人傳經，最重家學"這個認識而來的，而重家學的表現是"守家法"，即所謂"持之弗失，寧固而不肯少變"。三家《詩》分類理論中的"師承法"正是建基於清人關於兩漢經學中師法、家法問題的研究，而清人著述中關於師法、家法之辨的重點是漢儒治經專守家法。皮錫瑞在《經學歷史》說得很清楚：

> 先儒口授其文，後學心知其意，制度有一定而不可私造，義理衷一是而非能臆說。世世遞嬗，師師相承，謹守訓辭，毋得改易。①

"師承法"的運用正是基於這種"謹守訓辭，毋得改易"的認識，而這個看法是清人建構的漢家傳統。但事實是否如此呢？王先謙《詩三家義集疏》於三家《詩》遺說襲用陳書，王氏於《序例》引陳氏之說，②蓋亦以爲劉向習《魯詩》。陳、王二家判定劉向《詩》學宜屬何家的過程是這樣的：首先確立漢人傳經最重家學這個總原則，然後根據《漢書·楚元王傳》關於劉向先祖習《詩》的記載，認定楚元王劉交所習爲《魯詩》，進而利用漢人重守家法的前設，得出劉向必習《魯詩》的結論，從而推斷《說苑》、《新序》、《列女傳》諸書引《詩經》材料必定是《魯詩》經文，說《詩》材料必定是《魯詩》詩說。就論證步驟來說，陳、王二家這種層層遞進的論證方法是合理的，問題是每一個步驟必須先證實是對的，才可以有下一步的推論。底下筆者以劉向爲例，驗證清人歸屬理論中的"師承法"。

3.2　以劉向爲例，論漢儒治經專守一家之說不可信

劉向，字子政，本名更生。生於昭帝元鳳二年（前 79），卒於成帝綏和元年（前 8），③係漢高祖同父少弟楚元王劉交之後，陽城侯劉德

---

① 皮錫瑞著，周予同注釋《經學歷史》，第 93 頁。

② 王先謙《詩三家義集疏》，序例，第 1 頁。

③ 劉向生卒生據錢穆《劉向歆父子年譜》，《兩漢經學今古文平議》，商務印書館，2001年，第 9—10、63—64 頁。又近人柏俊才據王莽代漢時間等證據，提出劉向卒年在建平二年（前 5），可備一說，詳見氏著《劉向生卒年新考》，《文學遺產》2012 年第 3 期，第123—126 頁。

次子。據《漢書‧楚元王傳》記載,劉交生休侯富,富生辟彊,辟彊生德,德生向。① 論劉向之《詩經》家學,必先溯源於元王交。《楚元王傳》曰:

> 楚元王交字游,高祖同父少弟也。好書,多材藝。少時嘗與魯穆生、白生、申公俱受《詩》於浮丘伯。伯者,孫卿門人也。及秦焚書,各別去。②

又云:

> 元王既至楚,以穆生、白生、申公爲中大夫。高后時,浮丘伯在長安,元王遣子郢客與申公俱卒業。文帝時,聞申公爲《詩》最精,以爲博士。元王好《詩》,諸子皆讀《詩》,申公始爲《詩》傳,號《魯詩》。元王亦次之《詩》傳,號曰《元王詩》,世或有之。③

諸家論劉向《詩經》家學悉據此文爲說,然細審文理,實有以下數端值得注意。其一,元王與申公俱學《詩》於浮丘伯,則元王《詩》學非傳自申公明矣,謂元王與申公《詩》學同源可以,但不得因申公傳《魯詩》,而遽謂元王亦傳《魯詩》。其二,元王好《詩》,諸子皆讀《詩》。元王有子辟非、郢客、④禮、富、歲、執、調,⑤諸子所讀之《詩》亦出自浮丘伯。其三,申培"始爲《詩》傳,號《魯詩》",顏師古《注》曰:"凡言'傳'者,謂爲之解說,若今《詩毛氏傳》也。"⑥而"元王亦次之《詩》傳,號《元王詩》",顏《注》曰:"'次'謂綴集之。"⑦王先謙《漢書補注》引宋人劉攽(1022—1088)之說:

---

① 詳參班固《漢書》,第 1921—1929 頁。
② 班固《漢書》,第 1921 頁。
③ 班固《漢書》,第 1922 頁。
④ 案:劉郢客,《史記‧儒林列傳》記作"劉郢"(第 3121 頁),呂后時封爲上邳侯。文帝時,元王薨,長子辟非先卒,故文帝以郢客嗣,是爲夷王(班固《漢書》,第 1923 頁)。
⑤ 班固《漢書》,第 1923 頁。
⑥ 班固《漢書》,第 1922 頁。
⑦ 班固《漢書》,第 1923 頁。

“‘次之’,‘之’字衍。”①王氏則認爲:“‘之’訓‘其’,非衍字。”②意即元王亦次申公《詩》傳。問題是如果元王只是綴集申公《詩》傳,何以更號曰“元王詩”? 元王深於《詩》,故以“元王詩”名,當有別於《魯詩》。而事實上西漢傳《詩》的並不止四家。1977 年 8 月,安徽阜陽一號漢墓出土了一批《詩經》竹簡,此批竹簡乃墓主汝陰侯二代夏侯竈的陪葬物,整理者稱爲《阜詩》。夏侯竈卒於文帝十五年(前 165),是則《阜詩》的成書下限不會晚於此年,與《魯詩》時代相當,但《漢志》未見著錄。據胡平生、韓自強說:

> 《阜詩》與《毛詩》有如此之多的異文,其非《毛詩》系統可以斷定。那麼,它會不會屬於已經亡佚了的魯、齊、韓三家《詩》中的某一家呢? 看來也不是。③

《阜詩》的出現,證明了漢代《詩》學不可能只有魯、齊、韓、毛四家,充其量只能說只有四家立於官學,而民間尚有別家《詩》學流傳。余嘉錫在《四庫提要辨證》裏指出漢人治經並不一定專守師說,他說:

> 父傳之子,師傳之弟,則謂之家法。六藝諸子皆同,故學有家法。稱述師說者,即附之一家之中。……其學雖出於前人,而更張義例,別有發明者,則自名爲一家之學。如《儒林傳》中某以某經授某,某又授某,由是有某某之學是也。其間有成家者,有不能成家者。學不足以名家,則言必稱師,述而不作。④

準此,則元王自爲《詩》傳,以其名號《詩》,也不是沒有可能的。其四,劉交諸子與申公關係最密切的是劉郢客。呂后時,郢客嘗與申公同師浮丘伯於長安,後元王薨,郢客嗣,爲夷王,以申公爲中大夫,令其傅其

---

① 王先謙《漢書補注》,第 299 頁上。
② 王先謙《漢書補注》,第 299 頁上。
③ 胡平生、韓自強《阜陽漢簡詩經研究》,上海古籍出版社,1988 年,第 28 頁。
④ 余嘉錫《四庫提要辨證》,香港中華書局,1974 年,卷十一,第 600 頁。

太子戊。^① 至於劉富（劉向先祖）是否受《詩》於申公，班固沒有說明，那麼劉向世習《魯詩》之說從何而來？因爲史籍沒有明確記載劉向習《詩》的經過，所以輯佚學者只好根據他們所設立的"師承法"來判定劉向《詩》學歸屬。但正如上文所論，元王不是受《詩》於申公，那麼劉氏世守《魯詩》的看法就很難取信於人。換言之，劉向著作中引《詩》不必一定是《魯詩》經文，說《詩》也不一定遵《魯詩》說，且以劉向好學深思的性格，^②習《詩》會否專守一家呢？錢穆在《劉向歆父子年譜》舉了一個很好的例子，值得我們參考。他說：

> 向治《穀梁》（筆者案：《穀梁》是魯學），而此疏（筆者案：指元帝竟寧元年劉向以故宗正建議封甘延壽、陳湯二人所上的疏，文見《傳常鄭甘陳段傳》^③）用《公羊》（筆者案：《公羊》是齊學）義，其《條災異封事》（筆者案：文見《楚元王傳》），如祭伯奔魯、尹氏世卿，亦均《公羊》說。後人必謂漢儒經學守家法不相通，其實非也。^④

何志華以高誘《淮南子》、《呂氏春秋》、《戰國策》注引《詩》之例，探論高氏用《詩》的特色，並論陳喬樅、王先謙論定高氏用《魯詩》之說不可信，何氏在文中提到的幾個要點值得我們注意，他說：

> 今考高《注》引《詩》與四家並有相合者，本非專守一家；究其原

---

① 《史記‧儒林列傳》："申公者，魯人也。高祖過魯，申公以弟子從師入見高祖于魯南宮。呂太后時，申公游學長安，與劉郢同師。已而郢爲楚王，令申公傅其太子戊。戊不好學，疾申公。及王郢卒，戊立爲楚王，胥靡申公。申公恥之，歸魯，退居家教，終身不出門，復謝絕賓客，獨王命召之乃往。弟子自遠方至受業者百餘人。申公獨以《詩》經爲訓以教，無傳（疑），疑者則闕不傳。"（第3120—3121頁）

② 《漢書‧楚元王傳》："向爲人簡易無威儀，廉靖樂道，不交接世俗，專積思於經術，晝誦書傳，夜觀星宿，或不寐達旦。"（第1963頁）

③ 文見《漢書‧傳常鄭甘陳段傳》，疏中提到"昔齊桓公前有尊周之功，後有滅項之罪，君子以功覆過而爲之諱行事"一事，顏《注》云："項，國名也。《春秋》僖十七年夏，滅項。《公羊傳》曰：'齊滅之也。不言齊，爲桓公諱也。桓常有繼絕存亡之功，故君子爲之諱。'"（第3019頁）是向用《公羊》義。

④ 錢穆《劉向歆父子年譜》，《兩漢經學今古文平議》，第38頁。

因，蓋高誘亦非專治《詩》，所注三書，重在疏證本文，循文立《注》，當因應正文義理以引《詩》爲說，是故引《詩》自當有別。①

何氏更舉許慎、鄭玄《詩》說爲例說明東漢學者治經並不專守一家的現象，他說：

> 許慎引《詩》稱《詩》而不廢三家；鄭玄箋《詩》，雖以《毛》爲宗，亦每據三家爲說；高誘年代與鄭玄、許慎相近，其引《詩》亦以《毛》爲主而兼及三家，蓋亦東漢一時風尚矣。②

王先謙在《詩三家義集疏》一共 7 次提到鄭玄注《禮》未見《毛詩》：

> 鄭注《昏禮》，在未見《毛詩》前。③
>
> 鄭注《周禮》時，以副爲若今步搖，與編、次爲三物，並於《禮記》注引"副笄六珈"以明之，是用三家義之明證。④
>
> 鄭注《禮》時書三家《詩》。⑤
>
> 鄭注《禮》在箋《詩》前，此蓋據《齊詩》爲說。⑥
>
> 鄭先通《韓詩》，注《禮》則用《齊詩》。⑦
>
> 鄭注《禮》時未見《毛詩》。⑧
>
> 鄭注《禮》時未見《毛詩》。⑨

王氏如此強調《鄭注》用三家的原因在於揭示《鄭箋》並非完全是《毛詩》說，當中有異於毛而同於三家的地方。例如《周南・關雎》"君子好逑"句

---

① 何志華《高誘用〈詩〉考》，《中國文化研究所學報》新第 4 期，1995 年，第 49 頁。

② 何志華《高誘用〈詩〉考》，《中國文化研究所學報》新第 4 期，1995 年，第 50 頁。

③ 王先謙撰，吳格點校《詩三家義集疏》，第 68 頁。

④ 王先謙撰，吳格點校《詩三家義集疏》，第 223 頁。

⑤ 王先謙撰，吳格點校《詩三家義集疏》，第 291 頁。

⑥ 王先謙撰，吳格點校《詩三家義集疏》，第 498 頁。

⑦ 王先謙撰，吳格點校《詩三家義集疏》，第 902 頁。

⑧ 王先謙撰，吳格點校《詩三家義集疏》，第 911 頁。

⑨ 王先謙撰，吳格點校《詩三家義集疏》，第 942 頁。

下，王氏云：

> 《箋》云"言后妃之德和諧，則幽閒處深宫。貞專之善女，能
> 爲君子和好衆妾之怨者，言皆化后妃之德，不嫉妒"，係用魯說
> 改毛。①

《召南·鵲巢》"百兩成之"句下，王氏云：

> 案："之"者夫人，則"成之"是成夫人，非謂能成百兩之禮。《箋》
> 意與《易林》合，知鄭參用《齊詩》義也。②

《邶風·終風》"願言則嚏"句下，王氏云：

> 據《玉篇》引《詩》直作"嚏"字，在《唐石經》前，顧（筆者案：顧野
> 王）用《韓詩》，所據即韓文，鄭讀"嚏"爲"嚏"，（筆者案：《箋》云：
> "嚏，讀當爲不敢嚏咳之嚏。"）用韓改毛也。③

至於號爲"五經無雙"的許慎，他在《說文解字》裏引用《詩經》到底屬《毛
詩》還是三家《詩》，清人的看法頗爲不同，陳奐謂許慎說《詩》"特宗毛氏
之學"，④陳喬樅亦謂"《說文》多以毛爲主"，⑤陳氏《魯詩遺說攷》於《豳
風·東山》"零雨其濛"下云：

> 喬樅謹案：《說文》："霝，雨零也。……《詩》曰：'霝雨其濛。'"
> 許所偁《詩》，蓋毛氏也。今《毛詩》作"零雨"，非舊文矣。⑥

陳氏之意即《說文》"霝"下引《毛詩》，今本《毛詩》"零雨"舊文宜作"霝
雨"。王先謙在《集疏》裏引用陳說，並加案語曰：

---

① 王先謙撰，吳格點校《詩三家義集疏》，第 11 頁。
② 王先謙撰，吳格點校《詩三家義集疏》，第 69 頁。
③ 王先謙撰，吳格點校《詩三家義集疏》，第 149 頁。
④ 陳奐《毛詩說》，第 14 頁上。
⑤ 陳壽祺撰，陳喬樅述《魯詩遺說攷》，載《經解續經解毛詩類彙編（三）》，卷一，第 19
　頁下。
⑥ 陳壽祺撰，陳喬樅述《魯詩遺說攷》，載《經解續經解毛詩類彙編（三）》，卷七，第 15
　頁下。

愚案：《說文》引《詩》，三家爲多，偶引古文，特崇時尚，陳說
非是。①

王氏明顯認爲《說文》引《詩》多屬三家，這也是不少清代今文經學家的普
遍看法，如魏源《詩古微·齊魯韓毛異同論上》云：

許君《說文敘》自言《詩》稱毛氏，皆古文家言，而《說文》引《詩》，
什九皆三家。②

皮錫瑞《經學通論》引魏說並案曰：“三家亡，《毛傳》孤行，多信毛而疑三
家。魏氏辨駁分明，一掃俗儒之陋。”③那麼到底《說文》引《詩》是否專屬
《毛詩》或三家《詩》，還是今古並濟呢？要客觀回答這個問題，則宜摒棄
宗毛或宗三家的經學立場，從具體材料出發，就事論事。馬宗霍著《說文
解字引經考》，其《說文解字引詩考·敘例》云：

許君《詩》雖宗毛，然其引《詩》則不廢三家，蓋《說文》爲字書，訓
義必求其本，所偁諸經，固亦有說叚借引申之義者，要之以證本義爲
主，《毛詩》古文多叚借，以本義詁之，時則不遂，則不得不兼采三
家矣。④

馬氏歸納《說文》引《詩》之例凡四，其一即爲“凡字異義同而毛爲借字三
家爲正字者，則義多從毛，而字從三家”。⑤ 近年專就《說文》引《詩》爲題
的研究成果主要有朱寄川的《〈說文解字〉引〈詩〉考異》、李先華《〈說文〉
兼用三家〈詩〉凡例說略》。朱文考論《說文》引《詩》文字與《毛詩》經文形

① 王先謙撰，吴格點校《詩三家義集疏》，第 533 頁。
② 魏源撰，何慎怡校點《詩古微》，第 160—161 頁。
③ 皮錫瑞《經學通論》，卷二，第 18 頁。
④ 馬宗霍《說文解字引經考》，學生書局，1971 年，敘例，第 283 頁。
⑤ 該四例分別是：(一)凡字異義同而毛爲借字三家爲正字者，則義多從毛，而字從三家。(二)若毛與三家字雖異而音義皆同，古本互用，無正借之分者，則字亦從毛。(三)亦有字與義並從三家者，則以毛本字異義亦異，與三家各自爲說，故亦各取所證也。(四)又有一詩兩引，一從三家，一從毛者。則意取兼存，使後之治詩者，可於是而觀古今詩異同之故也。見馬宗霍《說文解字引經考》，第 283—284 頁。

異者共 290 組，朱氏在"結論"部分說：

> 《說文》引《詩》，極俱（筆者案："俱"疑爲"具"字之誤）保存
> 三家《詩》之價值。……今考《說文》引《詩》，一以《毛詩》爲宗，
> 若其遇《毛詩》字義皆異時，則許從三家而不從毛矣，爲存其真
> 知正見也。故於《說文》引《詩》中，珍藏有無數已亡佚之三家
> 《詩》文在内。①

《說文》不廢三家《詩》誠爲定論，然許氏如何不廢三家，兼綜今古，學者則
言之未詳，李先華於此有補白之功。李文歸納《說文》用三家《詩》例凡
六，分別是：一、礯括今古文爲訓；二、以"一曰"別著今文之義；三、以
三家申成毛義；四、今古文兼收並釋；五、經字用三家；六、義訓主於三
家。② 舉例來說，《小雅·白華》"視我邁邁"，《說文》"怖"下云："怖，恨怒
也。《詩》曰：'視我怖。'"《釋文》云："《韓詩》及《說文》並作怖怖。"是《說
文》引《韓詩》文。王先謙據《釋文》謂《韓詩》"邁"作"怖"，又據《說文》釋
之曰："'很怒'即'不說好'意，毛訓'邁邁'爲'不說'，是以'邁邁'爲'怖
怖'之叚借。"③ 又如《鄘風·載馳》"歸唁衛侯"，《一切經音義》卷十三引
《韓詩》云"弔生曰唁"，《說文》"唁"下云："弔生也。《詩》曰：'歸唁衛
侯'。"經文雖與《毛詩》同，然釋義異於《毛傳》"吊失國曰唁"而同於《韓》
說，是義訓主於三家之例。倒是《集疏》於《鄘風·載馳》"歸唁衛侯"下僅
引《一切經音義》文，闕引《說文》。④ 李氏總結說：

> 《說文》要把九千多個漢字的形音義解釋清楚，就不能拘泥家
> 法，囿於門户之見，置今文學派對於名物制度訓詁的意見於不顧。
> 其實，漢代經今古文兩派的對立雖然極爲尖銳，但具體到某一個人

---

① 朱寄川《〈說文解字〉引〈詩〉考異》，臺灣中國文化大學碩士論文，2004 年，第 242 頁。
② 李先華《〈說文〉兼用三家〈詩〉凡例說略》，載孔令達、儲泰松主編《漢語研究論集》，安
　徽大學出版社，2005 年，第 436—445 頁。案：筆者撰寫此文時未及李文，後蒙有心人
　轉贈此文複印本，銘感殊深，惜面謝無從，特此說明，謹致謝忱。
③ 王先謙撰，吳格點校《詩三家義集疏》，第 813 頁。
④ 王先謙撰，吳格點校《詩三家義集疏》，第 259 頁。

或某一部著作，往往是相互爲用的。①

實屬的論，益證"許慎引《詩》稱《詩》而不廢三家"之說篤實可從。綜上所論，清人所謂漢儒治經專守一家之說並不可信，由此而來的"師承法"亦必須重新檢討。

第四節　以《說苑》爲例論古籍作者的考定如何影響"師承法"的運用

清人運用"師承法"論定某人治某家《詩》後，便會將該人的著作中引《詩》、說《詩》的材料歸入某家《詩》。舉例來說，劉向被認爲是《魯詩》派，由是題爲劉向所著的《列女傳》、《說苑》、《新序》引《詩》的資料便成了《魯詩》經文的來源，而說《詩》的資料便成了《魯詩》詩說的來源，清人並據此以推臆法、刪去法，繫聯其他學者的著作。例如《集疏·小旻》"旻天疾威，敷于下土"下，王先謙引《列女傳·雋不疑母傳》"《詩》云：'昊天疾威，敷于下土。'言天道好生，疾威虐之行于下土也"，並云："劉向用《魯詩》，義與《箋》說合，知鄭亦用魯義也。"②考《鄭箋》云："旻天之德疾王者以刑罰威恐萬民，其政教乃布於下土。言天下遍知。"王氏以爲《鄭箋》此說跟《列女傳》相合，而《列女傳》又爲劉向的著作，故謂《箋》用魯義。又如《集疏·正月》"謂天蓋高，不敢不局。謂地蓋厚，不敢不蹐"下引《說苑·敬慎篇》："不逢時之君子，豈不殆哉！從上依世則廢道，違上離俗則危身，故賢者不遇時，常恐不終焉。《詩》曰：'謂天蓋高，不敢不跼。謂地蓋厚，不敢不蹐。'此之謂也。"王先謙以《說苑》爲《魯詩》說，又以爲《後漢書·李固傳》"居非命之世，天高而不敢跼，地厚而不敢蹐"意與《說苑》合，於是推論《李固傳》這段文字"用《魯》經文"。③ 據《後漢書·李固傳》記載，

---

① 李先華《〈說文〉兼用三家〈詩〉凡例說略》，載孔令達、儲泰松主編《漢語研究論集》，第444頁。

② 王先謙撰，吳格點校《詩三家義集疏》，第687頁。

③ 王先謙撰，吳格點校《詩三家義集疏》，第668頁。

漢質帝爲大將軍梁冀（？—159）鴆殺，梁冀欲立劉志（132—167，即後來的漢桓帝）爲帝，時太尉李固（93—147）因反對此事，爲梁氏所害，①後固弟子汝南郭亮（生卒年不詳）②"上書，乞收固屍。不許，因往臨哭，陳辭於前，遂守喪不去"，《集疏》所引《李固傳》的一段文字，是夏門亭長③對郭亮"守喪不去"的評價，其文曰：

> 夏門亭長呵之曰："李（筆者案：李固）、杜（筆者案：杜喬）二公爲大臣，不能安上納忠，而興造無端。卿曹何等腐生，公犯詔書，干試有司乎？"亮曰："亮含陰陽以生，戴乾履坤。義之所動，豈知性命，何爲以死相懼？"亭長歎曰："居非命之世，天高不敢不踢，地厚不敢不蹐。耳目適宜視聽，口不可以妄言也。"④

王先謙認爲"居非命之世，天高而不敢踢，地厚而不敢蹐"用《魯》經文，除了因爲意與《說苑》合外，還有一個原因，那就是"天高而不敢踢"的"踢"字與《毛詩》不同，而與《說苑》相同。假如劉向是習《魯詩》，假如《說苑》是劉向所著，那麼王氏這樣的推論說得通。但上文論劉向的《詩經》家學時，已論證了劉向習《魯詩》之說難以徵實。最根本的問題是，《說苑》是否劉向所著，如果不是他寫的，只是他編輯的，那麼王先謙用《說苑》來類推其他古籍中的《魯詩》說的做法就不夠穩妥了。以下筆者以《說苑》爲例，探論三家《詩》分類理論中考證古籍作者的意義。

4.1　劉向和《說苑》

《漢志》云："劉向所序六十七篇。"班固注云："《新序》、《說苑》、《世

---

① 《後漢書·李固傳》："後歲餘，甘陵劉文、魏郡劉鮪各謀立蒜爲天子，梁冀因此誣固與文、鮪共爲妖言，下獄。門生勃海王調貫械上書，證固之枉，河内趙承等數十人亦要鈇鑕詣闕通訴，太后明之，乃赦焉。及出獄，京師市里皆稱萬歲，冀聞之大驚，畏固名德終爲己害，乃更據奏前事，遂誅之，時年五十四。"（第 2087 頁）

② 案：據《李固傳》云，時郭亮"年始成童"，唐李賢注云："成童，年十五也。"（范曄《後漢書》，第 2088 頁）

③ 李賢注云："洛陽北面西頭門，門外有萬壽亭。"（范曄《後漢書》，第 2089 頁）

④ 范曄《後漢書》，第 2088 頁。

說》、《列女傳頌圖》也。”①又《楚元王傳》載：“向睹俗彌奢淫，而趙、衛之屬起微賤，踰禮制。向以爲王教由内及外，自近者始。故採取《詩》《書》所載賢妃貞婦，興國顯家可法則，及孽嬖亂亡者，序次爲《列女傳》，凡八篇，以戒天子。及采傳記行事，著《新序》、《說苑》凡五十篇奏之。數上疏言得失，陳法戒。書數十上，以助觀覽，補遺闕。上雖不能盡用，然内嘉其言，常嗟歎之。”②《漢志》言“序”，而《楚元王傳》言“著”，然則“序”與“著”其義相當？羅根澤《〈新序〉〈說苑〉〈列女傳〉不作始於劉向考》最先提出疑問，他說：

> 劉向《敘錄》於《說苑》曰：“以類相從，一一條別篇目。”於《列女傳》曰：“種類相從爲七篇。”知此等書爲當時所固有，以其次序凌亂，故劉向又爲之整理排次。劉向之爲整理排次之書甚多，不惟於三書爲然也。……此三書蓋佚其作者，故《七略》繫之劉向，而冠以“所序”二字，明爲劉向所序次，而非劉向所撰著也。③

案劉向《說苑敘錄》是這樣寫的：

> 護左都水使者光祿大夫臣向言，所校中書《說苑雜事》及臣向書，民間書誣。校讎其事類眾多，章句相溷，或上下謬亂，難分別次序，除去與《新序》復重者。其餘者，淺薄不中義理，別集以爲百家後，令以類相從，一一條別篇目，更以造新事十萬言以上，凡二十七篇七百八十四章，號曰《新苑》，皆可觀。臣向昧死。④

假如《說苑》是劉向撰寫，那麼絕不會有“章句相溷，或上下謬誤，難分別次序”的道理，這一點已經證明《說苑》不可能是劉向所作的，而是他編的。左松超《論劉向編撰〈說苑〉》一文對此有一段很清楚的論述，茲引錄如下：

---

① 班固《漢書》，第 1727 頁。
② 班固《漢書》，第 1957—1958 頁。
③ 羅根澤《〈新序〉〈說苑〉〈列女傳〉不作始於劉向考》，載顧頡剛編著《古史辨》重印 1933 年版，太平書局，1963 年，第 4 册，第 229 頁。
④ 見《說苑疏證》附錄。趙善詒《說苑疏證》，華東師範大學出版社，1985 年，第 637 頁。

　　《說苑》大部分内容,均爲輯録傳記行事而成,本非劉向所著,即
偶有少部分文字出自劉向之手,所佔比例亦極小。由於此一堆傳記
行事材料,常爲他書所援用,故《說苑》所載,亦多見於他書。……劉
向之於《說苑》,又不僅僅是編輯一本書而已,而是自有其義法的。
取材上,除删除與《新序》復重者,更删除"淺薄不中義理"的部分,留
下的不僅是符合義理的,有的反映出劉向的思想和他那個時代。①

《說苑》不是劉向所撰非常明顯,那麽陳喬樅"向世修其業,著《說苑》、《新序》、
《列女傳》諸書,其所稱述,必出於《魯詩》無疑矣"的說法就難以成立了。

4.2　《說苑》引《詩》的特點

　　《說苑》引《詩》共 83 次,其中 13 次重複。② 《說苑》引《國風》22 次、
《小雅》22 次、《大雅》29 次、三《頌》8 次,2 次所引爲逸《詩》③。若以《說
苑》各篇爲統計單位,則除《正諫》篇没有引《詩》外,其餘各篇都至少引
《詩》1 次,其中以《脩文》篇所引《詩》句最多,達 11 次,其次是《雜言》篇 8
次,《政理》篇 7 次。兹將統計結果表列於下:

	君道	臣術	建本	立節	貴德	復恩	政理	尊賢	正諫	敬慎	善說	奉使	權謀	至公	指武	談叢	雜言	辨物	脩文	反質	總數
國風	1		2	2	1	1	1	1			1	2		1	1		2	3	2	1	22
小雅			3	1	2		4			2			1		1		3	1	2	2	22

---

① 左松超《論劉向編撰〈說苑〉》,《香港浸會學院學報》第 13 卷,1986 年,第 55 頁。

② 分別是《邶風·旄丘》:"何其處也? 必有與也,何其久也? 必有以也。"(重複 2 次,分
見《政理》、《脩文》)《小雅·小旻》:"如臨深淵,如履薄冰。"(重複 2 次,分見《敬慎》、
《政理》)《大雅·文王》:"濟濟多士,文王以寧。"(重複 3 次,分見《君道》、《復恩》及《脩
文》)《大雅·既醉》:"既醉以酒,既飽以德。"(重複 2 次,分見《脩文》和《反質》)《大
雅·卷阿》:"維君子使,媚于天子。"(重複 2 次,見《奉使》)《商頌·長發》:"湯降不遲,
聖敬日躋。"(重複 2 次,分見《敬慎》、《雜言》))

③ 分別是"緜緜之葛,在於曠野,良工得之,以爲絺綌,良工不得,枯死於野"(見《尊賢》)、
"皇皇上帝,其命不忒。天之與人,必報有德"(見《權謀》)。

續　表

	君道	臣術	建本	立節	貴德	復恩	政理	尊賢	正諫	敬慎	善說	奉使	權謀	至公	指武	談叢	雜言	辨物	脩文	反質	總數
大雅	4	1	1	1		1	2	1		1	2	2	1	1		1		2	7	1	29
三頌	1			1	1	1		1		1							3				8
逸詩						1						1									2
總數	6	1	6	4	4	3	7	4	0	4	3	5	2	3	1	1	8	6	11	4	83

4.2.1　以"詩云"、"詩曰"標明

《說苑》以"詩云"、"詩曰"標明引《詩》的佔絕大多數,如:

[1]《復恩》篇:故曰:"德無細,怨無小。"豈可無樹德而除怨,務利於人哉? 利出者福反,怨往者禍來,刑於內者應於外,不可不慎也,此《書》之所謂"德無小"者也。《詩》云:"赳赳武夫,公侯干城。""濟濟多士,文王以寧。"人君胡可不務愛士乎?[①]

又如:

[2]《貴德》篇:聖人之於天下百姓也,其猶赤子乎? 飢者則食之,寒者則衣之,將之養之,育之長之,唯恐其不至於大也。《詩》曰:"蔽芾甘棠,勿翦勿伐,召伯所茇。"《傳》曰:"自陝以東者,周公主之;自陝以西者,召公主之。"召公述職,當桑蠶之時,不欲變民事,故不入邑中,舍于甘棠之下而聽斷焉。[②]

但也有少數標明《詩》名的,如《奉使》篇引《王風·黍離》和《秦風·晨風》兩首《詩》:

[3] 文侯曰:"於《詩》何好?"倉唐曰:"好《晨風》、《黍離》。"文侯自讀《晨風》曰:"鴥彼晨風,鬱彼北林,未見君子,憂心欽欽,如何如

---

① 劉殿爵、陳方正主編《說苑逐字索引》,第 42 頁。

② 劉殿爵、陳方正主編《說苑逐字索引》,第 31 頁。

何，忘我實多。"文侯曰："子之君以我忘之乎？"倉唐曰："不敢，時思耳。"文侯復讀《黍離》曰："彼黍離離，彼稷之苗，行邁靡靡，中心搖搖。知我者，謂我心憂，不知我者，謂我何求，悠悠蒼天，此何人哉！"文侯曰："子之君，怨乎？"倉唐曰："不敢，時思耳。"文侯於是遣倉唐賜太子衣一襲，勑倉唐以雞鳴時至，太子起拜受賜，發篋視衣盡顛倒。[①]

4.2.2　標明引《詩》者身份

《說苑》引《詩》按引《詩》者身份可分兩類：一類是《說苑》各章撰者引《詩》以說理、證事，這一類佔最多數，如《雜言》篇：

> [4]麋鹿成群，虎豹避之；飛鳥成列，鷹鷙不擊；眾人成聚，聖人不犯。騰蛇遊於霧露，乘於風雨而行，非千里不止，然則暮託宿於鰌鱣之穴，所以然者何也？用心不一也。夫蚯蚓內無筋骨之強，外無爪牙之利，然下飲黃泉，上墾晞土，所以然者何也？用心一也。聰者耳聞，明者目見，聰明形則仁愛著、廉恥分矣。故非其道而行之，雖勞不至；非其有而求之，雖強不得。智者不爲非其事，廉者不求非其有，是以遠（容）〔害〕而名章也。《詩》云："不忮不求，何用不臧。"此之謂也。[②]

此章引《邶風·雄雉》以說明人須有自知之明，凡事不可強求的道理。

在《說苑》83 次引《詩》中，有 29 次標明了引《詩》者的身份，其中以孔子引《詩》最多，共 13 次，如《政理》篇記載魯國有一對父子興訟，季康子認爲那個兒子不孝所以想殺了他，但孔子加以勸止，並說了一段話：

> [5]不孝而誅之，是虐殺不辜也。❶三軍大敗，不可誅也；獄訟不治，不可刑也。上陳之教而先服之，則百姓從風矣。躬行不從，而后俟之以刑，則民知罪矣。夫一仞之牆，民不能踰；❷百仞之山，童子升而遊焉，凌遲故也。今是仁義之凌遲久矣！能謂民弗踰乎？

---

① 劉殿爵、陳方正主編《說苑逐字索引》，第 96 頁。
② 劉殿爵、陳方正主編《說苑逐字索引》，第 142 頁。

❸《詩》曰：'俾民不迷。'昔者，君子導其百姓不使迷，是以威厲而不至，刑錯而不用也。①

《荀子》有相類似的記載，《宥坐》篇云：

　　孔子爲魯司寇，有父子訟者，孔子拘之，三月不別也。其父請止，孔子舍之。季孫聞之不說，曰："是老也欺予，語予曰：'爲國家必以孝。'今殺一人以戮不孝，又舍之。"冉子以告。孔子慨然歎曰："嗚呼！上失之，下殺之，其可乎！不教其民而聽其訟，殺不辜也。❶三軍大敗，不可斬也；獄犴不治，不可刑也，罪不在民故也。……《詩》曰："尹氏大師，維周之氏，秉國之均，四方是維，天子是庳，❸卑民不迷。"是以威厲而不試，刑錯而不用，此之謂也。今之世則不然：亂其教，繁其刑，其民迷惑而墮焉，則從而制之，是以刑彌繁而邪不勝。三尺之岸而虛車不能登也，百仞之山任負車登焉，何則？陵遲故也。數仞之牆而民不踰也，❷百仞之山而豎子馮而游焉，陵遲故也。今夫世之陵遲亦久矣，而能使民勿踰乎！②

而《韓詩外傳》卷三的文字與《說苑》更接近：

　　《傳》曰：魯有父子訟者，康子欲殺之。孔子曰："未可殺也。夫民父子訟之爲不義久矣，是則上失其道。上有道，是人亡矣。"訟者聞之，請無訟。康子曰："治民以孝。殺一不義以僇不孝，不亦可乎？"孔子曰："否。不教而聽其獄，殺不辜也。❶三軍大敗，不可誅也。獄讞不治，不可刑也。上陳之教而先服之，則百姓從風矣。（邪）〔躬〕行不從，然後俟之以刑，則民知罪矣。夫一仞之牆，民不能踰，❷百仞之山，童子登遊焉，凌遲故也。今其仁義之陵遲久矣，能謂民無踰乎？❸《詩》曰：'俾民不迷。'昔之君子，道其百姓不使迷，是以威厲而〔不試〕，刑措〔而〕不用也。③

---

① 劉殿爵、陳方正主編《說苑逐字索引》，第 49 頁。
② 王先謙撰，沈嘯寰、王星賢點校《荀子集解》，中華書局，1997 年，第 521—524 頁。
③ 劉殿爵、陳方正主編《韓詩外傳逐字索引》，臺灣商務印書館，1992 年，第 21 頁。

《說苑》文字與其他典籍互見的情況很多，下文將集中討論。其他見諸《說苑》的引《詩》者還包括魏文侯、管仲、晉侯、尹逸、南瑕子、晏子、鄭太子忽、韓褐子、魏太子擊、東野鄙人、泄治、荀子、尹文、周公、鄒子等人。

4.2.3　《說苑》引《詩》文字與《毛詩》比較

《說苑》所引《詩》句的文字和《毛詩》大部分相同，相異的有29 處：

《詩》名		《說苑》所引《詩》句	《毛詩》異文
草蟲	《君道》	未見君子，憂心惙惙，亦既見止，亦既覯止，我心則 悅 。	作"說"。
雄雉	《辨物》	瞻彼日月， 遙遙 我思，道之云遠，曷云能來！	"悠悠"。
靜女	《辨物》	靜女其姝，俟我 乎 城隅，愛而不見，搔首踟躕。	作"於"。
蝃蝀	《辨物》	乃如之人，懷 婚 姻也，大無信也，不知命也。	作"昏"。
淇澳	《建本》	如切如 瑳 ，如琢如磨。	作"磋"。
芄蘭	《脩文》	芄蘭之 枝 ，童子佩觿。	作"支"。
匪風	《善說》	誰能烹魚，溉之釜鬵； 孰 將西歸，懷之好音。	作"誰"。
鳲鳩	《反質》	尸 鳩在桑，其子七兮，淑人君子，其儀一兮。	作"鳲"。
皇皇者華	《奉使》	莘莘 征夫，每懷靡及。	"駪駪"。
魚麗	《辨物》	物其有矣， 維 其時矣。	作"唯"。
節南山	《反質》	不 躬 不 親，庶民 不 信。	作"弗"。
正月	《敬慎》	謂天蓋高，不敢不 跼 ，謂地蓋厚，不敢不蹐。	作"局"。

續　表

《詩》名		《說苑》所引《詩》句	《毛詩》異文
十月之交	《政理》	彼日而 蝕，于何不臧。	作"食"
小弁	《雜言》	菀彼柳斯，鳴蜩嘒嘒，有漼者淵，莞 葦淠淠。	作"萑"。
巷伯	《立節》	萋兮斐兮，成是貝錦。彼譖人者，亦已 太 甚。	作"大"。
四月	《政理》	亂離 斯瘼，爰其適歸。	作"瘼矣"。
角弓	《建本》	人 而無良，相怨一方。	作"民"。
棫樸	《脩文》	彫 琢其章，金玉其相。	作"追"。
旱麓	《脩文》	莫莫葛藟，施于條枚，愷悌 君子，求福不回。	作"豈弟"。
泂酌	《政理》	凱悌 君子，民之父母。	作"豈弟"。
卷阿	《辨物》	鳳 凰 鳴矣，于彼高岡。梧桐生矣，于彼朝陽。菶菶萋萋，雍雍 喈喈。	作"皇"、"雝雝"。
板	《善說》	辭之 繹 矣，民之莫矣。	作"懌"。
	《政理》	相 亂蔑資，曾莫惠我師。	作"喪"。
抑	《脩文》	告爾民人，謹爾侯度，用戒不虞。	作"質爾人民"。
	《脩文》	溫溫恭人，惟 德之〔基〕。	作"維"。
烝民	《立節》	夙夜匪 懈，以事一人。	作"解"。
豐年	《貴德》	豐年多黍多稌，亦有高廩，萬億及秭，爲酒爲醴，烝畀祖妣，以洽百禮，降福孔 偕。	作"皆"。
閟宮	《雜言》	太 山巖巖，魯侯是瞻。	作"泰"。
長發	《復恩》	率 禮 不越。	作"履"。

陳喬樅、王先謙既定劉向習《魯詩》,那麼《說苑》引《詩》與《毛詩》不同的,他們都認爲是《魯詩》的文字。例如《辨物》篇引《雄雉》"瞻彼日月,$\boxed{遙遙}$我思,道之云遠,曷云能來",其中因爲"遙遙"跟《毛詩》的"悠悠"不同,所以王先謙在《詩三家義集疏》裏下了一個案語說:"據此,魯作'遙'。"①更有甚者,以"後人順毛而改"爲理由,硬把《說苑》與《毛詩》相同的文字說成不同,如《至公》篇引《谷風》"凡民有喪,匍匐救之",與《毛詩》文字相同,但陳喬樅卻加案語說:

《漢書·元帝紀》及《說苑·至公篇》兩引《詩》皆同。今《詩》作"匍匐",後人順毛改之。元帝從張游卿受《魯詩》,見《漢書·儒林傳》,又從高嘉受《魯詩》,見陸璣《草木疏》。劉向亦用《魯詩》,所引皆當與谷永同。②

陳氏的理據是甚麼呢? 原來他在引《漢書·元帝紀》和《說苑·至公篇》有關材料前,先引了《漢書·谷永傳》載谷永上《疏》的一段文字:"古者穀不登虧膳,災婁至損服,凶年不墾塗,明王之制也。《詩》云:'凡民有喪,$\boxed{扶服}$捄之。'"③因爲陳氏認爲谷永用《魯詩》,因此斷定《魯詩》這句不作"匍匐",並進而以"後人順毛改之"爲理由解釋《說苑》同毛異魯的現象。筆者案:今考漢《魯詩石經》此句作"匍匐救之",④與《毛詩》同。陳氏以爲《魯詩》作"扶服"的說法不可信。事實上無論是三家《詩》還是《毛詩》,本身也可以有異文,筆者把《說苑》引《詩》材料跟《新序》、《列女傳》比較過,發現三書所引的《詩》句有時候並不一致,例如:

《說苑·善說》:《詩》云:"辭之$\boxed{繹}$矣,民之莫矣。"夫辭者,人之所以自通也。⑤

---

① 王先謙撰,吳格點校《詩三家義集疏》,第 160 頁。
② 陳壽祺撰,陳喬樅述《三家詩遺說攷·魯詩遺說攷》,卷二,第 1194 頁上。
③ 陳壽祺撰,陳喬樅述《三家詩遺說攷·魯詩遺說攷》,卷二,第 1194 頁上。案:文見班固《漢書》,第 3471 頁。
④ 馬衡《漢石經集存》,第 4 頁。
⑤ 劉殿爵、陳方正主編《說苑逐字索引》,第 85 頁。

　　《新序·雜事》：孔子曰："言語宰我子貢。"故《詩》曰："辭之集矣，民之洽矣；辭之 懌 矣，民之莫矣。"唐且有辭，魏國賴之，故不可以已。①

　　《列女傳·辯通傳·齊太倉女》：君子謂緹縈一言發聖主之意，可謂得事之宜矣。《詩》云："辭之 懌 矣，民之莫矣。"此之謂也。②

案：《毛詩》作"懌"，漢石經《魯詩》也作"懌"，③明魯、毛字同。如果真的如陳、王諸家所說，劉向用《魯詩》，那爲甚麼同樣題爲劉向所撰的《說苑》會和《新序》、《列女傳》有差異呢？王先謙提出了一種折衷的說法，他說："《說苑·善說》篇'懌'作'繹'，惟《列女·齊太倉女傳》下二句引《詩》與今本同，皆魯文異字。"④輯佚學者一方面強調漢人傳《詩》師法、家法謹嚴，但遇上同一個作者引《詩》相異時，便只好以"順毛而改"、"魯文異字"一類的話來自圓其說。

　　前代學者多以《詩》異義、《詩》異文論漢四家《詩》學的分野，其中尤其注意三家《詩》與《毛詩》的分別，蓋執意於所謂今文古文之別。王先謙就認爲異文是判斷四家《詩》的準則之一，他在《序例》中說：

　　《爾雅》，《魯詩》之學，先儒已有定論。茲取其顯明者列注，餘詳《疏》中。毛"維"字，三家作"惟"，或作"唯"。"彼其"之"其"，三家作"己"，全《詩》大同。⑤

他以"維"、"唯"、"己"三字來判斷四家《詩》。胡承珙更認爲四家《詩》用字之例"各有師承，不相錯亂"。⑥ 如《鄭風·羔裘》"彼其之子"，"毛必作

① 　劉殿爵、陳方正主編《新序逐字索引》，臺灣商務印書館，1992 年，第 13 頁。
② 　何志華、朱國藩、樊善標編著《〈古列女傳〉與先秦兩漢典籍重見資料彙編》，第 152 頁。
③ 　馬衡《漢石經集存》，第 13 頁。
④ 　王先謙撰，吳格點校《詩三家義集疏》，第 915 頁。
⑤ 　王先謙撰，吳格點校《詩三家義集疏》，第 16 頁。
⑥ 　胡承珙《毛詩後箋》，黃山書社，1999 年，第 385 頁。

'其',《揚之水》、《汾沮洳》、《椒聊》、《候人》及此詩是也,韓必作'己'"。①
問題是異文不可以作爲判斷四家《詩》的唯一標準,尤其是引《詩》的
古籍本來成書於先秦,那麼我們的態度尤須謹慎。因爲四家《詩》或
今古文的問題是漢以後的事情,先秦時候固然没有一個公認的《詩》
本子,各家引《詩》間出異文是正常不過的事。假如我們硬將先秦古
籍歸入魯、齊、韓、毛四家中,則未免本末倒置。就以《説苑》爲例,這
本書是劉向根據一堆章句相溷、上下謬亂的材料,删削序次而成的,
我們可以推想《説苑》裏有相當一部分的文字在劉向校書以前已經
寫成。

　　秦始皇焚書只限於"非博士官所職"的私人藏書,秦代内府仍然藏有
大量典籍。秦末項羽起兵,"引兵西屠咸陽,殺秦降王子嬰,燒秦宫室,火
三月不滅",②先秦以來典籍至此付諸一炬。漢惠帝始"除挾書律",③《漢
志》云:

> 　　漢興,改秦之敗,大收篇籍,廣開獻書之路。迄孝武世,書缺簡
> 脱,禮壞樂崩,聖上喟然而稱曰:"朕甚閔焉!"於是建藏書之策,置寫
> 書之官,下及諸子傳説,皆充祕府。至成帝時,以書頗散亡,使謁者
> 陳農求遺書於天下。詔光禄大夫劉向校經傳諸子詩賦,步兵校尉任
> 宏校兵書,太史令尹咸校數術,侍醫李柱國校方技。每一書已,向輒
> 條其篇目,撮其指意,錄而奏之。會向卒,哀帝復使向子侍中奉車都
> 尉歆卒父業。歆於是總群書而奏其《七略》,故有《輯略》,有《六藝
> 略》,有《諸子略》,有《詩賦略》,有《兵書略》,有《術數略》,有《方
> 技略》。④

劉向校書在成帝河平三年(前 26),⑤陽朔三年(前 22)"爲《列女傳》、《新

---

①　胡承珙《毛詩後箋》,第 385 頁。
②　司馬遷《史記》,第 315 頁。
③　班固《漢書》,第 90 頁。
④　班固《漢書》,第 1701 頁。
⑤　錢穆《劉向歆父子年譜》,《兩漢經學今古文平議》,第 42 頁。

序》、《說苑》".① 劉向就是在校書期間,看到祕府所藏重散簡牘,把那些切中義理的以類相從,條別篇目而成《說苑》一書。1973 年河北省定縣八角廊四十號墓出土了大批竹簡,其中一部分竹簡整理者把它命名爲《儒家者言》。這個墓的墓主是西漢中山懷王劉修,他在漢宣帝五鳳三年(前55)薨,竹簡《儒家者言》成書自然早於這個時間。② 何直剛根據簡文中提到曾子弟子樂正子春,以及簡文較多保存了一些先秦的面貌,推斷《儒家者言》"成書時代應該早於各書,屬於戰國晚期的著作"。③ 左松超《論〈儒家者言〉及其與〈說苑〉的關係》一文更指出《儒家者言》和《說苑》兩書關係密切,他說:

> 第一,《儒家者言》的内容見於相關書籍的,以見於《說苑》者爲最多,共有十六章(筆者案:竹簡《儒家者言》共分二十七章)。第二,凡見於《說苑》同時又見於其他各書的,文字多與《說苑》相近。④

他進而推論《儒家者言》的祖本,很可能就是包括一大批資料的《說苑雜事》,它與《說苑敘錄》提到的"臣向書"、"民間書",應該是同一類的東西。⑤ 雖然這十六章互見文字没有一條是引《詩》的,但至少可以給我們一個提示,那就是《說苑》裏引《詩》的文字,是否有可能源於那些因爲秦火而湮没無聞的先秦典籍。在没有實質證據前,當然不應該妄下判斷,但我們更不應該把那些作者、寫成年代不能確定的引《詩》材料,貿然定爲必屬某家《詩》。

---

① 錢穆《劉向歆父子年譜》,《兩漢經學今古文平議》,第50頁。
② 班固《漢書》,第414頁。
③ 何直剛《〈儒家者言〉略說》,《文物》1981年第8期,第21頁。
④ 左松超《論〈儒家者言〉及其與〈說苑〉的關係》,載氏著《說苑集證》,編譯館,2001年,第1424頁。
⑤ 左松超《說苑集證》,第1444頁。

4.3　《說苑》引《詩》說《詩》與《韓詩外傳》重文互見①考論

徐復觀在《兩漢思想史》中認爲凡《說苑》與《韓詩外傳》②"內容相同,引《詩》相同,僅文字稍有出入,即視爲與《韓詩傳》相同","有的內容大體相同,此即視爲故事錄自《韓傳》而注明缺詩","有的內容在文字上出入頗大,且亦缺詩的,則或因《韓傳》文字之本有殘缺;或因《韓傳》抄錄時較略,而劉向較詳;即可推知韓嬰所本者,亦爲劉向所見"。③ 杜家祁《劉向編寫〈新序〉、〈說苑〉研究》統計了《說苑》和他書的重文,得出的結果是《說苑》與《韓詩外傳》互見的情況最多,共 78 條,包括文字全同、部分相同或事同文異。④ 本節旨在論證《說苑》所述非必出《魯詩》,所以下

---

① 劉殿爵教授將"重文互見"的現象分爲"同源重文"和"不同源重文"兩種,"同源重文"指文字"間有個別互相不同的異文,甚或有詳略之別,但必定可以一字一字相對排比起來",不同源重文指"即使內容無甚差別,文字卻無法一字一字排比起來",見劉殿爵《秦諱初探──兼就諱字論古書中之重文》,《中國文化研究所學報》第 19 卷,1988 年,第 251 頁。案:本書所說的"重文互見"指的是"同源重文",但筆者不採用"同源重文"一詞,是由於筆者認爲"重文"不宜分爲同源和不同源,劉氏所說的"同源重文"是我們理解的"重文",即"文"作"文字"解,即分見不同古籍的同一段文字,彼此只有個別字詞上的差別,或異體、或脫文、或衍文,但總可以逐句排比。至於劉氏所謂的"不同源重文","文"字明顯作"內容"解,即整段文字的意思相近,但所用的文字有很大的差別。同是"重文",一作"文字"解,一作"內容"解,容易產生歧義,因此筆者只借用劉氏"同源重文"的解釋,並代之以"重文互見"一詞。劉氏後來在另一篇文章裏,用了另一個術語"互見段落",劉氏說:"'互見段落'一詞專指兩個文本間,可逐字逐詞並排對應的段落,兩個段落的分別只限於不同長短的版本差異。我認爲互見之文應源出同一文本。"(見劉殿爵著,何志華譯《〈呂氏春秋〉文本問題探究並論其對全書編排的意義》,載《採擷英華》,中文大學出版社,2004 年,第 263 頁,注 10)換句話說,劉氏所說的"互見段落"相當於"同源重文"。

② 案:徐復觀採用楊樹達《韓詩外傳》含《韓詩內傳》的看法,故他在《兩漢思想史》裏稱《韓詩外傳》爲《韓詩傳》。但這牽涉到不少考證問題,非本章討論重點,故仍照一般說法,稱《韓詩外傳》。徐復觀的論述見《兩漢思想史》,華東師範大學出版社,2001 年,第三卷,第 6—7 頁。

③ 徐復觀《兩漢思想史》,第三卷,第 43 頁。

④ 杜家祁《劉向編寫〈新序〉、〈說苑〉研究》,香港中文大學博士論文,1999 年,第 69—70 頁。

文將以《說苑》說《詩》文字與《韓詩外傳》幾乎全同的例子，證明《說苑》引《詩》說《詩》的文字，有部分襲自他書，從而糾正自王應麟以來，輯佚學者有關劉向《詩》學的錯誤觀點。《說苑》說《詩》文字與《韓詩外傳》幾乎全同的有 24 條，茲舉例以明：

[6]

《韓》 王子比干殺身以成其忠，柳下惠殺身以成其信，伯夷、叔齊殺身以成其廉。

《說》 王子比干殺身以成其忠，尾生 殺身以成其信，伯夷、叔齊殺身以成其廉，

《韓》 此三子者，皆天下之通士也。豈不愛其身哉？ 爲夫義之不立，名之不顯，

《說》 此四子者，皆天下之通士也，豈不愛其身哉？以爲夫義之不立，名之不著，

《韓》 則士恥之 ，故殺身以遂其行。由是觀之，卑賤貧窮，非士之恥也。

《說》 是士之恥也，故殺身以遂其行。由此觀之，卑賤貧窮，非士之恥也。

《韓》 　　　　　　　天下舉忠而士不與焉，舉信而士不與焉，舉廉而士不與焉。

《說》 夫士之所恥者，天下舉忠而士不與焉，舉信而士不與焉，舉廉而士不與焉。

《韓》 三者存乎身，名傳於後世，與日月並而不息，天不能殺，地不能生，

《說》 三者存乎身，名傳於後世，與日月並而不息，

《韓》 當桀紂之世，不之能污也。然則非惡而樂死也， 惡富貴好貧賤也，

《說》 雖無道之世，不 能污焉。然則非好死而惡生也，非惡富貴而樂貧賤也。

《韓》　由其道、遵其理、尊貴及己而仕也，　不辭也。

《說》　由其道，遵其理，尊貴及己　　　，士不辭也。

《韓》　孔子曰："富而可求也，雖執鞭之士，吾亦爲之。"故阸窮而
　　　不憫，

《說》　孔子曰："富而可求　，雖執鞭之士，吾亦爲之；

《韓》　勞辱而不苟，然後能有致也。

《說》　　　　　　　　　　　　　　　富而不可求，從吾所好。"大聖
　　　之操也。

《韓》　《詩》曰："我心匪石，不可轉也。我心匪席，不可卷也。"此之
　　　謂也。①

《說》　《詩》云："我心匪石，不可轉也；我心匪席，不可卷也。"②

[7]

《韓》　《傳》曰：天地有　合，則生氣有精矣。陰陽消息，則變化有時矣。

《說》　　　　　夫天地有德合，則生氣有精矣。陰陽消息，則變化有時矣。

《韓》　時得則治　，　　　　　　時失則亂　。　故人生而不具者五：

《說》　時得而治矣，時得而化矣，時失而亂矣。是故人生而不具者五：

《韓》　目無見，不能食，不能行，不能言，不能施化。　三月微的而
　　　後能見，

《說》　目無見，不能食，不能行，不能言，不能施化。故三月達眼而
　　　後能見，

《韓》　七月生齒而後能食，　年髑就而後能行，三年腦合而後能言。

《說》　七月生齒而後能食，期年生臏而後能行，三年月合而後能言，

---

① 見《韓詩外傳》卷一。劉殿爵、陳方正主編《韓詩外傳逐字索引》，第 2 頁。

② 見《說苑·立節》。劉殿爵、陳方正主編《說苑逐字索引》，第 26 頁。

《韓》 十六精通而後能施化。陰陽相反，　　　　陰以陽變，陽以陰變。

《說》 十六精通而後能施化。陰窮反陽，陽窮反陰，故陰以陽變，陽以陰變。

《韓》 故男八月　生齒，八歲而齠齒。　十六而精化小通。女七月　生齒，

《說》 故男八月而生齒，八歲而毀齒，二八十六而精化小通；女七月而生齒，

《韓》 七歲而　齒，　十四而精化小通。是故陽以陰變，陰以陽變。

《說》 七歲而毀齒，二七十四而精化小通。

《韓》 故不肖者精化始具　，而生氣感動，觸情縱欲，　反施　化，

《說》　不肖者精化始至矣，而生氣感動，觸情縱欲，故反施亂化。

《韓》 是以年壽亟夭而性不長也。《詩》曰："乃如之人兮，懷婚姻也，

《說》　　　　　　　　　　故《詩》云："乃如之人　，懷婚姻也，

《韓》 太無信也，不知命也。"賢者不然。精氣闐溢而後傷時之不可過也。

《說》 大無信也，不知命也。"賢者不然，精化填盈，　後傷時之不可遇也，

《韓》 不見道端，乃陳情欲，以歌道義。《詩》曰："靜女其姝，俟我乎城隅。

《說》 不見道端，乃陳情欲　以歌　。《詩》曰："靜女其姝，俟我乎城隅，

《韓》 愛而不見，搔首踟躕。""瞻彼日月，悠悠我思。道之云遠，曷云能來！"

《說》 愛而不見，搔首踟躕。""瞻彼日月，遙遙我思，道之云遠，曷云能來！"

《韓》　急時　辭也。　　是故稱之日月也。①

《說》　急時之辭也,甚焉,　故稱　日月也。②

[8]

《韓》　《傳》曰:衣服容貌者,所以說目也。　　應對言語者,所以
　　　說耳也。

《說》　　　　　　衣服容貌者,所以悅目也;　　聲音應對者,所以
　　　悅耳也;

《韓》　好惡去就者,所以說心也。故君子衣服中,容貌得,則民之目
　　　悅矣。

《說》　嗜慾好惡者,所以悅心也。　君子衣服中,容貌得,則民之目
　　　悅矣;

《韓》　言語遜,應對給,則民之耳悅矣。就仁去不仁,則民之心
　　　悅矣。

《說》　言語順,應對給,則民之耳悅矣;就仁去不仁,則民之心
　　　悅矣。

《韓》　三者存乎身,　　　　　　　　雖不在位,謂之素行。故中
　　　心存善,

《說》　三者存乎心,暢乎體,形乎動靜,雖不在位,謂之素行。故忠
　　　心好善

《韓》　而日新之,則獨居而樂,德充而形。《詩》曰:"何其處也,必
　　　有與也。

《說》　而日新之,　獨居樂德,內悅而形。《詩》曰:"何其處也?必
　　　有與也,

────────────

① 劉殿爵、陳方正主編《韓詩外傳逐字索引》,第4頁。
② 劉殿爵、陳方正主編《說苑逐字索引》,第153—154頁。

《韓》　何其久也，必有以也。"①

《說》　何其久也？必有以也。"惟有以者爲能長生久視而無累於
　　　　物也。②

這些重見的文字說明了幾個問題：第一，《說苑》這些文字不可能是劉向
撰寫的。第二，《說苑》這些文字因襲其他典籍，其中《韓詩外傳》是主要
的來源。《韓詩外傳》是燕人韓嬰所著，《漢志·詩類》著錄《韓詩》著
作有：

《韓故》三十六卷。

《韓内傳》四卷。

《韓外傳》六卷。

《韓說》四十一卷。③

今本《韓詩外傳》即《漢志》著錄的《韓外傳》。《四庫全書總目提要》認爲
《韓詩外傳》"雜引古事古語，證以《詩》詞，與《經》義不相比附，故曰《外
傳》。所采多與周秦諸子相出入"，引"班固論三家之《詩》，稱其'或取《春
秋》，采雜說，咸非其本義'，殆即指此類歟"。④《外傳》雜引之古事古語，
據清人陳士珂《韓詩外傳疏證·互見諸書目錄》所列，分別見諸《尚書大
傳》、三《傳》、《春秋繁露》、《孟子》、《國語》、《戰國策》、《列女傳》、《晏子春
秋》、《老子》、《莊子》、《荀子》、《呂氏春秋》、《淮南子》、《新序》、《說苑》等
三十一部先秦兩漢典籍。⑤　張映漢在《韓詩外傳疏證序》說，"兹編所錄，
有在韓氏以前者，有在韓氏後者"，⑥"在韓氏以前者"指《外傳》徵引或因
襲之書，"在韓氏後者"指他書徵引或因襲《外傳》。《韓詩外傳》成書在
《說苑》之前，因此可以肯定不會是《外傳》因襲《說苑》。

① 劉殿爵、陳方正主編《韓詩外傳逐字索引》，第 5 頁。

② 劉殿爵、陳方正主編《說苑逐字索引》，第 162 頁。

③ 班固《漢書》，第 1708 頁。

④ 紀昀總纂《四庫全書總目提要》，第 461 頁。

⑤ 陳士珂《韓詩外傳疏證》，第 161 頁下—第 162 頁上。

⑥ 陳士珂《韓詩外傳疏證》，第 159 頁上。

除了《韓詩外傳》外,《說苑》與其他典籍互見的還包括:《晏子春秋》43 條、《呂氏春秋》30 條、《史記》29 條、《荀子》23 條、《左傳》20 條、《尚書大傳》15 條等。① 雖然這些互見文字不一定都跟《詩》有關,但這已經足夠說明《說苑》的來源相當複雜,有的是來自先秦典籍,有的是來自西漢初年的著作。既然《說苑》有這麼一大部分文字因襲自其他典籍,我們就很難據此判定當中《詩》文引自何家,《詩》說依據何家了,前人把《說苑》簡單說成是用《魯詩》的做法是不够穩當的。

陳喬樅、王先謙以劉向《列女傳》、《說苑》、《新序》引《詩》必爲《魯詩》經文,說《詩》必爲《魯詩》說,並據此以"推臆法"、"删去法"來繫聯其他古籍引《詩》說《詩》的材料,且定其爲《魯詩》說的做法值得商榷。全祖望(1705—1755)在《經史問答》裏說:

> 劉向是楚元王交之後,元王曾與申公同受業於浮邱伯之門,故以向守家學,必是《魯詩》,然愚以爲未可信。劉氏父子皆治《春秋》,而歆已難向之說矣,安在向必守交之說也? 向之學極博,其說《詩》,考之《儒林傳》,不言所師,在三家中未敢定其爲何《詩》也。②

洵屬篤論。循此以求,清人以"師承法"將三家《詩》佚文遺說歸屬的方法實有重新檢討的必要。

第五節　三家《詩》歸屬理論中以《爾雅》爲《魯詩》說平議

《爾雅》是中國最早一部彙編故訓的專書。《爾雅》十九篇"較全面地分類編纂了先秦至西漢的大量的訓詁資料"。③ 郭璞(276—324)《爾雅

---

① 杜家祁《劉向編寫〈新序〉、〈說苑〉研究》,第 69—70 頁。
② 全祖望《經史問答》,《續修四庫全書》據乾隆三十年刻本影印,第 1147 册,卷三,第 597 頁下。
③ 胡奇光、方環海《爾雅譯注》,上海古籍出版社,1999 年,前言,第 3 頁。

注》云：

> 夫《爾雅》者，所以通詁訓之指歸，敘詩人之興詠，揔絕代之離詞，辨同實而殊號者也。①

邢昺（932—1010）《疏》云：

> 案《爾雅》所釋，徧解六經，而獨云"敘詩人之興詠"者，以《爾雅》之作多爲釋《詩》。②

現在學者大致同意《爾雅》除了訓釋五經外，還旁及其他先秦古籍，如《楚辭》、《莊子》、《管子》、《吕氏春秋》、《尸子》等，邢昺所説的"徧解六經"並不盡然。不過《爾雅》十九篇中確有不少專門訓釋《詩》的材料，例如《釋訓》。整部《爾雅》有 26 條訓詁條目直接引用《詩》的文字，然後加以訓釋，或釋詞義，或釋興喻義，③當中見於《釋訓》的就有 15 條。可見《釋

---

① 郭璞注，邢昺疏《爾雅注疏》，北京大學出版社，2000 年，第 2 頁。
② 郭璞注，邢昺疏《爾雅注疏》，第 2 頁。
③ 分別是：

序號	《爾雅》		《詩》	
	篇目	内容	篇目	内容
1	《釋詁》	謔浪笑敖，戲謔也。	《終風》	謔浪笑敖。
2	《釋訓》	委委、佗佗，美也。	《君子偕老》	委委佗佗。
3	《釋訓》	子子孫孫，引無極也。	《楚茨》	子子孫孫，必替引之。
4	《釋訓》	藹藹、萋萋，臣盡力也。噰噰喈喈，民協服也。	《卷阿》	菶菶萋萋，雝雝喈喈。
5	《釋訓》	顒顒卬卬，君之德也。	《卷阿》	顒顒卬卬。
6	《釋訓》	如切如磋，道學也。如琢如磨，自修也。瑟兮僩兮，恂慄也。赫兮咺兮，威儀也。有匪君子，終不可諼兮。道盛德至，善民之不能也。	《淇奥》	如切如磋，如琢如磨，瑟兮僩兮，赫兮咺兮，有匪君子，終不可諼兮。
7	《釋訓》	既微且尰。骭瘍爲微，腫足爲尰。	《巧言》	既微且尰。

（轉下頁）

訓》與《詩》的關係較其他篇章密切。陳喬樅在《〈魯詩遺說攷〉自序》中說：

（接上頁）

序號	《爾雅》		《詩》	
	篇目	内容	篇目	内容
8	《釋訓》	是刈是濩。濩，煮之也。	《葛覃》	是刈是濩。
9	《釋訓》	履帝武敏。武，迹也。敏，拇也。	《生民》	履帝武敏。
10	《釋訓》	張仲孝友。善父母爲孝，善兄弟爲友。	《六月》	張仲孝友。
11	《釋訓》	有客宿宿，言再宿也。有客信信，言四宿也。	《有客》	有客宿宿，有客信信。
12	《釋訓》	其虛其徐，威儀容止也。	《北風》	今本作"其虛其邪"。
13	《釋訓》	猗嗟名兮，目上爲名。	《猗嗟》	猗嗟名兮。
14	《釋訓》	式微式微者，微乎微者也。	《式微》	式微式微。
15	《釋訓》	徒御不驚，輦者也。	《車攻》	徒御不警。
16	《釋訓》	襢裼，肉袒也。暴虎，徒搏也。	《大叔于田》	襢裼暴虎。
17	《釋天》	是禷是禡，師祭也。	《皇矣》	是禷是禡。
18	《釋天》	既伯既禱，馬祭也。	《吉日》	既伯既禱。
19	《釋天》	乃立冢土，戎醜攸行。起大事，動大眾，必先有事乎社，而後出謂之宜。	《緜》	迺立冢土，戎醜攸行。
20	《釋天》	振旅闐闐。出爲治兵，尚武威也；入爲振振，反尊卑也。	《采芑》	振旅闐闐。
21	《釋水》	河水清且瀾漪。大波爲瀾，小波爲淪，直波爲涇。	《伐檀》	河水清且漣漪。
22	《釋水》	江有沱，河有灘，汝有濆。	《江有汜》	江有沱。
23	《釋水》	濟有深涉，深則厲，淺則揭。揭者，揭衣也。以衣涉水爲厲，繇膝以下揭，繇膝以上涉，繇帶以上爲厲。	《匏有苦葉》	濟有深涉，深則厲，淺則揭。
24	《釋水》	汎汎楊舟，紼縭維之。紼，繂也。縭，緌也。	《采菽》	汎汎楊舟，紼纚維之。
25	《釋草》	果臝之實，栝樓。	《東山》	果臝之實。
26	《釋畜》	既差我馬。差，擇也。	《吉日》	既差我馬。

《爾雅》亦《魯詩》之學。漢儒謂《爾雅》爲叔孫通所傳，叔孫通，魯人也。臧鏞堂《拜經日記》以《爾雅》所釋《詩》字訓義爲《魯詩》，允而有徵。[①]

臧鏞堂即臧庸，考《拜經日記》並未直言《爾雅》釋《詩》多《魯詩》，惟總覽《拜經日記·〈爾雅〉注多〈魯詩〉》、《〈爾雅〉〈毛詩〉異文》、《雅注毛鄭異文》諸篇，則知臧氏確以《爾雅》釋《詩》訓詁多爲《魯》義。《〈爾雅〉〈毛詩〉異文》云：

> 《爾雅·釋訓》一篇釋《詩》之訓詁，漢初傳《爾雅》者，皆今文之學，故與《毛詩》不同。後世三家既亡，《爾雅》之文不可盡考。[②]

臧氏於是“審其音義相同，或別見他書者”，首先指出《釋訓》某條所釋何《詩》，然後徵引他書可證成《釋訓》詩說者。如《釋訓》“媞媞，安也”，臧氏云：

> 此釋《葛屨》“好人提提”也。《楚詞·七諫》注云：“媞媞，好貌也。《詩》曰：‘好人媞媞。’”[③]

臧氏以爲《楚辭》王逸（89—158）《注》多《魯詩》說，說見《〈楚辭章句〉多〈魯詩〉說》，[④]由是《釋訓》此條亦《魯詩》說。又如《釋訓》“爞爞，熏也”，臧氏云：

> 此釋《雲漢》“蘊隆蟲蟲”也。《詩釋文》曰：《韓詩》作“烔”，《廣雅·釋訓》曰：“懂懂，憂也。”然則作“爞爞”者，蓋《魯詩》也。[⑤]

至於《爾雅》諸注，臧氏於《〈爾雅注〉多〈魯詩〉》明言樊光《爾雅注》引《詩》

---

① 陳壽祺撰，陳喬樅述《三家詩遺說攷·魯詩遺說攷》，自序，第1178頁下。
② 臧庸《拜經日記》，《續修四庫全書》據清嘉慶二十四年武進臧氏拜經堂刻本影印，第1158冊，卷十二，第168頁下。
③ 臧庸《拜經日記》，卷十二，第169頁上。
④ 臧庸《拜經日記》，卷七，第114頁下—第119頁上。
⑤ 臧庸《拜經日記》，卷十二，第169頁下。

"蓋本《魯詩》",①《雅注毛鄭異文》亦以郭《注》引《詩》多《魯詩》。考《爾雅》的訓釋,特別是《釋訓》一卷,毫無疑問與《詩》詁關係密切,然而《爾雅》未嘗言及所釋《詩》句的依據,臧庸何以如此肯定《爾雅》與《魯詩》的關係呢?臧氏輯錄樊光、孫炎、李巡三家《爾雅注》成《爾雅漢注》三卷,有《錄〈爾雅漢注〉序》曰:

> 余聞之先師鄭公曰:《爾雅》者,孔子門人所作,以釋六藝之言。揚子雲亦云:孔子門徒游、夏之儔所記。作《雅》之人,斯為定論矣。②

準此,臧氏認為:第一,先有《詩》後有《爾雅》;第二,《爾雅》是孔子門人所作。而清人論《爾雅》與《魯詩》關係者,大抵皆相沿臧說,王先謙於《詩三家義集疏》亦屢言"《爾雅》,《魯詩》之學",他在《集疏》裏把他認為《爾雅》某條與《詩》相關的材料,一律視為《魯詩》的經文或訓釋,如《集疏·淇奧》"綠竹猗猗"下引《爾雅·釋草》"菉,王芻",王氏云:"《爾雅》,《魯詩》之學,明魯正字,毛借字。"即王氏以為《魯詩》作"菉竹猗猗",並訓"菉"為"王芻"。③又如《集疏·考槃》"考槃在澗"下引《爾雅》"盤,樂也",王氏云:"《爾雅》,《魯詩》之學,知魯作'盤'也。"④再如《集疏·碩人》"膚如凝脂"下引《爾雅·釋器》"冰,脂也",王氏云:"《爾雅》,《魯詩》之學,蓋魯'凝'作'冰'。"⑤又如《集疏·隰有萇楚》"樂子之無知"下,王氏云:"魯說曰:'知,匹也。'……'知,匹也'者,《釋詁》文。"⑥是王氏亦以為《魯詩》訓"知"為"匹"。又如《集疏·皇矣》"作之屏之,其菑其翳"下,王氏云:"《釋木》:'木自斃柟,立死菑,蔽者翳。'……《爾雅》,《魯詩》之

---

① 臧庸《拜經日記》,卷四,第 87 頁下。
② 臧庸《錄〈爾雅漢注〉序》,《拜經堂文集》,第 515 頁下。
③ 王先謙撰,吳格點校《詩三家義集疏》,第 266 頁。
④ 王先謙撰,吳格點校《詩三家義集疏》,第 275 頁。
⑤ 王先謙撰,吳格點校《詩三家義集疏》,第 281 頁。
⑥ 王先謙撰,吳格點校《詩三家義集疏》,第 489 頁。

學,魯義當如此。"①這樣的例子在《集疏》裏比比皆是。從臧庸到王先謙,清人把《爾雅》和《魯詩》的關係用王先謙的話來說,是"《詩》在《雅》前,故訓多本魯義",②這比前揭臧庸的《錄〈爾雅漢注〉序》的說法就更明確了。王先謙的意思是說先有《魯詩》,後有《爾雅》,《爾雅》釋《詩》即本《魯詩》一家。如今《魯詩》詁訓不見存,於是《爾雅》順理成章成爲窺探《魯詩》之學的典籍。如此,則論證《爾雅》是否訓釋《魯詩》,最直接的方法是弄清楚兩個問題:第一,"《詩》在《雅》前"當無疑問,但這個《詩》指的是否即《魯詩》;第二,"《爾雅》、《魯詩》之學"具有明顯的排他性,而《毛詩》有《毛詩故訓傳》見存,兩者比較,《爾雅》的訓釋又是否絕異於《毛詩》詁訓呢? 如下筆者檢討這兩個問題。

5.1　"《詩》在《雅》前"考:《爾雅》的編者和成書年代

《爾雅》的編者是誰? 這個問題歷來有三種說法,分別是張揖(生卒年不詳)的"周公所著"說③、鄭玄"孔子門人所作"說④和宋人朱翼(生卒年不詳)"漢儒所作"說⑤。對《爾雅》編者的討論,必然涉及成書年代問題。假如"周公所著"說成立的話,那麼《爾雅》便當成書於西周了。另外,當我們說《爾雅》成書年代,指的是今本《爾雅》還是更早版本的《爾雅》呢? 胡奇光、方環海歸納出五種關於《爾雅》成書年代的說法:

一、西周成書說,即周公作說。

---

① 王先謙撰,吳格點校《詩三家義集疏》,第 853 頁。
② 王先謙撰,吳格點校《詩三家義集疏》,第 490 頁。
③ 張揖《上〈廣雅〉表》云:"昔在周公,繼述唐虞,宗翼文武,剋定四海,勤相成王,踐阼理政,日昃不食,坐而待旦,德化宣流,越裳倈貢,嘉禾貫桑,六年制禮,以導天下。著《爾雅》一篇,以釋其意義。"見王念孫《廣雅疏證》,中華書局,1983 年,第 3 頁上。
④ 孔穎達《毛詩正義》引鄭玄說:"玄之聞也,《爾雅》者,孔子門人所作,以釋六藝之言,蓋不誤也。"見毛亨傳,鄭玄箋,孔穎達疏《毛詩正義》,北京大學出版社,2000 年,第 299—300 頁。
⑤ 朱彝尊《經義考》引朱翼的說法:"《爾雅》非周公之書也。……蓋是漢儒所作,亦非中古也。"見朱彝尊《經義考》,中華書局,1998 年,卷二百三十七,第 1201 頁。

二、戰國初期成書說,即孔子門人作說。

三、戰國末年成書說。

四、西漢初年成書說。

五、西漢中後期成書說。[1]

胡氏等利用《尸子》和《呂氏春秋》的材料,考訂《爾雅》成書的時代,從《爾雅》多處採用《尸子》的名物訓詁以及《爾雅·釋天》、《釋地》選詞立目與《呂氏春秋》相同這兩項證據,把《爾雅》初稿成書年代定於戰國末、秦代初。[2] 管錫華的《爾雅研究》更從名學與語言學的關係、傳世戰國中後期文獻與《爾雅》相比較、《爾雅》反映的事物和思想等三方面,論證了《爾雅》成書的年限。[3] 考《爾雅·釋地》"河西曰雝州","雝"通"雍"。陸德明云:"《周禮》及《爾雅》皆無梁州,則雍州兼有梁州之地也。……漢時改雍州爲梁州。""雝州"乃漢以前的地名。[4] 又 1978 年在湖北隨縣擂鼓墩戰國曾侯乙墓出土的漆箱蓋上有二十八星宿名稱的篆文,據學者研究,蓋上二十八星宿的次序,跟成書於戰國末年的《呂氏春秋·有始覽》裏列舉的次序相合。[5] 筆者把它跟《爾雅·釋天》比較,發現三者次序都相同。[6]

---

① 胡奇光、方環海《爾雅譯注》,第 3—4 頁。

② 胡奇光、方環海《爾雅譯注》,第 4—7 頁。

③ 管錫華《爾雅研究》,安徽大學出版社,1996 年,第 18—22 頁。

④ 陸德明撰,黃焯斷句《經典釋文》,第 420 頁下。

⑤ 王健民、梁柱、王勝利《曾侯乙墓出土的二十八宿青龍白虎圖象》,《文物》1979 年第 7 期,第 41 頁。

⑥ 下表"曾"代表曾侯乙墓漆箱蓋;"吕"代表《呂氏春秋》;"爾"代表《爾雅》。漆箱蓋二十八宿篆文釋文據譚維四《曾侯乙墓》,文物出版社,2001 年,第 154—155 頁。

曾	角	亢	氐	方	心	尾	箕	斗	牽牛	伏女	虛	危	西縈	東縈
吕	角	亢	氐	房	心	尾	箕	斗	牽牛	婺女	虛	危	營室	東壁
爾	角	亢	氐	房	心	尾	箕	斗	牽牛	玄枵	虛	/	營室	東壁
曾	圭	婁女	胃	矛	躍	此佳	參	東井	與鬼	酉	七星	素	翼	車
吕	奎	婁	胃	昴	畢	觜嶲	參	東井	輿鬼	柳	七星	張	翼	軫
爾	奎	婁	/	昴	畢	/	/	/	/	/	七星	/	/	/

結合學者的研究和上文列舉的例證，筆者認爲《爾雅》成書不會早於戰國末年這個說法比較穩妥。既然《爾雅》成書上限是戰國末年，那麼"周公所著"和"孔子門人所作"的說法便不能成立。至於《爾雅》成書的下限比較容易推定。東漢趙岐在《孟子題辭》上提到：

> 孝文皇帝欲廣游學之路，《論語》、《孝經》、《孟子》、《爾雅》皆置博士。①

《爾雅》在漢文帝時既置博士，最少證明《爾雅》在文帝以前已經成書而且傳習有素。我們說《爾雅》成書於戰國末、秦初這一段時間，指的是《爾雅》的初稿。事實上，《爾雅》是一部故訓彙編，不是一時一地由一人手編的作品，從戰國末年起至西漢初年，經過增補潤色，後來可能仍有補訂，才有今本《爾雅》的面貌。準此，"《詩》在《雅》前"當無疑問。然而《爾雅》中與《詩》相關的材料是否如清人所言必爲《魯詩》呢？

5.2　《釋訓》與《魯詩》

清人葉德輝《石林集》云：

> 《釋訓》一篇專爲釋《詩》而作。②

《釋訓》一篇共 116 條，筆者參考邢昺《爾雅疏》，把邢《疏》認爲《釋訓》某條釋某詩的材料逐條抽出，排比整理後發現《釋訓》的釋義或釋意與《詩》相應的達 109 條，佔 94％，可見《釋訓》一篇與《詩》的關係非常密切。總括來說，《釋訓》釋《詩》的體例可以分爲以下兩個方面：

5.2.1　訓釋《詩》句中疊詞的詞義

《釋訓》以"AA，BB，C 也"的形式訓釋《詩》句中的疊詞。每條訓釋材料中的被釋詞，多見於不同《詩》句，如：

---

① 趙岐注，孫奭疏《孟子注疏》，北京大學出版社，2000 年，第 11 頁。
② 謝啟昆《小學考》，漢語大詞典出版社，1997 年，卷三，第 29 頁下引。

《釋訓》	篇目	詩句	《毛傳》
明明、斤斤,察也。	常武	赫赫明明。	明明然察也。
	執競	斤斤其明。	斤斤,明察也。

"明明"見於《大雅·常武》"赫赫明明","斤斤"見於《周頌·執競》,而《釋訓》以"察"字訓釋。又如:

《釋訓》	篇目	詩句	《毛傳》
廱廱、優優,和也。	思齊	雝雝在宮。	雝雝,和也。
	雝	有來雝雝。	案:《毛傳》無釋,《鄭箋》云:"雝雝,和也。"
	長發	敷政優優。	優優,和也。

訓釋材料中的被釋詞有時來自同一首詩,如:

《釋訓》	篇目	詩句	《毛傳》
委委、佗佗,美也。	君子偕老	委委佗佗。	委委者,行可委曲蹤也。
	君子偕老	委委佗佗。	佗佗者,德平易也。

又如:

《釋訓》	篇目	詩句	《毛傳》
居居、究究,惡也。	羔裘	羔裘豹袪,自我人居居。	居居,懷惡不相親比之貌。
	羔裘	自我人究究。	究究,猶居居也。

此外,《釋訓》共有 6 條材料是先引整句《詩》,然後訓釋句中某個詞的詞義,分別是:

《釋訓》	篇目	詩句	《毛傳》
是刈是濩。濩,煮之也。	葛覃	是刈是濩。	濩,煮之也。
履帝武敏。武,迹也。敏,拇也。	生民	履帝武敏。	武,迹也。
	生民	履帝武敏。	敏,疾也。
有客宿宿,言再宿也。有客信信,言四宿也。	有客	有客宿宿。	一宿曰宿。
	有客	有客信信。	再宿曰信,欲縶其馬而留之。
猗嗟名兮,目上爲名。	猗嗟	猗嗟名兮。	目上爲名,目下爲清。
式微式微者,微乎微者也。	式微	式微式微。	式,用也。
徒御不驚,輦者也。	車攻	徒御不驚。	徒,輦也。

5.2.2　敘詩人之興詠

“敘詩人之興詠”出郭璞《爾雅注》,邢昺《疏》釋云:“若‘噰噰喈喈’,以興民協服也;其‘其虛其徐’,以詠威儀容止也。”[1]邢昺所舉的兩個例子均見《釋訓》。[2]《釋訓》“敘詩人之興詠”有兩種形式:其一是先列《詩》句中的疊詞,然後加以釋意。如:

《釋訓》	篇目	詩句	《毛傳》
丁丁、嚶嚶,相切直也。	伐木	伐木丁丁。	丁丁,伐木聲也。
	伐木	鳥鳴嚶嚶。	嚶嚶,驚懼也。

郭璞《爾雅注》云:“丁丁,砍木聲。嚶嚶,兩鳥鳴,以喻朋友切磋相正。”[3]

---

① 　郭璞注,邢昺疏《爾雅注疏》,第 2 頁。
② 　“噰噰喈喈”見第 63 條,“其虛其徐”見第 96 條。
③ 　郭璞注,邢昺疏《爾雅注疏》,第 114 頁。

《伐木》一詩以伐木和鳥鳴之聲起興，以喻朋友之間切磋相正之情。
又如：

《釋訓》	篇目	詩句	《毛傳》
藹藹、萋萋，臣盡力也。	卷阿	藹藹王多吉士。	藹藹猶濟濟也。
	卷阿	菶菶萋萋，雝雝喈喈。	梧桐盛也，鳳凰鳴也。臣竭其力，則地極其化，天下和洽，則鳳凰樂德。

《郭注》云：“梧桐茂，賢士眾，地極化，臣竭忠。”①《鄭箋》云：“王之朝多善士藹藹然，君子在上位者率化之，使之親天子，奉職盡力。”②而“菶菶萋萋”指梧桐樹枝葉茂盛，以喻賢士眾多。

　　另一種形式就是先列《詩》句，然後加以解釋，例如：

《釋訓》	篇目	詩句	《毛傳》
顒顒卬卬，君之德也。	卷阿	顒顒卬卬。	顒顒，溫貌。卬卬，盛貌。

“顒顒卬卬”出《大雅·卷阿》，其詩曰：“顒顒卬卬，如圭如璋，令聞令望。豈弟君子，四方爲綱。”鄭《箋》云：“令，善也。王有賢臣，與之相切瑳，體貌則顒顒然敬順，志氣則卬卬然高朗，如玉之圭璋也。”③

　　《釋訓》116條，其中有15條明確引出《詩》句，或訓釋詞義，或說明句意，這除了方便我們確定該條《釋訓》材料所釋何《詩》外，還客觀證明了《釋訓》多爲釋《詩》的材料。不過，如果學者對《釋訓》哪一條材料訓釋哪一首《詩》的看法不一致，那麼《釋訓》與哪一家《詩》的關係便容易言人人殊。邢昺舉出他認爲《釋訓》所訓釋的《詩》共211句，和王先謙《詩三

---

① 郭璞注，邢昺疏《爾雅注疏》，第114頁。
② 毛亨傳，鄭玄箋，孔穎達疏《毛詩正義》，第1332頁。
③ 毛亨傳，鄭玄箋，孔穎達疏《毛詩正義》，第1330頁。

家義集疏》對比，筆者發現該 211 句詩，王氏舉《釋訓》以釋《魯詩》的只有
127 句，相合率只有 60％，例如：

《釋訓》	篇目	詩句	《詩三家義集疏》
坎坎、墫墫，喜也。	伐木	坎坎鼓我，蹲蹲舞我。	《魯詩》蹲作墫。《釋訓》："坎坎、墫墫，喜也。"此魯訓。
旭旭、蹻蹻，憍也。	巷伯	驕人好好。	"魯好作旭"者，《釋訓》："旭旭，憍也。"即"好好"之異文。
居居、究究，惡也。	羔裘	羔裘豹袪，自我人居居。	《魯說》曰：居居、究究，惡也。《釋訓》文。

而有 84 句邢《疏》所舉的《詩》句，王氏並沒有以《釋訓》釋之，例如：

《釋訓》	篇目	詩句	《詩三家義集疏》
穆穆、肅肅，敬也。	雝	至止肅肅。	無釋
兢兢、憴憴，戒也。	小旻	戰戰兢兢。	無釋
番番、矯矯，勇也。	崧高	申伯番番。	無釋

在王先謙看來，"肅肅，敬也"、"兢兢，戒也"、"番番，勇也"等《釋訓》
材料並非用來解釋《魯詩》這些詩句。換句話說，不同學者對《釋訓》
訓釋何詩既然有不同的看法，自然影響對《釋訓》與《魯詩》關係的判
定。"《爾雅》屬《魯詩》"的說法基於《爾雅》訓釋材料與《詩》句的配
對，如果配對標準未能取得一致，那麼我們就很難肯定《爾雅》與《魯
詩》的必然關係。

5.3　《釋訓》與《毛詩》

王國維《觀堂集林·別集一·書毛詩故訓傳後》云：

《毛詩故訓》多本《爾雅》。①

《爾雅》中的訓詁條目固多訓釋《詩》,釋義與《毛傳》亦大多相合。就《釋訓》一篇,《毛傳》與《釋訓》在釋義和釋意兩方面有不少相同或相近的地方,例如:

一、被釋詞和訓釋詞完全相同的共 36 條,如:

《釋訓》	篇目	詩句	《毛傳》
廱廱、優優,和也。	長發	敷政優優。	優優,和也。
兢兢、憢憢,戒也。	小旻	戰戰兢兢。	兢兢,戒也。
業業、翹翹,危也。	雲漢	兢兢業業。	業業,危也。
惴惴、憢憢,懼也。	黃鳥	惴惴其栗。	惴惴,懼也。
洸洸、赳赳,武也。	谷風	有洸有潰。	洸洸,武也。
丕丕、簡簡,大也。	執競	降福簡簡。	簡簡,大也。
既微且尰。骭瘍爲微,腫足爲尰。	巧言	既微且尰。	骭瘍爲微,腫足爲尰。

二、被釋詞相同,訓釋詞相近的共 49 條,如:

《釋訓》	篇目	詩句	《毛傳》
明明、斤斤,察也。	執競	斤斤其明。	斤斤,明察也。
晏晏、溫溫,柔也。	氓	言笑晏晏。	晏晏,和柔也。
	抑	溫溫恭人。	溫溫,寬柔也。
番番、矯矯,勇也。	崧高	申伯番番。	番番,勇武貌。
祁祁、遲遲,徐也。	谷風	行道遲遲。	遲遲,舒行貌。

---

① 王國維《觀堂集林》,中華書局,1959 年,第 1126 頁。

續　表

《釋訓》	篇目	詩句	《毛傳》
夢夢、訰訰，亂也。	正月	視天夢夢。	王者爲亂夢夢然。
居居、究究，惡也。	羔裘	羔裘豹袪，自我人居居。	居居，懷惡不相親比之貌。
栗栗，眾也。	良耜	積之栗栗。	栗栗，眾多也。
藹藹、萋萋，臣盡力也。噰噰、喈喈，民協服也。	卷阿	菶菶萋萋，雝雝喈喈。	梧桐盛也，鳳凰鳴也。臣竭其力，則地極其化，天下和洽，則鳳凰樂德。
翕翕、訿訿，莫供職也。	召旻	皋皋訿訿。	訿訿，窳不供事也。
抑抑，密也。	賓之初筵	威儀抑抑。	抑抑，慎密也。
美士爲彥。	羔裘	邦之彥兮。	彥，士之美稱。

　　比較這四十九條材料，筆者發現《毛傳》的訓釋比《釋訓》詳細。《釋訓》中的訓釋詞多數是單音節詞，而《毛傳》則以雙音節詞加以訓釋，而且《毛傳》所用的雙音節詞，其中一個語素和《釋訓》相同。例如《釋訓》第1條："斤斤，察也。"《毛傳》云："斤斤，明察也。"鄭《箋》云："明察之君，斤斤如也。"①斤斤是昕昕的假借，有精明的樣子。又如《釋訓》第53條："栗栗，眾也。"《毛傳》云："栗栗，眾多也。"《毛傳》除了用雙音節詞爲訓外，還用"貌"這個術語形容事物的形狀，②如《釋訓》第12條："番番，勇也。"《毛傳》云："番番，勇武貌。"又如第25條："遲遲，徐也。"《毛傳》云："遲遲，舒行貌。"漢語詞彙的發展，先秦以前以單音節爲主，其後因爲事物日益增多，"爲了明確使用，往往以同義的詞來結合，用別的詞來區別，構成一個複音詞"。③漢語詞彙由單音節詞走向雙音節詞是一個自然的現

<hr>

① 毛亨傳，鄭玄箋，孔穎達疏《毛詩正義》，第1537頁。
② 周大璞《訓詁學初稿》對"貌"的解釋是"形容事物的形狀，其所解釋的都是形容詞或副詞"。周大璞主編《訓詁學初稿》，武漢大學出版社，1995年，第173頁。
③ 劉景農《漢語文言語法》，中華書局，1998年，第3頁。

象。《毛傳》訓釋詞較《釋訓》多雙音節詞，可以佐證《爾雅》成書先於《毛傳》。王國維所謂《毛傳》多本《爾雅》，指的是毛亨作《傳》，吸收了《爾雅》彙編訓詁的成果，就好像我們現在訓釋古籍，參考詞典一樣。《爾雅》是當時一部詁訓彙編，[①]自然爲毛亨及其他治《詩》學者所參考。據此推論，《爾雅》不可能專釋《魯詩》，凡《魯詩》詁訓與《爾雅》相同者，當與《毛傳》因襲《爾雅》的情況相類。

臧庸、陳喬樅、王先謙等清代學者把《爾雅》和《魯詩》的關係看作是，先有《魯詩》，後有《爾雅》，《爾雅》釋《詩》即本《魯詩》。今《魯詩》詁訓不見存，於是《爾雅》順理成章成爲窺探《魯詩》之學的典籍。然而《爾雅》初稿成書於戰國末、秦初這一段時間，且代有增益。雖然《魯詩》、《韓詩》、《毛詩》之學皆源於荀子，但兩漢四家《詩》學，是在漢興以後才有，在《爾雅》最初成稿之際，尚無魯、齊、韓、毛《詩》學之分，則《爾雅》釋詩不可能專據某家《詩》。再者，《爾雅》既非成於一時一人之手，則《爾雅》自亦非一家之言。即使成於一人之手，也不見得專主一家。如雅學要籍《廣雅》，是曹魏博士張揖仿《爾雅》體例，廣《爾雅》所未備而作，其中《廣雅》釋《詩》，雖有與《毛詩》相同之例，然異於《毛傳》、《鄭箋》者亦復不少。陳師雄根取《廣雅》釋《詩》與毛、鄭異義之例，詳加考釋，指出："《廣雅》之訓異於毛、鄭者，或據三家詩以正其失。"[②]又謂："《廣雅》釋詩或與韓詩同。"[③]可見成於一人之手的《廣雅》亦不見得專主一家。清人謂《爾雅》專釋《魯詩》並不可信，如果《魯詩》訓詁同於《爾雅》，當是治《魯詩》學者採用《爾雅》，而非《爾雅》因襲《魯詩》說，把《爾雅》歸入《魯詩》說並不恰當。

---

① 據管錫華《爾雅研究》統計，《爾雅》一書有 10791 字，訓列 2219 個。見管錫華《爾雅研究》，第 38 頁。

② 陳雄根《〈廣雅〉釋〈詩〉與毛、鄭異義考》，載饒宗頤主編《華學》第九、十合輯，上海古籍出版社，2008 年，第 5 冊，第 1898 頁。

③ 陳雄根《〈廣雅〉釋〈詩〉與毛、鄭異義考》，載饒宗頤主編《華學》第九、十合輯，第 1899 頁。

第六節 論完善三家《詩》歸屬理論的方法

葉國良指出鑒別三家《詩》歸屬有三個難處：

一、某人治某詩，有時古籍並無明言。

二、一人可能兼通二家或三家詩說。

三、學者有時亦能擺脫師說，獨創新義。[①]

清人正是無法擺脫強調漢儒治經專守一家的看法，致使主要基於"師承法"的三家《詩》歸屬理論矛盾重重，影響三家《詩》材料的歸類和運用。舉例來說，《陳風・墓門》"墓門有梅"下，王先謙引《楚辭》"繁鳥萃棘"王逸《章句》："墓門有棘，有鴉萃止。"在王先謙的三家《詩》歸屬理論中，王逸《楚辭章句》屬《魯詩》說，所以王氏云："是魯不作'梅'。"可是同屬《魯詩》說的《列女傳》，引此《詩》卻作"楳"，即"梅"的或體，明顯同於《毛詩》而異於《章句》，王氏於是用"後人順毛改之"這句話來解釋。[②] 同樣是《楚辭章句》和《列女傳》引《詩》見異，王先謙在《長發》裏卻有不同的處理方法。《商頌・長發》"有娀方將，帝立子生商"下，王氏引《列女傳》："《詩》曰：'有娀方將，立子生商。'"復引《章句》："《詩》曰'有娀方將，帝立子生商。'"所差只在"帝"字之有無，王氏云："疑《魯詩》本無'帝'字，王逸注有'帝'字，或後人順毛加之。"[③] 何以見得不是《魯詩》本有"帝"字，《列女傳》漏引，甚或乎《列女傳》所引本非《魯詩》呢？我們在《集疏》裏當然找不到解說，倒是"後人順毛改之"、"後人順毛改字"、"俗人順毛所改"這些用來解釋同屬某家《詩》卻出現異字異說等矛盾現象的話，在《集疏》裏俯拾皆是。今天我們重新檢視這些材料，就會發現其中不合理的地方。上文通過具體研究劉向與《說苑》的關係，證明了清人三家《詩》分類理論中，所謂漢儒治經專守一家之說不可盡信，同時辨明

---

① 葉國良《〈詩〉三家說之輯佚與鑒別》，《編譯館館刊》第 9 卷第 1 期，1980 年，第 103 頁。

② 王先謙撰，吳格點校《詩三家義集疏》，第 472 頁。

③ 王先謙撰，吳格點校《詩三家義集疏》，第 1108 頁。

古籍的作者、成書年代也相當重要。葉國良、賀廣如等學者,先後提出了鑒別三家《詩》遺說的原則及方法,都極具參考意義。以下筆者嘗試在他們的基礎上,結合出土的材料,補充三個今後完善三家《詩》歸屬理論的方法,俾三家《詩》研究工作能夠在善用清人輯佚成果的同時,擇善鼎新。

6.1　注意古籍重文互見的現象

這裏所說"重文互見"指同一段文字同見於兩種或以上的古籍,重文之間有個別不同的異文、脫文、衍文,甚或詳略之別,但文字可以一字一字排比對照。對照的結果有助我們校訂文本,追溯重文的源頭,也表示重文互見的古籍之間,可能存在源流關係,也可能彼此有著共同的源頭。上文比對《說苑》引《詩》說《詩》的文字與《韓詩外傳》幾乎全同的共 24 條,這些重文互見的現象說明了《說苑》和《韓詩外傳》文本關係密切,彼此有著共同的來源。換句話說,《說苑》和《韓詩外傳》裏部分引《詩》說《詩》的文字並不是作者的原意,那麼這些經文、詩說應該歸入哪一家呢? 清人把《說苑》歸《魯詩》,《韓詩外傳》歸《韓詩》的做法,根本無法照顧"重文互見"的問題。難道同一段文字見於《說苑》便作《魯》說,見於《韓詩外傳》便作《韓》說?《韓詩外傳》除了與《說苑》有"重文互見"外,與《新序》互見的重文也不少,茲舉例以明:

《韓》　原憲居魯,環堵之室,茨以蒿萊,蓬户甕牖,桷桑而無樞,上漏下濕,

《新》　原憲居魯,環堵之室,茨以生蒿,蓬户甕牖,揉桑以爲樞,上漏下濕,

《韓》　匡坐而絃歌。子貢　　乘肥馬,衣輕裘,中紺而表素,軒不容巷而

《新》　匡坐而弦歌。子贛聞之,乘肥馬,衣輕裘,中紺而表素,軒車不容巷,

《韓》　往見之。　原憲　楮冠　黎杖而應門，正冠則纓絕，振襟
　　　則肘見，

《新》　往見原憲。原憲冠桑葉冠、杖藜杖而應門，正冠則纓絕，衽襟
　　　則肘見，

《韓》　納履則踵決。子貢曰："嘻！先生何病也?"原憲仰而應
　　　之曰：

《新》　納履則踵決。子贛曰："嘻！先生何病也!"原憲仰而應
　　　之曰：

《韓》　"憲聞之，無財之謂貧，學而不能行之謂病。今憲貧也，非
　　　病也。

《新》　"憲聞之，無財之謂貧，學而不能行之謂病。　憲貧也，非
　　　病也。

《韓》　若夫希世而行，比周而友，學以爲人，教以爲己，仁義之匿，車
　　　馬之飾，

《新》　若夫希世而行，比周而交，學以爲人，教以爲己，仁義之慝，輿
　　　馬之飾，

《韓》　　衣裘之麗，憲不忍爲之也。"子貢逡巡，面有慚色，不辭
　　　而去。

《新》　　　　　　　　憲不忍爲　也。"子贛逡巡，面有愧色，不辭
　　　而去。

《韓》　原憲乃徐步曳杖，　歌《商頌》而反，聲淪於天地，如出金石。

《新》　原憲　曳杖拖履，行歌《商頌》而反，聲滿　天地，如出金石。

《韓》　天子不得而臣也，諸侯不得而友也。故養身者忘家，養志者
　　　忘身。

《新》　天子不得而臣也，諸侯不得而友也。故養志者忘身，

《韓》　身且不愛，孰能忝之?《詩》曰："我心匪石，不可轉也。

《新》　身且不愛，孰能累之?《詩》曰："我心匪石，不可轉也。

《韓》 我心匪席，不可卷也。"①

《新》 我心匪席，不可卷也。"此之謂也。②

"重文互見"最重要的作用是校訂文字，古籍文字因傳抄流傳而產生的訛、脫、衍、異的情況可藉校訂互見他書的重文而增補刪訂。不過，我們也可以把古籍裏引《詩》說《詩》文字重文互見的材料輯錄出來，排比對照，考訂重文之間的關係，更重要的是重新認識這些重文的性質，避免重蹈清人刻意追求一致的歸屬方法。例如前揭《韓詩外傳》與《說苑》、《新序》互見的重文，就不宜籠統歸類。這些重文很可能有共同的來源，來源弄不清，也就不應該簡單歸類。如果重文都來自先籍佚籍，那麼將之歸入兩漢的三家《詩》系統裏就顯得本末倒置了。因此，認清古籍"重文互見"的現象有助三家《詩》的研究。

近年學者在先秦兩漢古籍"重文互見"研究上做了大量的工作，編纂索引叢書，並將資料上載互聯網，供學界使用。一九九八年，香港中文大學的陳雄根、何志華兩位老師開展了"先秦兩漢引錄經籍首階段研究計劃"，以中大中國文化研究所中國古籍研究中心開發的"漢達文庫"為基礎，進行先秦兩漢傳世文獻引錄十三經的研究工作。二〇〇四年初，該計劃出版了《先秦兩漢典籍引〈詩經〉資料彙編》一書。③ 該書輯錄先秦兩漢古籍引用的《詩經》經文，至於相關古籍或作者如何解釋徵引的《詩》文，即說《詩》的文字則不在該書編纂之列。筆者在《先秦兩漢典籍引〈詩經〉資料彙編》的基礎上，以《詩》句為單位，逐句輯錄先秦兩漢典籍引《詩》的文字，並將上下文用以說《詩》的文字一併輯錄，排比對照，最後彙編成《先秦兩漢古籍引〈詩〉說〈詩〉資料彙編》。④ 上文對《韓詩外傳》、《說苑》、《新序》引《詩》說《詩》見重文的分析，正利用了《資料彙編》的

---

① 見《韓詩外傳》卷一。劉殿爵、陳方正主編《韓詩外傳逐字索引》，第2—3頁。

② 見《新序·節士》。劉殿爵、陳方正主編《新序逐字索引》，第39頁。

③ 何志華、陳雄根編《先秦兩漢典籍引〈詩經〉資料彙編》，香港中文大學出版社，2004年。

④ 請參見拙著《王先謙〈詩三家義集疏〉研究》，香港中文大學博士論文，2007年，附錄十二，第1016—2375頁。

材料。我們通過具體分析資料彙編中其他引《詩》說《詩》互見重文的材料，一方面可以了解先秦至兩漢古籍中《詩》文《詩》說的因襲情況，另一方面可以藉此重新檢視這些重文材料在三家《詩》佚文遺說中的性質和歸屬。

　　清人輯錄的三家《詩》材料主要來自兩漢古籍，過去三家《詩》學研究也都集中利用兩漢古籍。我們在資料彙編裏把先秦古籍也包括在內，主要的目的是希望爲三家《詩》學多提供一個研究的角度。晚清今文經學家不斷强調漢代今古文經學的對立，致使晚清三家《詩》研究呈現一種聯合三家，貶抑《毛詩》的趨勢，他們把三家《詩》看成一個整體，强調內部一致，以求異於《毛詩》。然而我們縱觀先秦至兩漢古籍引《詩》說《詩》的文字，便會發現兩漢《詩經》今古文經學於文本、《詩》說容或有異，但並未如清人所說的畛域森嚴，不可踰越。兩漢四家《詩》中，魯、韓、毛三家與荀子關係密切，《爾雅》釋《詩》的訓詁材料，既爲《毛傳》襲用，亦見於《魯詩》訓詁佚文，可見各家《詩》學源頭都可能來自先秦。董治安在《〈呂氏春秋〉之論詩引詩與戰國末期詩學的發展》中指出：“從《呂氏春秋》方面檢查，其中引詩與戰國其他文獻中的引詩相比，彼此間出入似並不很大。……這表明，《呂氏春秋》引詩是有一定穩定性的，或者說很可能是有相對穩定的‘古本’作依據的。”[1]秦火以後，傳《詩》雖以口耳相傳，容易造成一定的隨意性，但秦火以前《詩經》很可能有一個比較穩定的傳本，而兩漢《詩經》學又源於先秦，那麼兩漢四家《詩》學間的差異並不是清人所說的那麼大。現在我們再研究兩漢《詩》學，是否仍然要走晚清今古文《詩經》學的路子呢？魯、齊、韓、毛只是漢人傳《詩》的其中四家，阜陽漢簡《詩經》出土，研究者認爲“它可能是未被《漢志》著錄而流傳於民間的另外一家”。[2]那麼把兩漢《詩經》學强分爲四家的做法是否切實呢？筆者認爲，我們應該把研究的角度擴闊，先將先秦兩漢古籍與《詩》

---

[1]　董治安《〈呂氏春秋〉之論詩引詩與戰國末期詩學的發展——兼論〈呂〉書引〈詩〉與漢四家詩的異同》，載氏著《兩漢文獻與兩漢文學》，上海古籍出版社，2011年，第108頁。
[2]　胡平生、韓自强《阜陽漢簡詩經研究》，第31頁。

相關的材料輯錄,細心對比,考察《詩經》文本、《詩》說的歷時發展。古籍明引,或兼顧各方證據推定爲某家經文、《詩》說的材料,自可注明家數,但假如古籍引《詩》出處未明,或證據不足以推定家數,則應當實事求是,只須說明某書引《詩》異文作某,或《詩》說爲何,斷不必如清人般强行歸類。因爲這些歸類未明的異文異說,很可能因襲自先秦古籍,也可能來自四家《詩》以外的另一家,也可能只是古籍傳抄過程中出現的異文而已。

6.2　運用緯書的材料

“緯書”相對於“經書”而言,是漢代特有的解經方式。《釋名·釋典藝》說:“緯,圍也。反覆圍繞以成經也。”蘇輿(?—1914)解釋說:“緯之爲書,比傅於經,輾轉牽合,以成其誼,今所傳《易緯》、《詩緯》諸書,可得其大概,故云‘反覆圍繞以成經’。”①緯書比附經義,衍生旁說,且摻雜了漢代流行的陰陽五行思想,顯得神秘迷信。在以經學爲儒家正統的古代學術思想裏,緯書一直給視爲異端之說,且自東漢以後,緯書爲歷代統治者申令禁絕,幾近散佚殆盡。今天能看到的緯書都是後人輯本,比較著名的有明孫瑴(生卒年不詳)《古微書》、清代乾隆年間從《永樂大典》中輯出的《易緯》八種、清趙在翰(生卒年不詳)輯《七緯》、喬松年(1815—1875)輯《緯攟》等,②而若論材料宏富完備,則首推日本學者安居香山、中村璋八合編的《緯書集成》。

齊學、魯學爲兩漢經學兩大宗。錢穆《兩漢博士家法考·齊學與魯學》說:

> 大抵治魯學者,皆純謹篤宗師說,不能馳騁見奇,趨時求合,故當
> 見抑矣。至於治《易》者,施、孟、梁丘皆出於田何;何,齊人也,故諸家
> 亦好言陰陽災變,推之人事。惟費氏《易》較不言陰陽,較爲純謹。故
> 漢之經學,自申公《魯詩》、《穀梁》而外,惟高堂生傳《禮》亦魯學。其他

---

① 王先謙《釋名疏證補》,中華書局,2001 年,第 211 頁。
② 案:1994 年上海古籍出版社出版了《緯書集成》一書,該書收錄了緯書輯本十三種及相關資料五種,分上下兩册,包括正文所舉明清輯本。

如伏生《尚書》，如《齊》、《韓詩》，如《公羊春秋》，及諸家言《易》，大抵皆出齊學，莫勿以陰陽災異推論時事，所謂"通經致用"是也。①

概言之，齊學好言陰陽災變，趨合時變，較諸魯詩，更爲中用，故兩漢今文經說多出齊學，敷衍經義的緯書亦與齊學關係密切。近人鍾肇鵬《讖緯論略》說："緯以配經，故緯書中的經說都採今文經說。如《易緯》推演孟京《易》說，《詩緯》爲《齊詩》說，《春秋緯》爲公羊家說。"②孟氏《易》、《齊詩》、《公羊春秋》皆屬齊學。《詩緯》有《推度災》、《汎歷樞》、《含神霧》三種，孫㲄在《古微書‧推度災》解題下云：

> 賁居子曰：漢儒窮經，多主災異，故《尚書》則有《五行傳》，董仲舒、劉向、京房部而彙之。及劉歆作《三統歷》，以《易》與《春秋》天人之道，其說曰：經元一以統始，《易》太極之首也；《春秋》二以目歲，《易》兩儀之中也；于春每月書王，《易》三極之統也；於四時雖無事必書日月，《易》四象之節也；時月以建分至啟閉之分，《易》八卦之位也，而獨無及于詩者。逮翼奉受《齊詩》，始得五際六情之說以行災異，而其術竟無傳矣。《漢志‧藝文》亦不存其目，緯書所列《推度災》，則或《齊詩》授受之遺，惜其不著耳。③

陳喬樅亦以爲《詩緯》用《齊詩》，其《〈詩緯集證〉自敘》云："漢儒如翼奉、郎顗之說《詩》多出於緯，蓋齊學所本也。"又謂："齊學湮而《詩緯》存，則《齊詩》雖亡而猶未盡泯也。《詩緯》亡而《齊詩》遂爲絕學矣。"④《漢書‧翼奉傳》有關翼奉(生卒年不詳)《詩》學的記載包括：

> 翼奉字少君，東海下邳人也。治《齊詩》，與蕭望之、匡衡同師。三人經術皆明，衡爲後進，望之施之政事，而奉惇學不仕，好律曆陰陽之占。⑤

---

① 錢穆《兩漢博士家法考》，《兩漢經學今古文平議》，第 222 頁。
② 鍾肇鵬《讖緯論略》，遼寧教育出版社，1992 年，第 116 頁。
③ 孫㲄《古微書》，《緯書集成》，上海古籍出版社，1994 年，上冊，卷二十四，第 1 頁。
④ 陳喬樅《詩緯集證》，《緯書集成》，上冊，敘，第 1 頁。
⑤ 班固《漢書》，第 3167 頁。

奉奏封事曰：“臣聞之於師曰：……《易》有陰陽，《詩》有五際，春秋有災異，皆列終始，推得失，考天心，以言王道之安危。”①

臣奉竊學《齊詩》，聞五際之要。②

翼奉學《詩》於后蒼，《翼奉傳》所謂“聞之於師”者指聞諸后氏。《齊詩》有“五際”之說，《漢書》顏注引孟康曰：“《詩內傳》：‘五際，卯、酉、午、戌、亥也。陰陽終始際會之歲，於此則有變改之政也’”陳喬樅《齊詩翼氏學疏證》說：“孟注所引《詩內傳》，臧氏鏞堂云：是《齊詩內傳》之文也。”③考《詩緯·推度災》云：“建四始五際，而八節通，卯酉之際爲革政，午亥之際爲革命，神在天門，出入候聽。”④又《汎歷樞》云：“卯酉爲革政，午亥爲革命，神在天門，出入候聽。”⑤“卯天保也，酉祈父也，午采芑也，亥大明也。然則亥爲革命，一際也；亥又爲天門出入候聽，二際也；卯爲陰陽交際，三際也；午爲陰謝陽興，四際也；酉爲陰盛陽微，五際也。”⑥明《詩緯》用《齊詩》。

郎顗（生卒年不詳）是東漢治《齊詩》的學者，《後漢書·郎顗傳》云：

郎顗字雅光，北海安丘人也。父宗，字仲綏，學《京氏易》，善風角、星筭、六日七分，能望氣占候吉凶，常賣卜自奉。……顗少傳父業，兼明經典，隱居海畔，延致學徒常數百人。晝研精義，夜占象度，勤心銳思，朝夕無倦。⑦

郎顗曾上書引《大雅·烝民》“赫赫王命⑧，仲山甫將之。邦國若否，仲山甫明之”曰：

---

① 班固《漢書》，第 3172 頁。

② 班固《漢書》，第 3173 頁。

③ 陳喬樅《齊詩翼氏學疏證》，《清經解 清經解續編》據光緒十四年南菁書院《皇清經解續編》影印，第 12 册，卷二，第 100 頁下。

④ ［日］安居香山、中村璋八編《重修緯書集成》，明德出版社，1971 年，卷三，第 30 頁。

⑤ ［日］安居香山、中村璋八編《重修緯書集成》，卷三，第 39 頁。

⑥ ［日］安居香山、中村璋八編《重修緯書集成》，卷三，第 39—40 頁。

⑦ 范曄《後漢書》，第 1053 頁。

⑧ 案：《毛詩》作“肅肅王命”。

夫求賢者，上以承天，下以爲人。不用之，則逆天統，違人望。逆天統則災眚降，違人望則化不行。災眚降則下呼嗟，化不行則君道虧。四始之缺，五際之厄，其咎由此。①

"五際"之說見前。孔穎達《毛詩正義》引《詩緯》解釋"四始"云：

案《詩緯·汎歷樞》云："《大明》在亥，水始也。《四牡》在寅，木始也。《嘉魚》在巳，火始也。《鴻鴈》在申，金始也。"與此不同者，緯文因金木水火有四始之義，以詩文託之。②

《齊詩》"四始"之說賴《詩緯》而存其梗概。《詩緯》與《齊詩》的關係很密切，很可能不少寫《詩緯》的人就是《齊詩》學者，所以我們要對最早亡佚的《齊詩》有更進一步的認識，就不得不借助《詩緯》。陳喬樅的《齊詩遺說攷》正以《詩緯》所見《詩》文《詩》說歸入《齊詩》，他在《〈詩緯集證〉自敘》也說自己在各家輯本基礎上"增十之三，揭所據依，加以考訂，成《詩緯集證》三卷，其舊所引未詳篇目者，別成一卷，都爲四卷，附於《齊詩》，亦敬奉先大人遺訓以尋齊學之墜緒云爾"。③ 陳喬樅收集的《詩緯》材料不及安居香山編的《緯書集成》齊備，今天我們運用《詩緯》材料，當據《緯書集成》。

說明了《詩緯》與《齊詩》的關係對三家詩遺說歸屬有何幫助呢？筆者認爲由於《詩緯》用《齊詩》，而我們輯錄的《詩緯》材料又明白可靠，那麼以《詩緯》作爲推論、判斷《齊詩》遺說的方法，較諸"師承法"、"删去法"更可靠。例如《詩緯·含神霧》"陽氣終，白露爲霜"④爲《齊詩·蒹葭》說；《含神霧》"契母有娀，浴于玄邱之水，睇玄鳥銜卵，過而墜之，契母得而吞之，遂生契"⑤爲《齊詩·玄鳥》說。又如《詩緯·推度災》"百川沸騰，眾陰進；山冢崒崩，人無仰；高岸爲谷，賢者退；深谷爲陵，小臨……十月之交，氣之相交。周十月，夏之八月。及其食也，君弱臣强，故天垂象

① 范曄《後漢書》，第 1069 頁。
② 毛亨傳，鄭玄箋，孔穎達疏《毛詩正義》，第 22 頁。
③ 陳喬樅《詩緯集證》，《緯書集成》，自敘，第 1129 頁下。
④ ［日］安居香山、中村璋八編《重修緯書集成》，卷三，第 21 頁。
⑤ ［日］安居香山、中村璋八編《重修緯書集成》，卷三，第 24 頁。

以見徵。辛者,秋之王氣,卯者,正春之臣位。日爲君,辰爲臣。八月之
日交,卯食辛矣。辛之爲君,幼弱而不明;卯之爲臣,秉權而爲政;故辛之
言新,陰氣盛,而陽微生,其君幼弱,而任卯臣也"①爲《齊詩·十月之交》
說;《推度災》"鵲以復至之月,始作室家。鳲鳩因成事,天性如此也"②爲
《齊詩·鵲巢》說。又如《詩緯·汎歷樞》"彼茁者葭,一發五犯,孟春獸肥
草短之候也"③爲《齊詩·騶虞》說。《詩緯》所用的《齊詩》詩說很可能只
是一家之說,然而《齊詩》早亡,唯賴《詩緯》存其梗概,今天我們重新檢視
《齊詩》佚文遺說,《詩緯》是一個重要的依據。

6.3 善用新出土的材料

王國維在《古史新證》一文中,提出了著名的"二重證據法",他說:

> 吾輩生於今日,幸於紙上之材料外更得地下之新材料,由此種
> 材料,我輩固得據以補正紙上之材料,亦得證明古書之某部分全爲
> 實錄;即百家不雅馴之言,亦不無表示一面之事實。此二重證據法,
> 惟在今日得爲之。④

今天我們能看到的地下材料要比王國維的多,其中與兩漢《詩經》學直接
相關的有石經《魯詩》和阜陽漢簡《詩經》,以及新近公布的海昏簡《詩
經》。學者對這些出土材料做了不少整理和研究的工作,⑤善加利用,有
助我們解決不少前人無法解決的問題。例如漢石經《魯詩》毀於漢末董

---

① [日]安居香山、中村璋八編《重修緯書集成》,卷三,第 30 頁。
② [日]安居香山、中村璋八編《重修緯書集成》,卷三,第 31 頁。
③ [日]安居香山、中村璋八編《重修緯書集成》,卷三,第 40 頁。
④ 王國維《古史新證:王國維最後的講義》,清華大學出版社,1994 年,第 2 頁。
⑤ 石經《魯詩》方面有馬衡《漢石經集存》;范邦瑾《兩塊未見著錄的〈熹平石經·詩〉殘石
的校釋及綴接》,《文物》1986 年第 5 期,第 1—6 頁;王竹林、許景元《洛陽近年出土的
漢石經》,《中原文物》1988 年第 2 期,第 14—18 頁等。漢簡《詩經》方面有胡平生、韓
自強《阜陽漢簡詩經研究》;黃宏信《阜陽漢簡〈詩經〉異文研究》,《江漢考古》1989 年
第 1 期,第 85—99 頁;饒宗頤《讀阜陽漢簡〈詩經〉》,《明報月刊》總 228 期,1984 年 12
月,第 11—14 頁;文幸福《阜陽漢簡詩經探究》,《國文學報》第 15 期,1986 年 12 月,第
251—284 頁等。

卓(139—192)兵燹，至宋有殘字出土，自洪适(1117—1184)在《隸釋》中
著錄石經拓本以來，歷代都有人傳拓收集，這對後來清代三家《詩》輯佚
工作起了促進作用。然而清人所見石經殘字不少，1962 年以來，中國社
會科學院考古研究所洛陽工作隊在洛陽故城作多次考古調查和發掘，陸
續有石經殘石出土，最重要的一次是 1980 年 4 月，在太學村圍牆北邊發
掘出土石經殘石六百餘塊，內容包括《魯詩》經文、《魯詩》校記殘字。①
這些清人無緣得見的石經《魯詩》文字，是漢代《魯詩》傳本的實物，較諸傳
世文獻可靠，既有助《詩經》的異文研究，也有助我們評估清代《魯詩》輯佚、
研究工作的得失。舉例來說，《詩三家義集疏·大雅》分爲《文王之什》、《生
民之什》、《蕩之什》，並將《板》歸入《生民之什》，將《蕩》、《抑》歸入《蕩之
什》，這本是《毛詩》的分法。1984 年出土了五塊石經殘石，其中有《魯詩》
一石兩面共 6 行 15 字，明確列出《板》、《蕩》、《抑》三篇篇題章數，三篇在石
經《魯詩》都歸入《生民之什》。整理者認爲："蓋此《魯詩》將《蕩之什》的
《蕩》、《抑》兩篇移入《生民之什》，使《板》、《蕩》、《抑》三篇相次爲序，這是
《魯詩》與《毛詩》篇次的一大差異。"②虞萬里後來在羅振玉的基礎上，利
用熹平石經《魯詩》殘石，確鑿考定出《魯詩·生民之什》的篇名及篇次當
爲"《生民》《既醉》《鳬鷖》《民勞》《板》《蕩》《抑》《桑柔》《瞻卬》《假樂》"，③
與今本《毛詩》殊異。且《板》、《蕩》二篇"前後相連。又以其內容一致，皆
爲昭穆公、凡伯等愛君憂國、憫時傷懷之作，故漢魏經師連綴爲'板蕩'一
詞"，虞氏更以"板蕩"一詞並結合《後漢書》、《潛夫論》所載，分別推論出
東漢楊賜(？—185)與王符亦治《魯詩》，④言之有據，可謂定論。

　　至於阜陽漢簡《詩經》是迄今可見最早的《詩經》古寫本，它既不同於

---

① 　中國社會科學院考古研究所洛陽工作隊《漢魏洛陽故城太學遺址新出土的漢石經殘
　　石》，《考古》1982 年第 4 期，第 381、384 頁。
② 　王竹林、許景元《洛陽近年出土的漢石經》，《中原文物》1988 年第 2 期，第 15 頁。
③ 　虞萬里《〈詩經〉今古文分什與"板蕩"一詞溯源》，《文學遺產》2019 年第 5 期，第
　　184 頁。
④ 　虞萬里《〈詩經〉今古文分什與"板蕩"一詞溯源》，《文學遺產》2019 年第 5 期，第 185—
　　186 頁。

《毛詩》,也不同於魯、齊、韓三家《詩》,這證明漢初傳《詩》不止四家。現在我們重新檢視古籍引《詩》說《詩》的材料,遇有與《毛詩》經文、詩說相異,又與魯、齊、韓三家《詩》不相接近的情況,大可不必如清人般强行歸類,因爲這些材料很可能來自四家《詩》以外的某一家。

除了石經《魯詩》和阜簡《詩經》外,二十世紀九十年代末出土的郭店楚簡、上海博物館藏戰國楚竹書等古佚籍,或多或少都與先秦《詩》學相關,尤其是楚簡《孔子詩論》,它是探究儒家早期《詩》學的重要文獻。《詩論》列舉了五十九個《詩》篇名,其中五十二個見於今本《毛詩》。① 其先引篇名,然後加以述評。這些評語反映了孔子對個別《詩》篇的看法。當中第六簡、第七簡及第二十二簡除了舉出篇名外,更引《詩》文加以評價。② 先秦古籍保留了大量引詩說詩的資料,其中以儒家典籍引詩數量最多,這說明了《詩》在儒家具有重要的地位。孔子曾經說過:"不學《詩》,無以言。"(《論語·季氏》)又說:"小子何莫學夫《詩》?《詩》,可以興,可以觀,可以群,可以怨。邇之事父,遠之事君;多識於鳥獸草木之名。"(《陽貨》)過去我們只能通過《論語》或其他徵引孔子話語的典籍,探論孔子的《詩》學觀。《孔子詩論》的出土,讓我們可以加深這方面的認識。《詩論》與傳世文獻,尤其是先秦兩漢古籍,就孔子或者早期儒家《詩》學的研究有著互補的作用。對先秦兩漢文獻來說,我們過去找不到

① 據馬承源主編《上海博物館藏戰國楚竹書(一)》,上海古籍出版社,2001 年,竹書本與今本詩篇名對照表,第 160—161 頁。

② 學者對《孔子詩論》二十九支簡的編聯有不同的看法,其中李學勤《〈詩論〉分章釋文》(《中國哲學》第 24 輯,遼寧教育出版社,2002 年,第 135—138 頁)所作修訂最可靠,本書採用李氏的編次。但爲了方便說明和稱引,本書沿用《上海博物館藏戰國楚竹書(一)》的簡號。《詩論》所引《詩》句都見於今本《毛詩》,字詞稍有不同。這些材料大致可以分成兩類,其一是第六章,孔子評述《陳風·宛丘》、《齊風·猗嗟》、《曹風·鳲鳩》、《大雅·文王》、《周頌·清廟》、《烈文》和《昊天有成命》七首詩,他首先舉出詩篇名,以"吾某之"的句式加以評論,然後順序全引或節引相關詩句,再以相同的評語作結。其二是第七章,此爲殘簡,上端有闕文,李學勤在"懷尔明德"前補"帝謂文王予"五字,此乃《大雅·皇矣》文,後又引《大雅·大明》的詩句。此章所引詩句與第六章所引性質有別,首先,此簡没有明言有關詩句引自孔子;其次孔子對這兩首詩並没有直接加以評價,而是借以闡述"文王受命"這個命題。

孔子系統闡釋評論《詩》的記載，《詩論》可以彌補這個不足，爲孔子《詩》學研究提供基本架構。而對《詩論》來說，後世古籍資料較多，可以證成《詩論》，兩者結合，當能有助我們繫聯儒家《詩》學傳承的關係。至於二十世紀初發現的敦煌《詩經》卷子早已爲學者深入研究，雖與《毛詩》關係較大，於三家《詩》研究亦無不可取資比較之處。

2015 年，三家《詩》研究迎來了一個新的喜訊。當年七月在南昌西漢海昏侯劉賀墓出土了五千多枚竹簡，內容包括《詩經》、《春秋》、《論語》以及《禮記》類、《孝經》類文獻等。其中海昏簡《詩經》現存約一千二百餘枚，分爲篇目及《詩》文。朱鳳瀚通過將簡本與馬衡《漢石經集存》所整理的石經本對照，得出了以下初步的判斷：

> 海昏《詩》與漢《熹平石經》在詩篇結構上的吻合，證明了馬衡對《熹平石經》所刻《詩》結構的推斷絕大多數是正確的，同時亦即爲證明海昏《詩》屬《魯詩》提供了相當重要的證據。[①]

證據之一即爲上揭虞萬里通過石經考定出的《魯詩·生民之什》的篇名與篇次，在海昏簡裏完全相同，而且《板》、《蕩》相連。而從《小雅》、《大雅》的篇次來看，海昏簡屬於西漢《魯詩》系統當無疑義。較諸篇目，簡本《詩》文的殘損相對嚴重，但由於其確爲《魯詩》一系，我們仍可以此爲坐標，檢驗並修正清人歸屬理論中以異文分辨家數的方法。例如簡本《蕩》首章"蕩＝上帝，下民之辟"，[②]與《毛詩》同。王先謙據《爾雅·釋訓》"盪盪，僻也"而定"魯'蕩'作'盪'"，[③]非是。又例如簡本《匪風》三章"誰將西歸，裹（懷）之好音"，[④]與《毛詩》同。王氏據《說苑》引此二句作"孰將西歸"，謂"《魯詩》此篇自作'孰'也"，[⑤]非是。《說苑》引《詩》不能貿然定

---

① 朱鳳瀚《海昏竹書〈詩〉初讀》，載朱鳳瀚主編《海昏簡牘初論》，北京大學出版社，2020年，第 118 頁。

② 朱鳳瀚《海昏竹書〈詩〉初讀》，載朱鳳瀚主編《海昏簡牘初論》，第 113 頁。

③ 王先謙撰，吳格點校《詩三家義集疏》，第 922 頁。

④ 朱鳳瀚《海昏竹書〈詩〉初讀》，載朱鳳瀚主編《海昏簡牘初論》，第 106 頁。

⑤ 王先謙撰，吳格點校《詩三家義集疏》，第 493 頁。

爲《魯詩》以及《爾雅》非專釋《魯詩》已詳辨於本章第三、四、五節,海昏簡《詩經》此二例更是難得的原始文獻佐證。

第七節　結　語

　　清代三家《詩》學的研究與三家《詩》佚文遺說的輯佚工作相輔相成。三家《詩》輯佚工作始於王應麟,清代則是輯佚工作的高峰。學者面對材料夥夥的三家《詩》佚文遺說,歸屬是首要的工作。除"直引法"外,清人基於漢儒治經專守師說的認識,發展出以"師承法"爲標準的歸屬方法。"師承法"的建立,大大促進了輯佚材料歸屬的進度,因爲學者確立了傳經譜系之後,其他不能以"直引法"、"師承法"歸屬的材料,都可以用類推或排除的方法來歸類,即所謂推臆、刪去二法。如果以"直引法"、"師承法"歸屬的材料可靠的話,建基於這兩種方法之上的"推臆法"和"刪去法"便相對可信。換言之,推臆、刪去二法是否可靠端賴根據"直引法"和"師承法"歸屬的輯佚材料是否可信。"直引法"由於來源明確,問題不大,值得探論的是"師承法",因爲它是三家《詩》歸屬理論的關鍵。

　　筆者以劉向及《說苑》爲例,重探三家《詩》歸屬理論中以劉向引《詩》屬《魯詩》,說《詩》屬《魯詩》的成說。劉向習《魯詩》之說自王應麟《詩攷》以下,諸家持論相同,而他們根據的是輯佚方法中的"師承法"。以"師承法"判定劉向《詩》學傳承的根據是《漢書·楚元王傳》,然細審文理,實有數事值得注意:其一,元王與申公俱學《詩》於浮丘伯,則元王《詩》學非傳自申公明矣,謂元王與申公《詩》學同源可以,但不得因申公傳《魯詩》,而逕謂元王亦傳《魯詩》。其二,元王好《詩》,諸子皆讀《詩》。元王有子辟非、郢客、禮、富、歲、執、調,諸子所讀之《詩》亦出自浮丘伯。其三,西漢傳《詩》的不止四家。《阜詩》的出現證明了漢代《詩》學不可能只有魯、齊、韓、毛四家,充其量只能說只有四家立於官學,而民間尚有別家《詩》學流傳。準此則元王自爲《詩》傳,以其名號《詩》,也不是沒有可能的。其四,劉交諸子與申公關係最密切的是劉郢客。呂后時,郢客嘗與申公同師浮丘伯於長安，後元王薨，郢客嗣，爲夷王，以申公爲中大夫，令其傅其太子戊。至於劉富（劉向先祖）是否受《詩》於申公，班氏並沒有說明，那麼劉向世習《魯詩》之說從何而來？因爲史載沒有明確記載劉向習《詩》的經過，所以輯佚學者只好根據他們所設立的“師承法”來判定劉向《詩》學歸屬。但正如上文所論，元王不是受《詩》於申公，那麼劉氏世守《魯詩》的看法就很難取信於人。另外，所謂“漢人傳經，最重家學”的說法並不是絕對的，《楚元王傳》明白寫到劉歆“見古文《春秋左氏傳》，歆大好之。……及歆治《左氏》，引傳文以解經，轉相發明，由是章句義理備焉。歆亦湛靖有謀，父子俱好古，博見彊志，過絕於人。歆以爲左丘明好惡與聖人同，親見夫子，而公羊、穀梁在七十子後，傳聞之與親見之，其詳略不同。歆數以難向，向不能非間也，然猶自持其《穀梁》義”。[①] 劉向習《穀梁》，但他的兒子劉歆卻好《左傳》，並向父親問難，難道這是“重家學”的表現嗎？清代三家《詩》學者，如陳喬樅、王先謙等信守漢儒治經專守一家之說，致使其三家《詩》歸屬理論失諸偏頗。

《說苑》是否《魯詩》說必須弄清楚《說苑》的性質。前賢定劉向《詩》說的推理過程是先據《楚元王傳》定劉向習《魯詩》，然後把《說苑》、《新序》、《列女傳》的撰作者定爲劉向，於是三書中引《詩》說《詩》的材料，便可歸屬爲《魯詩》說。即使我們承認劉向專守《魯詩》一說，第二步推論也不見得站得住腳，因爲劉向只是編纂者，而非撰作者。據學者考證，1973年河北省定縣八角廊四十號墓出土的竹簡《儒家者言》可能成書於戰國晚期，而《儒家者言》二十七章中與《說苑》互見的達十六章之多。此一發現給我們的啓示是：《說苑》引《詩》的文字，很有可能源於那些因爲秦火而湮沒無聞的先秦典籍，而非西漢的《魯詩》文本。

此外，清人把《爾雅》和《魯詩》的關係看作是，先有《魯詩》，後有《爾雅》，《爾雅》釋《詩》即本《魯詩》。今《魯詩》詁訓不見存，於是《爾雅》順理成章成爲窺探《魯詩》之學的典籍。然而《爾雅》初稿成書於戰國末、秦初這一段時間，且代有增益。雖然《魯詩》、《韓詩》、《毛詩》之學皆源於荀

---

① 班固《漢書》，第 1967 頁。

子,但兩漢四家《詩》學,是在漢興以後才有,在《爾雅》最初成稿之際,尚無魯、齊、韓、毛《詩》學之分,則《爾雅》釋詩不可能專據某家《詩》。再者,《爾雅》既非成於一時一人之手,則《爾雅》自亦非一家之言。即使成於一人之手,也不見得專主一家。如雅學要籍《廣雅》,是曹魏博士張揖仿《爾雅》體例,廣《爾雅》所未備而作,其中《廣雅》釋《詩》,雖有與《毛詩》相同之例,然異於《毛傳》、《鄭箋》者亦復不少。可見成於一人之手的《廣雅》亦不見得專主一家。清人謂《爾雅》專釋《魯詩》並不可信,如果《魯詩》訓詁同於《爾雅》,當是治《魯詩》學者採用《爾雅》,而非《爾雅》因襲《魯》說,把《爾雅》歸入《魯詩》說並不恰當。由此可見,清人的三家《詩》歸屬理論亟待修正。

　　不過筆者需要強調的是,清人的三家《詩》歸屬理論謬誤犯駁、強分家數之處固然所在多有,但在材料與方法兼備下卻又自成體系。可以說繞過清人的輯佚成果與歸屬理論,三家《詩》研究將會困難重重,甚至無從入手。如何修正此一體系中的謬誤環節,完善歸屬理論中的原則、方法,將是二十一世紀《詩經》研究者的一個重要工作。虞萬里早就指出:

　　　　清儒在未見如此眾多出土文獻情況下,能够建立四家《詩》研究構架,其用力之勤,用功之深,已足使後人驚歎敬仰。其種種缺陷與不足,正有待我們用新出土資料,新研究思路來彌補與修正。①

洵哉斯言! 我們比清人幸運的是可以看到二千多年前第一手的《詩經》材料,也沒有清人的門户之見。那麼將各種與《詩》相關的出土材料整合,以《詩》派確鑿的石經、海昏簡《魯詩》以及逸出於四家的阜陽漢簡《詩》爲基礎,由字、詞、句、章、篇爲單位,逐一比對清人歸屬理論中三家内部以及三家與《毛詩》在異文、詞義、句意、分章、篇次、《詩》旨上的出入分合;同時結合史傳所載、互見文獻、緯書材料以及民國以來的研究成

---

① 虞萬里《從熹平殘石和竹簡〈緇衣〉看清人四家〈詩〉研究》,載氏著《榆枋齋學林》,第154頁。

果，以人物爲單位，逐一梳理兩漢學者傳《詩》、習《詩》、引《詩》、說《詩》的脈絡與交集。在文獻材料與流傳脈絡互證、互補、互相制約的機制下，構建當代的兩漢《詩經》歸屬理論，是我們今後應當共同努力的一個新方向。

引用及主要參考文獻

中文參考文獻

A

〔美〕艾爾曼著,趙剛譯《從理學到樸學:中華帝國晚期思想與社會變化面面觀》,
　　江蘇人民出版社,1995 年。

〔美〕艾爾曼著,趙剛譯《經學、政治和宗族:中華帝國晚期常州今文學派研究》,
　　江蘇人民出版社,2005 年。

〔美〕艾爾曼《乾隆晚期和珅、莊存與關係的重新考察》,《復旦學報》2009 年第 3
　　期,第 50—63 頁。

〔日〕安居香山、中村璋八編《重修緯書集成》,明德出版社,1971 年。

B

〔漢〕班固《漢書》,中華書局,2002 年。

白軍鵬《百年來以出土文獻研究〈詩經〉之分野及評述》,《中國史研究動態》2012
　　年第 1 期,第 3—10 頁。

C

〔宋〕曹粹中撰,張壽鏞輯《放齋詩說》,《續修四庫全書》據復旦大學圖書館藏民
　　國三十三年鉛印本影印,上海古籍出版社,2002 年,第 56 冊。

〔宋〕晁公武撰,孫猛校證《郡齋讀書志校證》,上海古籍出版社,1990 年。

〔宋〕陳振孫撰,徐小蠻、顧美華點校《直齋書錄解題》,上海古籍出版社,1987 年。

〔清〕陳奐《毛詩說》,《續修四庫全書》據道光二十七年武林愛日軒刻本影印,上
　　海古籍出版社,2002 年,第 70 冊。

〔清〕陳奐《詩毛氏傳疏》,《國學要籍叢刊》據鴻章書局印文瑞樓藏版本影印本,
　　學生書局,1986 年。

〔清〕陳喬樅《詩經四家異文攷》,《續修四庫全書》據道光刻本影印,上海古籍出
　　版社,2002 年,第 75 册。

〔清〕陳喬樅《詩緯集證》,載《緯書集成》,上海古籍出版社,1994 年。

〔清〕陳喬樅《齊詩翼氏學疏證》,《清經解 清經解續編》據光緒十四年南菁書院
　　《皇清經解續編》影印,上海書店出版社,2014 年,第 12 册。

〔清〕陳慶鏞《籀經堂類藁》,《續修四庫全書》據復旦大學圖書館藏光緒九年刻本
　　影印,上海古籍出版社,2002 年,第 1522 册。

〔清〕陳思等修,繆荃孫等纂《江陰縣續志》,《中國地方志集成·江蘇府縣志輯》
　　據民國十年刻本影印,江蘇古籍出版社,1991 年,第 26 册。

〔清〕陳士珂《韓詩外傳疏證》,《叢書集成續編》據清嘉慶二十三年《文淵樓叢書》
　　本影印,新文豐出版公司,1989 年,第 110 册。

〔清〕陳壽祺《左海文集》,《續修四庫全書》據清刻本影印,上海古籍出版社,2002
　　年,第 1496 册。

〔清〕陳壽祺撰,陳喬樅述《三家詩遺說攷》,《清經解 清經解續編》據光緒十四年
　　南菁書院《皇清經解續編》影印,上海書店出版社,2014 年,第 11 册。

〔清〕程樹德撰,程俊英、蔣見元點校《論語集釋》,中華書局,1996 年。

蔡長林《從文士到經生:考據學風潮下的常州學派》,“中研院”中國文哲研究所,
　　2010 年。

蔡長林《皮錫瑞〈詩〉主諷論說探論》,《嶺南學報》第 3 輯,上海古籍出版社,2015
　　年,第 107—131 頁。

曹書傑《中國古籍輯佚學論稿》,東北師範大學出版社,1998 年。

曹志敏《試論魏源〈詩古微〉對〈春秋〉微言大義的闡揚》,《邵陽學院學報(社會科
　　學版)》2011 年第 4 期,第 1—7 頁。

曹志敏《魏源〈詩古微〉解說〈國風〉詩旨特色探微》,《邵陽學院學報(社會科學
　　版)》2010 年第 5 期,第 1—5 頁。

曹志敏《魏源〈詩古微〉考據探析》,《紅河學院學報》2010 年第 1 期,第 87—91 頁。

曹志敏《魏源〈詩古微〉論〈毛詩〉與〈鄭箋〉》,《史學月刊》2006 年第 3 期,第 118—
　　120 頁。

曹志敏《魏源〈詩古微〉論〈詩經〉二〈南〉》,《史學月刊》2008 年第 7 期,第 43—
　　48 頁。

曹志敏《魏源〈詩古微〉門户之見探微》,《社科縱横》2010 年第 10 期,第 105—
　　108 頁。

陳鴻森《〈韓詩遺説〉補誼》,《大陸雜誌》第 85 卷第 4 期,1992 年,第 1—19 頁。

陳鴻森《清代學術史叢考》,《大陸雜誌》第 87 卷第 3 期,1993 年,第 4—15 頁。

陳鴻森《臧庸年譜》,《中國經學》第 2 輯,廣西師範大學出版社,2007 年,第 247—
　　315 頁。

陳錦春《〈詩三家義集疏〉點校獻疑》,《儒家典籍與思想研究》第 3 輯,北京大學出
　　版社,2011 年,第 267—315 頁。

陳其泰、劉蘭蕭《魏源評傳》,南京大學出版社,2005 年。

陳戌國《詩經芻議》,嶽麓書社,1997 年。

陳雄根《〈廣雅〉釋〈詩〉與毛、鄭異義考》,載饒宗頤主編《華學》第九、十合輯,上海
　　古籍出版社,2008 年,第 5 册,第 1897—1905 頁。

陳緒平《論馮登府輯"韓詩遺説"的學術價值》,《古籍研究》總第 70 卷,鳳凰出版
　　社,2019 年,第 34—41 頁。

陳寅恪《金明館叢稿二編》,上海古籍出版社,1982 年。

陳耀南《魏源研究》,昭明出版社有限公司,1979 年。

陳致《商略古今,折衷漢宋:論王先謙的今文〈詩〉學》,《湖南大學學報(社會科學
　　版)》2006 年第 1 期,第 31—43 頁。

陳祖武、朱彤窗《乾嘉學術編年》,河北人民出版社,2005 年。

成倩《清人三家〈詩〉分類體系的學術反思》,《殷都學刊》2017 年第 1 期,第 78—
　　82 頁。

程瑩《王先謙〈詩三家義集疏〉的文獻價值》,《樂山師範學院學報》2009 年第 2
　　期,第 68—70 頁。

程瑩《王先謙〈詩三家義集疏〉研究》,安徽師範大學碩士論文,2007 年,第 1—
　　44 頁。

程瑩、劉冰《王先謙的詩學思想初探》,《宜賓學院學報》2009 年第 8 期,第 74—
　　75 頁。

D

〔清〕戴震撰,張岱年主編《戴震全書》,黃山書社,1997 年。

〔清〕段玉裁《說文解字注》,上海古籍出版社,1988 年。

代夢瀟《魏源〈詩古微〉四始說研究》,四川師範大學碩士論文,2017 年,第 1—44 頁。

戴維《詩經研究史》,湖南教育出版社,2001 年。

丁原基《許瀚之文獻學研究》,華正書局有限公司,1999 年。

董樂超《陳喬樅〈齊詩〉學研究》,濟南大學碩士論文,2017 年,第 1—69 頁。

董治安《〈呂氏春秋〉之論詩引詩與戰國末期詩學的發展——兼論〈呂〉書引〈詩〉與漢四家詩的異同》,載氏著《兩漢文獻與兩漢文學》,上海古籍出版社,2011 年,第 96—111 頁。

杜家祁《劉向編寫〈新序〉、〈說苑〉研究》,香港中文大學博士論文,1999 年,第 1—330 頁。

杜維運《清代史學與史家》,東大圖書公司,1984 年。

段少華《王先謙與〈詩三家義集疏〉略論》,《河西學院學報》2008 年第 4 期,第 16—18 頁。

F

〔南朝宋〕范曄《後漢書》,中華書局,2001 年。

〔清〕范家相《三家詩拾遺》,臺灣商務印書館影印文淵閣《四庫全書》,1985 年,第 88 冊。

〔清〕范家相《詩瀋》,臺灣商務印書館影印文淵閣《四庫全書》,1985 年,第 88 冊。

〔清〕方東樹《漢學商兌》,載《漢學師承記(外二種)》,生活·讀書·新知三聯書店,1998 年。

〔清〕馮登府《三家詩遺說》,《續修四庫全書》據天津圖書館藏清抄本影印,上海古籍出版社,2002 年,第 76 冊。

〔清〕馮登府《三家詩異文疏證》,《清經解 清經解續編》據學海堂《皇清經解》咸豐十一年補刊本影印,上海書店出版社,2014 年,第 7 冊。

范邦瑾《兩塊未見著錄的〈熹平石經·詩〉殘石的校釋及綴接》,《文物》1986 年第 5 期,第 1—6 頁。

范麗梅《簡帛文獻與〈詩經〉書寫文本之研究》,臺灣大學博士論文,2008 年,第 1—562 頁。

方鵬《陳壽祺陳喬樅〈詩〉學研究綜述》,《湖北科技學院學報》2014 年第 6 期,第
　87—88 頁。

房瑞麗《陳壽祺、陳喬樅父子〈三家詩遺說考〉考論》,《廣西社會科學》2008 年第 5
　期,第 147—150 頁。

房瑞麗《范家相〈三家詩拾遺〉考論》,《古籍整理研究學刊》2014 年第 1 期,第
　58—63 頁。

房瑞麗《馮登府三家〈詩〉著作考述》,《文獻》2011 年第 4 期,第 170—177 頁。

房瑞麗《牟庭〈詩切〉簡論》,《山東文學(下半月)》2009 年第 7 期,第 52—53 頁。

房瑞麗《清代三家〈詩〉輯佚成果考述》,《寧夏大學學報(人文社會科學版)》2012
　年第 5 期,第 105—109 頁。

房瑞麗《清代三家〈詩〉輯佚研究論略》,《北方論叢》2008 年第 6 期,第 108—
　111 頁。

房瑞麗《清代三家〈詩〉融合之管窺》,《貴州文史叢刊》2009 年第 4 期,第 22—
　27 頁。

房瑞麗《清代三家〈詩〉文獻研究》,中國社會科學出版社,2018 年。

房瑞麗《清代三家〈詩〉研究》,復旦大學博士論文,2007 年,第 1—193 頁。

房瑞麗《清代三家〈詩〉形成原因探微》,《河南教育學院學報(哲學社會科學版)》
　2009 年第 5 期,第 88—92 頁。

房瑞麗《清代三家〈詩〉學發展特徵的外部考察——以著者爲視角》,中國詩經學
　會、河北師範大學合辦《詩經研究叢刊》第 31 輯,學苑出版社,2018 年,第
　1—19 頁。

房瑞麗《清代三家〈詩〉學研究現狀述略》,《古籍整理研究學刊》2008 年第 4 期,
　第 90—93、83 頁。

房瑞麗《清代學者三家〈詩〉研究之師法、家法考》,《商丘師範學院學報》2015 年
　第 2 期,第 85—90 頁。

房瑞麗《清儒三家〈詩〉輯佚觀念論略》,中國詩經學會、河北師範大學合辦《詩經
　研究叢刊》第 28 輯,學苑出版社,2015 年,第 250—262 頁。

房瑞麗《〈三家詩遺說〉考述兼及舉誤》,《商丘師範學院學報》2011 年第 4 期,第
　30—34 頁。

房瑞麗《魏源〈詩古微〉探微》,《船山學刊》2008 年第 3 期,第 33—36 頁。

房瑞麗《稀見清代三家〈詩〉學著作二種》,《文獻》2014 年第 6 期,第 177—183 頁。

G

〔晉〕郭璞注,〔宋〕邢昺疏《爾雅注疏》,北京大學出版社,2000 年。

〔清〕龔橙《詩本誼》,《叢書集成續編》據《半厂叢書》初編本影印,上海書店出版社,1994 年,第 7 册。

〔清〕龔自珍《明良論四》,龔自珍著,王佩諍校《龔自珍全集》,上海古籍出版社,1999 年。

〔清〕顧炎武《亭林文集》,《續修四庫全書》據清刻本影印,上海古籍出版社,2002 年,第 1402 册。

〔清〕顧炎武著,黃汝成集釋,秦克誠點校《日知錄集釋》,嶽麓書社,1996 年。

葛立斌《二十世紀〈詩經〉出土文獻述評》,《湖北師範學院學報(哲學社會科學版)》2008 年第 2 期,第 80—85 頁。

葛兆光《中國思想史——七世紀前中國的知識、思想與信仰世界》,復旦大學出版社,2001 年。

葛兆光《十八世紀的學術與思想》,《讀書》1996 年第 6 期,第 48—56 頁。

管錫華《爾雅研究》,安徽大學出版社,1996 年。

郭靄春編著《清史稿藝文志拾遺》,華夏出版社,1999 年。

H

〔魏〕何晏注,〔宋〕邢昺疏《論語注疏》,北京大學出版社,2000 年。

〔清〕郝懿行《曬書堂集》,《續修四庫全書》據光緒十年東路廳署刻本影印,上海古籍出版社,2002 年,第 1481 册。

〔清〕洪亮吉撰,劉德權點校《洪亮吉集》,收入《卷施閣文甲集》,中華書局,2001 年。

〔清〕胡承珙《毛詩後箋》,黃山書社,1999 年。

〔清〕胡承珙《求是堂文集》,《續修四庫全書》據道光十七年刻本影印,上海古籍出版社,2002 年,第 1500 册。

〔清〕胡培翬《研六室文鈔》,《續修四庫全書》據遼寧省圖書館藏道光十七年涇川書院刻本影印,上海古籍出版社,2002 年,第 1507 册。

〔清〕黃奭輯《黃氏逸書攷》,江蘇廣陵古籍刻印社,1984 年。

〔清〕黃位清《詩異文錄》,《續修四庫全書》據道光十九年刻本影印,上海古籍出
　　版社,2002 年,第 75 册。

韓兆海主編《武漢圖書館館藏古籍善本書志》,湖北人民出版社,2004 年。

何海燕《清代〈詩經〉學研究》,華中師範大學博士論文,2005 年,第 1—134 頁。

何海燕《清代〈詩經〉學研究》,人民出版社,2011 年。

何慎怡《〈詩古微〉提要》,《深圳信息職業技術學院學報》2000 年第 2 期,第 51—
　　52 頁。

何直剛《〈儒家者言〉略說》,《文物》1981 年第 8 期,第 20—22 頁。

何志華、陳雄根編《先秦兩漢典籍引〈詩經〉資料彙編》,香港中文大學出版社,
　　2004 年。

何志華、朱國藩、樊善標編著《〈古列女傳〉與先秦兩漢典籍重見資料彙編》,中文
　　大學出版社,2004 年。

何志華《高誘用〈詩〉考》,《中國文化研究所學報》新第 4 期,1995 年,第 19—
　　51 頁。

賀廣如《魏默深思想探究》,臺灣大學文學院,1999 年。

賀廣如《范家相〈三家詩拾遺〉及其相關問題》,《漢學研究》第 22 卷第 1 期,2004
　　年,第 219—251 頁。

賀廣如《馮登府的三家〈詩〉輯佚學》,《中國文哲研究集刊》第 23 期,2003 年,第
　　305—336 頁。

賀廣如《論王先謙〈詩三家義集疏〉之定位》,收入張素卿主編《清代漢學與新疏》,
　　五南圖書出版股份有限公司,2020 年,第 287—323 頁。

賀廣如《論王先謙〈詩三家義集疏〉之定位》,《人文學報》第 28 期,2003 年,第
　　87—124 頁。

洪楷萱《〈韓詩外傳〉研究述評》,《書目季刊》第 51 卷第 1 期,2017 年,第 33—
　　78 頁。

洪湛侯《詩經學史》,中華書局,2002 年。

胡建軍《陳喬樅〈齊詩翼氏學疏證〉整理考辨》,《焦作大學學報》2014 年第 2 期,
　　第 31—33 頁。

胡平生、韓自强《阜陽漢簡詩經研究》,上海古籍出版社,1988 年。

胡樸安《詩經學》,商務印書館,1930 年。

胡奇光、方環海《爾雅譯注》，上海古籍出版社，1999 年。

胡適《胡適文存》，亞東圖書館，1931 年。

胡玉縉《〈毛詩說〉書後》，王元化主編《學術集林》第 4 卷，第 31—32 頁。

黃宏信《阜陽漢簡〈詩經〉異文研究》，《江漢考古》1989 年第 1 期，第 85—99 頁。

黃進興《評 Benjamin A. Elman *From Philosophy to Philology: Intellectual and Social Aspects of Change in Late Imperial China*》，《漢學研究》第 4 卷第 1 期，1986 年，第 339—343 頁。

黃開國《〈詩古微〉對〈齊詩〉四始五際的發明》，《杭州師範大學學報（社會科學版）》2012 年第 3 期，第 78—81 頁。

黃開國《〈詩古微〉攻劉歆的妄改〈左傳〉》，《邵陽學院學報（社會科學版）》2009 年第 1 期，第 1—4 頁。

黃開國《魏源對衛宏〈詩序〉與〈鄭箋〉的批評》，《四川師範大學學報（社會科學版）》2011 年第 1 期，第 122—126 頁。

黃開國、李知恕、唐曉勇《魏源對西漢四家詩的評說》，《四川大學學報（哲學社會科學版）》2014 年第 2 期，第 39—48 頁。

黃開國、唐麗君、胡騈《〈詩古微〉對三家〈詩〉四始說的發明》，《西華大學學報（哲學社會科學版）》2010 年第 6 期，第 32—36 頁。

黃麗鏞《魏源年譜》，湖南人民出版社，1985 年。

黃雲眉編《清邵二雲先生晉涵年譜》，臺灣商務印書館，1982 年。

黃忠慎《王先謙〈詩三家義集疏〉探義》，《遼寧學院學報（社會科學版）》2010 年第 5 期，第 127—133 頁。

J

〔明〕季本《詩說解頤》，美國哈佛大學燕京圖書館藏明嘉靖四十一年原刊本。

〔明〕焦竑《澹園續集》，據中國國家圖書館藏萬曆三十九年刻本。

〔清〕紀昀總纂《四庫全書總目提要》，河北人民出版社，2000 年。

〔清〕焦循《雕菰集》，《續修四庫全書》據道光四年阮福嶺南節署刻本影印，上海古籍出版社，2002 年，第 1489 冊。

〔日〕吉川幸次郎《藏在東先生年譜》，《東方學報》第 6 冊，1936 年，第 280—307 頁。

季旭昇《從〈孔子詩論〉與〈熹平石經〉談〈小雅・都人士〉首章的版本問題》,中國
　　詩經學會編《詩經研究叢刊》第 11 輯,學苑出版社,2006 年,第 1—16 頁。

江乾益《陳壽祺父子三家詩遺說研究》,臺灣師範大學碩士論文,1985 年。

江乾益《陳壽祺父子三家詩遺說研究》,花木蘭文化出版社,2010 年。

江慶柏編著《清代人物生卒年表》,人民文學出版社,2005 年。

江素卿《論常州學派之學術特質與其經世思想》,花木蘭文化出版社,2008 年。

蔣秋華、王清信纂輯《清代詩經著述現存版本目錄初稿・三家詩之屬》,吳宏一主
　　編《清代詩話知見錄》,"中研院"中國文哲研究所,2002 年,第 716—724 頁。

金觀濤、劉青峰《中國現代思想的起源》,中文大學出版社,2000 年。

K

康有爲《萬木草堂所藏中國畫目》,載姜義華、張榮華編校《廣藝舟雙楫(外一
　　種)》,中國人民大學出版社,2010 年。

柯馬丁著,李芳、楊治宜譯《方法輪反思:早期中國文本異文之分析和寫本文獻
　　之産生模式》,載陳致編《當代西方漢學研究集萃:上古史卷》,上海古籍出
　　版社,2012 年,第 349—385 頁。

寇淑慧編《二十世紀詩經研究文獻目錄》,學苑出版社,2001 年。

L

〔唐〕陸德明撰,黃焯斷句《經典釋文》,中華書局,1983 年。

〔宋〕黎靖德編,王星賢點校《朱子語類》,中華書局,1999 年。

〔宋〕呂祖謙《呂氏家塾讀詩記》,《四部叢刊續編》經部據常熟瞿氏鐵琴銅劍樓藏
　　宋刊本影印,臺灣商務印書館,1966 年。

〔明〕李先芳《讀詩私記》,臺灣商務印書館影印文淵閣《四庫全書》,1985 年,第
　　79 冊。

〔清〕李慈銘《越縵堂日記》,廣陵書社,2004 年。

〔清〕李慈銘《越縵堂文集》,《續修四庫全書》據民國北平圖書館鉛印本影印,上
　　海古籍出版社,2002 年,第 1559 冊。

〔清〕李慈銘著,由雲龍輯《越縵堂讀書記》,遼寧教育出版社,2001 年。

〔清〕李富孫《校經廎自訂年譜》,《北京圖書館藏珍本年譜叢刊》,北京圖書館出

版社,1999 年。

〔清〕李銘皖、譚鈞培修,馮桂芳纂《同治蘇州府志》,江蘇古籍出版社,1991 年。

〔清〕李榕纂《杭州府志》,收入《中國方志叢書》,成文出版社,1974 年。

〔清〕劉逢祿《左氏春秋考證》,《續修四庫全書》據咸豐十年《皇清經解》補刊本影印,上海古籍出版社,2002 年,第 125 册。

〔清〕劉逢祿撰《劉禮部集》,《續修四庫全書》據道光十年思誤齋刻本影印,上海古籍出版社,2002 年,第 1501 册。

〔清〕盧文弨著,王文錦點校《抱經堂文集》,中華書局,1990 年。

賴貴三《清代乾嘉揚州學派經學研究的成果與貢獻》,《漢學研究通訊》第 19 卷第 4 期,2000 年,第 588—595 頁。

李柏榮《魏源師友記》,嶽麓書社,1983 年。

李程、衛玥《〈詩〉學"博物"傳統及其闡釋策略——以王先謙〈詩三家義集疏〉爲例》,《中國韻文學刊》2019 年第 3 期,第 1—6 頁。

李傳書《魏源今文〈詩〉學評述》,《長沙理工大學學報(社會科學版)》2004 年第 4 期,第 108—110 頁。

李寒光《臧庸〈詩攷〉三種鈔本考述》,《版本目錄學研究》第 7 輯,北京大學出版社,2016 年,第 331—341 頁。

李慧琳《王先謙的〈詩經〉學思想及形成原因》,《語文教學通訊》2013 年第 6 期,第 83—85 頁。

李慧琳《王先謙〈詩三家義集疏〉研究》,西北師範大學碩士論文,2009 年。

李俊達《清代〈韓詩〉輯佚專題研究》,華僑大學碩士論文,2020 年,第 1—73 頁。

李霖《論陳喬樅與王先謙三家詩學之體系》,《儒家典籍與思想研究》第 2 輯,北京大學出版社,2010 年,第 95—113 頁;另載吳飛主編《南菁書院與近世學術》,生活·讀書·新知三聯書店,2019 年,第 210—235 頁。

李先華《〈說文〉兼用三家〈詩〉凡例說略》,載孔令達、儲泰松主編《漢語研究論集》,安徽大學出版社,2005 年,第 434—445 頁。

李新霖《清代經今文學述》,臺灣師範大學碩士論文,1977 年。

李學勤《太保玉戈與江漢的開發》,載楚文化研究會編《楚文化研究論集》第二集,湖北人民出版社,1991 年,第 5—10 頁。

李學勤《〈詩論〉分章釋文》,《中國哲學》第 24 輯,遼寧教育出版社,2002 年,第

135—138 頁。

梁啟超《戴東原》,臺灣中華書局,1957 年。

梁啟超《近代學風之地理的分布》,載存萃學社編集《中國近三百年學術史參考資
　　料》,崇文書店,1973 年,第 126—159 頁。

梁啟超《論中國學術思想變遷之大勢》,上海古籍出版社,2001 年。

梁啟超《清代學術概論》,上海古籍出版社,2000 年。

梁啟超《中國近三百年學術史》,湖南人民出版社,2010 年。

梁振傑《從〈長沙馬王堆漢墓帛書·五行〉所引〈詩經〉異文看先秦至漢的〈詩經〉
　　傳播》,《焦作師範高等專科學校學報》2003 年第 3 期,第 20—22 頁。

劉殿爵、陳方正主編《韓詩外傳逐字索引》,臺灣商務印書館,1992 年。

劉殿爵、陳方正主編《說苑逐字索引》,香港商務印書館,1992 年。

劉殿爵、陳方正主編《新序逐字索引》,臺灣商務印書館,1992 年。

劉殿爵《秦諱初探——兼就諱字論古書中之重文》,《中國文化研究所學報》第 19
　　卷,1988 年,第 217—290 頁。

劉殿爵著,何志華譯《〈吕氏春秋〉文本問題探究並論其對全書編排的意義》,載
　　《採掇英華》,中文大學出版社,2004 年,第 259—287 頁。

劉建臻《朱士端〈齊魯韓三家詩釋〉“稿本”管窺》,《揚州教育學院學報》2014 年第
　　3 期,第 1—4 頁。

劉景農《漢語文言語法》,中華書局,1998 年。

劉墨《乾嘉學術十論》,生活·讀書·新知三聯書店,2006 年。

劉茜《〈魯詩〉輯佚史考述》,《唐山師範學院學報》2016 年第 1 期,第 54—56 頁。

劉偉《清代阮元的三家〈詩〉研究》,《河北經貿大學學報(綜合版)》2016 年第 1
　　期,第 22—26 頁。

劉再華、梁寒《魏源〈詩古微〉論〈詩經·小雅〉》,《中國文學研究》2015 年第 1 期,
　　第 26—30 頁。

吕冠南《〈韓詩〉輯佚史視角下的〈韓詩遺說考〉》,《西華師範大學學報(哲學社會
　　科學版)》2020 年第 2 期,第 30—35 頁。

吕冠南《〈韓詩内傳〉舊輯考辨與新輯》,《河北師範大學學報(哲學社會科學版)》
　　2017 年第 1 期,第 60—68 頁。

吕冠南《論〈詩三家義集疏〉對〈詩經〉的詮釋》,《臨沂大學學報》2017 年第 3 期,

第 85—93 頁。

呂冠南《王先謙校補三家〈詩〉遺說述略》,《中國韻文學刊》2018 年第 1 期,第 5—
　　9 頁。

呂冠南《王先謙〈詩三家義集疏〉的三重困境》,《北京社會科學》2016 年第 6 期,
　　第 63—74 頁。

呂冠南《王先謙〈詩三家義集疏〉研究》,山東大學碩士論文,2015 年,第 1—
　　95 頁。

呂冠南《朱士端〈韓詩釋〉得失論》,《重慶三峽學院學報》2019 年第 181 期,第
　　105—111 頁。

呂幼樵校補《書目答問校補》,貴州人民出版社,2004 年。

羅根澤《〈新序〉〈說苑〉〈列女傳〉不作始於劉向考》,載顧頡剛編著《古史辨》重印
　　1933 年版,太平書局,1963 年,第 227—228 頁。

羅檢秋《嘉慶以來漢學傳統的衍變與傳承》,中國人民大學出版社,2006 年。

羅志田《思想觀念與社會角色的錯位:戊戌前後湖南新舊之爭再思——側重王
　　先謙與葉德輝》,《歷史研究》1998 年第 5 期,第 56—78 頁。

羅志田《中國文藝復興之夢:從清季的古學復興到民國的新潮》,《漢學研究》第
　　20 卷第 1 期,2002 年,第 277—307 頁。

M

〔漢〕毛亨傳,〔漢〕鄭玄箋,〔唐〕孔穎達疏《毛詩正義》,北京大學出版社,2000 年。

〔元〕馬端臨《文獻通考》,新興書局,1963 年。

〔清〕馬瑞辰撰,陳金生點校《毛詩傳箋通釋》,中華書局,2008 年。

〔清〕毛奇齡《白鷺洲主客說詩》,美國哈佛大學燕京圖館藏《西河合集》本。

〔清〕繆荃孫《藝風老人日記》,北京大學出版社,1986 年。

馬承源主編《上海博物館藏戰國楚竹書(一)》,上海古籍出版社,2001 年。

馬衡《漢石經集存》,科學出版社,1957 年。

馬睿《魏源〈詩古微〉的文學意義》,《四川大學學報(哲學社會科學版)》2001 年第
　　3 期,第 85—88 頁。

馬昕《對三家〈詩〉輯佚的系統反思》,《江蘇師範大學學報(哲學社會科學版)》
　　2017 年第 3 期,第 63—74 頁。

馬昕《范家相〈三家詩拾遺〉的成書與流傳》,《版本目錄學研究》第 5 輯,北京大學出版社,2014 年,第 449—460 頁。

馬昕《論馮登府的三家〈詩〉學》,四川省社會科學院、四川省人民政府文史研究館主辦《國學》第 2 集,四川人民出版社,2015 年,第 447—467 頁。

馬昕《三家〈詩〉輯佚史研究》,北京大學博士論文,2013 年。

馬昕《乾嘉學者對王應麟〈詩考〉的校、注、補、正》,《版本目錄學研究》第 6 輯,北京大學出版社,2015 年,第 25—46 頁。

馬昕《清代三家〈詩〉輯佚的"開山之作"——范家相〈三家詩拾遺〉研究》,《北京大學中國古文獻研究中心集刊》第 13 輯,北京大學出版社,2014 年,第 123—141 頁。

馬昕《清代乾嘉時期的〈韓詩〉輯佚學》,四川省社會科學院、四川省人民政府文史研究館主辦《國學》第 3 集,四川人民出版社,2016 年,第 387—422 頁。

馬昕《臧庸〈韓詩遺說〉的成書、刊刻與訂補》,《版本目錄學研究》第 7 輯,北京大學出版社,2016 年,第 181—190 頁。

馬宗霍《說文解字引經考》,學生書局,1971 年。

麥哲維《考證學的新面貌:從〈皇清經解續編〉看道光以下的學術史》,《中國文學研究》1997 年第 11 期,第 170—192 頁。

米臻《漢代經學之師說、師法考析——以清人三家〈詩〉輯佚爲例》,《文學與文化》2017 年第 2 期,第 18—29 頁。

米臻《〈詩三家義集疏〉輯佚失誤考辨舉隅》,《中南大學學報(社會科學版)》2018 年第 2 期,第 166—171 頁。

N

倪晉波《朱士端〈齊魯韓三家詩釋〉的定本與定位》,《古典文獻研究》第 24 輯上,鳳凰出版社,2021 年,第 153—166 頁。

寧宇《清代詩經學》,吉林大學出版社,2015 年。

寧宇《清代文學派〈詩〉學研究》,山東大學博士論文,2004 年,第 1—173 頁。

P

〔清〕皮名振編著《清皮鹿門先生錫瑞年譜》,臺灣商務印書館,1981 年。

〔清〕皮錫瑞《經學通論》，中華書局，1995 年。

〔清〕皮錫瑞著，周予同注釋《經學歷史》，中華書局，2004 年。

〔清〕皮錫瑞撰，盛冬鈴、陳抗點校《今文尚書考證》，中華書局，1998 年。

〔清〕彭潤章修，葉廉鍔纂《平湖縣志》，收入《中國方志叢書》，成文出版社，
　　　1975 年。

潘樹廣編著《學林漫筆》，東南大學出版社，2002 年。

彭卉《〈魯詩〉遺說遺文考論》，福建師範大學碩士論文，2016 年，第 1—75 頁。

朴相泳《從〈詩三家義集疏〉看王先謙的訓詁學》，山東大學碩士論文，2002 年。

Q

〔清〕錢玫《〈韓詩內傳〉并〈薛君章句〉考》抄本，臺灣圖書館藏品。

〔清〕全祖望《鮚埼文集》，《續修四庫全書》據嘉慶九年史夢蛟刻本影印，上海古
　　　籍出版社，2002 年，第 1428 册。

〔清〕全祖望《經史問答》，《續修四庫全書》據乾隆三十年刻本影印，上海古籍出
　　　版社，2002 年，第 1147 册。

漆永祥《乾嘉考據學研究》，中國社會科學出版社，1998 年。

齊思和《魏源與晚清學風》，《燕京學報》第 39 期，1950 年，第 177—226 頁。

錢穆《兩漢經學今古文平議》，商務印書館，2001 年。

錢穆《中國近三百年學術史》，商務印書館，1997 年。

錢基博著，傅道彬點校《近百年湖南學風》，中國人民大學出版社，2004 年。

錢毅《魏源〈詩經〉"四始說"述要》，《電影評介》2007 年第 13 期，第 90—91 頁。

清華大學圖書館編《清華大學圖書館藏善本書目》，清華大學出版社，2003 年。

屈萬里《宋人的疑經風氣》，《大陸雜誌》第 29 卷第 3 期，1964 年，第 23—25 頁。

闕福炎《魏源〈詩古微〉研究》，福建師範大學碩士論文，2008 年，第 1—64 頁。

R

〔清〕阮元輯《詩書古訓》，《續修四庫全書》據道光二十一年刻本影印，上海古籍
　　　出版社，2002 年，第 174 册。

〔清〕阮元《三家詩補遺》，《續修四庫全書》據清儀徵李氏刻《崇惠堂叢書》本影
　　　印，上海古籍出版社，2002 年，第 76 册。

〔清〕阮元撰,鄧經元點校《揅經室集》,中華書局,2006 年。

饒宗頤《讀阜陽漢簡〈詩經〉》,《明報月刊》總 228 期,1984 年 12 月,第 11—14 頁。

S

〔漢〕司馬遷《史記》,中華書局,1959 年。

〔明〕孫瑴《古微書》,載《緯書集成》,上海古籍出版社,1994 年。

〔清〕史詮編《馮柳東先生年譜》,《北京圖書館藏珍本年譜叢刊》,北京圖書館出
　　　版社,1999 年。

〔清〕沈葆楨、吳坤修等修,何紹基、楊沂孫等纂《重修安徽通志》,《續修四庫全
　　　書》據光緒四年刻本影印,上海古籍出版社,2002 年,第 654 冊。

〔清〕宋綿初《韓詩內傳徵》,《叢書集成續編》據乾隆六十年積學齋本影印,新文
　　　豐出版公司,1989 年,第 110 冊。

商文立《中國歷代政方政治制度》,正中書局,1980 年。

上海古籍出版社編《緯書集成》,上海古籍出版社,1994 年。

尚小明《學人游幕與清代學術》,社會科學文獻出版社,1999 年。

石立善《從敦煌吐魯番出土古寫卷看清人三家詩異文研究之闕失》,《華人文化研
　　　究》第 2 卷第 1 期,2014 年,第 1—14 頁。

史景遷著,溫洽溢譯《追尋現代中國》,時報文化出版企業股份有限公司,
　　　2001 年。

宋慈抱《兩浙著述考》,浙江人民出版社,1985 年。

孫啟治等編《古佚書輯本目錄附考證》,中華書局,1997 年。

孫玉敏《王先謙學術思想研究》,黑龍江人民出版社,2008 年。

T

〔元〕脫脫等《宋史》,中華書局,1977 年。

〔清〕譚獻《復堂日記》,河北教育出版社,2001 年。

〔清〕唐晏著,吳東民點校《兩漢三國學案》,中華書局,1986 年。

〔清〕陶方琦《漢孳室文鈔》,《續修四庫全書》清光緒十八年徐氏鑄學齋刻本影
　　　印,上海古籍出版社,2002 年,第 1567 冊。

臺灣圖書館特藏組編《臺灣圖書館善本書志初稿》,臺灣圖書館,1996 年。

譚維四《曾侯乙墓》,文物出版社,2001年。

湯志鈞《近代經學與政治》,中華書局,1995年。

滕志賢《〈詩三家義集疏〉點校失誤辨析》,《古籍整理與研究學刊》2000年第1
　　期,第38—42,25頁;另載氏著《〈詩經〉與訓詁散論》,上海人民出版社,2008
　　年,第101—110頁。

W

〔唐〕魏徵等《隋書》,中華書局,1973年。

〔宋〕王應麟《詩攷》,《叢書集成初編》據《津逮秘書》本影印,商務印書館,
　　1937年。

〔宋〕王應麟撰,〔清〕萬蔚亭集證《困學紀聞集證》,中華叢書編審委員會,
　　1960年。

〔清〕汪日楨纂《南潯鎮志》,《續修四庫全書》據清同治二年刻本影印,上海古籍
　　出版社,2002年,第717冊。

〔清〕王昶輯《湖海詩傳》,《續修四庫全書》據嘉慶八年三泖漁莊刻本影印,上海
　　古籍出版社,2002年,第1626冊。

〔清〕王初桐纂輯《方泰志》,《中國地方志集成·鄉鎮志專輯3》據上海圖書館藏
　　傳抄本影印,上海書店,1992年。

〔清〕王念孫《廣雅疏證》,中華書局,1983年。

〔清〕王念孫《王石臞先生遺文》,收入《高郵王氏遺書》,江蘇古籍出版社,
　　2000年。

〔清〕王先謙《漢書補注》,《二十四史考訂叢書專輯》據清光緒二十六年王氏虛受
　　堂刻本影印,書目文獻出版社,1995年。

〔清〕王先謙《釋名疏證補》,載《漢小學四種》,巴蜀書社,2001年。

〔清〕王先謙《〈外國通鑑〉稿》,全國圖書館文獻縮微複製中心,1997年。

〔清〕王先謙撰,沈嘯寰、王星賢點校《荀子集解》,中華書局,1997年。

〔清〕王先謙撰,吳格點校《詩三家義集疏》,中華書局,1987年。

〔清〕王先謙撰,何晉點校《尚書孔傳參正》,中華書局,2011年。

〔清〕王先謙著,梅季標點《葵園四種》,嶽麓書社,1986年。

〔清〕王先慎撰,鍾哲點校《韓非子集解》,中華書局,2007年。

〔清〕王引之《王文簡公文集》，收入《高郵王氏遺書》，江蘇古籍出版社，2000 年。

〔清〕王祖畲等纂《鎮洋縣志》，收入《中國方志叢書》，成文出版社，1974 年。

〔清〕魏源《魏源集》，中華書局，2009 年。

〔清〕魏源撰，魏源全集編輯委員會編校《魏源全集》，嶽麓書社，2004 年。

〔清〕吳昌綬編《定盦先生年譜》，收〔清〕龔自珍著，王佩諍校《龔自珍全集》，上海
　　古籍出版社，1999 年。

王國維《古史新證：王國維最後的講義》，清華大學出版社，1994 年。

王國維《觀堂集林》，中華書局，1959 年。

王國維撰，謝維揚、房鑫亮主編《王國維全集》，浙江教育出版社，2009 年。

王健民、梁柱、王勝利《曾侯乙墓出土的二十八宿青龍白虎圖象》，《文物》1979 年
　　第 7 期，第 40—47 頁。

王俊義、黃愛平《清代學術與文化》，遼寧教育出版社，1993 年。

王思豪《〈詩〉三家義緝補》，《書目季刊》第 47 卷第 1 期，2013 年，第 1—17 頁。

王雅鳳《魏源三家〈詩〉研究》，遼寧大學碩士論文，2019 年，第 1—55 頁。

王櫻瑾《范家相〈三家詩拾遺〉的輯佚學成就》，《黑河學院學報》2021 年第 9 期，
　　第 146—147、159 頁。

王章濤《阮元年譜》，黃山書社，2003 年。

王竹林、許景元《洛陽近年出土的漢石經》，《中原文物》1988 年第 2 期，第 14—
　　18 頁。

魏欣《魏源〈詩古微〉詩學研究》，河北大學碩士論文，2013 年，第 1—38 頁。

文婷《〈詩三家義集疏〉的主要輯佚成就及與〈三家詩補遺〉的對比研究》，南京師
　　範大學碩士論文，2012 年，第 1—31 頁。

文幸福《阜陽漢簡詩經探究》，《國文學報》第 15 期，1986 年，第 251—284 頁。

吳被提《〈三家詩異文疏證〉整理與研究》，浙江師範大學碩士論文，2018 年，第
　　1—174 頁。

吳晨菲《范家相〈詩經〉學研究》，浙江師範大學碩士論文，2021 年，第 1—89 頁。

吳懷東、馬玉《魏源詩學思想與湖湘地域文化——以〈詩古微〉、〈詩比興箋〉爲
　　論述中心》，《安徽農業大學學報（社會科學版）》2013 年第 1 期，第 82—
　　87 頁。

X

〔清〕謝啟昆《小學考》,漢語大詞典出版社,1997年。

〔清〕許瀚著,崔巍整理《許瀚日記》,河北教育出版社,2001年。

〔清〕許瑤光等修,吳仰賢等纂《嘉興府志》,收入《中國方志叢書》,成文出版社,
　　1970年。

夏傳才《二十世紀詩經學》,學苑出版社,2005年。

賢娟《〈詩三家義集疏〉研究》,貴州大學碩士論文,2008年,第1—57頁。

賢娟《王先謙〈詩三家義集疏〉的特色考究》,《青年文學家》2010年第14期,第
　　43—45頁。

蕭一山《清代通史》,中華書局,1923年。

徐復觀《兩漢思想史》,華東師範大學出版社,2001年。

徐錫臺、李自智《太保玉戈銘補釋》,《考古與文物》1993年第3期,第73—75頁。

徐中舒《殷周之際史蹟之檢討》,《歷史語言研究所集刊》第7本第2分,1936年,
　　江蘇古籍出版社1999年重印本,第7冊,第137—174頁。

許結《徐璈〈詩經廣詁〉考論》,《安徽大學學報(哲學社會科學版)》2014年第4
　　期,第61—71頁。

Y

〔清〕嚴可均《鐵橋漫稿》,《續修四庫全書》據道光十八年四錄堂刻本影印,上海
　　古籍出版社,2002年,第1488冊。

〔清〕嚴虞惇《讀詩質疑》,臺灣商務印書館影印文淵閣《四庫全書》,1985年,第
　　87冊。

〔清〕楊守敬《日本訪書志》,《續修四庫全書》據光緒鄰蘇園刻本影印,上海古籍
　　出版社,2002年,第930冊。

〔清〕葉德輝《郋園讀書志》,據上海澹園1928年版影印,明文書局,1990年。

〔清〕葉德輝《郋園書札》,藝文印書館,1970年。

〔清〕余蕭客《古經解鉤沈》,臺灣商務印書館影印文淵閣《四庫全書》,1985年,第
　　194冊。

〔清〕俞樾《春在堂雜文》,光緒二十八年《春在堂全書》刊本。

葉國良《宋人疑經改經考》,臺大出版委員會,1980年。

葉國良《〈詩〉三家說之輯佚與鑒別》,《編譯館館刊》第 9 卷第 1 期,1980 年,第
　　97—108 頁。

葉國良《〈詩〉三家說之輯佚與鑒別》,載氏著《經學側論》,臺灣清華大學出版社,
　　2005 年,第 81—100 頁。

葉樹聲、余敏輝《明清江南私人刻書史略》,安徽大學出版社,2002 年。

易孟醇《〈詩古微〉如此闡釋〈春秋〉大義》,《邵陽學院學報(社會科學版)》2018 年
　　第 3 期,第 40—42 頁。

于春莉《論馬瑞辰對三家〈詩〉材料的利用》,《池州學院學報》2021 年第 4 期,第
　　80—84 頁。

于浩《海昏簡〈詩〉與西漢早期魯詩傳授》,《南昌大學學報(人文社會科學版)》
　　2021 年第 5 期,第 114—122 頁。

余嘉錫《四庫提要辨證》,香港中華書局,1974 年。

余英時《論戴震與章學誠——清代中期學術思想史研究》,東大圖書股份有限公
　　司,1996 年。

余英時《清代思想史的一個新解釋》,載氏著《歷史與思想》,聯經出版事業股份有
　　限公司,2014 年,第 129—164 頁。

余英時《從宋明儒學的發展論清代思想史》,載氏著《歷史與思想》,聯經出版事業
　　股份有限公司,2014 年,第 95—127 頁。

虞萬里《從熹平殘石和竹簡〈緇衣〉看清人四家〈詩〉研究》,《中國經學》第 6 輯,廣
　　西師範大學出版社,2010 年,第 53—92 頁;又載氏著《榆枋齋學林》,華東師
　　範大學出版社,2012 年,第 109—154 頁。

虞萬里《上海圖書館藏稿本〈齊魯韓三家詩釋〉初探》,《中國典籍與文化》2011 年
　　第 4 期,第 60—71 頁;又載氏著《榆枋齋學林》,華東師範大學出版社,2012
　　年,第 237—258 頁。

虞萬里《〈詩經〉異文與經師訓詁文本探賾》,《文史》2014 年第 1 期,第 159—
　　184 頁。

虞萬里《〈詩經〉今古文分什與"板蕩"一詞溯源》,《文學遺產》2019 年第 5 期,第
　　181—186 頁。

俞豔庭《三家〈詩〉輯佚考》,載中國詩經學會編《第四屆詩經國際學術研討會論文
　　集》,學苑出版社,2000 年,第 520—528 頁。

俞豔庭《三家〈詩〉研究的回顧與展望》,載蔡先金、張兵主編《出土文獻與中國文
　　學研究:第三屆出土文獻與中國文學研究學術研討會(國際)論文集》,齊魯
　　書社,2013 年,第 336—343 頁。

俞豔庭《清代三家〈詩〉輯佚的得與失》,《圖書館雜志》2007 年第 5 期,第 67—
　　70 頁。

俞儒庭《清儒三家〈詩〉輯佚成就述略》,《唐都學刊》2006 年第 2 期,第 85—88 頁。

楊昌壽編輯《陳蘭甫先生遺稿》,《嶺南學報》第 2 卷第 3 期,1932 年,第 174—
　　214 頁。

楊冬冬《陳壽祺、陳喬樅父子〈三家詩遺說考〉研究與整理》,福建師範大學博士論
　　文,2016 年,第 1—856 頁。

楊晉龍主編《清代揚州學術》,"中研院"中國文哲研究所,2005 年。

楊鴻飛《魏源〈詩古微〉研究述略》,《文教資料》2017 年第 35—36 期合刊,第
　　103—105 頁。

楊向奎《清儒學案新編》,齊魯書社,1994 年。

Z

〔漢〕趙岐注,〔宋〕孫奭疏《孟子注疏》,北京大學出版社,2000 年。

〔宋〕鄭樵撰,顧頡剛輯點《詩辨妄》,《續修四庫全書》據復旦大學圖書館藏民國
　　二十二年樸社鉛印本影印,上海古籍出版社,2002 年,第 56 册。

〔宋〕朱熹《詩集傳》,上海古籍出版社,1980 年。

〔清〕臧庸《拜經日記》,《續修四庫全書》據嘉慶二十四年武進臧氏拜經堂刻本影
　　印,上海古籍出版社,2002 年,第 1158 册。

〔清〕臧庸《韓詩遺說》,趙之謙《鶴齋叢書》本。

〔清〕臧庸《刻〈詩經小學錄〉序》,見段玉裁《段玉裁遺書》,大化書局,1986 年。

〔清〕臧庸輯《孝經鄭氏解輯》,清鮑廷博輯《知不足齋叢書》本。

〔清〕臧庸《拜經堂文集》,《續修四庫全書》據民國十九年宗氏石印本影印,上海
　　古籍出版社,2002 年,第 1491 册。

〔清〕曾國荃等纂,李瀚章等修《湖南通志》,商務印書館據清光緒十一年重修本
　　影印,1934 年。

〔清〕張星鑑《仰蕭樓文集》,光緒六年刻本。

〔清〕章學誠《章氏遺書》,漢聲出版社據吳興劉氏嘉業堂刊本影印,1973 年。

〔清〕趙爾巽等《清史稿》,中華書局,1977 年。

〔清〕鄭澐修,邵晉涵纂《杭州府志》,《續修四庫全書》據乾隆四十九年刻本影印,
　　上海古籍出版社,2002 年,第 702 册。

〔清〕周邵蓮《詩攷異字箋餘》,《續修四庫全書》據嘉慶刻本影印,上海古籍出版
　　社,2002 年,第 75 册。

〔清〕朱一新著,吕鴻儒、張長法點校《無邪堂答問》,中華書局,2000 年。

〔清〕朱彝尊《經義考》,中華書局,1998 年。

〔清〕莊存與撰,郭曉東點校《春秋正辭》,上海古籍出版社,2014 年。

〔清〕莊存與《味經齋遺書》,光緒八年陽湖莊氏刊本。

〔清〕莊綬甲《拾遺補藝齋文鈔》,《清代詩文集彙編》據道光十八年刻本影印,上
　　海古籍出版社,2010 年,第 512 册。

張峰屹、黃泰豪《清人輯錄三家〈詩〉學佚文的方法和理據之檢討》,《長江學術》
　　2016 年第 1 期,第 36—43 頁。

張廣慶《武進劉逢祿年譜》,學生書局,1997 年。

張華林《二十世紀以來漢代〈魯詩〉學研究綜述》,《古籍整理研究學刊》2012 年第
　　3 期,第 104—109 頁。

張錦少《從著述的年份及其作者的地理分布看清代三家〈詩〉學的發展》,《中國文
　　化研究所學報》第 51 期,2010 年,第 177—216 頁。

張錦少《論清人三家〈詩〉分類理論中的“師承法”:以劉向及〈說苑〉爲例》,《嶺南
　　學報》2015 年第 4 輯,第 75—106 頁。

張錦少《論〈詩三家義集疏〉中王先謙案語對〈毛詩序〉的貶抑及其經學意義》,載
　　何志華、沈培、潘銘基、張錦少主編《古籍新詮——先秦兩漢文獻論集》,香港
　　中文大學中國語言及文學系,2020 年,第 101—120 頁。

張錦少《論王先謙對〈詩三家義集疏〉的定位》,《經學文獻研究集刊》第 25 輯,上
　　海書店出版社,2021 年,第 264—291 頁。

張錦少《論王先謙〈詩三家義集疏〉訓詁方法的經學意義》,載李雄溪、林慶彰主
　　編《嶺南大學經學國際學術研討會論文集》,萬卷樓,2015 年,第 387—
　　415 頁。

張錦少《清代三家〈詩〉分類理論中以〈爾雅〉爲〈魯詩〉說平議》,載李雄溪、招祥

麒、郭鵬飛、許子濱主編《單周堯教授七秩華誕國際學術研討會論文集》，香港中華書局，2020 年，第 395—422 頁。

張錦少《王先謙〈詩三家義集疏〉成書考》，《中國經學》第 8 輯，廣西師範大學出版社，2011 年，第 193—204 頁。

張錦少《王先謙〈詩三家義集疏〉研究》，香港中文大學博士論文，2007 年，第 1—2324 頁。

張鵬《〈詩三家義集疏〉中的假借字研究》，《萍鄉高等專科學校學報》2008 年第 5 期，第 98—101 頁。

張鵬《〈詩三家義集疏〉中的"異文"研究》，寧夏大學碩士論文，2009 年。

張鵬《〈詩三家義集疏〉中的"異文"研究》，《唐山師範學院學報》2008 年第 4 期，第 9—11 頁。

張啟成《論魏源的〈詩古微〉》，《貴州文史叢刊》2006 年第 2 期，第 26—31 頁。

張啟成《評王先謙〈詩三家義集疏〉》，《貴州社會科學》1995 年第 4 期，第 71—76 頁。

張啟成《詩經研究史論稿》，貴州人民出版社，2003 年。

張舜徽《清代揚州學記》，上海人民出版社，1962 年。

張婉《〈韓詩〉輯佚研究》，南京師範大學碩士論文，2019 年，第 1—97 頁。

張萬民《〈詩經〉早期書寫與口頭傳播——近期歐美漢學界的論爭及其背景》，《北京大學學報（哲學社會科學版）》2017 年第 6 期，第 80—93 頁。

張早霞《陳壽祺、陳喬樅〈魯詩遺說考〉研究》，濟南大學碩士論文，2016 年，第 1—79 頁。

張早霞、金倩《陳壽祺、陳喬樅〈魯詩遺說考〉研究文獻綜述》，《大觀》2019 年第 3 期，第 232—233 頁。

張早霞、俞豔庭《論〈三家詩遺說考〉的體例及内容》，《西北成人教育學院學報》2017 年第 6 期，第 94—99 頁。

張震澤編著《許慎年譜》，遼寧大學出版社，1986 年。

張政偉《王先謙〈詩三家義集疏〉對詩旨的擬定》，載朱漢民主編《清代湘學研究》，湖南大學出版社，2005 年，第 251—272 頁。

張祝平《"三家詩"輯佚研究的重要系列著作——〈詩攷〉及其增校系列著作學術及版本源流考述》，中國詩經學會編《第三屆詩經國際學術研究會論文集》，天馬圖書有限公司,1998 年,第 597—613 頁。

趙剛《告別理學:顧炎武對朱學的批判》,《清華學報》第 25 卷第 1 期,1995 年,第
　　1—25 頁。

趙茂林《兩漢三家〈詩〉研究》,揚州大學博士論文,2004 年,第 1—276 頁。

趙茂林《兩漢三家〈詩〉研究》,巴蜀書社,2006 年。

趙茂林《王先謙與陳喬樅三家〈詩〉研究比較》,《廣西社會科學》2004 年第 4 期,
　　第 123—128 頁。

趙善詒《說苑疏證》,華東師範大學出版社,1985 年。

浙江圖書館古籍部編《浙江圖書館古籍善本書目》,浙江教育出版社,2002 年。

鄭于香《清代三家〈詩〉輯佚學研究——以陳壽祺父子、王先謙爲中心》,“中央大
　　學”碩士論文,2006 年,第 1—110 頁。

鄭振鐸《關於詩經研究的重要書籍介紹》,《小說月報》第 14 卷第 3 號,1923
　　年,1979 年日本東豐書店據原書影印本,第 1—14 頁,總第 22361—
　　22374 頁。

支偉成《清代樸學大師列傳》,嶽麓書社,1998 年。

鍾肇鵬《讖緯論略》,遼寧教育出版社,1992 年。

中國第一歷史檔案館編《光緒宣統兩朝上諭檔》,廣西師範大學出版社,1996 年。

《中國古籍稿鈔校本圖錄》編纂委員會《中國古籍稿鈔校本圖錄》,上海書店,
　　2000 年。

中國科學院圖書館整理《續修四庫全書總目提要·經部》,中華書局,1993 年。

中國社會科學院考古研究所洛陽工作隊《漢魏洛陽故城太學遺址新出土的漢石
　　經殘石》,《考古》1982 年第 4 期,第 381—389 頁。

中國詩經學會、《詩經要籍集成》編輯委員會編《詩經要籍提要》,學苑出版社,
　　2003 年。

周大璞主編《訓詁學初稿》,武漢大學出版社,1995 年。

周彩雲、劉精盛《魏源〈詩古微〉研究現狀述評》,《理論界》2013 年第 2 期,第
　　158—160 頁。

周可真《顧炎武年譜》,蘇州大學出版社,1998 年。

周豔《清儒陳壽祺、陳喬樅父子研究現狀概說》,《古籍研究》總第 57—58 卷,安徽
　　大學出版社,2012 年,第 33—41 頁。

朱漢民主編《清代湘學研究》,湖南大學出版社,2005年。

朱鳳瀚主編《海昏簡牘初論》,北京大學出版社,2020年。

朱寄川《〈說文解字〉引〈詩〉考異》,臺灣中國文化大學碩士論文,2004年。

朱師轍輯《清史稿藝文志補編》,中華書局,1982年。

朱維錚《漢宋調和論——陳澧和他未完成的〈東塾讀書記〉》,載氏著《求索真文明——晚清學術史論》,上海古籍出版社,1996年,第44—61頁。

竺靜華《從正續〈清經解〉的比較論清代經學的發展趨勢》,臺灣大學碩士論文,1999年。

鄒鳳禮《〈詩三家義集疏〉評述》,《江蘇教育學院學報》1998年第3期,第94—96頁。

左松超《論劉向編撰〈說苑〉》,《香港浸會學院學報》第13卷,1986年,第51—56頁。

左松超《論〈儒家者言〉及其與〈說苑〉的關係》,載氏著《說苑集證》,編譯館,2001年,第1422—1479頁。

英文參考文獻

De Bary, William Theodore. *Self and Society in Ming Thought*. New York: Columbia University Press, 1970.

De Bary, William Theodore(ed.). *The Unfolding of Neo-Confucianism*. New York: Columbia University Press, 1975.

Elman, Benjamin A.. *Classicism, Politics, and Kinship: The Ch'ang-chou School of New Text Confucianism in Late Imperial China*. Berkeley: University of California Press, 1990.

Elman, Benjamin A.. *From Philosophy to Philology: Intellectual and Social Aspects of Change in Late Imperial China*. Los Angeles, California: University of California, Los Angeles, 2001, Second Revised Edition.

Ho, Ping-ti. *Studies on the Population of China, 1368–1953*. Cambridge, Mass.: Harvard University Press, 1959.

Kern, Martin. "Methodological Reflections on the Analysis of Textual Variants and the modes of Manuscript Production in Early China." *Journal of East*

Asian Archaeology. 4,1 – 4(2002)：143 – 181.

Shaughnessy, Edward L. "Unearthed Documents and the Question of the Oral Versus Written Nature of the *Classic of Poetry.*" *Harvard Journal of Asiatic Studies.* 75. 2(2015)：331 – 375.

後 記

　　筆者對清代學術感到興趣可以追溯到學生時代,但真正萌生從學術史的角度,研究清代經學的想法,則要到 2004 年攻讀博士期間,反覆細讀了著名漢學家艾爾曼教授的兩部經典學術史著作以後。成書於 1984 年的 *From Philosophy to Philology: Intellectual and Social Aspects of Change in Late Imperial China* 以及 1990 年的 *Classicism, Politics, and Kinship: The Ch'ang-chou School of New Text Confucianism in Late Imperial China*,是艾氏利用當時歐美最新的"新文化史"方法,綜匯學術史、社會史於一體,考察了清代考據學的崛起以及常州今文經學興起的歷史脈絡,對有關這段歷史的舊有觀點作了精彩而有益的檢討與修正,這大大刷新了筆者對研究傳統中國學問的觀念與方法。而艾氏的研究,證明了對那些通行的觀點,以及由此而生人們習以爲常的觀念的反思,往往是切入問題核心的最好方法。筆者這本小書討論的正是清代三家《詩》學研究裏幾個比較重要的舊問題。

　　學術史通論的著作,往往選取爲數不多且爲人們熟知的學者及其著述來概括。那些名不經傳的人物,那些未經刊刻只有稿本或抄本存世的著述則多寂寂無聞,由此而形成的觀點和結論的局限性可想而知。爲了突破此一局限,筆者翻檢各種書目方志、清人文集信札,經眼知見的清人三家《詩》學著述稿、抄、校、刻本共八十六種,並以量化統計的方法,從著述的年份及其作者的地理分布兩個維度,重寫清代三家《詩》學的發展。筆者以學術史資料長編的形式,按照時間先後順序,將著述成書或成稿年份可考的著述繫年,再配合作者的出生年份、籍貫、交游仕進等資料進行研究。這種結合時地的研究方法,是筆者反思學術史通行書寫方法後的新嘗試。這八十六種著述不可能是清人三家《詩》學著述的全部,卻已足够容許我們較爲宏觀地審視清人在三家《詩》研究中所取得的實績。

本書的另一個重點,是從文獻學、考據學、方法學等不同角度,對范家相的《三家詩拾遺》、魏源的《詩古微》、王先謙的《詩三家義集疏》進行微觀的個案研究。這三位大家及其名著是目前通行的學術論著中,作爲清代三家《詩》學奠基、轉向、總結這三個關鍵時期的代表,不但論著數量多,内容亦大同小異,以致部分觀點陳陳相因,甚至自我複述。例如自梁啟超以來,《詩古微》一直被奉爲與清末今文學復興一脈相承的今文《詩經》學濫觴之作。時至今日,魏源《詩古微》仍舊以專言今文三家微言大義,與古文《毛詩》考據學對立的姿態出現在絕大部分的論著之中,以致《詩古微》裏大量以清人標準的考據文字,廣徵博引考辨詩旨、申發詩義的例子往往有意無意地被忽略。又例如研究王先謙《詩三家義集疏》的論著,無一例外都以"集大成"爲其定位,並把王氏定性爲陳壽祺、陳喬樅父子繼承者的角色,忽略了《集疏》與《三家詩遺說攷》在體例上截然不同的特點。筆者於是從宏觀的學術史角度出發,重新尋繹三家《詩》學在道光年間轉向的源頭,將考察的時期由道光上推到乾隆年間,以較少學者關注的莊存與《毛詩說》作爲比較,勾勒從莊存與到魏源,常州莊氏一門《詩》學由《毛詩》轉向三家的歷程。又藉由《集疏》撰作過程中書題的遞易、體例的選定、案語内容的爬梳以及王氏晚年學術脈絡的考察,以王氏本人的視角,審察王氏對《集疏》在自身學術脈絡中的定位,從而突出王先謙有意把儒家《詩》學從東漢《毛詩》系統中解放出來,通過西漢直尋先秦《詩》學的創見與貢獻。

清人對兩漢三家《詩》佚文遺說的輯佚可謂做到竭澤而漁,對佚文遺說的歸屬又能條分縷析,自成理論。這既是清代三家《詩》學的一大成就,也是直至今日仍爲人們說《詩》、釋《詩》時習用的三家《詩》的來源,影響深遠。然而此一建基於清人對漢儒治經專守師說的認知而發展出來的歸屬理論,卻存在邏輯與方法的謬誤舛錯,亟待檢討。筆者以劉向《詩》學、《說苑》性質、《爾雅》詁訓爲例,分別從漢人家學、編撰概念、成書年代三個面向,檢驗清人歸屬理論的邏輯、原則、方法、成果。筆者需要强調的是,清人的三家《詩》歸屬理論謬誤犯駁、强分家數之處固然所在多有,但在材料與方法兼備下卻又自成體系。誠如艾爾曼教授 1994 年在 *From Philosophy to Philology* 中譯本《從理學到樸學》序言裏所說的：

> 與清代考據學相比，現代文獻學、語言學、考古學、歷史學有相當大的改進，但這並不能抹煞清代考據學通行的研究方法的歷史意義。現代中國學術固然深受西方學術和科學的影響，但是我們不應忘記，中國現代的社會史、文化史研究人員曾受惠於清代學者的考證成果，如閻若璩的《古文尚書》研究，戴震的聲類研究，段玉裁《說文解字》的研究，王念孫的訓詁學研究。没有清代金石學者奠定的堅實基礎，中國考古學者恐怕不可能釋讀甲骨文。清代考據學的許多特點常使我們想起 18 世紀歐洲啟蒙運動的眾多思想家和學者。

同樣道理，今人繞過清人的輯佚成果與歸屬理論，三家《詩》研究將會困難重重，甚至無從入手。如何修正此一體系中的謬誤環節，完善歸屬理論中的原則、方法，將是二十一世紀《詩經》研究者的一項挑戰。筆者提出以《詩》派確鑿的石經、海昏簡《魯詩》以及逸出於四家的阜陽漢簡《詩》爲基礎，結合史傳所載、互見文獻、緯書材料以及民國以來的研究成果，修正清人歸屬理論，在文獻材料與流傳脈絡互證、互補、互相制約的機制下，構建當代的兩漢《詩經》歸屬理論。本書排印之際，欣聞湖北荆州王家咀出土的戰國楚簡裏有《詩》的材料，其内容可與今本《詩經》"十五國風"的大部分詩篇對讀，這無疑是令人振奮和期待的消息。

本書各章之部分内容曾在學術會議上宣讀，修改後又曾在《中國文化研究所學報》、《嶺南學報》、《經學文獻研究集刊》、《中國經學》等學術期刊上發表。承蒙諸刊延請專家學者匿名評審，其中評審意見洞中肯綮，筆者獲益良多，謹申謝忱。論文發表後，引起了部分同行的注意，一方面肯定了筆者在清代三家《詩》學研究的一些新嘗試，一方面指正了筆者不少考證不周的地方。這次重整舊稿，筆者大幅增訂内容，修正舊說。本書得以出版，首先要感謝的是業師陳雄根教授多年來的教導，由高郵王氏之學到清代經學的研究，一直循循善誘；從做人到做學問，雄根師更是言傳身教。又承蒙浙江大學馬一浮書院虞萬里教授的推薦，本書才得以在中西書局出版,中文大學文學院的 Publication Subvention Fund 在出版經費上提供了很大的幫助。在本書撰作過程中,林詠恩、周慧儀、麥芷琦、王嘉儀諸生或查對資料,或整理格式,或校對書稿。上海交通大學博士生陸駿元先生與筆者多次往還討論,問難質疑。又得徐煒君博士細心審校,筆者謹此一併致謝。筆者識力所限,錯謬難免,尚祈方家不吝指正,以匡不逮。

張錦少 kscheung@cuhk. edu. hk

2022 年 5 月,香港

補記:艾爾曼教授 2013 年的專著 *Civil Examinations and Meritocracy in Late Imperial China*,近日由香港中華書局翻譯出版,題名爲《晚期中華帝國的科舉與選士》。這讓筆者想起 2016 年 11 月由麻省南下新澤西的那一段美好的訪學之旅,荀子說"學莫便乎近其人",一點也沒錯。兹補記數語謹誌筆者在求學路上遇到的良師益友,並祝賀艾爾曼教授專著中譯本的出版。在新材料不斷湧現,信息日新月異的今天,我們更需要靜心細讀經典,以求在觀念與方法上得到啟迪,這是經典歷久彌新的意義所在。

筆者 2016 年 11 月拜訪艾爾曼教授於普林斯頓大學的辦公室

圖書在版編目(CIP)數據

清代三家《詩》學新論 / 張錦少著.—上海：中
西書局，2022

ISBN 978-7-5475-1963-9

Ⅰ.①清…　Ⅱ.①張…　Ⅲ.①古典詩歌-詩歌研究-
中國-清代　Ⅳ.①I207.22

中國版本圖書館 CIP 數據核字(2022)第 098160 號

清代三家《詩》學新論

張錦少　著

特約編輯	徐煒君
責任編輯	徐　衍
裝幀設計	梁業禮
責任印製	朱人傑

出版發行	上海世紀出版集團 中西書局(www.zxpress.com.cn)
地　　址	上海市閔行區號景路 159 弄 B 座(郵政編碼：201101)
印　　刷	上海商務聯西印刷有限公司
開　　本	700×1000 毫米　1/16
印　　張	20
字　　數	291 000
版　　次	2022 年 6 月第 1 版　2022 年 6 月第 1 次印刷
書　　號	ISBN 978-7-5475-1963-9/I・226
定　　價	98.00 元

本書如有質量問題,請與承印廠聯繫。電話：021-56044193

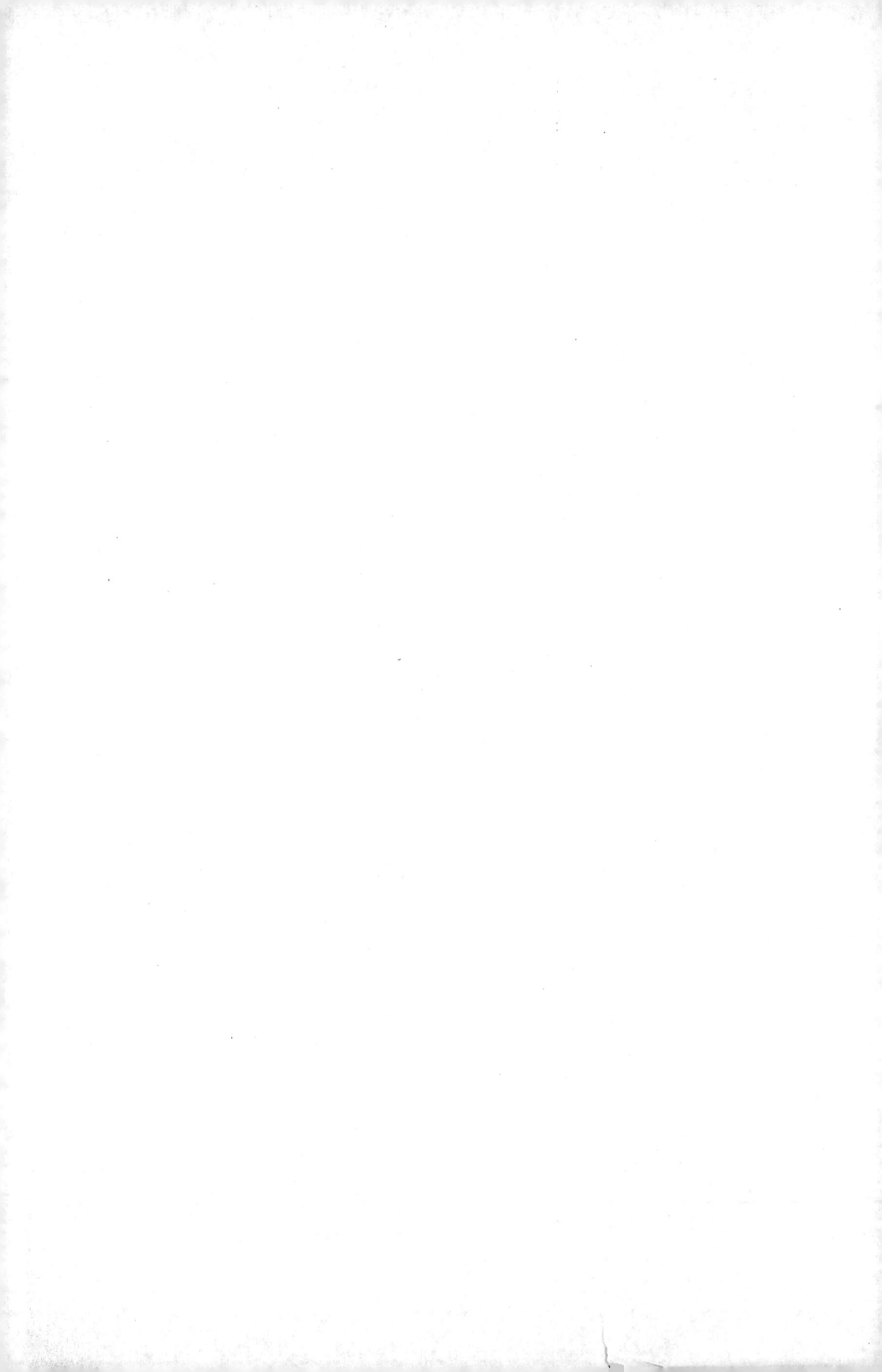